SAUERLÄNDER

Kathrin Tordasi

Brombeerfuchs

Das Geheimnis von Weltende

SAUERLÄNDER

© Lotte Ostermann

Kathrin Tordasi hat in Wales studiert. Sie hat sich vom Fleck weg in Land und Leute verliebt und wollte unbedingt eine Geschichte schreiben, die in dieser Gegend voller Legenden spielt. Mit dem erdigen Geruch von Moos und dem Duft von Scones und starkem Tee mit Milch in der Nase schrieb sie ihr Romandebüt »Brombeerfuchs. Das Geheimnis von Weltende«. Wenn sie nicht gerade auf Entdeckungstour durch Großbritannien streift, lebt Kathrin Tordasi in Berlin.

Für Erika Oma & Wolfgang Opa

Prolog

Vor langer Zeit wanderten Menschen und Feen mühelos von einer Welt in die andere. Die Königreiche der sterblichen und unsterblichen Völker lagen so dicht beieinander, als wären es zwei Ufer desselben Flusses. Zwischen ihnen befand sich nicht mehr als ein leerer Landstrich. Niemand machte sich je Gedanken über diese Schwelle. Doch sie wurde bewacht, und eines Abends regte sich einer, der seit hundert Jahren geschlafen hatte.

Rotes Herbstlaub fiel von den Bäumen, als der Graue König sich von seinem Lager erhob. Er schritt hinaus ins Niemandsland, und mit ihm kam der Nebel. Jeder, der in die Fänge dieses Nebels geriet, verschwand entweder spurlos oder wurde zu einem Nebelgänger ohne Erinnerung an sein früheres Ich. Mit einem Mal mussten Reisende zwischen den Welten um ihr Leben fürchten.

Damit nicht genug. Der Graue König sandte sein Heer hinaus in die Länder der Menschen und Feen. Bleiche Reiter brachten den Nebel und ließen Seen, Felder und Dörfer in einem grauen Meer verschwinden. Schließlich verbündeten sich Menschen und Feenvolk und drängten den Grauen König und sein Heer zurück ins Niemandsland.

Die Feen versetzten den König in einen tiefen Schlaf, doch niemand wusste, wie lange der Zauber halten würde. Er-

schöpft vom Kampf trafen Menschen und Feen eine schwere Entscheidung: Sie würden ihre Welten voneinander trennen und die Schwelle versiegeln. Der Graue König sollte das Niemandsland nie wieder verlassen können. Und so geschah es. Die Völker der Menschen wandten sich an ihre Druiden, und jene weisen Männer und Frauen nutzten alte Runenmagie, um alle Übergänge zu verschließen. Von diesem Tage an war der Weg ins Feenreich versperrt. Nur eine Handvoll Auserwählter besaß einen Schlüssel. Für diese Schlüsselträger galt eine einzige Regel: Wenn sie eine Tür zwischen den Welten öffneten, mussten sie sie hinter sich schließen. Doch die Jahrhunderte zogen vorüber, und die Geschichte des Grauen Königs geriet in Vergessenheit.

Als einer der Schlüssel in unseren Besitz geriet, erinnerte sich niemand mehr an die Gesetze oder den Grauen König. Wir wanderten ahnungslos hinüber ins Feenreich, und für eine Weile lebten wir sorgenfrei.

Wir ließen die Türen hinter uns offen stehen. Niemand hatte uns gesagt, warum wir sie schließen sollten. Und als der Graue König zurückkehrte, erkannte niemand die Zeichen, niemand schlug Alarm. An jenem Morgen, als der Nebel wie eine Sturmflut aus dem Wald strömte, war es bereits zu spät.

Olivia Stephen, *Geschichten aus der Anderswelt* (1965)

Ferien in Wales

Portia

Die Stadt Conwy schmiegte sich an die Küste wie ein Croissant an einen Klecks Marmelade. Die Häuser der Altstadt erhoben sich über die blaue Bucht, und der Schatten einer Burg fiel über die engen Gassen. Auf den Zinnen flatterte die walisische Flagge: ein roter Drache auf grün-weißem Grund.

Am Fuße der Burg, etwa fünfzig Meter von der Ringmauer entfernt, lag der Bahnhof. Hier gab es genau zwei Gleise, und der Bahnsteig war so schmal, dass kaum zwei Erwachsene nebeneinandergehen konnten. Hinter dem Bahnhofsgebäude befand sich ein Parkplatz, aber der war, ebenso wie der Bahnsteig, leer. Nur eine braune Möwe suchte in den Mülleimern nach ihrem Mittagessen.

Portia Beale stand am Rand des Parkplatzes und sah hinunter auf den Zettel in ihrer Hand. Auf einem karierten Stück Papier hatte ihre Mutter die Adresse und die Telefonnummer ihrer Tanten aufgeschrieben. »Nur für alle Fälle«, hatte sie gesagt. »Sie werden dich abholen, also wirst du die Nummer erst mal nicht brauchen.«

Tja, Mum, dachte Portia. *Falsch gedacht.*

Sie zog ihr Telefon aus der Tasche und ignorierte den Kloß in ihrem Hals. Kein Grund zur Panik. Sie war die ganze Strecke von London nach Wales alleine mit dem Zug gefahren. Da konnte ihr ein einfacher Telefonanruf keine Angst machen. Ihre Mutter hatte sie schon vorgewarnt, dass die Tanten ein wenig zerstreut waren. Vielleicht hatten sie einfach vergessen, dass ihr Feriengast heute ankam.

Portia hatte eben die ersten drei Ziffern eingetippt, als ein Auto mit großem Getöse auf den Parkplatz preschte. Bremsen quietschten, der Auspuff knallte, dann kam das Auto quer vor ihr zum Stehen. Die Fahrertür flog auf, und eine stämmige Frau mit einem kurzen grauen Zopf schob sich hinaus ins Freie. Portia hatte noch immer das Telefon in der Hand, als die Frau in klobigen grünen Gummistiefeln auf sie zu stampfte.

»Mist, verdammter«, sagte sie zur Begrüßung. »Ich dachte, ich schaffe es noch rechtzeitig.«

Das war Portias erster Eindruck von Tante Bramble.

Eigentlich wollte Portia die Sommerferien mit ihrer Mutter in Andalusien verbringen. Aber eine Woche vor der Abreise hatte Portias Mutter den Urlaub abgesagt.

Portia war zwar enttäuscht, aber nicht überrascht gewesen. Schon den ganzen Monat über hatte ihre Mutter sich nicht wohl gefühlt. Die Anzeichen dafür, dass der Urlaub nicht stattfinden würde, hatten sich wie Sturmwolken am Horizont aufgetürmt.

Und vor drei Tagen hatte Gwendolyn Beale sich und Portia eingestehen müssen, dass ihre Andalusienreise ins Wasser fallen würde. Stattdessen sollte Portia zwei Wochen bei Verwandten in Nordwales verbringen. Bramble und Rose waren Gwendolyns Tanten, besaßen ein Cottage im Grünen und freuten sich auf Portias Besuch.

Zumindest hatte Portias Mutter das behauptet. Jetzt, da sie Bramble live und in Farbe vor sich hatte, war sich Portia nicht mehr sicher, ob das stimmte.

»Wo ist meine verflixte Uhr?« Brambles Stimme klang tatsächlich so kratzig wie eine Dornenranke. Sie kramte durch sämtliche Jacken- und Hosentaschen. Portia hatte keine Ahnung, wie sie Bramble begrüßen sollte. Also streckte sie ihr kurzentschlossen die Hand entgegen. »Hallo, ich bin Portia.«

Schon als sie das sagte, kam sie sich dämlich vor. Aber Bramble hielt tatsächlich das erste Mal inne. Sie musterte Portia von oben bis unten. Schließlich schmunzelte sie und drückte Portias Hand. »Das weiß ich, Mädchen. Obwohl du ganz schön gewachsen bist, seit ich dich das letzte Mal gesehen habe.« Sie zog eine lädierte Armbanduhr aus den Tiefen ihrer Hosentasche. »Wollen wir?«

Ohne eine Antwort abzuwarten, packte sie Portias Koffer. Portia zurrte ihren Rucksack zurecht und lief hinter Bramble her zu ihrem zerbeulten grauen Nissan.

»Immer kommt der Zug zu spät«, murrte Bramble. »Ausgerechnet heute ist er pünktlich. Wartest du schon lange?«

»Nein«, antwortete Portia, aber Bramble schien ihr gar nicht zuzuhören. Sie öffnete den Kofferraum, fluchte noch einmal und schob einen Sack Rindenmulch zur Seite, um für Portias Koffer Platz zu machen.

»Steig schon mal ein«, sagte sie. »Rose wartet mit dem Tee, und wenn ich dich nicht rechtzeitig abliefere, macht sie wieder das Ding mit den Augenbrauen.«

»Was denn für ein Ding?«, fragte Portia, während sie die Beifahrertür öffnete.

Bramble schnaubte. »Wirst schon sehen.«

Der Kofferraum knallte zu, und ehe Portia sich versah, waren sie unterwegs.

Der Nissan zitterte und klapperte so heftig während der Fahrt, dass Portia befürchtete, die Rostlaube würde jeden Moment auseinanderfallen. Bramble schien das nicht zu stören. Sie preschte in einem Tempo durch die engen Straßen, das garantiert nicht den hiesigen Verkehrsregeln entsprach. Portia schlang beide Arme um den Rucksack auf ihrem Schoß und sah besorgt zu, wie draußen die Steinhäuser vorbeirauschten.

Sie hätte Bramble gern gebeten, langsamer zu fahren, aber das traute sie sich nicht. Mit ihrer Halbmondbrille ähnelte sie der Direktorin von Portias Schule, auch wenn ihr zerzauster grauer Zopf nicht ganz zum Bild der strengen Lehrerin passte. Ihre Kleidung war jedenfalls pragmatisch: eine geblümte Bluse, eine verwaschene grüne Strickjacke und eine verblichene Jeans. Dazu die Gummistiefel. Portia fragte sich, was Bramble wohl gemacht hatte, bevor sie zum Bahnhof gekommen war.

»Als wir dich das letzte Mal gesehen haben, warst du drei«, sagte Bramble, und rauschte, ohne zu bremsen, durch einen Kreisverkehr. Ein kleiner Gartenzwerg baumelte vom Rückspiegel des Nissans und hüpfte panisch hin und her. »Daran kannst du dich wohl nicht erinnern?«

»Nein«, antwortete Portia. Dem Gartenzwerg war bestimmt speiübel.

»Wäre auch ungewöhnlich.« Bramble schanzte über eine Bremswelle. »Ich weiß noch, dass du gerne Sachen versteckt hast.« Sie lachte. »Einmal hast du Roses Schuhe in den Ofen gelegt. Sie hat eine Stunde gebraucht, um sie wiederzufinden.«

»Uhm. Das tut mir leid?«, sagte Portia, völlig überrumpelt von Brambles Anekdote.

»Ach was«, sagte Bramble. »Ich hab dein Versteck schon nach zehn Minuten entdeckt, aber es war zu schön, Rose beim Suchen zuzuschauen. Wenn du willst, können wir das gerne wiederholen. Oder bist du inzwischen zu alt für so was?«

Portia musste schmunzeln. »Ich glaub schon.«

»Schade«, sagte Bramble. »Musik?«

Sie drehte ihr Radio auf. ABBAs *Waterloo* dröhnte aus den Lautsprechern, und Bramble summte prompt die Melodie mit. Portia warf ihr einen Blick zu und bemerkte, dass ihre Brille auf ihre Nasenspitze gerutscht war. Eigentlich sah sie doch nicht aus wie eine Lehrerin. Eher wie eine Archäologin, die alte Schätze ausgrub und Pyramiden erforschte. *Fehlt nur der Lederhut*, dachte Portia. Als hätte sie ihre Gedanken gelesen, sah Bramble zur Seite und zwinkerte Portia zu. Ganz so dornig, wie sie befürchtet hatte, war Bramble wohl doch nicht.

Ein Dieb in der Nacht

Portia

Fuhr man von Conwy ins Landesinnere, folgte man dem Rand des Snowdonia-Nationalparks. Hier gab es die höchsten Berge in Wales, die schönsten Seen und die meisten Schafe. Das zumindest hatte Portias Mutter behauptet. Der Fluss Conwy schlängelte sich wie ein blaues Band durch grüne Wiesen, und tatsächlich gab es kaum einen Flecken Gras, der nicht von einem Schaf abgekaut wurde.

Nach zwanzig Minuten hatte Bramble den Nissan zu einem Ort gesteuert, der sich Trefriw nannte. Portia versuchte vergeblich, den Namen auszusprechen.

»Tre-früh«, sagte Bramble. »Wenn du das schon schwer findest, warte, bis wir dich nach *Llanfairpwll-gwyngyllgogerychwyrndrobwll-llantysilio-gogogoch* mitnehmen.«

»Wie bitte?« Portia verschluckte sich an ihrer eigenen Spucke.

Bramble wiederholte entweder den Namen, oder vielleicht ahmte sie auch nur einen zischenden Teekessel nach.

»Der Ort mit dem längsten Namen der Welt«, erklärte sie. »Heißt übersetzt so viel wie *Marienkirche in einer Mulde weißer Haseln in der Nähe eines schnellen Wirbels und der Thysiliokirche bei der roten Höhle.* Die Waliser nehmen es mit ihren Ortsangaben sehr genau.«

»Kommst du nicht aus Wales?«, wollte Portia wissen.

Bramble schüttelte den Kopf. »Aus Manchester eingewandert. Aber verrat's keinem.« Sie hupte laut und winkte einem Mann, der am Rand der Straße entlangspazierte.

»Nicht mehr weit«, versprach sie, schaute auf ihre Uhr und trat noch fester aufs Gaspedal. Der Nissan brauste hinaus aus dem Ort und über eine Brücke aus Schieferstein. Bramble fuhr an wilden Wiesen vorbei, bis sie schließlich auf ein Wäldchen zusteuerte. Knorrige Eichen drängten sich auf beiden Seiten der Straße, und als das Auto wieder aus dem Wald hinausschoss, stockte Portia der Atem. Vor ihnen erstreckte sich eine atemberaubende Landschaft. Eine Flussebene mit einem Band dunkler Weiden lag zu ihrer Rechten, während sich gegen Ende der Straße dunkelgrüne Wälder an immer steiler werdende Hügel schmiegten. Am Horizont verlor sich das Meer aus Bäumen schließlich in einer Front aus kargen Bergspitzen.

»Wow«, entfuhr es Portia.

Bramble grinste. »Schön, aber abgelegen«, sagte sie. »Aber keine Sorge. Mit meinem Fahrrad bist du im Nullkommanichts im Ort. Und nach Llanrwst ist es auch nicht weit.«

»Schlan…«, probierte Portia.

»*Chlan-rüst*«, wiederholte Bramble. »Da gibt's ein kleines Kino, einen Buchladen und so weiter. Du musst dich also nicht die ganze Zeit mit uns zwei Schreckschrauben beschäftigen. Ach ja, wenn man vom Teufel spricht.«

Portia spähte durch die Windschutzscheibe. Ein Obstgarten tauchte am Ende der Straße auf und dahinter ein Haus aus grauem Stein.

»Trautes Heim, Glück allein«, verkündete Bramble und parkte das Auto auf einem Stellplatz unter einem Apfelbaum. Noch ein Blick auf die Uhr, dann kletterte sie aus dem Auto. Portia tat es ihr nach, ihre Augen auf das Haus der Tanten gerichtet. So verträumt hatte sie es sich nicht vorgestellt! Es gab sogar einen Wintergarten und eine Hängematte, die zwischen zwei Bäume gespannt war. Die Tanten mussten vier grüne Daumen haben, denn überall im Garten und an den Fenstern blühten Blumen. Eine Heckenrose kletterte an der Wand des Hauses hinauf, und die violetten Blüten einer Klematis hingen von der überdachten Haustür wie ein Wasserfall. Wäre Peter Rabbit aus dem Garten gehoppelt, Portia wäre nicht einmal überrascht gewesen.

»Hast du Angst vor Hunden?«, fragte Bramble, während sie Portias Gepäck aus dem Kofferraum hievte.

»Nein, wieso?« Sie hatte den Satz kaum beendet, als eine schwarz-weiße Kanonenkugel aus dem Garten herausschoss.

»Marlowe!«, rief Bramble scharf, aber der Hund sprang bereits mit aufgeregtem Hecheln um Portia herum. Er stieg mit den Pfoten auf ihre Füße, drückte seine Flanke an ihre Knie und wedelte mit dem Schwanz, als wären sie die allerbesten Freunde.

Portia ging in die Hocke und kraulte Marlowe zwischen den Ohren. So wie er seine Schnauze auf ihren Oberschenkel legte, fand er das überaus gut.

Bramble schüttelte den Kopf. »Ein hervorragender Wachhund bist du.«

»Freunde auf den ersten Blick«, erwiderte eine neue Stimme.

Portia drehte sich um und sah hinauf zu einer Frau in Brambles Alter. Das musste Rose sein.

Portia wischte sich die Hände an ihrer Jeans ab und stand auf. Im Gegensatz zu Bramble hatte Rose kurze, elegant gewellte Haare. Sie hatte ebenfalls eine Brille auf der Nase, trug eine rote Bluse über einem Rock mit Mohnblumenmuster und sah überhaupt sehr ordentlich aus. Rose trocknete sich die Hände an einem Geschirrtuch ab und lächelte. Portia versuchte, ihre Hände noch ein wenig sauberer zu reiben, aber Rose hielt sich nicht mit einem Händedruck auf. Mit einem Lächeln legte sie Portia beide Hände auf die Schultern.

»Portia, Liebes«, sagte sie. »Du bist so groß geworden! Wir haben uns viel zu lange nicht gesehen. Wie alt warst du, als wir dich das letzte Mal besucht haben? Zwei?«

»Drei«, korrigierte Bramble. »Und, ja, in neun Jahren wachsen Mädchen für gewöhnlich.«

»Du kommst zu spät«, wandte sich Rose ihrer Freundin zu.

»Zu viel Verkehr«, entgegnete Bramble.

»Viel Verkehr?« Roses rechte Augenbraue zuckte in die Höhe. Bramble warf Portia einen vielsagenden Blick zu.

Ah, dachte Portia. *Das Ding mit der Augenbraue.*

»Massenhaft Verkehr«, bestätigte Bramble, ohne mit der Wimper zu zucken. »Liegt alles an der neuen Ampel in Tal-y-Cafn. Warum man die gebaut hat, ist mir eh ein Rätsel.« Sie trug Portias Koffer zum Gartentor. Marlowe flitzte an ihr vorbei ins Haus. »Außerdem musste ich anständig fahren«, fügte sie hinzu. »Man soll mit jungen Leuten im Auto nicht rasen, weißt du.«

Zu diesem Zeitpunkt glühte Portias Gesicht schon so heftig, dass sie sicher jeder Tomate Konkurrenz gemacht hätte. Noch nie hatte sie jemand so glatt lügen hören.

»O ja, du bist ein hervorragendes Vorbild für Menschen jeden Alters«, sagte Rose trocken. Sie warf sich das Geschirrtuch über die Schulter und hielt ihre Hand in Richtung Portia. Überrascht bemerkte Portia ein Tattoo an ihrem Handgelenk. Eine Reihe blauer Quer- und Längsstriche – wie die Spuren kleiner Vogelfüße.

»Komm mit, Liebes«, sagte Rose. »Du kannst mir helfen, den Tisch zu decken.«

Auf einer Kachel über der Klingel stand in runden Buchstaben der Name des Hauses: *Afallon*. Portia trat durch die offene Tür und blieb wie angewurzelt stehen.

Die Eingangshalle war vollgestellt mit einer Garderobe, einem Korb voller Regenschirme und einem kniehohen Elefanten aus Bronze. Auf einem alten Telefontisch stand eine Vase mit Lilien und Hortensien, und dahinter hing ein Spiegel mit vergoldetem Rahmen.

So viel Krempel hatte Portia bisher nur in Museen zu Gesicht bekommen. Nur dass es in einem Museum in der Regel nicht nach frischem Gebäck duftete. Sie schnupperte. *Vanille*, dachte sie. *Und Zitrone*. Langsam ging sie den Flur entlang. Zu jeder Seite warteten offene Türen.

Ob es hier auch Geheimgänge gab? Versteckte Türen hinter großen Ölgemälden? Portias Herz schlug schneller, und sie hätte am liebsten sofort alle Räume erkundet. Sie drehte sich um und sah an den Wänden hinauf zur Decke. Eine dunkle Holzstiege mit einem verschnörkelten Geländer führte hinauf in den zweiten Stock.

»Na, was meinst du?« Rose lehnte in der Eingangstür und hatte die Arme unter der Brust verschränkt. »Wirst du es ein paar Wochen bei uns aushalten?«

»Auf jeden Fall«, platzte es aus Portia heraus. »Danke, dass ich herkommen durfte.«

»Unsinn, wir haben uns auf deinen Besuch gefreut.« Rose erhob die Stimme. »Um genau zu sein, freut sich der Tee schon seit einer Stunde auf dich.«

»Du kannst es nicht lassen, oder?«, brummte Bramble. Sie schob sich an Rose vorbei und trug Portias Koffer die Treppe hinauf.

»Dein Zimmer ist oben«, erklärte Rose. »Aber genehmigen wir uns doch erst mal ein Stück Kuchen.«

»Kuchen klingt gut«, sagte Portia sofort.

Rose lachte. »Hab ich mir gedacht.« Sie deutete auf eine Tür rechts neben ihnen. »Zum Wohnzimmer geht's da entlang. Geh schon mal vor, ich hole uns den Tee aus der Küche.«

Mit einem Kribbeln unter der Haut stellte Portia ihren Rucksack ab und ging durch die Tür, die Rose ihr gezeigt hatte.

»Genial«, flüsterte sie.

Das Wohnzimmer der Tanten sah aus wie eine Wurzelhöhle. Eichenbalken stützten die niedrige Decke, und die Wände waren lindgrün angestrichen. Der Fußboden war mit Holzdielen und rostroten Perserteppichen ausgelegt. Vor einem Kamin standen drei Ohrensessel. Das Beste jedoch waren die Bücher. Jede Wand im Zimmer war zugestellt mit Bücherregalen. Eine offene Glastür führte in den Wintergarten, und sogar dort, auf einer Liege zwischen Pflanzenkübeln und prächtigen Hängepflanzen, stapelten sich dicke Wälzer.

Portia war so beeindruckt von der Masse an Lesematerial, dass sie zunächst nichts anderes wahrnahm. Erst als sie die Mitte des Raumes erreicht hatte, fiel ihr auf, dass sie nicht allein war.

Auf der Schwelle zwischen Wohnzimmer und Wintergarten saß ein Fuchs. Das Tier schaute sie direkt an, und im Licht der Nachmittagssonne leuchtete sein Fell kupferrot. Portia hielt den Atem an, aber der Fuchs lief nicht weg. Er beobachtete sie mit aufgestellten Ohren und aufmerksamen, goldenen Augen. Fasziniert erwiderte sie seinen Blick, bis sie ein Wimmern hinter sich hörte. Sie drehte sich um. Marlowe kauerte mit geducktem Kopf in der Tür zum Wohnzimmer.

Ein Jagdhund war der Gute offenbar nicht, so ängstlich wie er dreinschaute. Der Fuchs wiederum schien sich nicht zu fürchten. Im Gegenteil. Er musterte Marlowe mit gelassenem Blick, und Portia hatte den Eindruck, er würde frech grinsen, aber das konnte er natürlich nicht.

»Marlowe, alter Junge«, ertönte Brambles Stimme aus dem Flur. »Bettelst du schon wieder?« Eine Sekunde später stand sie im Türrahmen und entdeckte den Fuchs. »Du!«, donnerte sie, und beim Klang ihrer Stimme zuckte der Fuchs zusammen. Bramble ballte die Fäuste und stürmte ins Zimmer. »Ich glaub's ja nicht! Mach, dass du wegkommst!«

Der Fuchs duckte sich, zögerte und flitzte schließlich davon.

Bramble verfolgte ihn bis zu einer offenen Tür, die vom Wintergarten in den Garten hinausführte. »Komm bloß nicht wieder, sonst mach ich Handschuhe aus dir«, rief sie. »Da wird ja der Hund in der Pfanne verrückt!«

»Das war ein Fuchs!«, sagte Portia, als Bramble ins Wohnzimmer zurückkehrte.

»Mehr oder weniger«, brummte Bramble. Ihr Blick glitt hinüber zu einer geschlossenen Tür, direkt neben einem der Bücherregale. Marlowe trottete zu ihr hinüber, und sie kraulte ihm kopfschüttelnd die Ohren. »Hast dich erschreckt, was?«

»Was ist denn hier los?«, fragte Rose, die gerade mit einem Tablett voll Teegeschirr ins Wohnzimmer kam.

»Ein Fuchs!«, rief Portia. »Hier im Wohnzimmer!« Nicht zu fassen! Sie hatte noch nie einen Fuchs aus solcher Nähe gesehen. »Passiert das oft?«

Das Haus der Tanten wurde von Minute zu Minute spannender.

Rose allerdings schien der Besuch des Fuchses auch nicht zu gefallen. Sie warf Bramble einen besorgten Blick zu, aber Bramble presste als Antwort nur die Lippen aufeinander.

»Willkommen auf dem Land«, sagte Bramble knapp. Dann gab sie Marlowe einen Stups und nahm Rose das Tablett aus den Händen.

Als es Abend wurde, konnte Portia nicht mehr entscheiden, welcher Teil des Hauses ihr am besten gefiel. Lange war es ein Kopf-an-Kopf-Rennen zwischen der Küche, dem Wintergarten und dem Wohnzimmer. Am Ende entschied sie sich dann aber doch für ihr eigenes Schlafzimmer.

»Wenn du irgendetwas brauchst, wir sind am anderen Ende des Flures«, sagte Rose, als es Zeit wurde, schlafen zu gehen. Dann legte sie einen Arm um Portia. »Wir freuen uns sehr, dass du hier bist.«

»Ich mich auch«, sagte Portia. Die Tanten hatten sie so freundlich aufgenommen, sie verstand jetzt schon, warum ihre Mutter ihre Ferien früher am liebsten in Afallon verbracht hatte.

»Schlaf gut«, verabschiedete sich Rose.

»Und lass den Hund nicht ins Zimmer!«, donnerte Bramble vom Ende des Flures.

Rose rollte die Augen, musste aber trotzdem lächeln. »Gute Nacht«, sagte sie, und Portia wünschte ihr dasselbe. Danach schloss Rose die Tür, und Portia konnte ihr neues Quartier in Augenschein nehmen.

Das Gästezimmer war nicht groß, aber dafür gemütlich. Es gab eine glockenblumenförmige Leselampe und eine weiße Kommode aus Holz. Das Zimmer befand sich auf der Rückseite des Hauses, und sie war sich sicher, dass man vom Fenster aus den Fluss sehen konnte.

Portia knipste die Leselampe an und öffnete ihren Koffer. Ihr Pyjama lag gleich obenauf. Sie nahm ihn hoch und stutzte. Direkt darunter lag Gwendolyns Lieblingsponcho.

Portia starrte auf den sorgfältig zusammengefalteten

Stoff. Plötzlich hatte sie einen Kloß im Hals. Sie erinnerte sich daran, wann ihre Mutter den Poncho das letzte Mal getragen hatte.

Es war an dem Morgen gewesen, an dem sie den gemeinsamen Urlaub abgesagt hatte. Zu dem Zeitpunkt war Portia schon seit zwei Wochen auf Zehenspitzen durch die Wohnung gegangen, um ihre Mutter nicht zu stören. Sie hatte morgens das Frühstück gerichtet und ihrer Mutter nachmittags Tee gekocht. Diese Routine war nichts Neues für sie. Gwen war meistens gut gelaunt und voller Tatendrang, aber manchmal überkam sie eine Welle der Traurigkeit. Wenn es gut lief, zog das Gefühlsunwetter nach ein paar Tagen weiter. Doch oft krallte es sich für Wochen an Gwens persönlichem Himmel fest. Und so war es auch diesmal gewesen.

Als Portia am Montag vor dem geplanten Reiseantritt ins Wohnzimmer gekommen war, hatte Gwen auf der Fensterbank gesessen. Sie trug ihren Lieblingsponcho, ein breites Tuch aus violetter Wolle. Portia hatte sich zu ihr gesetzt und sich an sie geschmiegt, und ihre Mutter hatte ihr von der Urlaubsplanänderung erzählt. Sie hatte den Arm um Portias Schultern gelegt, und die Wolle des Ponchos hatte sich warm und weich an Portias Wange angefühlt.

Andalusien wird wohl leider nichts, hatte ihre Mutter zugegeben.

Die Enttäuschung brannte in Portias Kehle, aber sie ließ sich nichts anmerken. *Macht doch nichts*, hatte sie gesagt. *Fahren wir eben nächstes Jahr.*

Und ihre Mutter hatte sie umarmt und ihr einen Kuss auf den Scheitel gedrückt. *Mein tapferes Löwenmädchen.*

Sie hatte gedacht, dass sie ihre Mutter überzeugt hätte, dass ihr die Planänderung nichts ausmachte. Aber anscheinend hatte ihre Mutter es trotzdem gespürt und ihr zum Trost den Poncho eingepackt.

Ach Mum, dachte Portia. Sie zog ihren Pyjama an und legte sich dann den Poncho über die Schultern. Das Wolltuch roch ein bisschen nach Gwendolyns Parfüm. Portia atmete den Duft tief ein und stellte sich vor, was ihre Mum wohl gerade tat. Sie hoffte, dass es ihr inzwischen besserging. Dass sie daran dachte, sich selbst Frühstück zu machen. Und vielleicht ab und zu an die frische Luft zu gehen.

Nicht zum ersten Mal fragte sie sich, ob sie nicht besser in London hätte bleiben sollen. Aber ihrer Mutter war es wichtig gewesen, dass sie in ihren Ferien Spaß hatte. Portia strich mit der Hand über den Poncho und hoffte, dass ihre Mum ihn nicht allzu sehr vermissen würde.

Sie seufzte, schaltete das Deckenlicht aus und ging zurück zu ihrem Bett. Dort kniete sie sich auf die Matratze und schaute aus dem Fenster. Im Garten hinter dem Haus war es bereits zu dunkel, um viel auszumachen. Für Sterne war es zu bewölkt, und sie konnte die Weiden am Fluss nur schemenhaft in der Ferne erkennen. Nur eines war merkwürdig.

Portia kniff die Augen zusammen. Nein, sie hatte sich nicht geirrt: Unten, auf einem Streifen Wiese, bewegte sich ein Schatten. Sie lehnte sich nach vorn. Der Fuchs huschte durch das Licht, das aus dem Fenster fiel, und verschwand zwischen den Büschen. Portia runzelte die Stirn. Der war wirklich hartnäckig. Ob er hier in der Nähe seinen Bau hatte?

Weil ihre Füße bereits kalt wurden, schlüpfte sie unter die Bettdecke. Aus ihrem Rucksack fischte sie das Buch, das sie auf der Zugfahrt angefangen hatte. Die Daunen knisterten, als sie sich tiefer in ihr Kissen drückte. Den Poncho behielt sie an.

Portia konnte nicht sagen, was sie aufgeweckt hatte. Sie wusste nur, dass sie plötzlich aufrecht im Bett saß, während es draußen noch stockdunkel war. Sie runzelte die Stirn. Komisch. Hatte sie sich im Traum erschreckt?

Sie rieb sich mit einer Hand über die Augen. Jetzt, wo sie einmal wach war, konnte sie auch zur Toilette gehen. Wahrscheinlich hatte sie es mit der dritten Tasse Tee übertrieben, aber es hatte so viel Spaß gemacht, die Milch in die Porzellantassen zu tröpfeln. Auf bloßen Füßen tappte sie hinaus auf den Flur. Sie tastete über die Wand, konnte den Lichtschalter jedoch nicht finden. Noch schlaftrunken, ging sie den Flur entlang, als sie unten im Haus ein Geräusch hörte. Sie blieb wie angewurzelt stehen. Da war es wieder. Das leise Knarzen einer Tür.

Mittlerweile hatten sich ihre Augen an die Dunkelheit gewöhnt, und sie konnte den Umriss des Treppengeländers ausmachen. Vorsichtig schlich sie zur Treppe. Das Geräusch kam aus der Küche. Sie lauschte angestrengt, aber der Rest des Hauses blieb still. Sie hatte schon entschieden, dass Marlowe wohl noch wach war, als plötzlich ein Schatten am Fuße der Treppe vorbeiflitzte. Der Fuchs!

Mit einem Mal war Portia hellwach. Sie überlegte sich

kurz, ob sie die Tanten wecken sollte, aber ihre Neugier war zu groß. Auf Zehenspitzen schlich sie die Treppe hinunter. Unten angekommen, hörte sie Geräusche im Wohnzimmer: zuerst ein Scharren, dann das Poltern eines Buchs, das zu Boden fiel. Was zum Kuckuck stellte der Fuchs nur an?

Sie schlich zum Wohnzimmer und spähte durch die offene Tür. Bläuliches Licht fiel durch die Fenster am anderen Ende des Raums. Trotzdem konnte Portia kaum etwas erkennen. Sie sah nur die dunklen Umrisse der Sessel, die sich wie schwarze Buckel aus den Schatten schälten. Die Geräusche kamen von nebenan, aus dem Zimmer, das sie bisher noch nicht gesehen hatte. Sie schlich über die dicken Teppiche und gab der Tür neben dem Bücherregal einen sachten Stoß.

Papier raschelte. Auf einem großen, klobigen Tisch bewegte sich etwas, ein geduckter Schatten mit einem buschigen Schwanz.

Portia kniff die Augen zusammen, um besser sehen zu können, als plötzlich Pfoten hinter ihr ins Wohnzimmer rannten und Marlowe einmal laut bellte. Bevor sie auch nur Luft holen konnte, griff jemand über ihre Schulter und knipste das Licht an. Portia blieb vor Schreck fast das Herz stehen, aber das war nichts im Vergleich zur Reaktion des Fuchses. Kaum ging das Licht an, erstarrte das Tier, und sein Schwanz sträubte sich wie die Borsten einer Flaschenbürste. Er stand mitten auf einem Schreibtisch, und um ihn herum herrschte ein Chaos aus zerwühlten Papieren und offenen Schubladen.

»O nein, das machst du nicht«, knurrte Bramble, die wie

aus dem Nichts aufgetaucht war. Sie schob sich an Portia vorbei und stürmte ins Arbeitszimmer wie ein Schlachtross. Der Fuchs duckte sich, legte die Ohren an und fauchte, aber Bramble ließ sich davon nicht beeindrucken. Beinahe hatte sie den Eindringling am Wickel, doch der Fuchs war schnell. In letzter Sekunde sprang er vom Schreibtisch, tauchte unter ihrem Arm hindurch und raste aus dem Zimmer, als wäre der Teufel hinter ihm her.

Bramble fluchte. Draußen schrie jemand erschrocken auf, dann ging auch im Wohnzimmer das Licht an.

Rose stand am Lichtschalter und knotete ihren Morgenmantel zu. »Was um Himmels willen ist hier los?«

Der Fuchs, wollte Portia sagen, aber Bramble kam ihr zuvor. »*Crwydriaidoch*«, schimpfte sie auf Walisisch.

Portia verstand nur Bahnhof, aber Rose hob verblüfft die Augenbrauen.

»Was wollte er denn hier?«, fragte sie erstaunt.

»Sachen stehlen, wie immer«, schnaubte Bramble. »Der Mistkerl verpasst mir noch einen Herzinfarkt.«

»Bramble«, sagte Rose, aber Bramble ließ sich nicht beschwichtigen.

»Ich hab genug. Wenn er das nächste Mal hier auftaucht, hol ich die Flinte vom Dachboden. Nein, weißt du was, gib mir gleich das Telefon.«

»Wen willst du denn anrufen?«

»Förster, Jäger, was weiß ich«, polterte Bramble.

Marlowe schmiegte sich an Brambles Bein, und Rose strich ihr beruhigend über den Rücken, bis sie die Augen schloss und langsam ausatmete.

»Ich bin zu alt für diesen Mist«, knurrte Bramble und fing an, das Chaos auf dem Schreibtisch zu beseitigen.

Rose sah auf ihre Uhr. »Ich mach uns einen Tee«, sagte sie. »In einer halben Stunde geht die Sonne auf, und mit dem Schlafen war's das eh diese Nacht.«

»Wie ist der Fuchs denn hier reingekommen?«, wunderte sich Portia.

»Ich habe wohl vergessen, die Küchentür zu schließen«, sagte Rose leichthin. Portia runzelte die Stirn. Sie erinnerte sich ganz genau, dass Rose die Tür geschlossen hatte. Und jetzt, wo sie darüber nachdachte, war sie sich sicher, dass die Tür zum Arbeitszimmer ebenfalls geschlossen gewesen war. Konnten Füchse Türklinken benutzen?

Rose machte sich auf den Weg in die Küche, aber Portia blieb noch einen Moment zurück. Irgendwas ging hier vor, und sie wollte Bramble unbedingt danach fragen. Aber als sie sich umdrehte, tastete Bramble gerade an der Kante ihres Schreibtisches entlang. Verwundert blieb Portia stehen und beobachtete, wie die Kante unter Brambles Fingerspitzen nachgab und eine verborgene Schublade unter der Tischplatte hervorglitt. Bramble klaubte etwas aus dem Inneren der Schublade, und für einen Augenblick blitzte etwas Silbernes zwischen ihren Fingern auf. Sie atmete erleichtert aus und legte das Silberding zurück.

Eigenartig, höchst eigenartig, dachte Portia und entfernte sich lautlos, noch bevor Bramble die Schublade wieder in ihr Versteck versenkt hatte. Sie hatte sich genau gemerkt, an welcher Stelle sie drücken musste, um das Geheimfach zu öffnen.

Pendragon Books
Ben

Ben Rees stand auf einer Leiter und sortierte Kochbücher in das oberste Fach eines ziemlich vollen Regals. Die Leiter unter ihm wackelte, aber daran war er gewöhnt. Er stützte sich mit dem linken Arm auf ein Regalbrett und schob ein Buch mit der freien Hand in eine schmale Lücke.

Vor ein paar Jahren hatten seine Eltern *Pendragon Books* von seinem Großvater übernommen. Sie hatten die Ladenfront blau gestrichen und hübsche Lichterketten im Schaufenster befestigt.

Wie seine Mutter war Ben im Laden groß geworden. In dem Sessel, der in der hinteren Ecke des Verkaufsraums stand, hatte er Lesen gelernt. Megan erzählte gerne, wie er stundenlang in Bilderbüchern geschmökert hatte. Am Anfang waren seine Beine noch so kurz gewesen, dass sie nicht einmal über den Rand des Sessels baumelten.

Seit er sechs Jahre alt war, half Ben im Laden aus. Er sortierte Bücherspenden und staubte Regale ab. Er bemalte die Schilder auf den Regalen mit Bildern: kleine Kochtöpfe für die Kochecke, blutige Messer für die Krimis, Herzen für die Romanzen und Drachen für die Fantasysammlung.

Er hätte nicht helfen müssen, aber er liebte den Buchladen. Er konnte es kaum erwarten, nach der Schule hierherzukommen. Der Geruch von Papier, die geknickten Bucheinbände und das Meer aus gedruckten Wörtern gaben ihm das Gefühl, zu Hause zu sein.

Heute war nicht viel los. Nur der rothaarige Mann, der gelegentlich im Laden vorbeischaute, blätterte in einem Roman. Ben stieg gerade von seiner Leiter, als das Glöckchen über der Eingangstür bimmelte und seine Mutter »Croeso!« rief.

Ben ging zu einem Stapel Bücherkisten und holte sich Nachschub. Als er mit einem Arm voller Kochbücher zurück ans Regal trat, sah er in der Krimiecke rechts neben sich ein Mädchen, das er nicht kannte. Es verirrten sich nicht viele Kinder in den Buchladen. Die meisten holten ihren Lesestoff aus der Bücherei in der Schule, wenn überhaupt. Dieses Mädchen jedoch sah aus, als ob es nicht mit leeren Taschen nach Hause gehen wollte. Ben vermutete, dass sie ungefähr gleich alt waren. Das Mädchen trug Turnschuhe, Jeans und ein blaues T-Shirt mit einem pink Flamingo darauf. Ihr Gesicht war übersät mit Sommersprossen, und ihre Haare waren tiefschwarz und wild gelockt. Er hatte sie hier noch nie gesehen.

Ben fuhr damit fort, seine Bücher einzusortieren. Dabei beobachtete er das Mädchen unauffällig, damit es ihn nicht bemerkte. Er wollte nur wissen, für welche Art Bücher sie sich interessierte. Als sie einen Miss-Marple-Krimi aus dem Regal zog, wusste Ben Bescheid. Nicht sein Fall. Er wollte sich schon wegdrehen, als das Mädchen ihn doch noch bemerkte. Sie ließ ihr Buch sinken und hob eine Augenbraue.

Ben wandte sich blitzschnell ab und kniete sich über seinen Karton. Sein Herz klopfte wie wild, und er ärgerte sich über sich selbst. *Das hast du nun davon*, dachte er. *Hättest ja nicht so zu starren brauchen.* Er fischte eine ramponierte Ausgabe von *Alle meine Hähnchen* aus der Kiste und drehte sich nicht noch einmal um. Er hoffte inständig, das Mädchen würde sich wieder um die Bücher kümmern und ihn vergessen. Als mehrere Minuten verstrichen und ihn niemand ansprach, atmete er erleichtert aus. Dann rief seine Mutter nach ihm.

»Ben! Kommst du mal?«

Ben drehte sich um, und das Herz rutschte ihm in die Hose. Seine Mutter stand hinter dem Ladentisch, und davor wartete das Mädchen mit den schwarzen Locken.

Na toll, dachte Ben. Er wusste genau, was jetzt kam. Er ging zum Ladentisch hinüber und betete, dass man seinem Gesicht nicht ansah, wie sehr er sich gegen die anstehende Begegnung sträubte.

»Das ist mein Sohn Ben«, sagte Megan Rees und strahlte über das ganze Gesicht. »Ben, das ist Portia. Sie verbringt ihre Ferien oben in Afallon.«

Das Mädchen lächelte ihm zu, und Ben spürte, wie seine Wangen glühten. Er hasste diese Momente.

Megan versuchte immer, ihn mit anderen Kindern zu verkuppeln. Sie meinte es gut. Sie machte sich Sorgen um ihn, weil er ihrer Meinung nach zu viel alleine war. Er ging nicht auf den Bolzplatz oder zu Geburtstagspartys. Das lag nicht mal daran, dass die anderen Kinder ihn absichtlich ausschlossen. Sie dachten beim Vereinbaren ihrer Treffen einfach nicht an Ben. Ihm war das recht. Er machte sich in der Schule so rar wie möglich. Im Unterricht sagte er nichts, wenn er nicht musste, und in den Pausen verschwand er in der Bibliothek. Dort saß er, las, schrieb oder zeichnete.

»Gibt es denn niemanden, mit dem du dich anfreunden möchtest?«, fragte Megan oft. »Sie können doch nicht alle Dumpfbacke sein. Versuch es doch einfach mal.«

Ben versprach jedes Mal, dass er genau das tun würde. Er sagte seiner Mutter nicht, dass er Schwierigkeiten hatte, den Kindern in seiner Schule ins Gesicht zu sehen. Er hatte immer das Gefühl, dass die anderen irgendetwas von ihm erwarteten. Als müsste er irgendein Codewort benutzen, das er nicht kannte. Oder vielleicht warteten sie auch nur darauf, dass er etwas Dummes sagte und sich blamierte.

Mit Büchern war es einfacher. Beim Lesen hatte Ben viele großartige Freunde. Er ging auf die Reise zum Schicksalsberg mit Sam und Frodo, erkundete mit Harry Potter die Geheimwege von Hogwarts und ritt auf dem Rücken eines gepanzerten Eisbären nach Bolvangar. Sein Leben war überhaupt nicht langweilig, aber irgendwie konnte er seine Mutter nicht davon überzeugen. Sie hatte es zwar aufgegeben, ihm den Fußballverein schmackhaft zu machen, aber die Gelegenheit, ihn mit einem Mädchen zu verbandeln, würde sie nicht auslassen. Das war peinlich für Ben und mit Sicherheit unangenehm für diese … wie hieß sie noch? Portia. Sie konnte sich bestimmt was Besseres vorstellen, als mit einem Wildfremden ein Gespräch anzufangen. Aber anscheinend war sie zu höflich, um sich das anmerken zu lassen.

»Hi«, sagte Portia.

Ben presste ein leises »Hey« heraus. Prima. Jetzt sah Portias Lächeln schon etwas gezwungen aus. Wenn er doch nur zu seiner Bücherkiste zurückgekonnt hätte.

Megan ignorierte die peinliche Situation. »Wie lange bleibst du denn in Afallon?«, fragte sie.

Portia drehte sich zu ihr zurück. »Zwei Wochen.«

»Ach, schön«, sagte Megan. »Da hast du genügend Zeit, die Gegend zu erkunden. Habt ihr denn schon Pläne?«

»Heute wollen wir nach Conwy.«

»Ah! Zum Pier?«

»Auf die Burg.«

Megan hielt noch immer Portias Buch in den Händen. Ben wünschte sich, sie würde abkassieren und einpacken. Aber so viel Glück hatte er nicht.

»Das wird bestimmt spannend«, sagte Megan im Plauderton. »Interessierst du dich denn für die walisische Geschichte?«

»Ich kenn mich noch nicht gut aus«, antwortete Portia. »Aber meine Mum sagt, in Wales gibt es ein paar der ältesten Sehenswürdigkeiten in ganz Britannien.«

»Stimmt«, sagte Megan. »Wusstest du, dass wir hier in der Nähe einen Steinkreis haben? Der ist noch älter als die Burg in Conwy, stimmt doch, Ben?«

Ben konnte nicht anders, er warf seiner Mutter einen flehenden Blick zu. Es war so offensichtlich, was sie vorhatte. Sie würde ein Treffen mit diesem Mädchen einfädeln. Wenn das nicht klappte, würde sie ihn unter irgendeinem Vorwand nach Afallon schicken. Er würde es also über sich ergehen lassen, seiner Mutter zuliebe. Aber das Herz wurde ihm schwer, weil er wusste, dass er erst mal keinen Spaß mehr an seinen Besuchen im Cottage haben würde.

Ben mochte die Afallon-Ladys. Er hatte alle Bücher gelesen, die Bramble geschrieben hatte, und einmal hatte er ihr sogar seine Zeichnungen gezeigt. Sie hatte darum gebeten, eine davon behalten zu dürfen, einen Nazgul-Drachen aus Mittelerde, was er als riesiges Lob empfand. Im Gegenzug hatte sie ihm zum Geburtstag ein Buch mit Bildern von Drachen, Rittern und Burgen geschenkt.

»Steinkreis?«, fragte Portia.

»Ja!«, sagte Megan. »Oben am See. Zieh doch einfach mal mit Ben los. Er kennt die Gegend hier.«

Bingo, dachte Ben.

Portia zögerte nur einen winzigen Augenblick, dann lächelte sie ihn an. »Klingt gut«, sagte sie. »Wenn du Lust drauf hast?«

Megan nickte ihm ermutigend zu.

»Klar«, sagte er und ergab sich seinem Schicksal. Er würde einen Vormittag damit verbringen, Portia zum Steinkreis zu führen. Sie würden sich über irgendeinen Quatsch unterhalten. Ben würde ihr die fünf kniehohen Steine zeigen, die seine Mutter großzügig als Steinkreis bezeichnete. Sie würde enttäuscht sein, weil sie mit so etwas wie Stonehenge gerechnet hatte. Und danach hätte Ben endlich wieder seine Ruhe.

Es sei denn, Portia würde in letzter Minute eine Ausrede finden, warum sie nicht mit ihm dorthin gehen konnte. Das wäre noch die beste Lösung.

»Wenn dich das richtige Wales interessiert, solltest du dir

den Steinkreis unbedingt anschauen«, sagte Megan und tippte den Preis von Portias Buch in die Kasse. »Die Burg in Conwy ist sozusagen ein Fremdkörper. Sie wurde von den Engländern errichtet, um uns in Schach zu halten.«

Ben griff nach einem weiteren Bücherkarton, der neben der Theke stand. Als er ihn hochhob, bemerkte er etwas Sonderbares. Der Mann mit den roten Haaren stand halb verdeckt hinter einem der Bücherregale und schaute aufmerksam zur Kasse hinüber. Nein, nicht zur Kasse. Er betrachtete Portia.

»Hey, Ben?«, rief Megan. Er zuckte zusammen. Der Rothaarige senkte den Blick und verschwand zwischen den Regalen. »Wollt ihr nicht gleich was ausmachen?«

Klar, Mum, dachte Ben. Am besten sprang er gleich ins kalte Wasser. »Hast du morgen früh was vor?«, fragte er Portia.

»Nein, cool, morgen passt prima.« Portia hob eine Augenbraue. »Elf Uhr okay?«

Ben nickte.

»Wunderbar«, sagte Megan zufrieden. »Ben kann dich oben in Afallon abholen.« Sie reichte Portia das eingepackte Buch. »Dann viel Spaß in Conwy. Sag Rose und Bramble viele Grüße, ja?«

»Mach ich«, sagte Portia. Sie drehte sich ein letztes Mal zu Ben um. »Dann bis morgen?«

»Klar«, sagte er und kam sich unbeschreiblich dämlich vor. Portia nahm ihr Buch, ging zur Ladentür und winkte ihnen noch einmal zum Abschied zu. Die Türklingel schellte, die Tür fiel zu, und sie war fort. Ben seufzte.

»Na?«, fragte Megan. »Das war doch nicht so schlimm, oder?« Sie lächelte ihm zu, und Ben presste die Lippen aufeinander. Die Türklingel schellte erneut, und der rothaarige Mann verließ ebenfalls den Laden.

»Nun schau nicht so trübe drein«, sagte Megan. »Du wirst sehen, wenn ihr erst mal unterwegs seid, hast du bestimmt Spaß. Diese Portia scheint wirklich nett zu sein.«

»Mhm«, sagte er. Es fiel ihm schwer, seiner Mutter nicht zu widersprechen. Aber wenn er anfing, zu diskutieren, würde sie ihm nur sagen, dass es nicht gut war, ein Einzelgänger zu sein. Dass er Freunde in seinem Alter brauchte. Dass er etwas Wichtiges verpasste, wenn er sich immer nur in seinen Büchern vergrub.

Ben wusste, dass seine Mutter sich wünschte, er wäre mehr wie andere Kinder. Und ihr zuliebe wäre er gern anders gewesen. Aber jedes Mal, wenn er versuchte, sich so zu verhalten, wie sie es für richtig hielt, zog sich sein Magen zu einem harten Knäuel zusammen.

Sein Dad hatte ihn nie dazu überredet, auf andere Kinder zuzugehen. Seine Mutter meinte es gut mit ihm. Und trotzdem … in Momenten wie diesen wünschte sich Ben, sein Vater wäre noch hier. Er hatte Ben verstanden.

Traurigkeit senkte sich wie eine schwere Decke auf seine Schultern. Wie so oft, seit sein Vater gestorben war.

»Ben …«, begann Megan, als etwas mit einem dumpfen Schlag gegen das Schaufenster klatschte. Megan und Ben fuhren herum.

»Was war denn das?«, fragte Megan, aber Ben war schon auf dem Weg zur Tür. Er trat nach draußen und sah sofort, was passiert war. Auf dem Gehweg vor dem Schaufenster lag eine schwarze zerzauste Amsel. Sie musste mit vollem Tempo gegen die Scheibe des Buchladens geflogen sein.

Ben lief zu dem Vogel hinüber und ging in die Hocke. Die Amsel war noch am Leben. Sie versuchte wegzuflattern, aber ihr rechter Flügel stand in einem absonderlichen Winkel ab.

Bens Brust zog sich schmerzhaft zusammen. Der arme Vogel! Wohin hatte er nur fliegen wollen? Er hob den Bick, bemerkte ein Funkeln auf der Fensterscheibe – und dann die Spiegelung des rothaarigen Mannes, der ihn von der anderen Straßenseite beobachtete.

Megan erschien neben Ben. »Ach herrje. Das arme Tier.«

Aber Ben hörte ihr nur halb zu. Er drehte sich um und sah gerade noch, wie der Rothaarige um eine Häuserecke bog. Einen Augenblick lang schien es, als würde hinter ihm eine Wolke aus goldenem Staub in der Luft hängen. Ben blinzelte, und die Wolke war verschwunden Er musste sich getäuscht haben.

Eigenartige Ereignisse

Portia

Am späten Nachmittag saß Portia im Wohnzimmer von Afallon und trommelte mit den Fingern auf der Lehne ihres Ohrensessels. Gerade hatte sie ein Telefonat mit ihrer Mutter beendet. Es hatte gutgetan, die Stimme ihrer Mum zu hören, vor allem, weil Gwen wieder gut gelaunt und voller Tatendrang klang. Portia hatte von ihrem Ausflug nach Conwy erzählt. Von der Altstadt, in der es überall nach Meersalz und Gischt roch. Von den riesigen Möwen, den engen Straßen und dem Backfisch mit Fritten, den sie und die Tanten direkt am Hafen gegessen hatten.

Der Tag war bisher ganz ausgefüllt gewesen, aber jetzt, als sich die Sonne wieder dem Horizont zuneigte, hatte Portia keine Ablenkung mehr. Ihr Blick wanderte hinüber zu der geschlossenen Tür von Brambles Büro.

Seit letzter Nacht geisterte der Fuchs in ihrem Kopf herum. Die Tanten waren allen Fragen über den nächtlichen Vorfall ausgewichen, was ihre Neugier nur noch mehr angestachelt hatte.

Portia hüpfte vom Sessel und ging hinüber zur Bürotür. Sie war allein im Haus. Rose hatte sich in ihr Schreibhaus im Garten zurückgezogen, um ihrer Arbeit als Lektorin nachzugehen. Bramble war mit Marlowe spazieren. Niemand würde es bemerken, wenn sie jetzt das Büro betrat.

Dumme Idee, dachte sie. Andererseits, Bramble und Rose hatten ihr nicht verboten, sich am Ort des Einbruchs umzusehen. Und hatte Rose nicht gesagt, Portia solle sich wie zu Hause fühlen? Was konnte es schaden, einen kurzen Blick hinter die Tür zu werfen?

Portia spähte noch einmal durch die offene Tür des Wintergartens, um sicherzugehen, dass keine der Tanten auf dem Weg hierher war, dann betrat sie Brambles Arbeitszimmer.

Bramble besaß einen altmodischen Schreibtisch: einen Sekretär mit einer Platte, die man zuklappen konnte, und einem Aufsatz mit Fächern und Schubladen. Im Gegensatz zu Brambles Auto war ihr Arbeitsplatz sauber aufgeräumt. Notizbücher reihten sich in den offenen Fächern, Füller und Bleistifte steckten in zwei Tassen, und am Rand der Schreibtischplatte lag ein walisisches Wörterbuch. Oben auf dem Schreibtischaufsatz stand eine leere Vase, und daneben befand sich ein Schuhkarton.

Portia legte beide Hände auf die Schreibtischplatte. Hier hatte der Fuchs gestanden, und hier hatte sich Bramble als Erstes umgesehen, nachdem sie ihn verjagt hatte. *Neugierige Katzen verbrennen sich die Tatzen*, bemerkte die Vernunftstimme in ihrem Kopf, aber Portia ignorierte ihre Warnung. Das Rätsel des Fuchses im Arbeitszimmer war einfach zu spannend, um es nicht lösen zu wollen.

Sie tastete mit den Fingerspitzen über die Kante der Schreibtischplatte, bis sie einen haarfeinen Spalt im glattpolierten Holz fand. Ein Lächeln stahl sich auf ihr Gesicht. Bingo. Sie drückte gegen die Kante und hörte ein Klicken. Als sie ihre Hand zurückzog, glitt die geheime Schublade aus der Schreibtischplatte.

»Abrakadabra«, flüsterte Portia. In dem Geheimfach befand sich eine flache Metallschachtel. Mit klopfendem Herzen öffnete sie den Deckel und hob überrascht die Brauen.

In der Schachtel lag ein antiker Schlüssel. Er war kunstvoll verziert, und der breite Bart würde in kein modernes Türschloss passen. Ein abgewetztes Band aus grüner Seide hing daran. Portia hob den Schlüssel hoch und fuhr mit dem Daumen über den Knoten im Seidenband. Warum versteckte Bramble einen Schlüssel? Und vor allem: Hatte der Fuchs etwa danach gesucht? Unmöglich.

Portia fuhr mit dem Daumen über das Metall. Wie groß war die Chance, dass Bramble ihr verriet, was es mit dem Schlüssel auf sich hatte? Verschwindend klein, das konnte sie sich ausrechnen. Vor allem, weil sie Bramble erst gestehen müsste, dass sie in ihren Sachen herumgeschnüffelt hatte. Aber vielleicht gab es im Büro noch weitere Hinweise?

Sie legte den Schlüssel ab, ließ den Blick über die Schreibtischfächer gleiten und griff dann nach dem Schuhkarton, der neben der Vase stand. Portia öffnete den Karton und fand eine wilde Sammlung von Kleinkram vor. Obenauf lag ein Nadelkissen, in dem eine einzige Nadel steckte. Daneben lag ein kleines Schmuckkästchen aus blauem Samt, in dem sich ein silbernes Medaillon befand. Portia öffnete das Medaillon und fand anstelle eines Bildes eine in Glas gefasste Blüte. Sie hielt das Medaillon ins Licht. Wenn sie sich nicht täuschte, war das die verblasste, weiße Blüte einer Heckenrose. Portia stöberte weiter.

Unter dem Nadelkissen lagen zwei Postkarten von einer griechischen Insel und ein Foto, das Rose und Bramble an einem Strand zeigte. Sie legte das Foto zur Seite und blätterte durch ein paar alte Zeitungsausschnitte. Bramble hatte eine Buchbesprechung aufgehoben und einen Fotoartikel über den Garten von Afallon. Ein älterer Zeitungsausschnitt trug die Schlagzeile: *Suche nach vermissten Studenten dauert an.*

Noch weiter unten fand Portia ein Bild von Marlowe als Welpe. Ein Gruppenfoto von sieben Freunden, die in bunten Hippieklamotten vor einem Theater posierten. Dann ein Bild in ernsterer Pose: Sechs Studenten in langen, schwarzen Roben mit Absolventenhüten.

Portia drehte die Fotos um. Auf den Rückseiten stand: *D. O. D. N., 1963* und *D. O. D. N., 1966*. Sie runzelte die Stirn. Was bedeutete D. O. D. N.? Sie sah sich die Vorderseite des Studentenfotos genauer an. Die Gruppe bestand aus fünf Frauen und einem Mann. Portia stutzte. Die Frau in der Mitte der Gruppe sah aus wie ihre eigene Mutter. Sie hatte Gwens pechschwarze Locken und das gleiche herzförmige Gesicht. Doch die Art, wie die junge Frau ihre rechte Braue hochzog, kam Portia bekannt vor. Das musste Rose sein, am Tag ihrer Abschlussfeier. Portia wollte das Bild schon zurücklegen, als ihr ein zweites vertrautes Gesicht auffiel. Bramble! Sie stand neben Rose, aber Portia hatte sie zuerst nicht erkannt. Diese Bramble strahlte über das ganze Gesicht. Sie trug die Haare offen, und anstelle eines

Absolventenhuts hatte sie eine bestickte Kappe auf dem Kopf.

Portia legte die Fotos beiseite und stellte fest, dass sie am Boden des Kartons angekommen war. Nachdenklich schaute sie auf die Erinnerungsstücke, die sie auf dem Schreibtisch ausgebreitet hatte. Eine Erklärung für den versteckten Schlüssel gab es hier jedenfalls nicht. Sie nahm ihn noch einmal in die Hand. Traute sie sich, den Schreibtisch weiter zu durchforsten?

Vernünftig wäre es, jetzt alles aufzuräumen. *Bevor* sie erwischt wurde. Andererseits würden weitere fünf Minuten Suchaktion vielleicht genau den Hinweis zutage fördern, nach dem sie suchte.

Sie streckte schon die Hand nach einem der Notizbücher aus, als das Windspiel im Wintergarten klimperte. Portia drehte sich um und erstarrte. Der Fuchs saß auf der Schwelle des Arbeitszimmers und sah sie mit aufgestellten Ohren an. Nein, nicht sie … Er starrte auf den Schlüssel in ihrer Hand.

»Portia?«, rief Rose aus dem Wintergarten. »Bist du da?«

Der Schrecken fuhr ihr eiskalt in die Glieder. Wenn Rose sie hier erwischte! Fuchs hin oder her: Sie wirbelte herum, sammelte Brambles Erinnerungsstücke ein und packte sie zurück in den Schuhkarton. Hastig stellte sie den Karton auf den Schreibtischsims. Sie wollte auch den Schlüssel wegräumen, aber da hörte sie schon Schritte im Wohnzimmer.

»Portia?«

Sie stopfte den Schlüssel in ihre Hosentasche und drehte

sich um. Der Fuchs war wieder verschwunden. Stattdessen erschien Rose im Türrahmen.

»Ach, *da* bist du«, sagte sie »Was machst du denn hier?«

»Ich suche einen Stift«, improvisierte Portia. Sie hoffte inständig, dass ihr Körper die offene Geheimschublade verdeckte. »Entschuldige.«

»Kein Problem«, sagte Rose. »Nimm dir ruhig, was du brauchst.« Sie hatte einen frischen Strauß Rosen, Hortensien und Wolfsmilch in der Hand und lutschte an einem Daumen. Wahrscheinlich hatte sie sich an einem Dorn gestochen. Portia nutzte den Moment, tastete hinter ihrem Rücken nach der Schreibtischkante und schloss die Schublade.

»Was meinst du«, fragte Rose. »Zeit fürs Abendessen?«

»Gerne.« Portias Herz klopfte ihr bis zum Hals. Aber Rose schien zum Glück nichts zu bemerken.

»Fein.« Rose wies mit dem Ellbogen auf den Schreibtisch. »Bringst du bitte die Vase mit?«

Portia hoffte, dass Rose vorausgehen würde. Stattdessen wartete sie auf der Schwelle, bis Portia an ihr vorbeigegangen war, und schloss die Tür zum Arbeitszimmer. Der Schlüssel wog schwer wie Blei in Portias Hosentasche.

Ben

Ben und Megan wohnten in Trefriw, in einem schmalen Reihenhaus am Hang oberhalb der Kirche. Die ganze Häuserreihe war weiß getüncht, nur das Haus der Rees hatte blaue Fensterrahmen und eine blaue Tür.

Megan nahm die zwei Tüten mit Essen aus dem Pub in die eine Hand und schloss mit der freien Hand die Tür auf. Ben trug den Käfig mit der verletzten Amsel und bewegte sich ganz vorsichtig, damit der Vogel keine Erschütterung aushalten musste.

Im Flur stellte Megan das Abendessen auf dem Telefontisch ab: Hühnchen Tikka für sich selbst und Backfisch mit Fritten für Ben. Sie warf die Schlüssel in ein Weidenkörbchen und schälte sich aus ihrer Jeansjacke.

»Essen in fünf Minuten?«, fragte sie.

»Ich bring nur schnell die Amsel nach oben«, sagte Ben.

»Ist gut, beeil dich. Sonst werden deine Fritten labberig, und es gibt keinen Umtausch.«

Ben grinste und trug den Vogelkäfig die Treppe hinauf. Sein Zimmer lag auf der Vorderseite des Hauses. Es war nicht groß, und durch die vielen aufgestapelten Bücher, die Regale und den Schreibtisch am Fenster wirkte es noch kleiner. Poster hingen an der Tür und über seiner Kleiderkommode, aber an der Wand neben dem Bett sah man nur den Wald, den seine Eltern dorthin gemalt hatten.

Ben stellte die Amsel auf dem Schreibtisch ab und zog das Tuch herunter, mit dem er den Käfig abgedeckt hatte. Die Amsel hüpfte sofort von einer Stange auf die nächste und versuchte mit den Flügeln zu schlagen.

»Ruhig«, sagte Ben sanft. »Hier tut dir keiner was.« Er blieb eine Weile still stehen, bis sich die Amsel wieder beruhigt hatte. Der Tierarzt Dr. Davies hatte ihren gebrochenen Flügel geschient.

»Ein Wunder, dass sie noch lebt«, hatte er gesagt. »Die

meisten Vögel, die gegen Glas fliegen, holen sich eine Gehirnerschütterung und sterben.«

Seine Mutter hatte Dr. Davies einen scharfen Blick zugeworfen. Der war sofort rot angelaufen. »Aber dieser kleine Kerl hier sieht ganz robust aus«, hatte er schnell nachgeschoben. »Der wird bald wieder fliegen, das wäre ja gelacht.«

Der Austausch zwischen seiner Mum und Dr. Davies war nicht neu für ihn. Seit sein Vater letztes Jahr gestorben war, hatten Erwachsene oft das Gefühl, ihn mit Samthandschuhen anfassen zu müssen. Ben nahm es ihnen nicht übel, er mochte nur die Aufmerksamkeit nicht.

Er zog seinen Rucksack vom Rücken und packte die frisch gekaufte Tüte mit Vogelfutter aus. Er kramte in seinem Rucksack nach dem Plastikschälchen und der Wasserflasche, die Dr. Davies ihm mitgegeben hatte. An der Wand neben ihm spähten Monster mit zottigem Fell und runden Augen zwischen den Stämmen roter Palmen und grüner Laubbäume hervor. *Wo die wilden Kerle wohnen* war sein Lieblingsbuch gewesen, als er klein war. Sein Vater Tom hatte es ihm so oft vorlesen müssen, dass er Ben eines Tages in die Augen geschaut und gesagt hatte: »Sohn, wenn du so viel Zeit in dieser Geschichte verbringen willst, dann musst du wohl oder übel lesen lernen.« Drei Monate später hatte Ben das Buch seinem Vater vorgelesen. Manchmal hatte Tom bei den längeren Wörtern helfen müssen, aber von da an wechselten sich die beiden mit dem Vorlesen ab. Sie schmökerten sich durch Dutzende Bücher. Toms abgenutzte Ausgabe des *Kleinen Hobbits* lag immer noch unter

Bens Kopfkissen. Obwohl er es lange nicht mehr aufgeschlagen hatte, hörte er noch die Stimme seines Vaters, der ihm Bilbos Abenteuer vorlas: *In einem Loch im Boden, da lebte ein Hobbit.*

Ben stellte das Plastikschälchen auf dem Schreibtisch ab und füllte die Wasserflasche an der Seite des Vogelkäfigs mit frischem Wasser. Die Amsel trippelte nervös auf ihrer Stange hin und her, aber sie geriet nicht mehr in Panik.

»Bald geht es dir wieder besser«, sagte Ben. »Versprochen.«

»Ben?«, rief seine Mutter von unten. »Labberige Fritten in T minus zehn Sekunden!«

Ben riss die Tüte mit dem Vogelfutter auf, leerte eine großzügige Menge Körner in das Schälchen und stellte es behutsam in den Käfig.

»Lass es dir schmecken«, sagte er und machte sich auf den Weg nach unten in die Küche.

Zwischenspiel

Nacht lag über Trefriw wie ein Mantel aus schwarzem Samt. Gegen Mitternacht teilten sich die Wolken, und der Vollmond kam zum Vorschein. Sein Licht überzog den Ort mit einem milchigen, fast unwirklichen Schimmer und flutete Bens Zimmer. Mondlicht wanderte über den schlafenden Jungen unter seiner Decke, streifte über die gemalten Palmen an der Wand und brachte den Vogelkäfig auf dem Schreibtisch zum Leuchten.

Die Amsel war wach. Sie saß am äußersten Ende ihrer Stange und spähte hinaus aus dem Fenster. Unten, auf der Straße, bewegte sich ein Schatten. Jemand ging an den geparkten Autos vorbei: eine hochgewachsene Gestalt, die mit einer lautlosen Leichtigkeit daherschritt. Unter Bens Fenster machte sie halt und sah nach oben.

Die Federn im Nacken der Amsel sträubten sich. Mondlicht glitzerte auf ihrem Kopf, und silberne Schimmer rannen über ihr Gefieder wie Wassertropfen. Ein Schaudern ging durch den Vogel. Er schüttelte sich, und sein Gefieder zerstob in alle Richtungen, wie die Samen eines Löwenzahns. Einen Wimpernschlag später stand anstelle der Amsel ein winziger Mann auf der Käfigstange. Sein Haar war so schwarz wie das Gefieder, seine Augen genauso dunkel und glänzend wie die des Vogels. Er trug eine Robe aus Amselfedern, aber seine Beine und Füße waren nackt. Den geschienten rechten Arm hielt er eng an seine Brust gedrückt.

Ridik ap Mwylachod trat näher an das Käfiggitter heran. Unten auf der Straße steckte sich der nächtliche Spaziergänger eine Zigarette zwischen die Lippen. Ein Feuerzeug flammte auf, und kurz darauf erhellte die Glut der Zigarette das schmale, spitz zulaufende Gesicht und den roten Haarschopf des Mannes. Er nahm einen genüsslichen Zug und steckte die freie Hand in die Hosentasche.

»Robin Goodfellow«, flüsterte Ridik. »Was hast du vor?«

Der Mann schickte ein Lächeln hinauf zum Fenster, als hätte er die Frage gehört. Er hob die Hand mit der glühenden Zigarette und malte die Form eines Schlüssels in die Luft.

»Nein.« Ridik schloss beide Hände um das Gitter seines Käfigs.

Mit der Zigarette zwischen den Fingerspitzen schlenderte der Mann auf der Straße davon. Der Schatten, der ihm folgte, war viel zu klein für einen Mann seiner Größe.

Die Menschentür

Portia

Portia saß auf der Mauer vor Afallon Cottage und schaute zum fünften Mal auf die Uhr. Mittlerweile war es zehn Minuten nach elf, aber Ben ließ sich nicht blicken.

Portias Rucksack stand zu ihren Füßen. Sie hatte ihn schon gestern Abend gepackt: mit einer Landkarte, ein paar Plastiktütchen, in denen sie Blätter und Blüten aufbewahren konnte, und natürlich ihrem Tagebuch. Heute früh hatte sie noch vier Sandwiches, eine Thermoskanne mit Tee und ein Tuch als Picknickdecke eingepackt. Ein Jammer, wenn das alles umsonst gewesen wäre.

Sie streckte das Gesicht in die Sonne. Vielleicht konnte sie einfach alleine losziehen? Rose war in Llanrwst zum Einkaufen, und Bramble saß an ihrem Schreibtisch und schrieb an ihrem aktuellen Buch. Portia hatte den ganzen Morgen nervös darauf gewartet, dass sie das Verschwinden des Schlüssels bemerken würde. Aber bis jetzt war das Glück auf ihrer Seite. Sie pokerte damit, dass Bramble heute wieder mit Marlowe spazieren gehen würde. Dann konnte sie den Schlüssel unbemerkt zurück an seinen Platz legen. Aber das hieß ja nicht, dass sie bis dahin Däumchen drehen musste.

Portia ließ die Beine von der Mauer baumeln. Der Morgenhimmel war blau, keine einzige Wolke in Sicht. Über der Wiese jenseits der Schotterstraße taumelten die ersten Schmetterlinge, und am Fuße der Wälder lag immer noch ein bläulicher Dunst. Portia holte tief Luft. Das Wetter war zu schön, um im Haus zu versauern. Vor ihr lagen Wiesen und Wege, die nur darauf warteten, erkundet zu werden.

Sie wollte gerade aufstehen, als sie den Fuchs bemerkte. Er kauerte am Nordende der Mauer unter einem Strauch Heckenrosen. Diesmal war sie nicht mehr überrascht.

»Du tauchst hier wohl ständig auf, was?« Portia rechnete damit, dass sich der Fuchs beim Klang ihrer Stimme aus dem Staub machen würde, aber weit gefehlt. Er saß nur da, seinen buschigen Schwanz ordentlich um die Pfoten drapiert. Portia musste lächeln. Ob er zuließ, dass sie näher an ihn heranging?

Vorsichtig ließ sie sich von der Mauer gleiten. Der Fuchs setzte sich in Bewegung, aber nicht, um davonzulaufen. Er trabte seelenruhig auf Portia zu. Sie blieb wie angewurzelt stehen. Was war das nur für ein seltsames Tier! Ob er vielleicht von Menschen aufgezogen worden war? Anders war dieses Verhalten ja kaum zu erklären.

Portia biss sich auf die Unterlippe. Sie erinnerte sich vage daran, dass Miss Malt sie im Naturkundeunterricht vor tollwütigen Füchsen gewarnt hatte. War Zutraulichkeit ein Symptom von Tollwut? Zumindest hatte dieser Fuchs keinen Schaum vorm Maul, und sein Fell schien glatt und geschmeidig.

Kurz vor ihren Füßen blieb der Fuchs stehen. Portia zögerte, dann ging sie in die Hocke und streckte eine Hand aus. Der Fuchs wich zurück, huschte dann an ihre Seite und berührte ihre Hosentasche mit der Schnauze. Sie hob die Brauen. Wusste er etwa, dass sie den Schlüssel eingesteckt hatte?

Der Fuchs trat zurück und schaute ihr in die Augen.

»Bist du wirklich auf der Jagd nach Brambles Schlüssel?«, fragte sie.

Der Fuchs zuckte mit dem rechten Ohr.

Portia stand auf, sah über die Schulter zurück zum Haus und zog den Schlüssel aus ihrer Hosentasche. Der Fuchs blieb ruhig stehen, aber er drückte seine Pfoten ein bisschen tiefer ins Gras. Portia ließ den Schlüssel an seinem grünen Band von ihren Fingern baumeln. Der Fuchs machte einen Schritt auf sie zu.

»Ich werd verrückt«, murmelte sie. Wenn sie jedoch gedacht hatte, dass sich dieser Fuchs nicht noch eigenartiger benehmen könnte, dann hatte sie sich geirrt. Er schlich an ihr vorbei und spähte durch die Gartentür hinüber zum Haus. Nachdem er sich offenbar versichert hatte, dass sie nicht beobachtet wurden, kam er zurück. Er streifte an Portias Bein entlang, lief über die Straße zum Rand der Wiese und schaute erwartungsvoll zu ihr zurück.

Portia beobachtete das alles mit wachsender Faszination. Was hier passierte, war unmöglich. Ein Kribbeln regte sich unter ihrem Brustbein, und der Wunsch, dem Fuchs zu folgen, zerrte an ihr wie der Wind an einem Segel. Aber sie durfte diesem Wunsch nicht nachgeben. Es wäre absolut lächerlich, vielleicht sogar gefährlich.

Andererseits, was konnte schon passieren, wenn sie ihm folgte? Nur ein Stück weit, um zu sehen, was er als Nächstes machte. Bramble und Rose mussten ja nichts davon erfahren. Sie würden denken, dass sie mit Ben unterwegs war.

Ich gehe nur ein paar Schritte mit, dachte sie. Die Vernunftstimme in ihrem Kopf setzte zum Protest an, aber Portia hatte ihre Entscheidung getroffen. Sie sah ein letztes Mal zurück zum Haus, dann hob sie ihren Rucksack auf. Täuschte sie sich, oder verzog der Fuchs seine Lefzen zu einem Lächeln?

»Dann zeig mal, wo du hinwillst«, murmelte Portia.

Der Fuchs überquerte die Wiese, schlüpfte unter einem Zauntritt hindurch und führte Portia in den nahe gelegenen Wald. Je weiter sie kamen, umso schneller trabte er voran. Aber jedes Mal, wenn Portia zurückfiel, machte er halt und wartete. Er wollte, dass sie mit ihm Schritt hielt – und er hatte offenbar ein Ziel vor Augen.

Sie verließen den Schutz der Bäume, liefen eine Böschung voller Ginster hinunter und folgten dem Ufer eines Sees, bevor sie wieder in den Wald eintauchten. Ab hier stieg das Gelände stetig an, und Portia kam ins Schwitzen. Der Fuchs lief zwischen Felsen hindurch, immer weiter den Hang hinauf. Einen Weg gab es hier nicht, aber Portia machte sich keine Sorgen. Neben ihr blitzte der See wie ein Spiegel zwischen den Bäumen in der Sonne. Sie würde den Weg zurück jederzeit wiederfinden.

Sie fühlte sich immer wohler in der schönen, fremden Landschaft. Außer ihr schien niemand unterwegs zu sein. Keine Wanderer in bunten Jacken, keine Schulausflugsgruppen. Nur das Knattern einer Kettensäge klang von der anderen Seite des Hangs zu ihr herüber, aber schließlich verstummte auch dieses Geräusch.

Je weiter sie und der Fuchs kamen, umso wilder wuchs das Moos auf den Baumstämmen. Farn wucherte zwischen den Felsen, und unter dem dicken Teppich aus trockenem Laub fühlte sich der Boden weich an.

Als Portia das nächste Mal zur Seite sah, war der See hinter Farndickicht und Felsen verschwunden. Sie zögerte, aber da hörte sie den Fuchs ein Stück weiter vorne bellen. Sie ging weiter, schob sich an einem Felsbrocken vorbei und fand schließlich doch eine Spur menschlicher Behausung.

Auf einer Lichtung ragten zwischen Eichen und dichtem Gestrüpp die Reste einer Mauer aus grauem Stein empor.

Portia trat näher. Zwei Eichen schmiegten sich an die Mauer und rahmten eine alte Tür ein wie zwei Säulen.

Der Fuchs trabte vor dem versperrten Durchgang auf und ab. Als Portia näher kam, blieb er stehen, aber sein Schwanz schwang weiter hin und her.

Portia legte ihre Hand gegen die Tür. Das Holz war rau und wurmstichig. Eisenbeschläge in der Form von Blättern rankten sich darüber, und ein Türring prangte über einem rostigen Schloss. Sie berührte das Schloss mit den Fingerspitzen und sah hinunter zu dem Fuchs.

»Lass mich raten«, sagte Portia. »Dafür ist der Schlüssel.«

Die Ohren des Fuchses zuckten. Portia zog den Schlüssel aus ihrer Tasche. Mauern wie diese begrenzten oft die Parks von alten Herrenhäusern. Aber warum sollte Bramble den Schlüssel für einen entlegenen Landsitz in ihrem Schreibtisch verstecken? Was verbarg sich hinter der Tür? Sie trat einen Schritt zurück und versuchte einen Weg um die Mauer herum zu entdecken, aber Brombeerhecken bildeten eine natürliche Grenze. Der einzige Weg auf die andere Seite führte durch die Tür.

Portia wog den Schlüssel in ihrer Hand. Jetzt konnte sie es auch durchziehen. Sie steckte den Schlüssel in das Schloss und blickte den Fuchs an. Der regte sich nicht, aber seine Augen schienen regelrecht zu glühen. Sie drehte den Schlüssel um, zog an dem eisernen Ring und öffnete die Tür.

Ein kalter Lufthauch strömte ihr entgegen und füllte ihre Nase mit dem Geruch von feuchtem Gras. Gänsehaut kitzelte über ihren Nacken, und die Härchen auf ihren Unterarmen richteten sich auf. Ob sich so ein Archäologe fühlte, wenn er das erste Mal die Tür zu einem versiegelten Pharaonengrab aufhebelte?

Sie hatte die Tür kaum geöffnet, da huschte der Fuchs wie ein Blitz über die Schwelle. Portia blieb stehen. Sie spürte ihren Herzschlag ganz deutlich unter ihrem Brustbein und wieder diesen Luftzug. Als stünde sie inmitten eines Windstroms und müsste nur loslassen, um mit der Strömung davonzuwirbeln.

Was, wenn auf der anderen Seite ein magischer Ort wartete? Ein geheimer Ort, und sie war die Erste, die ihn gefunden hatte? Das war natürlich Unsinn, aber die Vorstellung ließ ihr Herz höherschlagen.

Kurz dachte sie an Rose und Bramble. An ihre Mutter, die sich große Sorgen machen würde, falls sie sich im walisischen Hinterland verlief. Es wäre vernünftiger, umzukehren. Aber jede Faser ihres Körpers sehnte sich nach einem Abenteuer, auch wenn es nur ein kleines war.

Drüben, auf der anderen Seite der Mauer, bellte der Fuchs. Es war komisch, aber trotz aller Bedenken hatte Portia das Gefühl, genau zur richtigen Zeit am richtigen Ort zu sein. Sie zog den Schlüssel aus dem Schloss, trat unter dem Türbogen durch auf die andere Seite. Sie machte sich nicht die Mühe, die Tür hinter sich zu schließen.

Ben

Ben stand vor dem Tresen der Apotheke in Llanrwst und wartete darauf, dass der Apotheker Mr. Duke aus dem Lager zurückkam. Vor ihm stand der Käfig, sorgfältig mit dem Tuch von gestern abgedeckt. Die Amsel verhielt sich ruhig, aber Ben rechnete jeden Moment damit, dass sie wieder anfangen würde herumzuflattern.

Als er an diesem Morgen nach dem Frühstück in sein Zimmer gegangen war, hüpfte die Amsel so aufgeregt in ihrem Käfig herum, dass er befürchtete, sie könnte sich erneut verletzen. Megan war schon auf dem Weg in den Buchladen, und Ben hatte vorgehabt, mit dem Fahrrad nach Afallon zu fahren. Aber die Amsel wollte sich nicht beruhigen. Sie schlug mit ihrem gesunden Flügel und prallte immer wieder gegen die Stangen des Käfigs. Schließlich konnte

Ben die Panik des Vogels nicht mehr ertragen. Er streifte sich eine Jacke über und machte sich mit der Amsel auf den Weg nach Llanrwst.

Als er in der Apotheke stand, dachte Ben, dass er in Afallon hätte anrufen sollen. Wartete Portia auf ihn? Wahrscheinlich. Wenn sie gestern noch keine schlechte Meinung von ihm gehabt hatte, dann hatte sie sie jetzt. Er redete sich ein, dass ihm das nichts ausmachte. Aber so ganz stimmte das nicht.

Hinter dem Tresen räumte Mr. Dukes Lehrling Cal Tablettenschachteln ins Regal. Dabei summte er vor sich hin, und Ben fing an, die Finger im Takt auf den Tresen zu klopfen. Dann kam Mr. Duke mit einem Fläschchen in der Hand zurück.

»Hier«, sagte er. »Das ist besser als das, was dir der junge Davies verschrieben hat.«

Ben war mit der Amsel zuerst in die Tierarztpraxis gefahren, aber Dr. Davies hatte gesagt, dass er nichts weiter tun konnte. Er hatte Ben jedoch zur Apotheke geschickt, um ein Beruhigungsmittel für die Amsel zu besorgen.

Ben sah zweifelnd auf das Fläschchen in Mr. Dukes Hand.

»Was?«, fragte Mr. Duke barsch. »Das ist Baldrian. Funktioniert genauso gut wie das chemische Gebräu, das der Grünschnabel von einem Doktor verschrieben hat. Und es ist weniger schädlich.«

Ben kannte das schon. Mr. Duke wetterte gerne gegen Ärzte.

»Laien, allesamt.« Mr. Duke zog das Tuch vom Vogelkäfig. Der schwarze Vogel saß auf seiner Stange und starrte ihn an.

»Sei vernünftig und lass dir helfen«, sagte Mr. Duke und tröpfelte Baldrian in das Trinkwasser der Amsel. Er zog das Tuch wieder über den Käfig, und Ben entspannte sich.

»Nimm das Fläschchen mit«, sagte Mr. Duke. »Aber das ist nur für den Vogel, *capito*? Komm nicht auf die Idee, selbst daran zu nippen.«

»Nein, bestimmt nicht«, sagte Ben. Er steckte das Fläschchen ein und machte sich aus dem Staub.

Auf dem Gehweg vor der Apotheke schnallte Ben den Vogelkäfig auf den Gepäckträger seines Fahrrads. Die Amsel verhielt sich ruhig, vielleicht wirkte der Baldrian schon. Ben zupfte das Tuch über dem Käfig zurecht, dann machte er sich auf den Heimweg.

Er schob sein Fahrrad die Straße hinunter und überlegte sich, wie er seiner Mutter beichten konnte, dass er Portia versetzt hatte. Er wusste genau, wie Megan reagieren würde: Sie würde verlangen, dass er sich bei Portia entschuldigte.

Ben malte sich diese Herausforderung schon in allen Farben aus, als er ein gutes Stück den Abhang hinunter die Lösung für sein Problem entdeckte. Der graue Nissan der Afallon-Ladys stand auf dem Parkplatz des Supermarkts. Rose Evans trat gerade aus dem Laden, mit einer Tüte in jeder Hand. Bens Herz machte einen Sprung. Er könnte Rose erklären, warum er es heute nicht nach Afallon geschafft hatte. Sie würde seine Entschuldigung an Portia weitergeben, und vielleicht wäre Megan damit zufrieden.

Träum weiter, dachte Ben. Aber die Chance war zu gut, um sie nicht zu nutzen. Er schwang sich in den Sattel und stieß sich vom Gehweg ab. Auf der abschüssigen Straße kam sein Rad schnell in Schwung. Unten auf dem Parkplatz verstaute Rose ihren Einkauf und ging zur Fahrertür. Ben biss sich auf die Unterlippe, dann sprang er über seinen Schatten und klingelte wie wild.

»Rose!« Er hatte Roses Namen kaum gerufen, als die Amsel in Panik ausbrach. Sie tschilpte und flatterte so heftig, dass der Käfig hinter Bens Rücken bebte und das Metall knirschte. Erschrocken drehte Ben sich um und riss dabei den Lenker des Fahrrads mit herum. Das Fahrrad schlingerte, der Hinterreifen rutschte zur Seite weg, und er krachte mitsamt Fahrrad und Käfig auf die Straße.

Jemand schrie auf, aber Ben scherte sich nicht darum. Er ignorierte auch den stechenden Schmerz in seinem Arm und rappelte sich hoch.

Der Vogelkäfig war neben dem Fahrrad auf der Seite gelandet. Das Tuch hing noch über dem Gitter. Angst um die Amsel krampfte sich wie eine Faust um seinen Magen.

»Ben!«

Er drehte sich um und sah Rose mit wehendem Rock auf sich zu laufen. Noch halb benommen vom Sturz stand er auf. Er stieg über sein Fahrrad und ging neben dem ramponierten Käfig in die Knie. Das Flügelflattern war verstummt. Mit klopfendem Herzen zog Ben das Tuch zur Seite. Er rechnete damit, die Amsel mit gebrochenem Hals daliegen zu sehen. Tränen brannten in seinen Augen, und er wischte sie hastig weg. Er senkte seine Hand und erstarrte mitten in der Bewegung: Anstelle der Amsel kniete ein winziger Mann in dem umgestürzten Käfig.

Die Welt um Ben herum schien seitwärts wegzukippen.

»Ben! Ben, ist alles in Ordnung?« Zuerst drang nur ihre Stimme zu ihm durch, dann war Rose bei ihm. Sie ging in die Hocke und fasste ihn bei den Schultern.

»Ben, was ...« Hier verstummte sie. Ben wusste warum. Sie hatte den Mann im Käfig entdeckt. Den winzigen, unmöglichen Mann, der beim Klang von Roses Stimme erst den Kopf hob und sich dann mühsam auf die Beine kämpfte. Er trug eine Robe, die so schwarz war wie das Gefieder der Amsel. Seinen rechten Arm – *seinen Flügel,* dachte Ben – hielt er schützend gegen die eigene Brust.

Ben hatte sich beim Sturz selbst eine Gehirnerschütterung zugezogen. Er halluzinierte. Das war die einzige Erklärung.

Der Mann im Käfig sah zu Rose hinauf und verbeugte sich. »Viola Rosendorn«, sagte er mit einer Stimme, die für einen solchen Winzling überraschend tief war. »Es tut mir leid, dass wir uns unter diesen Umständen wiedersehen, aber ich fürchte, ich bringe schlechte Nachrichten.« Er balancierte über das Gitter des Käfigs und stellte sich dicht hinter die Käfigwand. »Und die Zeit drängt.«

Der Vogelmann spricht, dachte Ben. *Natürlich.* Er wunderte sich nicht mal darüber, dass er Rose mit Viola ansprach. Verrückter war nur noch, wie Rose auf den Namen reagierte.

Roses Hände glitten von Bens Schultern ab. Sie streckte den Arm aus und legte die Fingerspitzen an die Käfigwand.

»Ridik ap Mwyalchod, alter Freund«, sagte sie mit heiserer Stimme. »Was ist passiert?«

Der Vogelmann beugte sich vor und legte die gesunde Hand an Roses Finger. »Es ist Goodfellow«, sagte er. »Er hat die Tür geöffnet.«

Zwischen den Welten

Ben

Rose raste über die kurvigen Landstraßen. Ben saß auf dem Beifahrersitz des Nissans und drückte die Füße in den Fußraum, als könnte er im Notfall selbst bremsen. Seine Hände hatte er in den Schoß gelegt, und auf seiner Handfläche saß Ridik ap Mwyalchod. Der winzige Mann fühlte sich warm an, und seine Robe war genauso weich wie das Gefieder eines Vogels. Die bloße Existenz dieses Wesens war so unvorstellbar, dass Ben kaum den Blick von ihm abwenden konnte. Sein linker Unterarm war aufgeschrammt, aber er bemerkte das Brennen der wunden Haut kaum.

Er konnte seinen Blick nicht von Ridik abwenden. Er hielt ein magisches Wesen in der Hand! Ein waschechtes magisches Wesen! Sein Bauch kribbelte vor Aufregung wie schon lange nicht mehr.

Früher hatten seine Eltern immer eine Überraschung für seinen Geburtstag vorbereitet. Sträuße aus bunten Luftballons, einen Drachen, der aus einer Gurke geschnitzt war: Zusammen hatten die beiden immer die besten Ideen gehabt. An seinem fünften Geburtstag war Ben mit seinem Großvater vom Angeln nach Hause gekommen und hatte in seinem Zimmer den Wald an der Wand vorgefunden. Seine Eltern hatten lächelnd im Türrahmen gestanden, und sein Vater hatte einen Farbfleck auf der Wange gehabt.

Wenn er Ridik ansah, empfand Ben dieselbe Aufregung wie an jenem Geburtstag, als er seine Zimmertür geöffnet und die wilden Kerle zwischen den exotischen Palmen an seiner Wand gesehen hatte. »Du musst dich irren«, sagte Rose neben ihm.

»Ich fürchte, nein«, erwiderte Ridik. »Ich spüre die Veränderung in der Luft.«

»Er kann die Tür nicht öffnen«, beharrte Rose. »Es gibt keinen Schlüssel.«

Ben schaute auf den Vogelmann hinunter, aber der schwieg.

»Ridik?«, fragte Rose.

»Goodfellow hat immer gesagt, dass er nicht glaubt, dass ihr den Schlüssel zerstört habt.«

»Das haben wir aber«, rief Rose. »Gott, wir wären dumm gewesen, wenn wir ihn behalten hätten.«

»Und ihr habt ihn selbst vernichtet?«, fragte Ridik mit einem Anflug von Hoffnung in der Stimme.

»Bramble hat das übernommen«, sagte Rose. »Sie hat ihn in den See geworfen.«

»Wart Ihr dabei, Frau Rosendorn?«

»Nein, ich …« Rose verstummte. Sie starrte durch die Windschutzscheibe, und Erkenntnis dämmerte auf ihrem Gesicht. Sie sank in sich zusammen, als hätte sich eine schwere Last auf ihren Rücken gelegt. »Nein.«

Schweigend lenkte sie den Nissan auf einen Schotterweg, der direkt in den Wald führte. Es war eine Zufahrtsstraße nur für Förster, aber Rose schien das nicht zu kümmern.

»Rose?«, fragte Ben. »Kann ich dich etwas fragen?«

Rose stieß ein trockenes Lachen aus. »Ben, ich wette, du hast eine Menge Fragen«, sagte sie. »Aber selbst wenn ich dir alle beantworten könnte, du würdest mir nicht glauben.«

Ben sah auf Ridik. »Ich würde es versuchen.«

Rose schüttelte den Kopf. »Und womit soll ich anfangen? Mit der Weltentür? Dem Schlüssel? Dem Grauen König?«

»Wie wäre es, wenn wir mit mir beginnen?«, fragte Ridik sanft. Er drehte sich um und lächelte zu Ben hinauf. »Erlaubt mir, mich vorzustellen. Mein Name ist Ridik ap Mwyalchod, Sohn der Amsel, Späher der Adar.«

»Adar?«, wiederholte Ben. Er kannte genug Walisisch, um das Wort zu verstehen. »Späher der Vögel?«

»So ist es.«

Ben wollte mehr fragen, als ihm schlagartig etwas einfiel. Er hatte Ridik schon einmal gesehen! In einem von Brambles Büchern gab es die Zeichnung eines winzigen Mannes, der ihm sehr ähnlich sah!

»*Im Wald der Sprechenden Vögel!*«, rief er. »Der Amselspäher, über den Bramble geschrieben hat. Das warst du … ich meine, das wart Ihr, oder?«

Ridik lächelte. »Ich hatte die Ehre, als Vorlage für eine von Frau Brombeerblütes Figuren zu dienen. So ist es.«

»Aber dann …«, Bens Gedanken überschlugen sich. »Alles andere in dem Buch, die fliegenden Frösche, die Feen, ist das auch alles wahr? Bramble hat sich das nicht nur ausgedacht?«

»Oh, sie hat eine blühende Phantasie«, sagte Ridik grinsend. »Aber sie beherrscht auch die Kunst, das wiederzugeben, was sie selbst gesehen hat. Sie hat das Herz und das Talent einer Bardin, ohne Zweifel!«

»Ja«, sagte Rose düster. »Im Geschichtenerfinden war sie immer gut.«

Ridik warf ihr einen Blick zu. »Es gibt bestimmt einen Grund, warum sie Euch nichts von dem Schlüssel erzählt hat.«

»Warum sie mich belogen hat, meinst du wohl«, sagte Rose. Die Falte zwischen ihren Brauen wurde noch tiefer. »Deshalb hat Robin ständig versucht, in unser Haus einzubrechen. Deshalb hat er uns bestohlen. *Damio*, Bramble! Wie kann man nur so töricht sein!« Sie schlug mit der Hand aufs Lenkrad, und der Motor heulte auf, als sie dabei auf das Gaspedal trat. »Wenn Robin die Tür offen stehen lässt ...«

»... dann ist alles, wofür wir gekämpft haben, umsonst gewesen«, vollendete Ridik. Er setzte sich in Bens Handfläche und beugte sich mit schmerzverzerrtem Gesicht vornüber. Ben bewegte seinen Daumen, damit Ridik sich mit dem Rücken dagegenlehnen konnte. Dann sah er hinüber zu Rose.

»Welche Tür?«, fragte er.

Portia

Portia folgte dem Fuchs durch eine Wildblumenwiese, einen Eichenhain und immer weiter hinauf in die Hügel. *Ich komme mit, bis ich die nächste Straße sehe.* Das hatte sie sich kurz hinter der Türschwelle gesagt, aber nun stapften sie bereits einige Zeit durch die Landschaft, und keine Straße war in Sicht. Für eine Weile überwog ihre Begeisterung, aber wenn sie jetzt ehrlich in sich hineinhörte, hatte sich mittlerweile Unbehagen dazugeschlichen.

Vielleicht lag das daran, dass sich das Wetter zusehends verschlechterte. Wolken zogen auf, der Wind blies kälter, und Portia meinte den ersten Anflug von Regen in der Luft zu schmecken.

Vielleicht versiegte ihre Abenteuerlust aber auch deshalb, weil sie nun schon so lange ohne Pause durch die Landschaft stapfte. Wie lange genau, konnte sie nicht sagen. Als sie auf ihr Handy schaute, stellte sie fest, dass das Display schwarz war. Der Akku musste leer sein, sie hätte das Telefon gestern Nacht doch aufladen sollen.

Sie hätte wirklich gerne gewusst, wie spät es war.

Die Wiese, die sie durchquerten, wurde immer sumpfiger. Allmählich lösten Büschel aus Heidekraut das Gras ab, und hier und da breiteten sich schlammige Pfützen aus. Die Berge, die wie schlafende Riesen hinter dem nächsten Wald lagen, waren eindeutig näher gerückt.

Portia sah nach oben. Wolken verbargen die Sonne, und es war unmöglich einzuschätzen, wie tief sie schon stand. Hatten Rose und Bramble inzwischen gemerkt, dass sie sich alleine auf den Weg gemacht hatte?

Sie zupfte nervös an ihrer Unterlippe und blieb stehen. Zum ersten Mal wurde ihr die Stille, die sie umgab, richtig bewusst. Sie hörte keine Vögel, keinen Motorenlärm, auch nicht in der Ferne. Lediglich die Heide knisterte leise im Wind. Gänsehaut kroch über ihre Haut, und sie wünschte sich, sie hätte eine Jacke eingesteckt. Sie sah sich um und versuchte auszumachen, aus welcher Richtung sie gekommen war. Aber der Eichenhain war außer Sichtweite verschwunden, und der weiche Boden zwischen den Heidebüscheln hatte ihre Fußabdrücke verschluckt. Waren sie in einer geraden Linie über das Moor gelaufen? Oder in einem Bogen?

Jetzt wäre sie gerne umgekehrt, wäre ihrer Spur zurück zu der seltsamen Tür und nach Afallon gefolgt. Aber der Moment, an dem sie noch den Heimweg gefunden hätte, war längst vorüber.

Ben

»Verdammt, Robin.« Rose starrte auf die offene Tür in der bröckelnden Mauer und ballte die Fäuste. Ridik, der noch immer auf Bens Handfläche stand, sog hörbar die Luft ein.

Ben sah sich um. Er kannte die Wälder. Seine Eltern waren ein paarmal mit ihm zum Pilzesammeln hier gewesen. Aber diese Tür hatten sie bei ihren Ausflügen nie gesehen. Kein Wunder. Nicht ein einziger Wanderweg führte auf diese Lichtung.

»Seit wann ist die Tür offen?«, fragte Rose.

»Schwer zu sagen«, antwortete Ridik. »Aber es würde mich nicht wundern, wenn Goodfellow die zweite Tür bald erreicht.«

Türen, die in andere Welten führten, in Königreiche, in denen Feen und andere magische Wesen lebten: Für Ben klang das alles wie ein Roman, nicht wie die Wirklichkeit. Aber er hatte mit eigenen Augen gesehen, wie Ridik sich verwandelte. Das verschob die Grenzen zwischen *unmöglich* und *möglich* in seinem Kopf. Und das fühlte sich erstaunlich gut an. Er spürte Roses Anspannung und wusste, dass ihm all das Angst machen sollte.

Aber als er durch die Tür schaute, empfand er eine Vorfreude, die ihn aus seinem Innersten heraus wärmte.

Rose zückte ihr Handy und schrieb eine Textnachricht.

»Die zweite Tür«, fragte Ben. »Führt sie wirklich in die Feenwelt?«

»O ja«, sagte Ridik. »Diese hier wurde von Druiden errichtet, von weisen Männern und Frauen aus alter Zeit. Sie führt aus der Welt der Menschen ins Niemandsland. Die zweite Tür wartet an der Grenze zu meiner Heimat. Der Feenwelt, wie du sie nennst.«

Ben hätte ihn gerne weiter ausgefragt, aber Ridik spähte über Bens Finger auf den Waldboden. »Würdet Ihr mich bitte auf die Erde setzen?«, fragte er.

Ben ging in die Hocke und ließ den kleinen Mann zu Boden. Ridik stieg hinunter auf den Teppich längst gefallener Blätter und suchte den Boden ab. Ben trat indes näher an die Tür heran und stieß sie mit den Fingerspitzen auf. Brombeerranken ringelten sich hinter dem Türrahmen. Weiter vorn öffnete sich der Wald zu einer Wiese. Hohes Gras wiegte sich sacht im Wind, und ein weißes Schmetterlingspärchen wirbelte in die Luft.

Die Kofferraumklappe des Nissans krachte zu, und Ben zuckte ertappt zusammen. Er hatte gar nicht bemerkt, dass

Rose zurück zum Auto gegangen war. Als sie jetzt über die Lichtung zu ihnen marschierte, hielt sie einen Rechen in der Hand. Ihr Gesichtsausdruck war so düster wie eine Gewitterwolke. Bens Blick rutschte zurück Richtung Tür, als etwas an seinem Hosenbein zupfte.

Ridik hatte eine winzige Hand an sein Bein gelegt und sah mit ernstem Gesicht zu ihm hinauf. »Besser Ihr haltet Abstand, junger Ben.«

»Sind die Welten hinter der Tür denn gefährlich?«, fragte Ben.

»Jede Welt hat ihre Gefahren«, sagte Ridik. »Aber das Niemandsland, das zwischen den Welten liegt, ist ganz unberechenbar. Der Graue König wartet dort, und wer weiß, was noch hervorkommen kann aus den Ritzen zwischen dem Hier und Dort.«

Die Worte jagten Ben einen Schauer über den Rücken. »Warum öffnet dieser Goodfellow denn dann die Türen?«, fragte er.

»Er will nach Hause«, sagte Ridik schlicht.

Ben runzelte die Stirn. Er hatte angenommen, dass Robin Goodfellow der Schurke in dieser Geschichte war. Aber Ridik klang so, als hätte er Mitgefühl mit dem Schlüsseldieb.

»Warum er allerdings die Menschentür offen gelassen hat …?«, wunderte sich Ridik.

»Er ist wütend«, sagte Rose knapp. »Seit vierzig Jahren.« Sie löste den Stiel des Rechens vom Metallteil und zückte ein Taschenmesser. Sie begann, etwas in das Holz zu schnitzen.

»Wenn Goodfellow bald bei der zweiten Tür ist, sollten wir uns dann nicht beeilen?«, fragte Ben.

»Wir?«, wiederholte Rose. »Ben, du gehst jetzt nach Hause.« Sie blies ein paar Holzspäne vom Stiel des Rechens und packte ihr Taschenmesser wieder ein. Sie streckte ihre Hand aus und legte sie auf Bens Schulter. »Schlimm genug, dass ich dich nach deinem Sturz mit in den Wald schleife. Ich werde dich bestimmt nicht weiter in diese Geschichte hineinziehen.«

Ben öffnete den Mund, um ihr zu widersprechen, aber sie schüttelte den Kopf. »Nein«, sagte sie. »Ich werde heute der einzige törichte Mensch sein, der über diese Schwelle geht.«

Ben spürte eine Woge der Enttäuschung, aber da meldete sich Ridik zu Wort. »Das stimmt nicht ganz.«

Rose fuhr zu ihm herum. »Was sagst du?«

»Goodfellow war nicht allein«, sagte Ridik. »Ich sehe die Fußspuren eines Menschen.«

»Bramble?« Roses Finger gruben sich in Bens Schulter.

»Nein«, antwortete Ridik. »Diese Fußabdrücke sind kleiner. Eher wie die eines Kindes.«

Rose stöhnte. »Portia.« Sie drehte sich zur Seite, und Ben sah gerade noch, wie sie die Augen schloss und sich mit einer Hand durch die Haare fuhr. Er schaute beunruhigt zurück zur Tür. Wie war Portia denn in die Gesellschaft dieses Goodfellows geraten?

»Wer ist Portia?«, fragte Ridik.

»Meine Großnichte«, erklärte Rose. »Sie muss den Schlüssel in Brambles Sachen gefunden haben. Und ich habe mich noch gewundert, warum sie in Brambles Büro gewesen war!«

»Meint Ihr, Goodfellow hat sie auf seine Seite gezogen?«

»Er hat sie wohl eher ausgetrickst. Das würde zu ihm passen.« Sie stieß einen erneuten Fluch aus. »Ben hat recht. Wir müssen uns beeilen. Vielleicht schaffen wir es noch, die beiden aufzuhalten, bevor sie den Grauen aufwecken.«

Ben hörte zu, wie Rose Pläne schmiedete, und mit jedem ihrer Worte wuchs seine Enttäuschung. Wie oft hatte er sich gewünscht, in eins seiner Bücher klettern zu können? Fremde Königreiche zu erkunden, auf Drachen zu reiten oder mit Meerjungfrauen zu schwimmen? Jetzt erfuhr er, dass es solche phantastischen Welten tatsächlich gab, und er sollte sich einfach umdrehen und nach Hause gehen? Dorthin, wo *Der kleine Hobbit* fast vergessen unter seinem Kopfkissen lag und der Kaffeebecher seines Dads im Küchenregal Staub ansetzte?

Etwas veränderte sich in ihm. Plötzlich fand er die Vorstellung, dieser Tür den Rücken zuzukehren, unerträglich. Er ballte die Fäuste und nahm seinen ganzen Mut zusammen.

»Ich komme mit.«

»Was?« Rose drehte sich irritiert zu ihm um.

Ben hob das Kinn. »Ich komme mit«, wiederholte er.

»Ben, wir haben keine Zeit für …«

»Und wenn du mich nicht mitnimmst«, unterbrach er Rose, »dann komme ich euch eben hinterher.«

Ihm war ganz heiß vor Anspannung. Noch nie hatte er einem Erwachsenen so direkt widersprochen, aber er zwang sich, Roses Blick standzuhalten.

»Dieser Tag wird immer besser«, murmelte Rose. »Also gut.« Sie winkte Ben zu sich heran und legte ihm wieder die Hand auf die Schulter.

»Wenn wir hinter der Schwelle sind, dann tust du alles, was ich sage. Kein Zögern, keine Fragen. Verstanden?«

Bens Knie wurden ganz weich vor Erleichterung, aber er nickte.

Rose drückte kurz seine Schulter. »Bleib dicht bei mir«, sagte sie mit sanfterer Stimme, dann wandte sie sich an Ridik. »Was meinst du, kannst du Robin einholen?«

»Ich kann es versuchen«, sagte Ridik. »Junger Ben? Würdet Ihr mich bitte auf Eure Schulter nehmen?«

Ben hob ihn vom Boden auf. »Wirst du dich verwandeln?«

Ridik lächelte. »Ich werde Flügel haben, ja. Und Ihr auch.«

Rose nahm Bens Hand. »Die Späher der Adar beherrschen den Zauber des Pfeilflugs«, erklärte sie. »Sobald wir hinter der Schwelle sind, wird Ridik unsere Schritte beschleunigen können. Wie Siebenmeilenstiefel.« Sie wandte sich an Ridik. »Schaffst du es mit deinem gebrochenen Arm?«

»Es wird schon gehen«, sagte er.

»Dann los.« Rose packte den Rechenstiel fester und ging mit Ben an der Hand auf die Tür zu. Ben setzte direkt nach ihr den Fuß über die Schwelle, und vor Aufregung lief ihm ein Schauder über den Rücken. Ridik flüsterte etwas in einer Sprache, die Ben nicht verstand, dann ertönte ein gewaltiger Flügelschlag, und ein Sog aus Luft riss Ben nach vorn.

Die Feentür

Portia

Mittlerweile hingen die Wolken so tief, dass die Bergspitzen unter einer Haube aus Dunst verschwanden. Der Wind pfiff schärfer über das Heidekraut und trieb den Geruch von brackigem Wasser in Portias Nase.

Sie lief weiter, obwohl ihr längst die Füße weh taten. Sie hatte Angst, doch sie gab die Hoffnung nicht auf, doch noch auf eine Straße zu treffen oder ein Haus. Sie stieg über ein Büschel Heidekraut und trat auf eine der grasigen Inseln, die wie runde Sockel aus dem Moor ragten.

Sie hatte schon eine Weile nicht mehr nach dem Fuchs gesehen, aber als sie jetzt den Kopf hob, bemerkte sie zum ersten Mal das Ziel, auf das er zustrebte. Am Rand des Hochmoors wölbte sich ein langgezogener Hügel wie der Buckel eines Seeungeheuers aus der Heide. Und an der breitesten Stelle dieser Felsenbarriere … Portia hatte das Gefühl, als ob der Boden unter ihr wegsacken würde. In dem Felsen war eine zweite Tür eingelassen.

Wie ferngesteuert ging sie weiter und sank vor der Tür auf die Knie. Hier gab es keine verfallene Mauer. Stattdessen steckten zwei grob behauene Steinpfeiler im Boden. Ein dritter Steinquader lag obenauf und vervollständigte den Rahmen des Durchgangs. Die Tür selbst war mit geschnitzten Knotenmustern verziert. Zwei Vogelbeerbäume wuchsen zu beiden Seiten des Durchgangs, und die Äste ihrer Kronen verzweigten sich über dem Türsturz zu einem Torbogen.

Der Fuchs saß vor dem linken Baum und blickte Portia entgegen. Sie blieb, wo sie war, und starrte zurück.

Ihr war übel vor Erschöpfung und Angst. Hier gab es keine Straße oder irgendeine andere Landmarke, die ihr den Weg zurück zu anderen Menschen gezeigt hätte. Nur eine weitere Tür. Ein Funken Wut zuckte durch ihre Brust. Wut auf sich selbst, weil sie nicht zum richtigen Zeitpunkt umgekehrt war. Weil sie überhaupt so dumm gewesen war, dem Fuchs zu folgen. Und ja, Wut auf den Fuchs, den ihre Angst nicht scherte, der sich vielleicht sogar darüber freute, sie in die Irre geführt zu haben.

Portia hob den Kopf und starrte den Fuchs finster an. »Ich habe keine Ahnung, was das hier alles soll«, sagte sie. »Aber es reicht. Ich drehe jetzt um.« Als sie es aussprach, festigte sich ihr Entschluss. Die Augen des Fuchses wurden schmal.

Portia kämpfte sich auf die Füße. »Ich drehe um«, wiederholte sie laut und kehrte ihm den Rücken zu. Sie würde zum Cottage zurückgehen und eine große Tasse Tee trinken. Sie würde sich in Roses Lesesessel kuscheln und für den Rest ihrer Ferien nur noch zwischen den Seiten eines Buches nach Abenteuern suchen.

»Bitte tu das nicht.« Beim Klang der Stimme fuhr Portia so heftig zusammen, dass sie beinahe wieder auf die Knie gestürzt wäre. Ihr Herz hämmerte in ihrer Brust, als sie sich umdrehte.

Der Fuchs war nicht mehr zu sehen. Stattdessen stand ein

Mann vor der Tür. Er war groß und schlank, trug ein weißes Hemd und sandfarbene Hosen, an denen ein paar Gräser klebten. Sein Haar hatte dieselbe kupferrote Farbe wie das Fell des Fuchses.

Portias Mund war schlagartig staubtrocken. Nein. Das, was du denkst, ist unmöglich. Es kann nicht sein.

Sie wich zurück, als der Mann einen Schritt auf sie zukam.

»Na, na«, sagte der Fremde und lächelte. »Wir waren doch so gute Freunde bisher.«

Portia versuchte vergeblich, einen klaren Gedanken zu fassen. Sie wollte weglaufen, aber ihre Beine waren schwer wie Blei.

»Du kannst nach Hause gehen«, sagte der Mann mit honigweicher Stimme. »Ich werde dich nicht aufhalten. Wir müssen nur noch diese Tür öffnen.« Er ging vor Portia in die Hocke und streckte die Hand aus. Seine Augen hatten die Farbe von dunklem Bernstein.

Fuchsaugen, dachte Portia und schauderte.

»Der Schlüssel«, sagte er. »Bitte.«

Mit bebenden Händen zog sie den Schlüssel hervor. Der Mann schnappte ihn, presste ihn gegen seine Lippen und schloss kurz die Augen. Dann stand er auf und ging zurück zur Tür.

»Tu mir einen Gefallen, Portia«, sagte er, ohne sich umzudrehen. »Geh zu den Frauen in Afallon und sag ihnen, der Schlüssel ist jetzt wirklich weg. Sie brauchen nicht mehr zu lügen.« Er steckte den Schlüssel ins Schloss und legte seine Hand an die Tür.

»Was?«, krächzte Portia.

»Viel Zeit zum Bereuen werden sie nicht haben«, sagte er. »Bevor der Nebel kommt.«

Er drehte den Schlüssel und öffnete die Tür. Ein Windstoß brandete gegen Portias Gesicht. Der rothaarige Mann sah zum Himmel. Er zögerte einen kurzen Augenblick, dann zog er den Schlüssel aus dem Schloss und trat mit ihm über die Schwelle.

Ben

Mit Ridik zu reisen war das Seltsamste, was Ben je erlebt hatte. Einerseits kam es ihm so vor, als würde er stillstehen, während die Landschaft an ihm vorbeirauschte. Anderseits pflügte er selbst mit langen Schritten durch einen gewaltigen Wind, der sich wie Stromlinien im Wasser um ihn teilte.

Ein letzter Flügelschlag, dann fand Ben sich neben Rose auf der offenen Fläche eines Heidemoors wieder. Er taumelte, als wäre er eben von einem Schiff zurück auf festen Boden gestiegen. Auch wenn dieser Boden sich nicht fest anfühlte. Schwankten die Büschel aus Gras und Heide tatsächlich unter Bens Füßen, oder war ihm nur schwindelig?

Eine kleine Hand grub sich in Bens Schulter. »Da!«, keuchte Ridik.

Bens Kopf ruckte hoch. Vor ihnen, am Rand des Moors, erhob sich ein Felsrücken. Dort standen zwei Bäume und umrahmten eine Tür. Davor stand ein Mann, der gerade dabei war, die Tür aufzudrücken.

»Schnell!« Ridiks Stimme war kaum mehr als ein Krächzen. Rose rannte los, und Ben stolperte hinterher. Jetzt bemerkte er auch die kleine Gestalt mit den rabenschwarzen Locken, die starr wie ein Stein abseits der Feentür stand. *Portia!*

Der Mann trat durch die Tür und zog sie hinter sich zu.

»Robin!«, rief Rose. »Nicht!«

Portia fuhr herum und starrte von Rose zu Ben. Sie sah ganz schön erledigt aus, bleich und zerzaust. Ben blieb schwer atmend neben ihr stehen, und Portia berührte ihn sacht an der Schulter, als könne sie nicht glauben, dass er wirklich hier war.

»Er hat den Schlüssel!«, rief Ridik.

Rose stürzte auf den Durchgang im Fels zu und packte die Kante der Tür mit beiden Händen. Der Mann hinter der Tür stieß einen wütenden Schrei aus und schien heftig am Türgriff zu zerren. Rose stemmte die Füße in den Boden.

»Robin, bitte«, flehte sie. »Gib mir den Schlüssel.«

Einen Moment lang herrschte Stille. Dann sagte eine Stimme, die so tief war, dass sie eher einem Knurren glich: »Der Schlüssel. Darum bist du hier.«

»Robin …«

»All die Jahre«, sagte der Mann. »All die Jahre, in denen du geschworen hast, dass es keinen Weg zurück gibt.«

»Ich wusste es nicht!«, rief Rose. Ihr linker Fuß rutschte über den Boden, aber sie hielt die Tür fest. »Robin, ich wusste es nicht.«

»Hat sie dich also auch belogen?«, sagte Robin. »So, so.

Es scheint, als hättest du bei der Wahl deiner Gefährtin das große Los gezogen.«

Rose ließ sich nicht beirren. »Bitte! Du weißt, was passiert, wenn die Tür zu unserer Welt offen bleibt.«

Die Tür wurde aufgestoßen, und Rose taumelte zurück. Robin Goodfellow stand im Türrahmen, ein großer, schlanker Mann, der Rose um einen guten Kopf überragte. Seine Arme hingen herab, aber seine Hände waren zu Fäusten geballt. Eine Erinnerung durchzuckte Ben. Das war der Mann aus dem Buchladen! Der Mann, der Portia beobachtet hatte. Kurz bevor Ridik gegen die Scheibe geflogen war.

»Vielleicht ist das genau, was ich will«, zischte Robin. »Vielleicht ist es nur gerecht, dass ihr erfahrt, was es heißt, eure Welt zu verlieren.«

Rose richtete sich auf. Sie sagte nichts mehr, sondern sah Robin nur an. Er starrte zurück, und sein Brustkorb hob und senkte sich, als würde der Zorn wie ein Sturm in ihm toben. Würde er Rose angreifen? Ben ballte seine eigenen Fäuste so fest, dass seine Fingernägel in seine Handflächen drückten.

»Komm schon«, flüsterte Ridik. Und tatsächlich, Robin entspannte seine Hände. Rose streckte ihm wortlos die Hand hin.

»Hm.« Robin schnaubte, als wäre er angewidert von der ganzen verrückten Situation, dann verzog er den Mund zu einem Lächeln, das keinerlei Freundlichkeit an sich hatte. »Portia!«, rief er. »Vielen Dank für deine Hilfe.« Er warf ihr den Schlüssel vor die Füße und wandte sich ein letztes Mal an Rose. »Komm nie mehr zurück.«

»Nein«, begann Rose, aber Robin schnitt ihr das Wort ab.

»Aber natürlich weiß ich, wie viel deine Versprechen wert sind. *Wir lassen niemanden zurück.* Ob Hermia dir das auch geglaubt hat?«

Rose wich zurück, als hätte er sie geschlagen. Robin trat rückwärts über die Schwelle, zog die Tür mit sich und warf sie krachend ins Schloss.

Einen Augenblick lang standen Ben und die anderen schweigend da. Dann ging ein Ruck durch Rose. Sie marschierte zu Portia, hob den Schlüssel vom Boden auf und steckte ihn ins Schloss der Tür. Sie drehte ihn zweimal herum, dann zog sie den Schlüssel ab und steckte ihn tief in ihre Rocktasche.

Ben sah sich das erste Mal richtig um. Das Moor, auf dem sie sich befanden, saß wie ein Sattel zwischen zwei Hügelketten. Wolken verhüllten die oberen Regionen, und wenn Ben das Wetter richtig einschätzte, würde hier bald alles in einer grauen Nebelbrühe versinken. Der Wind hatte sich gelegt, und stattdessen fühlte sich die Luft feucht an.

Portia war die Erste, die sich bewegte. Sie setzte sich auf einen der flachen Felsen im Moor, legte die Arme auf ihre Knie und bettete ihren Kopf darauf. Es sah aus, als ob sie der ganzen verrückten Situation den Rücken zukehren wollte. Bens erster Impuls war, zu ihr zu gehen und sie zu trösten. Aber was hätte er schon tun können? Ihr aufmunternd auf den Rücken klopfen?

Rose kam ihm ohnehin zuvor. Sie kniete sich vor Portia, fasste sie an den Schultern, richtete sie auf und strich ihr mit beiden Händen die Haare aus dem Gesicht. »Portia«, sagte sie sanft. »Mädchen, was machst du denn hier?«

Portia murmelte etwas, das er nicht verstand. Sie hob den Kopf und öffnete den Mund, als wollte sie Rose alles erzählen, aber dann fiel ihr Blick wieder auf Ridik. Sie schüttelte den Kopf und vergrub das Gesicht in den Händen. »Das ist doch alles ein schlechter Witz.«

Rose nahm Portia kurz in den Arm. »Ich erkläre dir alles, sobald wir zurück sind«, versprach sie. »In Ordnung?« Dann sah sie zu Ridik.

Der nickte. »Wir sollten nicht noch mehr Zeit verlieren.«

Während Ridik sich aufrichtete, half Rose Portia auf die Füße. »Das wird sich jetzt eigenartig anfühlen«, warnte sie.

Portia warf Ben einen fragenden, fast verzweifelten Blick zu, aber er hatte kaum den Mund für eine Erklärung geöffnet, da brandete auch schon der Wind des Pfeilflugs über sie hinweg.

Die Grauen Reiter

Portia

Die Welt löste sich in einem Strudel aus Wind und fließenden Farben auf. Portia hielt den Atem an, während sie durch die wogende Landschaft gerissen wurde wie ein Fisch an einer Angel. Wenige Sekunden später ertönte ein Flügelschlag so laut wie ein Donnerkrachen, und die Welt rastete wieder ins Schloss. Portia riss die Augen auf. Das Moor war verschwunden. Stattdessen stand sie in einem Wald aus knorrigen Eichen.

Sie schnappte nach Luft, und eine Welle von Übelkeit brandete in ihren Magen. Sie hielt sich an den Trägern ihres eigenen Rucksacks fest und schloss die Augen. Einatmen, ausatmen.

Jemand tauchte an ihrer Seite auf und fragte: »Alles okay?«

Portia öffnete die Augen und blickte in Bens besorgtes Gesicht. »Klar. Abgesehen davon, dass ich den Verstand verloren habe.«

Ben verzog den Mund zu einem unsicheren Grinsen. Portia lächelte zurück, und der Drang, sich zu übergeben, ebbte endlich ab. Noch einmal sog sie die kühle Luft ein.

Mit einer zittrigen Hand strich sie sich die Locken aus der Stirn. Sie erkannte den Eichenhain, der sie umgab. Draußen vor dem Wäldchen lag die Wiese, und dahinter wartete die erste Tür, die Portia für den Fuchs aufgeschlossen hatte. Den Fuchs, der sich als Mann entpuppt hatte.

Sie drehte sich zu Ben um. »Ich bin nicht verrückt, oder? Das passiert alles wirklich?«

Ben nickte und sah zu dem winzigen Mann, der zusammengekauert auf seiner Schulter hockte.

»Es tut mir leid«, krächzte der Winzling mit schwacher Stimme.

Rose kam zu ihnen und hielt ihm ihre Hand hin. »Kein Grund sich zu entschuldigen, Ridik«, sagte sie. »Du hast uns weit genug gebracht. Danke.«

Der Wichtel lehnte sich kurz mit der Stirn gegen Roses Handrücken und lächelte erschöpft zu ihr hinauf. Rose lächelte zurück. »Gehen wir«, sagte sie und marschierte los in Richtung Waldrand.

Ben folgte ihr, ohne zu zögern, und Portia heftete sich an seine Fersen. Sie verstand immer noch nicht, wie die anderen sie gefunden hatten oder was sich hier überhaupt abspielte. Wie kam es, dass Rose sich über nichts, was hier passierte, wunderte? Sie wirkte zwar angespannt, aber ansonsten völlig unbeeindruckt von Miniaturmenschen und Füchsen, die sich in Männer verwandeln konnten. Tatsächlich schien sie mit dem Winzling auf Bens Schulter befreundet zu sein. Und dann war da noch der Stab, der aussah wie ein Besenstiel, den Rose jedoch in der Hand hielt wie das Schwert eines Samurais. Wer *war* Rose?

Am Rand des Wäldchens hob Rose die Hand und blieb stehen. Ben machte sofort halt, aber Portia ging an ihm vorbei und stellte sich an Roses Seite. Grauer Nebel war aufgezogen und trieb wie die Schlieren von altem Seifenwasser über der Wiese. Rose biss sich auf die Unterlippe und tippte gedankenverloren mit dem Daumen gegen ihren Stab. Am anderen Ende der Wiese, vielleicht fünfzig Meter entfernt, wartete die Tür in der Mauer.

»Das schaffen wir nicht«, sagte der Winzling. Wie hatte Rose ihn genannt? Ridik?

Rose löste sich aus ihrer Starre. »Wir müssen.« Sie wandte sich an Ben und Portia. »Bleibt dicht hinter mir.«

Portia warf Ben einen fragenden Blick zu, aber der zuckte nur mit den Schultern. Einer nach dem anderen traten sie aus dem Schutz der Bäume.

Den Nebel zu durchkreuzen fühlte sich an, als bahnte man sich einen Weg durch Vorhänge aus Wasserdunst. Mit jedem Schritt, den sie gingen, wurde die graue Suppe dichter, bis die Tür am anderen Ende der Wiese kaum noch zu sehen war. Dann, auf halber Strecke, blieb Rose stehen.

»Sie sind hier«, flüsterte sie.

Rechts von ihnen, irgendwo im Nebel, erklang ein gedämpftes Klirren und das Schnauben eines Tieres. Portia bekam eine eisige Gänsehaut.

Ridik richtete sich auf und starrte angestrengt in die Richtung des Geräuschs.

»Was zur Hölle«, flüsterte Portia. Sie griff nach Bens Hand. Er zuckte überrascht zusammen, aber eine Sekunde später erwiderte er den Druck ihrer Finger.

Rose packte ihren Stab, führte ihn zum Gesicht und flüsterte gegen das Holz. Am oberen Ende des Stabes glommen blaue Linien auf wie die Adern eines Blattes.

Ben sog scharf den Atem ein, und Portias Augen weiteten sich. Das konnte doch alles nicht wahr sein!

»Rose?«, fragte sie mit dünner Stimme.

»Bleibt ruhig«, sagte Rose knapp. Sie stellte sich vor Portia und Ben und schwang den Stab zur Seite. Auch auf der Innenseite ihres Handgelenks leuchteten blaue Linien. *Ihr Tattoo*, dachte Portia, doch dann wurde jeder klare Gedanke fortgespült wie eine Sandburg in der Flut.

Nur wenige Meter von Rose entfernt trat ein Pferd aus dem Nebel. Seine grauen Hufe scharrten, und seine großen Nüstern bebten.

»Ein Nazgul«, murmelte Ben.

Portia schauderte. Auf dem Pferd saß ein Reiter in einem Mantel mit Kapuze. Sowohl Reiter als auch Pferd sahen aus, als wären sie aus Nebel gemacht. Ihre Umrisse faserten auseinander wie Schwaden aus wehendem Rauch.

Instinktiv wich Portia zurück, als ein Hund neben dem Pferd auftauchte. Es war ein großes, schlankes Tier mit einer langen Schnauze. Sein Fell war weiß, aber seine Ohren waren rot, als hätte man sie in Blut getaucht. Seine Augen leuchteten wie Sturmleuchten in einer nebligen Nacht.

Ben wich ebenfalls zurück und stieß dabei mit der Schulter gegen Portia. Ridik atmete schwer.

»Zur Tür«, sagte Rose ruhig. »Jetzt.«

Sie hatte kaum ausgesprochen, da hob der Reiter die Hand, und der Hund preschte los. Ben drückte Portias Hand so fest, dass es schmerzte. Sie beide stolperten rückwärts, aber keiner von ihnen konnte sich rühren. Der Hund jagte über die Wiese, direkt auf sie zu. Rose bewegte sich keinen Millimeter. Erst als der Hund sprang, fuhr sie herum und wirbelte gleichzeitig ihren Stab durch die Luft. Seine Längsseite traf den Hund, und die Zeichen auf dem Holz leuchteten gleißend auf. Ein Zischen erklang, Nebel und Licht verschlangen einander, und der Hund war verschwunden.

»Vorsicht!«, rief Ridik.

Während Rose den Angriff des Hundes abgewehrt hatte, war der Nebelreiter in Richtung Tür losgaloppiert. Rose rannte los und schnitt dem Pferd den Weg ab. Der Reiter zerrte an den Zügeln, und das Pferd stieg auf die Hinterbeine. Kurz bevor seine Hufe auf Rose niedersausen konnten, wich sie zur Seite. Sie riss den Stab hoch wie ein Schwert und landete einen Hieb gegen ein Bein des Tieres. Wieder flammte das blaue Licht auf, und ein Zischen zerschnitt die Luft. Der Reiter griff nach Rose, aber sie duckte sich unter seinem Arm weg, packte seine Robe und zerrte ihn aus dem Sattel. Noch während der Reiter fiel, schwang Rose ihren Stab, und unter diesem zweiten Schlag zerbarst das Pferd in einer Explosion aus Nebel und Rauch. Rose fuhr herum, wirbelte den Stab über ihrem Kopf und stieß ihn dann gegen die Brust des gefallenen Reiters. Blaues Licht flammte auf, und der Reiter zerstob nach allen Seiten, als wäre er nichts weiter als ein Schemen gewesen.

Portia stand mit offenem Mund da. Ben ließ ihre Hand los und ging wie in Trance ein paar Schritte auf Rose zu. Der Nebel brandete an ihr hoch und fiel zurück wie eine Welle nach dem Schlag gegen einen Felsen.

»Rose?«, fragte Ben. Er hatte ihren Namen kaum ausgesprochen, als in den Tiefen des Nebels das Donnern von Hufen laut wurde. *Das ist nicht nur ein Pferd*, dachte Portia. *Das sind viele. Und sie alle galoppieren in unsere Richtung!*

»Zu spät!«, warnte Ridik. »Zu spät!«

Ein Reiter brach aus einer Nebelbank und galoppierte auf die offene Tür zu. Er war zu schnell und zu weit weg, als dass Rose ihn hätte aufhalten können.

Rose stieß einen wütenden Schrei aus und fuhr herum. »Ridik!«

Der Winzling straffte sich und hob beide Arme, so dass sein schwarzer Federmantel sich aufbauschte. Er sprang in die Luft und verwandelte sich in eine Amsel. Portia blinzelte, aber nein, sie hatte sich nicht getäuscht. Pfeilschnell schoss die Amsel, die eben noch ein kleiner Mensch gewesen war, auf den Grauen Reiter zu.

Rose rannte ebenfalls los. Mit einer Hand hielt sie den Stab gepackt, mit der anderen griff sie in ihre Rocktasche.

Der Schlüssel, dachte Portia, und dieser Gedanke riss sie endlich aus ihrer Starre. Sie packte Bens Ärmel. »Komm! Schnell!«

Ben starrte sie an. Dann ging ein Ruck durch seinen Körper, und er nickte. Sie rannten los, quer über die Wiese und auf die Tür zu. Der Rucksack schlug gegen ihren Rücken, aber die Riemen waren zu fest gezogen, als dass sie ihn einfach hätte fallen lassen können.

Die Amsel hatte indes den Reiter eingeholt und drehte einen haarscharfen Kreis um den Kopf seines Pferdes. Das Tier scheute, und die Amsel stürzte sich mit den Krallen voraus auf das Gesicht des Reiters.

»Ridik!« Ben strauchelte, aber Portia packte wieder seinen Ärmel und zerrte ihn weiter. Ein weiterer Hund preschte an ihnen vorbei; Portia spürte den Luftzug des vorbeijagenden Körpers. Er hatte es nicht auf sie abgesehen. Er wollte zu –

»Rose!«, schrie Portia. Rose erreichte die Mauer am Ende der Wiese, schlug die Tür zu und wirbelte herum. Der Hund sprang, und Rose hob den Stab, mit beiden Händen. Die Reißzähne des Hundes schlossen sich um den Stab, und das Holz knackte. Rose ließ den Stab nicht los, sondern schleuderte den Hund in weitem Bogen von sich. Das Biest war kaum gelandet, da rappelte es sich wieder auf und sprang erneut. Aber diesmal war Rose vorbereitet: Sie stieß den Stab gegen seine Brust. Ein blauer Blitz, und das Tier war verschwunden.

Im selben Moment schrie Ben auf, und Portia fuhr herum. Das zweite Pferd bäumte sich auf, während die Amsel immer wieder Angriffe gegen den Reiter flog. Der Reiter zog an den Zügeln, schlug um sich und fegte den Vogel aus der Luft.

»Nein!«, rief Ben. Und rannte los.

Rose fluchte und zerrte den Schlüssel aus ihrer Tasche. Bevor Portia begriff, was passierte, schloss Rose die Tür ab und rannte Ben hinterher, zu der Stelle, an der die Amsel zu Boden gestürzt war. Das graue Pferd hatte sich längst noch nicht beruhigt, und Ben wäre unter seine Hufe geraten, wenn Rose nicht die Zügel gepackt und das Pferd zur Seite gezerrt hätte.

Der Reiter ließ einen langen Nebelschwaden wie eine Peitsche nach vorne schnellen. Das graue Band wickelte sich um Roses Unterarm, und sie schrie auf vor Zorn. Sie wirbelte herum, und die Nebelfessel zerriss, aber der Reiter ließ gleich den nächsten Angriff auf sie hinuntersausen.

Portia löste sich aus ihrer Starre und rannte zu Ben. Je weiter sie sich von der Tür entfernte, umso lauter läuteten die Alarmglocken in ihrem Kopf. *Nicht gut, nicht gut*, dachte sie verzweifelt. Sie mussten hier weg, zurück zur Tür, bevor noch mehr von diesen Reitern hier aufkreuzten.

Ben kniete im Gras und hatte sich über Ridik gebeugt. Als Portia bei ihm ankam, sah sie, dass er die Amsel in seinen Händen hielt. Ein Stich fuhr durch ihre Brust, als sie den krumm abstehenden Flügel des Vogels bemerkte, aber für Kummer hatten sie jetzt keine Zeit. Sie packte Ben am Arm und zog. Aber Ben rührte sich nicht.

»Komm schon«, zischte Portia. Ben hob nicht einmal den Kopf. Verzweifelt sah sie hinüber zu Rose, aber die hatte alle Hände voll zu tun.

Der Reiter schickte einen Sturm aus grauen Peitschen auf sie nieder. Wie ein Messerwerfer sah er dabei aus. Rose wich seinen Angriffen aus, aber sie wich auch zurück, immer weiter weg von der Tür. Panik brandete in Portia auf, bis ihr klarwurde, dass Rose den Reiter von ihr und Ben weglenkte. Als die Entfernung groß genug war, blieb Rose plötzlich stehen und fing das Ende einer Nebelpeitsche mit ihrem Stab auf. Der Reiter versuchte zurückzuweichen, aber seine eigene Waffe wurde ihm zum Verhängnis. Die Nebelbahnen, das erkannte Portia jetzt, waren ein Teil des Reiters: Sie hingen an ihm wie die Fangarme an einem Kraken. Und ein solcher Fangarm hatte sich fest um Roses Stab gewickelt.

Ein grimmiges Lächeln stahl sich auf Roses Gesicht. Sie packte den Stab fester, und das Holz glühte. Der Reiter wand sich, aber es war zu spät. Blaues Licht schoss die Nebelschliere entlang und glitt seinen Arm hinauf. Jetzt befreite Rose ihren Stab mit einem Ruck von der Nebelschlinge und sprang auf Pferd und Reiter zu. Im Sprung holte sie aus und ließ ihren Stab in einem gleißenden Bogen durch den grauen Reiter fahren.

Reiter und Pferd schwappten auseinander. Nebelwogen bäumten sich auf und fielen dann in sich zusammen. Aber hinter diesem verebbenden Ring bauschte sich bereits neuer Nebel zu einer Brandung auf, die ihnen bald jeden Fluchtweg versperren würde.

»Ben«, drängte Portia. »Ben! Wir müssen hier weg!« Genauso gut hätte sie einen Stein anbrüllen können.

Und dann war plötzlich Rose an ihrer Seite. Sie ging vor Ben in die Hocke, berührte erst Portias Wange und dann Bens Schulter. Ihr Blick fiel auf die reglose Amsel in seinen Händen. Tränen glitzerten in ihren Augen, aber sie wischte sie beiseite.

»Wir müssen hier weg. Jetzt!«, sagte sie zu Portia. Portia konnte nur nicken.

»Ben«, sagte Rose, erst sanft, dann fester: »Ben!«

Endlich hob er den Kopf. Er weinte, und Portia spürte seinen Kummer wie ein Gewicht auf ihrem Herzen. Rose jedoch umfasste sein Gesicht mit beiden Händen und sah ihm direkt in die Augen. »Kein Zögern, keine Fragen«, sagte sie.

Ben stieß bebend Atem aus, dann stand er auf.

Portia drehte sich um und sah zurück zur Tür. Doch dort, wo die Mauer stand, war nun eine graue wabernde Wand aus Nebel. Portia sah, dass sich geisterhafte Schemen in der Tiefe der Nebelschleier regten. Sie hörte ein Kratzen und Knirschen, als ob Krallen am Holz der Tür schabten. Eiseskälte kroch ihren Rücken hinauf.

»Wir können nicht mehr zurück«, sagte Rose neben ihr und nahm ihre Hand. Sie zog sie mit sich und schob auch Ben in Richtung des Eichenhains. »Wir müssen zur Feentür«, drängte sie. »Das ist unsere einzige Chance.«

»Aber …«, begann Portia.

»Es hat keinen Zweck, Liebes«, sagte sie, und diesmal brach ihre Stimme. »Es sind zu viele.«

Sie erreichten den Eichenhain, und Rose schob Ben in den Schutz der Bäume. Portia schaute zurück, und was sie sah, ließ ihr das Blut in den Adern gefrieren. Draußen auf der Wiese traten immer mehr Figuren aus dem Nebel. Pferde gab es keine mehr, diese Wesen gingen zu Fuß: Graue Geister in zerrissenen Gewändern, die auf die verschlossene Tür zuströmten wie Motten zum Licht. Und irgendwo, jenseits der Wiese erklang der langgezogene Ruf eines Jagdhorns.

Sackgasse

Ben

Der Weg zurück zur Feentür wollte kein Ende nehmen. Hatte Ridik zuvor Bens Schritte beschleunigt, so wog sein lebloser Körper jetzt schwer wie ein Stein in seinen Händen.

Rose ging mit festen Schritten voraus, Portia jedoch machte einen sehr erschöpften Eindruck auf Ben.

Der Eichenwald lag weit hinter ihnen, die Wiesen wurden karger, und die Berge rückten näher. Schließlich warf Rose einen besorgten Blick auf Portia und sagte: »Wir machen eine Pause.«

Ein paar Meter zu ihrer Linken erhob sich ein verkümmerter Vogelbeerbaum aus dem Gras. Dort machten sie halt.

Portia sank vor dem Baum auf die Erde. Rose nahm auf einem flachen Felsen Platz, und Ben setzte sich neben sie. Ridiks schlaffen Körper bettete er vorsichtig auf seine Oberschenkel. Rose hob eine Hand, zögerte und berührte Ridiks Gefieder mit den Fingerspitzen. Sie seufzte, so als könne sie nur mit Mühe ein Schluchzen zurückhalten. »*Rhydd hynt i chi*«, sagte sie leise.

Gute Reise, übersetzte Ben. Tränen brannten in seinen Augen, aber er gab keinen Laut von sich. Er musste sich zusammenreißen. Immerhin hatte er Ridik nur kurz gekannt. Aber der Anblick der leblosen Amsel rüttelte an einer Tür in seinem Inneren, die er seit dem Tod seines Vaters fest verschlossen hielt. Rose legte einen Arm um seine Schultern, und sofort versteifte sich sein ganzer Körper. Er erinnerte sich an andere Umarmungen, die er genauso wenig gewollt hatte. Auf der Trauerfeier seines Vaters hatte eine nicht abreißende Schlange von Tanten und Cousinen ihn geherzt und gedrückt. Und Ben wäre am liebsten aus dem überhellen Wohnzimmer in den Schutz und die Stille des Walds an seiner Wand geflohen.

Rose ließ ihn los. Sie schlug ihm nicht vor, dass er Ridik auf den Boden legen sollte, und dafür war er dankbar. Portia schaute voller Mitgefühl zu ihm herüber, aber er wich ihrem Blick aus.

Rose rieb sich mit beiden Händen übers Gesicht und fuhr sich dann durch die Haare. Auf ihrem Unterarm, dort, wo die Peitsche des Reiters sie erwischt hatte, verfärbte ein grauer Streifen ihre Haut. Rose sah die Verfärbung und schnaubte, als wäre diese Narbe ein ärgerliches Missgeschick und mehr nicht.

»Tut es weh?«, fragte Portia.

»Nein«, behauptete Rose.

Portia runzelte ungläubig die Stirn. »Woher kannst du das alles?«, fragte sie. »Das Kämpfen und …« Sie wedelte mit der Hand durch die Luft. »Was *passiert* hier?«

»Das ist eine lange Geschichte.« Rose seufzte. »Aber ich schätze, ich erzähle euch besser den wichtigsten Teil davon.« Sie rieb sich noch einmal übers Gesicht, dann faltete sie die Hände in ihrem Schoß.

»Bramble und ich waren in unserem letzten Semester an

der Universität«, begann sie. »Wir wollten vor unserem Abschluss noch einmal in den Urlaub fahren, aber wir hatten kein Geld. Also sind wir mit ein paar Freunden hier in die Gegend gefahren und haben geholfen, einen alten Landsitz zu entrümpeln.

Dieses Haus zu betreten, die alte Halle mit dem riesigen Kamin und der Wandvertäfelung – es war, als wäre man durch die Zeit gereist.« Ein schwaches Lächeln stahl sich auf ihr Gesicht. »Wir waren fasziniert von der Masse an Krempel, die sich in den alten Zimmern angesammelt hatte. Truhen, Porzellanfiguren, antike Waffen, Wandteppiche ….« Sie machte eine Pause, als ob sie ihren Mut für den nächsten Teil der Geschichte sammeln müsste. »Am zweiten Tag fand unsere Freundin Hermia eine Schatulle«, sagte sie schließlich. »Darin war ein Tagebuch, eine selbst gezeichnete Landkarte von der Gegend um Trefriw und ein sehr alter Schlüssel.«

Portia sog scharf die Luft ein.

Rose nickte grimmig. »Genau, dieser Schlüssel.« Sie zog den Schlüssel aus der Tasche und drehte ihn zwischen den Fingern. »Das Tagebuch gehörte einem gewissen W. H.«, fuhr sie fort. »Er war ein Legendenforscher, ihr wisst schon, jemand der Sagen und Märchen sammelt. Er war nach Wales gekommen wegen der Legenden über die Feen, die es hier zu Hauf geben soll.

Den Schlüssel hatte er wohl selbst mitgebracht«, sagte Rose. »Das Tagebuch verriet nicht, von wem oder von wo er ihn hatte. W. H. kam in diese Gegend, weil er gehört hatte, dass der Schlüssel die Tür ins Feenreich öffnete. In die *An-*

derswelt, wie wir in Wales sagen. Zuerst war er überzeugt davon, dass es sich bei den ganzen Geschichten lediglich um Märchen handelte. Aber dann, nach den ersten zehn Seiten in seinem Tagebuch, änderte er seine Meinung.«

»Er hat die Türen gefunden«, sagte Ben.

»Genau«, sagte Rose. »Er fand eine Tür, die aus der Menschenwelt hinaus-, und eine, die in die Anderswelt hineinführte.«

Portia gab ein ungläubiges Geräusch von sich.

Rose lächelte. »Ja, wir haben es erst auch nicht geglaubt«, sagte sie. »Aber wir dachten, es könnte Spaß machen, seinen Landkarten zu folgen. Also nahmen wir den Schlüssel und zogen los.«

Rose verstummte, und ihr Blick schweifte in die Ferne. »Es war wahr«, sagte sie. »Alles. Der unterirdische Palast der Feenkönigin Titania, die magischen Laternen in den Bäumen, die Fahle Festung.«

Sie schloss die Augen, so als würde sie sich die Schönheit der Anderswelt ins Gedächtnis rufen. Portia warf Ben einen zweifelnden Blick zu, aber er zuckte nur mit der Schulter. Er glaubte Rose.

Portia lehnte sich nach vorn. »Wenn die erste Tür aus der Welt der Menschen hinausführt und die zweite Tür in die Anderswelt, wo sind wir dann jetzt?«

Rose öffnete die Augen. »Im Niemandsland zwischen den Welten«, sagte sie. »Und wir sollten nicht hier sein.«

»Der Graue König …«, sagte Ben. Ridik hatte den Namen auf der Fahrt in die Wälder erwähnt, aber er hatte nicht viel über ihn erzählt.

»Bitte wer?«, fragte Portia mit einem Anflug von Verzweiflung in der Stimme.

»Der Graue König«, wiederholte Rose. »Der Herrscher des Niemandslands. Die Reiter vor der Menschentür waren seine Jäger.«

Portia verstummte und presste die Lippen so fest aufeinander, dass nur noch ein dünner Strich zurückblieb.

Jäger, dachte Ben, und Gänsehaut kroch über seinen Nacken. »Was jagen sie denn?«

Rose hielt vielsagend den Schlüssel in die Höhe. »Der König merkt, wenn jemand die Türen öffnet«, sagte sie. »Wie ein Wolf, der ein verwundetes Tier wittert. Für ihn ist das Grenzland ein Gefängnis. Der König will hinaus, in die Welten der Menschen und Feen. Aber egal wohin er geht, er bringt den Nebel des Vergessens mit sich. Einmal freigelassen, verschlingt der Nebel jede Spur von Leben, bis alle Länder leer und still sind.«

Ihr Blick schweifte über ihre Köpfe, und als Ben sich umdrehte, sah er das Blätterdach des Eichenhains, aus dem sie gekommen waren. Nebel stieg zwischen den Baumkronen auf. War das schon der Nebel des Vergessens, von dem Rose sprach?

»Wir haben es erlebt, damals«, sagte Rose. »Wir haben die Türen hinter uns offen stehen gelassen, und der König brachte sein Heer in die Anderswelt.«

»Warum habt ihr die Tür nicht einfach hinter euch geschlossen?«, fragte Portia.

»Weil wir dumm waren«, sagte Rose traurig. »Leichtsinnig. Wir hatten von nichts eine Ahnung. Und manche von uns haben sich offensichtlich nicht geändert.« Sie schob den Schlüssel zurück in ihre Rocktasche. »Bramble hatte die Aufgabe, den Schlüssel in einen See zu werfen, damit wir nie wieder in Versuchung kommen, die Türen zu öffnen. Ich dachte, sie hätte es getan. All die Jahre ...« Rose brach ab und fuhr dann mit gepresster Stimme fort. »Wir haben versucht, unseren Fehler wiedergutzumachen. Ridik kämpfte damals an unserer Seite gegen die Nebelarmee und Robin Goodfellow auch. Am Ende sind die beiden mit uns in der Menschenwelt gestrandet. Robin wollte zurück, aber wir fanden das zu riskant. Also haben wir den Schlüssel vernichtet, oder zumindest glaubte ich das. Robin hat uns das nie verziehen.«

Portia kaute auf ihrer Unterlippe und schien noch mit ihren Zweifeln zu kämpfen. Ben glaubte Rose, aber seine anfängliche Begeisterung über die Entdeckung anderer Welten hatte er verloren. Jetzt hielt er Ridik in den Händen und wusste: Egal, wie viele Welten es gab, der Tod war überall zu Hause.

Portia stand auf. Sie holte ihren Rucksack, kramte darin herum und brachte ein blaues Tuch zum Vorschein.

»Hier«, sagte sie. »Für Ridik.«

Überrascht nahm Ben das Tuch entgegen und bettete Ridik vorsichtig in den weichen Stoff. Es fühlte sich richtig an, ihn so zu bedecken. Respektvoll.

Rose wartete, bis Ben fertig war, dann stand sie auf. »Wir müssen weiter.«

Portia sah zu ihr hoch. »Was hast du vor, Rose?«

Rose setzte zu einer Antwort an, aber da schallte das

langgezogene Heulen einer Hundemeute über die Ebene. Rose presste die Lippen aufeinander. »Erst mal müssen wir an der Feentür ankommen.«

Portia

Als sie das Moor erreichten, lagen die Hügel zu beiden Seiten ganz im Nebel. Weißer Dunst wehte wie Rauch über die Heidebüschel. Portia stolperte über einen Grasbuckel, trat platschend in eine Pfütze im Morast und stürzte auf die Knie.

Sofort war Rose bei ihr und half ihr auf die Füße. »Alles in Ordnung?«

Portia wollte in Tränen ausbrechen, zurück auf die Knie sinken und nicht mehr aufstehen, aber sie nickte. Dabei war nichts in Ordnung. Sie verstand nicht, was hier passierte. Sie konnte keinen klaren Gedanken fassen, und sie wusste nicht einmal, wie sie noch einen einzigen Schritt gehen sollte. Ihre Kehle schmerzte, so sehr kämpfte sie darum, ihr Schluchzen zu unterdrücken. Ohne weitere Worte nahm Rose sie in den Arm.

Im ersten Moment wollte Portia sich losmachen, aber Rose hielt sie fest und sagte leise: »Ist schon okay.«

Einige Sekunden lang schirmte ihre Umarmung Portia ab. Sie lehnte ihre Stirn an Roses Schulter und schloss die Augen. Keine Panik, sagte sie sich, wieder und wieder. Keine Panik. Rose war hier. Sie wusste, was zu tun war.

Hinter ihnen schwoll das Heulen der Nebelhunde an und

verebbte wieder. Rose schob Portia sanft von sich weg, und im nächsten Augenblick hatte sie ihr den Schlüssel in die Hand gedrückt.

»Hier«, sagte sie. »Lauft zur Feentür und seht zu, dass ihr auf die andere Seite kommt. Ich lenke die Meute von eurer Spur ab.«

»Was? Nein!« Portia streckte Rose den Schlüssel entgegen, aber die griff nur nach ihrer Hand und schloss ihre Finger zur Faust.

»Nimm ihn«, sagte Rose. »Bringt euch in der Anderswelt in Sicherheit. Und sucht nach Robin Goodfellow. Er macht einen bescheidenen ersten Eindruck, aber er wird euch helfen.«

Portia öffnete den Mund, aber Rose wandte sich bereits an Ben.

»Bring Ridik zurück in seine Welt. Und denkt daran, die Tür hinter euch zu verschließen.«

»Was ist mit dir?«, fuhr Portia dazwischen. Die Panik rauschte jetzt wie ein Sturm in ihren Ohren.

Rose wich ihrem Blick aus. »Ich komme nach, sobald ich kann.«

»Aber wenn wir die Tür abschließen …«, begann Ben.

Rose schüttelte heftig den Kopf. »Ihr müsst sie abschließen.« Sie verzog den Mund zu einem schmalen Lächeln. »Wir haben im Moment keine andere Wahl«, sagte sie. »Sagt Robin … Sagt ihm, ich bringe alles in Ordnung.«

Das Hundegebell war jetzt erschreckend nah, und erneut gellte der schrille Ruf eines Jagdhorns über das Moor. Sämtliche Härchen auf Portias Nacken richteten sich auf.

»Geht jetzt«, drängte Rose. Ben starrte sie an, aber Portia schaute an ihr vorbei und sah eine Flut aus Nebel auf sie zuströmen. Wie viele Verfolger verbarg die graue Woge? Ein Dutzend? Einhundert?

»Portia!«, knallte Roses Stimme durch die Luft.

Portia straffte die Schultern und rang die Panik nieder, die in ihr tobte. Ihr Magen hatte sich so fest verkrampft, dass es schmerzte, aber sie griff nach Bens Hand und zog ihn mit sich.

Portia hatte keine Ahnung wie, aber sie schafften es bis zum Übergang in die Feenwelt. Keuchend und verschwitzt erreichten sie die Tür zwischen den Vogelbeerbäumen. Portia steckte den Schlüssel ins Schloss und drehte ihn mit zitternden Fingern herum. Die Tür öffnete sich ohne Widerstand, aber anstatt auf die andere Seite zu gehen, wandten sie sich beide um.

Ein feiner Nebel lag wie ein Schleier über dem Moor und dämpfte das Licht. Felsen, Heide und Gräser verschwanden stellenweise in den dichten Wolken. Im Westen blockierte eine Nebelbank die Sicht bereits ganz. Es sah aus, als endete das Moor in einer Wand aus weißem Nichts. Nur dass diese Wand sich bewegte.

»Komm schon«, murmelte Portia. Sie starrte auf die anrückende Nebelfront und wünschte sich mit ganzer Kraft, dass Rose daraus auftauchen würde. Sie hörten ihre Verfolger nicht mehr, und das bedeutete hoffentlich, dass ihre Tante mit ihrem aberwitzigen Plan Erfolg gehabt hatte.

»Portia?«, fragte Ben verunsichert.

Portia wagte nicht, den Blick von der Nebelbank abzuwenden. »Sie schafft es«, sagte sie. Sie *musste* es schaffen.

Ben berührte ihren Ellbogen, aber genau in dem Moment sah Portia, was sie sich so sehr erhoffte. In der Tiefe der Nebelwoge bewegte sich ein Schatten! Jemand kam in ihre Richtung, eine einzelne Person, die sich ihren Weg durch die weißgraue Suppe suchte.

»Rose!« Portias Stimme hallte über das Moor. Ben sagte etwas, aber sie hörte nicht hin. Der Schatten kam näher, seine Umrisse wurden deutlicher. Eine Woge der Erleichterung brandete in ihr auf … und fiel in sich zusammen.

Die Gestalt, die aus dem Nebel heraustrat, war nicht Rose. Sie saß nicht auf einem Pferd, aber sie war ebenso grau wie die Reiter an der Menschentür. Wer auch immer das war, er war groß, größer als ein gewöhnlicher Mensch. Sein Mantel hüllte ihn vollständig ein, vom Kopf bis zu den Füßen. Dort, wo das Gesicht sein sollte, schaute ein blanker weißer Hirschschädel unter dem Rand der Kapuze hervor. Ein schwarzes vielzackiges Geweih ragte zu beiden Seiten seines Kopfes auf. Gute hundert Meter entfernt von der Tür blieb er stehen, und noch während Portia hinsah, verdichtete sich ein Nebelstrudel an seiner Seite zu einem Jagdhund. Gleich darauf erschien ein zweiter und dann ein dritter Hund.

Wo blieb Rose nur?!

»Portia!«

Portia fuhr zusammen und wirbelte zu Ben herum. Er stand schräg hinter ihr und starrte mit großen Augen auf den Boden. Sie folgte seinem Blick und sah, dass dünne Fäden aus weißem Nebel aus dem Boden aufstiegen und sich um ihre Fußgelenke kräuselten.

»Die Tür«, warnte Ben, und tatsächlich: Einige der Nebelfühler krochen bereits auf die Feenseite.

Erschrocken riss Portia ihren Fuß in die Höhe. Ihr Blick huschte zurück zum Moor, und sie sah, wie die Nebelhunde sich in Bewegung setzten.

Ben griff nach ihrem Arm. »Wir … wir müssen gehen.«

»Nein! Bist du verrückt geworden? Tante Rose ist da drinnen!« Portia ballte die Fäuste, aber Ben zog an ihrem Ärmel.

»Portia, bitte!« Als hätten sie auf dieses Signal gewartet, preschten die Hunde los. Portia sog scharf den Atem ein und prallte rückwärts gegen den Türrahmen. Bens Finger gruben sich in ihren Arm. Er stolperte mit ihr über die Schwelle und nahm ihr gleichzeitig den Schlüssel aus der Hand. Hinter ihm, jetzt nur noch wenige Meter entfernt, jagten die Hunde über das Moor, und der Nebel donnerte auf sie zu wie eine Sturzflut.

»Rose«, flüsterte Portia, aber da schlug Ben auch schon die Tür zu, steckte den Schlüssel ins Schloss und drehte ihn herum.

Ridiks letzte Reise

Ben

Die Tür ins Feenreich öffnete sich zu einem Tunnel, der durch den Felsenbuckel bis hinaus zu einem Feld aus Farn führte. Nebelfetzen trieben zwischen den Farnblättern, lösten sich auf und versickerten im Boden. Ohne zu zögern, pflügte Portia durch den Farn und trat die letzten Nebelreste auseinander.

Ben drehte sich um. Zwei Steinstelen säumten den Eingang zum Felsentunnel. Auf ihrer Oberfläche wand sich ein Muster aus Knoten und Schleifen. Ben sah jedoch nur ein Bild vor sich: Rose, die alleine auf den Nebel zuging.

Wir haben sie zurückgelassen, dachte er und fühlte sich ganz taub bei dem Gedanken. Wie war nur alles so schnell so schrecklich geworden?

Ben drehte sich um und zwang sich dazu, seine Umgebung genauer anzusehen.

Ein halbes Dutzend weiterer Stelen ragte aus dem Farn empor, angeordnet in der Form eines Kreises. Portia stand in der Mitte des Zirkels, direkt vor einem Haufen rundlicher Felsen, die ganz vom Moos ummantelt waren. Doch sie hatte keinen Blick für ihre Umgebung übrig. Stattdessen zerrte sie ihren Rucksack vom Rücken und kramte darin herum. Als Ben zu ihr ging, zog sie gerade eine Landkarte hervor. Verständnislos sah er zu, wie sie die Karte auseinanderfaltete und mit grimmigem Gesichtsausdruck studierte. Glaubte sie ernsthaft, dass die Anderswelt auf einer gewöhnlichen Wanderkarte eingezeichnet war?

Noch während er sich darüber wunderte, wurde ihm bewusst, wie schlimm ihre Lage tatsächlich war. Sie hatten nicht nur Rose verloren. Ihr Heimweg war versperrt! Und während Ben hier gestrandet war … während die Grauen Reiter im Zwischenreich umgingen … wartete seine Mutter vergeblich darauf, dass er nach Hause kam. Die Vorstellung, wie seine Mum besorgt aus dem Schaufenster des Buchladens schaute, schnürte ihm beinahe die Luft ab.

Sein Blick fiel auf das kleine Bündel in seinen Händen. Rose hatte ihn gebeten, Ridik zurück in seine Welt zu bringen. Ben schluckte gegen den Kloß in seinem Hals. Er hatte keine Ahnung, was jetzt mit ihnen passieren würde. Aber er konnte zumindest Ridik die letzte Ehre erweisen.

Ben ging zu den Felsen und berührte ihr grünes Polster. Das Moos gab unter seinen Fingern nach, es war weich und warm, als hätte es den ganzen Tag über Sonnenlicht gespeichert. Er ging in die Hocke, legte Ridik auf den Felsen und schlug vorsichtig das Tuch zurück, so dass sein Köpfchen auf dem Moos ruhte. *Jetzt bist du zu Hause*, dachte er. Er spürte Tränen in seinen Augen brennen, aber diesmal hielt er sie zurück. Er stand auf und sah sich nach Portia um.

Ihr Blick suchte die eingezeichneten Wälder und Wege auf der Landkarte ab. »Kennst du dich hier aus?«, fragte sie. »Gibt es einen Weg, der von dieser Seite des Moors runter nach Trefriw führt?«

Ben hob die Brauen und trat an ihre Seite. »Ich glaube

nicht, dass das so funktioniert«, sagte er. »Wenn wir nach Hause wollen, müssen wir zurück durch die Türen.«

Portia presste die Lippen aufeinander. »Nein danke«, sagte sie knapp. Ihre Finger schlossen sich fester um die Landkarte. »Wir brauchen einen Unterschlupf, bevor es dunkel wird«, sagte sie, ohne aufzusehen. »Weißt du, wie spät es ist? Mein Handy ist ausgegangen.«

Ben schaute auf seine Armbanduhr. Die Zeiger waren stehengeblieben. Legte die Anderswelt die Technik der Menschen lahm?

Portia wartete nicht auf seine Antwort, sondern schaute sich um. »Ich glaube, wenn wir uns nach Westen richten, müssten wir irgendwann auf den Crafnant See stoßen. Da gibt es ein Wanderheim, oder nicht?« Wieder ließ sie ihn nicht zu Wort kommen, sondern schaute angestrengt auf ihre Karte. »Wir müssen querfeldein gehen, aber mit einem Kompass kriegen wir das hin.«

Ben war ratlos. Wie sollte er Portia klarmachen, dass sie ihre Zeit verschwendete? Andererseits: Er hatte ja auch keine Ahnung, was sie jetzt tun oder wohin sie gehen sollten. Er wollte Portia gerade fragen, ob sie verstand, dass sie sich nicht mehr in der Welt der Menschen befanden, als er ein Flattern über seinem Kopf hörte. Er sah hoch und entdeckte zwei Buchfinken, die sich auf einem der Ringsteine niedergelassen hatten.

Portia klemmte sich die Landkarte unter den Arm und kramte wieder in ihrem Rucksack. Währenddessen landeten immer mehr Vögel auf den Ringsteinen. Amseln, Finken, Meisen und sogar ein Buntspecht. Ihre glänzenden

Knopfaugen waren alle auf Portia und Ben gerichtet. Portia, die von alldem nichts bemerkte, zog einen Kompass hervor, hielt ihn in ihrer Hand und schüttelte ihn dann mit einem Anflug von Verzweiflung.

»Komm schon!«, zischte sie.

»Portia?«, fragte Ben leise.

Portia starrte verbissen auf den Kompass. Erst als er sie sacht am Arm berührte, fuhr sie zu ihm herum. Ben zeigte auf die Ringsteine. Sie sah hoch, und ihre Augen weiteten sich.

Ein Amselweibchen sprang von ihrem Sitzplatz und glitt mit ausgebreiteten Flügeln auf sie zu. Ben und Portia wichen auseinander, aber die Amsel flog ohne Scheu zwischen ihnen hindurch und steuerte die Moossteine in der Mitte des Steinkreises an. Kurz bevor sie die Steine erreicht hatte, schlug sie mit den Flügeln und verwandelte sich. Dunkelbraune Federn wirbelten und stoben auseinander, dann landete eine winzige Frau geschmeidig und mit bloßen Füßen auf dem Moospolster neben Ridiks Körper. Als wäre das ein Signal, schüttelten sich die anderen Vögel und legten ihre Federkleider ab. Überall auf den Ringsteinen standen und knieten winzige Menschen.

Portia hielt immer noch ihren Kompass in der Hand und brachte kein einziges Wort hervor. Ben schaute über die wundervolle Versammlung und flüsterte: »*Yr Adar.*« Das Volk der Vögel war gekommen.

Die Amselfrau schritt langsam um Ridik herum. Neben seiner Schulter ging sie in die Hocke, berührte seinen Flügel und flüsterte etwas. Ein Zittern ging durch Ridiks Gefieder, und im nächsten Augenblick zog sich das schwarze Federkleid mit einem Rascheln von seinem Körper zurück. Zurück blieb Ridik in Menschengestalt, eingehüllt in seinen Federmantel und mit einer Haut, so weiß wie Schnee. Ein Raunen ging durch die Zuschauer auf den Steinen.

»Was ist passiert?«

»Preet, was geht hier vor?«

»Woher kommt er?«

»Wie ist er gestorben?«

Ben räusperte sich und trat einen Schritt nach vorne. »Ridik ist im Kampf gegen die Nebelreiter gefallen«, sagte er mit belegter Stimme. Noch als er die Worte aussprach, kam er sich dumm und theatralisch vor. Die Adar starrten ihn an, als hätten sie nicht erwartet, dass er überhaupt sprechen konnte.

»Die Nebelreiter«, wiederholte ein dicker kleiner Mann in einer Robe aus blauen und gelben Federn. Die anderen Adar tuschelten aufgeregt.

»Die Reiter des Grauen Königs!«, rief eine Frau, und eine zweite fragte im selben Augenblick: »Der Graue König regt sich wieder?«

»Nein«, behauptete eine dritte Stimme. »Er schläft!«

Dann wandte sich die Amselfrau direkt an Ben: »Ist die Tür verschlossen?«

Ben nickte schnell. »J-ja. Wir haben gleich hinter uns abgesperrt.« Er drehte sich zu Portia. »Stimmt doch?«

Portia, die immer noch wie vor den Kopf gestoßen wirkte, nickte ebenfalls.

Zwei Adar verwandelten sich zurück in Vögel und flogen davon. Die Zurückgebliebenen riefen und zeterten alle durcheinander. Die Amselfrau jedoch ignorierte die Aufregung. »Ihr habt den Schlüssel?«, fragte sie.

Ben wechselte einen Blick mit Portia. Sie zog den Schlüssel aus der Tasche, und die Adar verstummten.

»Menschlinge«, sagte die Amselfrau. »Ihr kommt besser mit uns.«

Der Hain der Adar lag in einem Eichenwald wenige Meilen entfernt von der Grenze zur Anderswelt. Die Bäume standen hier weit auseinander, aber ihre Kronen verzweigten sich zu einem dichten, dunkelgrünen Dach. Dort oben in den Ästen hatten die Adar ihre Siedlung gebaut. Es gab kugelrunde Nester, kleine Hütten und Pavillons, die sich perfekt in die Astgabeln einfügten. Da der Himmel auch in dieser Welt bedeckt und die Schatten unter den Bäumen düster waren, hatten die Adar Laternen angezündet, und so leuchteten überall in den Wipfeln kleine Lichter.

Für Besucher gab es eine Gästehalle: einen runden Dom aus Weiden, der am Ufer eines breiten Baches stand. Die Stämme und Äste mehrerer Weiden waren hier zu einer Kuppel verflochten, die Ben an ein Iglu erinnerte. Silberne Blätter füllten die Wände und das Dach vollständig aus. Vor dem Eingang, einem kreisrunden Loch im Geflecht, schwang ein Vorhang aus Weidenruten. Im Innern senkte sich der Boden in eine Kuhle, die ganz mit weichem Moos ausgepolstert war. Hier und da erhoben sich Wurzeln, gegen die man sich lehnen konnte, und dazwischen lagen rote und blaue Stoffkissen, die schon ein wenig abgewetzt wirkten. Aus Holz geschnitzte Laternen hingen von der Decke und verbreiteten ein milchiges weiches Licht.

Ben stieg auf eine Wurzel, streckte sich hinauf zu einer der Laternen und suchte nach der Lichtquelle. Keine Flamme, die er kannte, würde diese Farbe abgeben. Tatsächlich entdeckte er anstelle einer Kerze oder eines Öldochts einen Schwarm Motten, deren Flügel strahlten, als wären sie in Mondlicht getaucht.

Ben legte eine Fingerspitze gegen die Laterne und sah staunend zu, wie eine der Motten direkt auf der anderen Seite des Glases landete. Er wünschte sich, dass er einen Block und seine Stifte zur Hand hätte. Er würde diesen Ort und seine Bewohner so gerne zeichnen.

Die Adar hatten ihn und Portia nach ihrer Begegnung im Steinkreis direkt in die Baumstadt gebracht. Preet ferch Mwylachod, die Amselfrau, hatte ihnen die Gästehalle gezeigt und sie gebeten, sich dort zu erfrischen. Die Neuigkeit, dass Menschlinge in der Anderswelt aufgetaucht waren, musste den Hain schon vor ihnen erreicht haben. Als sie den Weidendom betreten hatten, warteten jeweils zwei Schalen mit Brombeeren und gebratenen Pilzen auf sie. Zwei Holzbecher standen neben einer natürlichen Quelle in der Mitte des Bodens.

Während Ben das Innere des Doms erkundete, stand Portia am Ausgang und schaute nach draußen. Als Ben von seiner Wurzel stieg, kam sie zu ihm und setzte sich an den Rand der Mooskuhle.

»Tiere, die sich in Menschen verwandeln«, sagte sie mit matter Stimme. »Winzlingshäuser in den Bäumen. Jetzt kann es nicht mehr schräger werden.«

»In den Laternen sind leuchtende Motten«, sagte Ben.

»Klar. Was auch sonst.« Portia seufzte. Sie legte ihre Hand auf ihren Rucksack. »Die Landkarte bringt uns nichts, oder?«, fragte sie. »Wir müssen zurück durch die Türen?«

»Ich glaube schon.« Ben setzte sich ihr gegenüber. Er wartete darauf, dass sie wieder wütend wurde. Oder vielleicht weinte. Stattdessen starrte sie nur leer vor sich hin. Ben sprach weiter, bevor er es sich anders überlegen konnte. »Immerhin ist es eine Tür und kein Kleiderschrank«, sagte er. »Wie bei Narnia.«

Zu seiner Überraschung lachte Portia müde und sagte: »Oder ein Kaninchenbau, wie bei Alice.«

Sie schüttelte den Kopf, als wollte sie ihre eigene Verwirrung abwerfen. Schließlich öffnete sie ihren Rucksack und holte nicht nur eine Thermoskanne, sondern auch zwei in Butterbrotpapier gewickelte Sandwiches hervor.

»Die hatte ich eigentlich für unseren Ausflug zum Steinkreis mitgebracht«, sagte sie. Dann zuckte sie mit der Schulter. »Andererseits haben wir ja jetzt einen Steinkreis gesehen. Der war sicher ein wenig anders als der, den du mir zeigen solltest?«

»O ja.« Trotz allem musste Ben schmunzeln.

»Hier.« Portia hielt ihm ein Sandwich hin. »Das macht besser satt als eine Handvoll Beeren.«

Ben nahm das Sandwich und vergaß vor lauter Verwunderung, danke zu sagen. Er hatte gedacht, dass Portia dem Ausflug zum Steinkreis nur aus Höflichkeit zugestimmt hatte. Aber es schien so, als hätte sie sich darauf gefreut und ein Picknick eingepackt. Für sie beide. Das hatte er nicht erwartet. Er hob eine Ecke des Sandwiches an. Mayonnaise, Salat, Käse und Schinken, die beste Mischung.

Das blaue Tuch, schoss es ihm durch den Kopf. Das blaue Tuch, das sie ihm für Ridik gegeben hatte: Es war als Picknickdecke gedacht gewesen.

Portia schraubte die Thermoskanne auf und goss Tee in die Holzbecher der Adar. Der Geruch von Minze kräuselte sich mit dem Dampf des Tees zur Decke des Doms. »Du hast recht«, sagte sie. »Wir müssen zurück durch die Tür. Allein schon, um Rose einzusammeln.«

»Meinst du, ihr geht es gut?«

»Du hast doch gesehen, wie sie mit diesen Geisterreitern fertig geworden ist. Obi-Wan Kenobi hätte das nicht besser hingekriegt.«

Ben biss in sein Sandwich. Er wusste nicht wieso, aber Portias Überzeugung, dass sie Rose wiederfinden und nach Hause gehen würden, machte ihm Mut. Natürlich würden sie zurückgehen und Rose finden.

Er griff gerade nach einem der Teebecher, als eine Amsel durch den Weidenvorhang flog und in der Gestalt von Preet auf einer Wurzel landete. Kurz hinter ihr folgte ein kleiner dicker Zaunkönig. Er landete neben Preet und verwandelte sich in einen stämmigen Mann mit Glatze, der Preet gerade eben bis an die Schulter reichte.

»Menschlinge«, sagte Preet. »Ich hoffe, ihr habt euch gestärkt?«

»Ja«, sagte Portia und nahm sich schnell eine Brombeere. »Vielen Dank für eure Gastfreundschaft.«

»Danke«, wiederholte Ben

Preet lächelte. Die Amselfrau hatte dichtes braunes Haar, das ihr bis zur Hüfte reichte. Einige silberne Strähnen durchzogen ihre Mähne, aber das ließ sie nur noch eleganter aussehen. Sie trug eine ärmellose braune Tunika und ein Umhängetuch aus braunen und gefleckten Federn, das an ihrer rechten Schulter mit einer silbernen Fibel befestigt war. Tätowierungen in der Form von Knoten und Spiralen zogen sich ihren linken Arm hinauf und folgten dem Schwung ihrer Schläfen. Auch der dicke Zaunkönig war tätowiert: Ein aufwendiges Knotenmuster bedeckte seine Glatze.

»Das ist Tatap ap Drywod, Sohn des Zaunkönigs«, stellte Preet ihren Begleiter vor. »Er ist ein Späher, genau wie ich.«

»Wie Ridik?«, fragte Ben.

Preet nickte. »Ridik war mein Onkel«, erklärte sie. »Als er verschwand, hatte ich gerade erst mein Späherabzeichen bekommen.« Sie senkte traurig den Kopf, und Tatap streichelte ihr tröstend die Schulter.

»Würdet ihr uns erzählen, was mit ihm passiert ist?«, bat Preet. »Wie seid ihr im Niemandsland gelandet?«

Ben und Portia sahen sich an, dann begannen sie zu erzählen. Ben erzählte von Ridiks Unfall, seiner Verwandlung am nächsten Morgen und davon, wie sie Robin Goodfellow und Portia ins Grenzland gefolgt waren. Als er bei der

Beschreibung der Nebelreiter angelangt war, stockte er, und Portia schaltete sich ein.

»Ohne Ridik wäre es dem ersten Reiter gelungen, durch die Tür … die Tür in die Menschenwelt zu gelangen«, sagte sie. »Ridik hat ihn aufgehalten. Und der Reiter hat ihn dafür getötet.«

Bens Hände verkrampften sich um seine Teetasse, und er vermied es, die Adar anzusehen. Portia warf ihm einen Blick zu, aber sprach dann zum Glück weiter.

»Wir sind zurück zur Tür im Moor gelaufen, aber diese Nebelwesen waren hinter uns her. Rose ist zurückgeblieben, um sie abzulenken, damit wir zur Tür gelangen konnten.«

»Diese Rose«, sagte Preet. »Sie kannte das Niemandsland?«

Ben nickte. »Sie war schon mal dort. Und hier auch. Vor … vor vielen Jahren. Zusammen mit Bramble und ein paar anderen Freunden.«

»Oh«, sagte Tatap. Dann, aufgeregter: »Oh! Ihr meint Viola Rosendorn und die anderen Menschlinge!« Er stieß einen Pfiff aus. »Ich dachte, die würden wir nie wiedersehen!«

»Wir wussten nicht einmal, dass sie die Schlacht gegen den Grauen überlebt haben«, sagte Preet.

»Wir wussten nur, dass sie ihn zurück ins Niemandsland getrieben und die Tür hinter sich verschlossen haben. Alles andere?« Tatap schüttelte den Kopf. »Feder und Flaum. Was sind das für neue Geschichten!«

»Das waren schlimme Zeiten, als der Graue in unsere Welt kam.« Preet wandte sich an Tatap. »Der Nebel hat damals die Neststadt der Uferschnepfen überrollt.«

»Meine Großmutter hat bis zu ihrem Tod Albträume davon gehabt«, sagte Tatap. »Sie hat gesehen, wie der Nebel über das Meer heranrauschte. Als ob sich die Welt auflösen und selbst verschlingen würde. So hat sie es immer beschrieben. Und jetzt ist der Graue König wieder wach.« Er schauderte. »Seid ihr ganz sicher, dass die Tür verschlossen ist?«

»Ja«, sagte Ben. »Die Feentür und die Menschentür.«

»Wie lange müssen wir denn warten, bevor wir die Tür wieder öffnen können?«, fragte Portia. »Bis der … also bis diese Nebeldinger wieder schlafen?«

»Warten?«, wiederholte Preet.

»Bevor wir durch die Tür zurückkönnen«, erklärte Portia.

»Nein, nein«, sagte Tatap sofort. »Die Tür muss geschlossen bleiben.«

»Die Gefahr ist zu groß«, bestätigte Preet. »Wenn der Graue geweckt wurde, dann wird es in der Zwischenwelt nur so von seinen Reitern wimmeln.«

»Wenn sie nicht sogar direkt hinter der Tür warten«, sagte Tatap düster.

Preet nickte.

»Aber wir müssen zurück«, sagte Portia. Sie klang gefasst, aber ihre verkrampften Hände erzählten eine andere Geschichte. Auch Ben spürte, wie sich in ihm eiskalte Angst den Weg an die Oberfläche kämpfte. Dass sie hier gestrandet waren, darüber wollte er nicht einmal nachdenken.

»Es muss doch eine Möglichkeit geben«, sagte er. »Vielleicht eine andere Tür oder einen Schleichweg?«

Preet und Tatap tauschten einen Blick. »Es tut uns leid«, sagte Preet.

Portia nestelte an ihrer Hosentasche herum, als ob sie sichergehen wollte, dass der Schlüssel dort noch gut verstaut war. »Was ist mit dem Fuchs? Mit Robin Goodfellow?«, fragte sie. »Rose hat gesagt, er würde uns helfen.«

»Goodfellow?«, fragte Tatap überrascht. »Robin Goodfellow ist zurück?«

»Aber ja«, sagte Preet. »Das ergibt Sinn! Er ist zur selben Zeit verschwunden wie Ridik. Wir dachten alle, er wäre im Nebel verlorengegangen, erinnerst du dich?«

»Richtig«, sagte Tatap. »All die Zeit in der Menschenwelt. Meine Güte. Man fragt sich, wer hier bald noch alles auftaucht.«

»Und Frau Rosendorn hat gesagt, ihr sollt Goodfellow um Hilfe bitten?«, fragte Preet ungläubig.

»Ja«, beharrte Portia.

»Nun«, sagte Preet, immer noch zweifelnd. »Es heißt, er hatte eine Schwäche für Viola Rosendorn. Vielleicht könnt ihr ihn tatsächlich um Hilfe bitten.«

»Ob er sie euch gewährt, ist eine andere Frage«, sagte Tatap trocken.

»Was stimmt denn nicht mit ihm?«, fragte Ben.

»Er war … *ist* ein Gauner. Ein Unruhestifter im Auftrag des Feenkönigs Oberon«, erklärte Tatap. »Ich jedenfalls würde ihm nicht trauen. Vermutlich ist es ihm zu verdanken, dass die Türen wieder geöffnet wurden?«

»Ja«, bestätigte Ben. »Ridik hat vermutet, dass er zurück nach Hause wollte.«

»Das klingt nach Onkel Ridik«, erwiderte Preet. »Er hat immer daran geglaubt, dass in jedem etwas Gutes steckt.«

Wieder folgte eine betretene Stille. »So viele Jahre«, sagte Preet schließlich und rieb sich über die Augen. »Ach, es bricht mir das Herz, dass er so lange nicht nach Hause konnte! Wie einsam muss er gewesen sein.«

Tatap nahm ihre Hand. »Wenigstens ist er nun wieder heimgekehrt.«

Preet tätschelte Tataps Hand und wandte sich an Ben: »Ich danke dir, dass du Ridik zu uns zurückgebracht hast. Hier kann seine Seele ihre nächste Reise antreten, das würde ihm viel bedeuten.«

Ben nickte mit zugeschnürter Kehle.

Draußen im Hain ertönte dröhnend der klagende Klang eines Horns. Preet und Tatap richteten sich auf. »Es wird Zeit, sich von Ridik zu verabschieden«, sagte Preet. Sie wandte sich an Portia. »Wenn ihr euer Glück mit Robin Goodfellow versuchen wollt, dann können Tatap und ich euch zu ihm bringen. Morgen früh, einverstanden?«

Portia zwang sich sichtlich zu einem Lächeln. »Danke.«

»Und bis dahin seid ihr natürlich unsere Gäste«, sagte Tatap. »Esst auf. Ruht euch aus.« Er lächelte. »Ihr seht aus, als hättet ihr es nötig.«

Zwischenspiel

Der Steinkreis hinter der Feentür lag verlassen da; die Adar und die Menschenkinder waren längst fort. Die Sonne war untergegangen, und zwischen dem Farn regte sich der Nebel. Zuerst stiegen hauchdünne Dunstwolken zwischen den Farnblättern auf, dann verdichtete sich der Bodennebel, bis es aussah, als ob ein weißer Teich das ganze Rund des Steinkreises ausfüllte. Einen Augenblick lang lag der Nebel ruhig da, dann begann seine Oberfläche sich zu kräuseln und zu drehen. Aus der Mitte des Mahlstroms erhob sich eine Gestalt wie der Bug eines Geisterschiffes, das bei Vollmondnächten aus dem Ozean auftaucht.

Die Wolken öffneten sich, und der Mond sandte sein silbriges Licht hinunter auf den Steinkreis. Die Frau, die nun in seiner Mitte stand, war in einen langen schwarzen Schleier gehüllt, der über ihrem Gesicht lag wie hauchzarte Spinnweben. Eine Krone aus Wintergeäst war um ihren Kopf geflochten. An einem Riemen über ihrer Schulter trug sie ein Horn, das aus dem Hauer eines riesigen Ebers geschnitzt war. Handschuhe verbargen ihre Hände. Nebel wallte links und rechts neben ihr auf, und als die Wogen zurückfielen, standen zwei blasse Jagdhunde an ihrer Seite. Ein Knurren vibrierte in ihren Kehlen.

Die Frau drehte sich um und sah zu dem Tunnel, der zur

Feentür führte. Sie spürte, dass dieser Übergang verschlossen war, aber in der Luft lag noch die feine silberhelle Spur des Weltenschlüssels. Die Frau wandte sich in Richtung der Wälder, dorthin, wo ein Pfad zur Baumstadt der Adar führte. Sie hob die Hand, und die Hunde trabten los. Die Jagdherrin des Grauen Königs folgte.

Gwil Sorgenvoll

Ben

In den frühen Morgenstunden warteten Ben und Portia am Rande des Vogelhorts. Ein Bach schlängelte sich vor ihren Füßen durch ein flaches Bett. Das Wasser gluckste, wenn es zwischen die Steine am Ufer wirbelte, und trug den erdigen Geruch des Waldes mit sich.

Die Schürfwunde an Bens Arm juckte, und er streckte, ohne nachzudenken, die Hand danach aus. In letzter Sekunde zog er die Finger zurück. Gestern Abend hatte eine Heilerin der Adar seinen Arm mit einer roten Salbe bestrichen und ihm eingebläut, nicht an der heilenden Wunde zu kratzen.

Portia trug wieder ihren Rucksack. Sie war ein bisschen blass um die Nase, aber sie hatte die Hände fest um ihre Rucksackträger geschlossen und sah aus, als könne sie es kaum erwarten loszulaufen. Ben hatte Muskelkater, aber an Portia schien die Rennerei von gestern keine Spuren hinterlassen zu haben.

Ben seufzte wehmütig. Er hatte so viele Bücher über Abenteuer in magischen Welten gelesen – aber in denen sprach kaum jemand davon, dass man sich bei einer Quest Blasen an den Füßen holte.

Ein paar Meter entfernt planschte eine Horde Vogelkinder im seichten Wasser nahe der Böschung. Sie zwitscherten, lachten und wechselten mühelos die Gestalt zwischen aufgeplusterten Vögelchen und Kindern.

»Willkommen in Wunderland«, sagte Portia.

Bens Mundwinkel zuckte hoch zu einem Lächeln, als eine Amsel und ein Zaunkönig auf sie zugeflogen kamen.

Preet und Tatap landeten auf einem Felsen neben Portia und verwandelten sich in ihre Menschengestalt.

»Die gute Nachricht zuerst: Wir wissen, wo Goodfellow ist.«

Portia presste ihre Lippen aufeinander. »Und die schlechte Nachricht?«

»Er hat sich am Hof der Feenkönigin eingenistet«, sagte Tatap. »Titania ist allerdings nicht gut auf Menschen zu sprechen.«

Ben und Portia wechselten einen Blick, aber Preet hob beschwichtigend eine Hand. »Keine Sorge. Wir haben einen Plan.« Sie sah zu Tatap, und er grinste.

»Wir bringen euch zu einem Salamander.«

Anscheinend beherrschten alle Späher der Adar die Kunst des Pfeilflugs. Dieses Mal steckte Ben die Reise durch Wind und Farbenwirbel schon besser weg: Als Preet den magischen Flug in einem entfernteren Teil des Waldes beendete, blieb er fest auf den Füßen stehen, und ihm war auch nicht mehr schwindlig. Er hatte jedoch kaum eine Gelegenheit, seine neue Umgebung wahrzunehmen, bevor Preet sich wieder in ihren Federmantel hüllte.

»Gwil ist unten bei den Tonteichen«, erklärte sie. »Es

ist besser, ihr haltet euch erst einmal im Hintergrund. Ich fliege voraus und bereite ihn auf euch vor.«

Mit diesen Worten verwandelte sie sich und flog davon. Tatap blieb auf Portias Schulter sitzen, während sie Preet folgten.

»Es ist eine Weile her, dass Menschen auf unserer Seite der Schwelle aufgetaucht sind«, erklärte Tatap. »Und Gwil Sorgenvoll? Na ja, er ist ein schreckhafter Salamander.«

»Magische Wesen, die sich vor uns erschrecken«, sagte Portia. »Sollte das nicht eher andersherum sein?«

Tatap lachte. »Du wärst überrascht! Für uns seid ihr so wundersam wie wir für euch. Aber keine Sorge, Gwil ist ein anständiger Kerl. Er arbeitet als Schreiber im Feenhügel. Wenn euch jemand zu Goodfellow bringen kann, dann er.« Tatap deutete auf einen Findling. »Wir sind da!«

Auf seine Bitte gingen Ben und Portia hinter dem Felsen in Deckung und spähten vorsichtig an ihm vorbei.

Jenseits des Findlings öffnete sich der Wald zu einer Lichtung. Der Boden dort war überwuchert von Pflanzen mit fächerartigen Blättern und blassgelben Blüten, die wie Sternchen um die Stängel zu schweben schienen. Eine einzelne Gestalt stand zwischen den Pflanzen, den Blick konzentriert auf den Boden gerichtet. Gwil Sorgenvoll war ein dünner Mann mit nach vorne gebeugten Schultern. Er hatte die Größe eines erwachsenen Menschen, wenn auch eines eher kleineren. Er drehte ihnen den Rücken zu, aber Ben konnte sehen, dass er kahlköpfig war. Er trug eine lange Robe aus verblichenem schwarzen Stoff und fingerlose Handschuhe. In einer Hand hielt er einen Korb, der schon bis zum Rand mit Fächerblättern gefüllt war. In der anderen hielt er eine kurze Sichel.

Preet landete auf einem kegelförmigen Stein, der aus den Pflanzen emporragte, und verwandelte sich zurück in ihre Menschengestalt.

»Gwil Sorgenvoll!«

Als sie seinen Namen rief, drehte sich Gwil überrascht um. »Späher Preet!«, rief er. »Welche Freude!«

Er ging zu ihr, und die beiden verbeugten sich voreinander. Gwil stellte den Korb beiseite und setzte sich vor Preet auf den Boden. Erst als er mit der Späherin auf Augenhöhe war, begannen sie, sich zu unterhalten. Ben lehnte sich ein Stück weiter vor, aber Preet und Gwil waren zu weit entfernt, um mehr als nur ein paar Gesprächsfetzen zu verstehen.

»Was sagen sie?«, fragte Portia. Ben schüttelte nur den Kopf, aber Tatap straffte die Schultern.

»Macht euch bereit«, flüsterte er.

In dem Moment drehte Preet sich nach ihnen um und zwitscherte laut.

»Na los«, drängte Tatap.

Nacheinander traten sie aus ihrer Deckung hinaus auf die Lichtung. Gwil Sorgenvoll blickte verwirrt zu ihnen hinüber. Dann weiteten sich seine Augen. Er sprang auf die Füße, wich zurück, stolperte über seinen Weidenkorb und stürzte rücklings in die Färberpflanzen.

Ben, Portia, die Adar und Gwil saßen im Kreis inmitten der fächerblättrigen Stauden. Während Preet mit Hilfe von Ben und Portia die Ereignisse des letzten Tages schilderte, tupfte sich Gwil immer wieder mit einem Tuch über die Stirn. Er hatte nicht nur einen kahlen Kopf, sondern auch keine Augenbrauen. Seine Haut hatte eine wachsartige Blässe.

»Es gibt also wieder einen Schlüssel«, sagte Gwil, nachdem Preet zu Ende gesprochen hatte. Preet sah zu Portia. Die griff in ihre Hosentasche, aber Gwil hob abwehrend die Hand. Ein tätowierter schwarzer Streifen umspannte sein Handgelenk wie ein Armband.

»Ich glaube euch auch so«, sagte er. »Oh. Ich fürchte, das bedeutet nichts Gutes. Der Graue König? Oje.« Er wischte sich mit dem Tuch über die Lippen.

Preet versuchte, das Gespräch zurück auf den Punkt zu bringen. »Gwil, die Menschlinge möchten zurück nach Hause.«

Gwils Augen weiteten sich. »Natürlich. Ja. Aber ich fürchte, das wird nicht möglich sein.«

»Viola Rosendorn hat ihnen geraten, Robin Goodfellows Hilfe zu suchen«, sagte Tatap.

»Goodfellow?«, wiederholte Gwil. »Was hat sie sich denn dabei gedacht?«

»Das wissen wir nicht«, sagte Preet. »Aber irgendwie müssen wir den beiden helfen. Kannst du sie in den Feenhügel bringen?«

»Das wird Titania überhaupt nicht gefallen.«

Gwil blinzelte, und Ben brauchte eine Sekunde, um zu begreifen, dass er das nicht mit seinem normalen Augenlid tat. Dünne Häutchen rutschten von unten über seine Augen und wieder zurück. Wie bei einer Eidechse.

»Was hat diese Titania denn gegen Menschen?«, fragte Portia.

»Ach, früher war sie ganz angetan von Besuchern aus der Menschenwelt«, sagte Tatap. »Manchmal hat sie sogar ihre Feen ausgeschickt, um sterbliche Musiker oder Dichter in den Feenhügel zu locken.«

»Das hat sich geändert«, sagte Preet.

Gwil nickte ernst. »Spätestens seit die Menschen letztes Mal die Türen geöffnet und die Grauen Reiter in unsere Welt gelassen haben.«

Ein beklommenes Schweigen senkte sich über die Runde, bis Ben sagte: »Meint ihr Rose und ihre Freundinnen? Ich glaube, ihr hat das sehr leidgetan. Jedenfalls hat sie alles versucht, um zu verhindern, dass das wieder passiert.«

»Allerdings«, sagte Portia. »Wenn es ihr nicht so wichtig gewesen wäre, diese Geisterreiter zurückzuhalten, dann wäre sie bestimmt mit uns mitgekommen.«

»Ich mochte Viola Rosendorn und die anderen«, sagte Gwil. »All ihre Geschichten von der anderen Seite … ich hätte ihnen stundenlang zuhören können.«

»Und sie liebten unsere Welt«, sagte Preet. »Erinnert ihr euch an die Geschichten, die Frau Brombeerblüte über unsere Wälder erzählt hat?«

»O ja«, sagte Gwil. »Sie war eine Poetin!«

»Es wundert mich allerdings, dass sie Viola Rosendorn nicht ins Niemandsland begleitet hat«, sagte Preet. »Sagt ihr nicht, dass sie ihre nächste Reise angetreten hat?«

Ben brauchte einen Moment, um zu verstehen, dass Preet von Bramble sprach. Rosendorn und Brombeerblüte. Rose und Bramble. Die Spitznamen der Afallon-Ladys kamen aus der Anderswelt.

Portia kam wohl zu dem gleichen Schluss. »Nein, nein«, sagte sie schnell. »Bramble … ich meine, Olivia geht es gut. Aber sie macht sich sicher große Sorgen um uns.« Sie schaute eindringlich in die Runde. »Bitte! Wir müssen zurück. Allein schon, um Rose wiederzufinden.«

»Wir müssen uns beeilen«, fügte Ben hinzu. »Bevor diese Geisterreiter sie erwischen.«

Gwil warf Preet einen Blick zu, aber sie ignorierte ihn. »Ihr habt recht«, sagte sie. »Wir können sie nicht im Stich lassen.«

Gwil zögerte, aber dann nickte er. »Also gut.« Er knüllte sein Taschentuch zusammen und stopfte es in eine Tasche irgendwo in seiner Robe. »Gut. Dann machen wir uns wohl besser auf den Weg, was?«

Der Hohle Hügel

Portia

Preet schenkte Ben zum Abschied eine Feder aus Ridiks Mantel, zum Dank dafür, dass er ihn nach Hause gebracht hatte. Während Gwil Ben half, die Feder an den Kragen seines T-Shirts zu stecken, saß Portia im Schneidersitz auf dem Boden und nestelte an ihrer Hosentasche herum.

»Das würde ich lassen«, sagte Tatap.

Sie zog ertappt die Hand weg. Tatap stand neben ihrem Knie und schaute mit ernstem Blick zu ihr hoch.

»Der Feenhügel ist kein guter Ort für Menschen«, warnte er. »Besonders wenn Titania sie für eine Bedrohung hält.« Er legte die Hand auf Portias Knie. »Erzähl niemandem von dem Schlüssel.«

Tataps Warnung hallte in ihren Ohren nach, während Gwil sie tief in die Wälder führte. Hier standen die Bäume dicht beieinander, und es fiel kaum Licht durch das Blätterdach. Es gab keine Pfade, denen sie folgen konnten, keine Landkarten, und ihr Kompass funktionierte nicht. Und mit jedem Schritt entfernten sie sich weiter von der Tür und von Rose. Portia kaute an ihrer Unterlippe, während Gwil seinen Plan erklärte.

»Der Feenhügel, wir nennen ihn *Bryngolau*, hat ein paar Nebeneingänge«, sagte Gwil gerade. »Eingänge für Dienstboten und so weiter. Wenn wir es schlau anstellen, kommen wir also ziemlich weit, ohne dass die Feen uns bemerken.«

»Gibt es denn keine Wachen?«, wollte Ben wissen.

Gwil zuckte die Schultern. »Es gab schon lange keine Bedrohung mehr. Nicht seit …« Er stockte.

»Seit dem letzten Angriff des Grauen Königs«, vollendete Portia.

Gwil nickte unglücklich. »Ja, und seit diesem Angriff misstraut Titania allen Menschen.« Er schüttelte sich wie ein Hund, der eine Wespe verscheuchen will. »Vielleicht können wir euch an ihr vorbeischleusen. Vielleicht haben wir Glück!« Er klang alles andere als zuversichtlich.

Mittlerweile hatte Portia ein Bild von Titania vor Augen, das alles andere als ermutigend war. Sie stellte sich die Feenkönigin wie Malefiz aus Dornröschen vor: hochgewachsen und streng, mit ausgeprägten Wangenknochen und bläulicher Hautfarbe.

Wohin war sie hier nur geraten? Portia blieb stehen. Sie versuchte, sich dazu zu überreden, weiterzugehen, aber plötzlich fühlte sie sich umzingelt vom grünen Dickicht, das sich über ihr auftürmte. Ihre Brust war wie eingeschnürt, und sie bekam kaum noch Luft.

»Portia?« Ben drehte sich verwundert nach ihr um.

»Ich bin gleich wieder da.« Ohne auf seine Reaktion zu warten, verließ sie den Pfad und marschierte direkt hinein in ein Feld aus hüfthohem Farn. Sie musste hier weg. Zumindest für einen Augenblick, bevor Gwil und Ben bemerkten, dass sie die Kontrolle verlor. Sie bahnte sich eine Schneise durch den Farn, umrundete einen Felsen und lehnte sich an seinen Rücken. Sie schloss die Augen und atmete zitternd ein und aus. Sie dachte an ihre Mutter, wie sie mit blassem Gesicht am Küchentisch saß und eine leere Tasse zwischen den Fingern drehte. Ihre Brust zog sich noch heftiger zusammen. Fühlte sich so die graue Stimmung ihrer Mutter an?

Atmen. Einfach atmen.

Eine Mücke surrte neben ihrem Ohr. Portia scheuchte sie weg und griff in ihre Hosentasche. Sie zog den Schlüssel hervor und drückte ihn gegen ihre Brust. Es gab einen Ausweg. Solange sie den Schlüssel hatte, gab es einen Ausweg.

Atmen. Portia stieß einen langen Atemzug aus. Sie entspannte sich allmählich, doch immer mehr Insekten umschwirrten ihren Kopf. Portia seufzte, verscheuchte den Plagegeist mit einer Hand und öffnete die Augen. Sie steckte den Schlüssel in ihre Hosentasche und ging auf wackligen Beinen zurück zu Gwil und Ben. Die beiden hatten sich auf ein paar flache Steine gesetzt, aber als Portia aus dem Farndickicht trat, sprang Gwil auf die Füße. Er riss die Augen weit auf, und die Bestürzung stand ihm ins Gesicht geschrieben.

Portia runzelte die Stirn. Eines der lästigen Insekten landete auf ihrer Schulter, und sie wischte es beiseite, ohne hinzusehen. »Was ist passiert?«, fragte sie. »Stimmt was nicht?«

»Gute Frage«, sagte eine glockenhelle Stimme.

Bens Mund klappte auf, und Portia fuhr herum. Hinter ihr stand ein zierliches Mädchen mit einem Schopf wilder silberner Haare. Sie war einen Kopf kleiner als Portia, und ihr kurzes Kleid war so zart und grün wie die Flügel einer Florfliege. Ihre Augen waren von demselben Grün und leuchteten wie zwei Kerzenflammen hinter farbigem Glas.

Portia stolperte rückwärts und prallte gegen Gwil.

»Was ist das?«, fragte sie tonlos.

»Feen«, flüsterte er.

Etwas surrte an Portias Ohr vorbei, und sie starrte fassungslos auf ein winziges Wesen mit Libellenflügeln, das auf einem der Farnblätter landete. Eine blaue Rauchwolke wirbelte empor, fiel wie ein Wasserfall zurück zu Boden, und wo eben noch das Libellenwesen gesessen hatte, stand ein zweites Mädchen mit himmelblauen Haaren.

»Bohnenblüte«, grüßte Gwil mit heiserer Stimme die blaue Fee, bevor er sich an die andere wandte. »Spinnweb. Darf … darf ich vorstellen? Portia und Ben aus der Welt der Menschen.«

Die blaue Fee lächelte und enthüllte dabei ihre perlweißen, spitzen Zähne. »Gäste für Königin Titania! Das wird sie aber freuen.«

Bohnenblüte hüpfte mit federleichten Schritten voraus, während Spinnweb das Schlusslicht bildete. Als Portia sich nach ihr umdrehte, warf die Fee ihr einen finsteren Blick zu. Portia presste die Lippen aufeinander und beschleunigte ihre Schritte, bis sie an Bens Seite ging.

»Hast du dir Feen so vorgestellt?«, fragte sie.

Ben linste über seine Schulter. »Ich dachte, sie wären netter.«

»Was sagen wir ihnen, wenn sie uns fragen, was im Niemandsland passiert ist?«, flüsterte sie.

»Ich weiß nicht«, gab er ebenso leise zurück. »Aber besser, wir erwähnen den Schlüssel nicht. Preet hat mich gewarnt. Titania nimmt es Menschen noch immer übel, dass sie das Feenreich in Gefahr gebracht haben.«

»Tatap hat mir das Gleiche gesagt.« Portia spürte Spinnwebs Blick in ihrem Rücken wie einen Laserstrahl und unterdrückte den Drang, nach dem Schlüssel zu greifen. Sie dachte daran, wie sie ihn abseits des Weges aus der Tasche gezogen hatte. Die Mücken neben ihren Ohren, das waren bereits die Feen gewesen, oder nicht? Was hatten sie gesehen?

Portia ging schweigend weiter. Sie sagte Ben nicht, dass die Feen vielleicht schon über den Schlüssel Bescheid wussten. Was würden sie tun, wenn sie erfuhren, dass sie den Grauen König geweckt hatten? Immerhin hatten sie die Tür zum Feenreich wieder abgeschlossen. Also zumindest daraus konnte Titania ihnen keinen Strick drehen. Trotzdem breitete sich ein mulmiges Gefühl in ihrem Magen aus.

Der Wald öffnete sich zu einer großen Lichtung, und vor ihnen lag eine Wiese voller Fingerhut. In der Mitte der violetten Blütenflut erhob sich ein mit Moos bewachsener Hügel, durchzogen von schwarzem Felsgestein. Ganz oben, auf der Kuppel des Hügels, streckte ein kahler Baum seine Äste in den Himmel.

Bohnenblüte wirbelte zu ihnen herum. »Willkommen an Königin Titanias Hof«, rief sie überschwänglich.

»Wo soll den hier ein Palast sein?«, fragte Portia Ben.

»Im Hügel?«, sagte er. »In den Märchen wohnen Feen in hohlen Hügeln.«

»Weniger reden, mehr gehen«, trieb Spinnweb sie an und versetzte Ben einen Stoß zwischen die Schulterblätter.

Im Gänsemarsch stapften sie durch den Fingerhut. Als der Schatten des Hügels über sie fiel, kühlte die Luft ab, und eine Gänsehaut überzog Portias Arme. Je näher sie kamen, umso schroffer sahen die Felskanten aus. Portia fuhr sich nervös mit der Zungenspitze über die Lippen, aber sie ging weiter, bis sie das Tor in einer der Felsspalten bemerkte. Tintenschwarze Dunkelheit wartete dort auf sie, als würde die Nacht selbst in den Fängen des Hügels lauern. Der Anblick traf sie wie ein Schlag vor die Brust. Sie blieb stehen, aber im nächsten Moment verpasste Spinnweb auch ihr einen Stoß.

»Weiter«, fauchte sie, und bevor Portia es sich versah, hatten die Schatten unter dem Torbogen sie verschlungen.

Audienz

Portia

Die Dunkelheit war so undurchdringlich, dass sich selbst die Luft schwer anfühlte. Portia tastete mit den Fingerspitzen an einer feuchten Felswand entlang. Sie hatte schon Angst, ganz die Orientierung zu verlieren, als vor ihr ein schwaches Licht aufglomm. Ein paar Meter weiter ließen sie den Tunnel hinter sich und traten hinaus auf einen Balkon.

Ben und Portia traten an die Balustrade. Der Hügel war tatsächlich hohl. Hoch über ihren Köpfen ringelten sich Wurzeln über die Decke der Höhle. Die knorrigen Wurzelstränge waren übersät mit weißen und honiggelben Motten, die wie Weihnachtsbaumlichter strahlten. Das Licht ihrer flatternden Flügel zitterte in Wellen über die zerklüfteten Felswände.

Wie in einer Grotte, dachte Portia. Sie sah nach unten und schluckte.

Der Balkon hing über einem Abgrund. Einzelne Mondmotten trudelten in die düstere Tiefe, aber der Boden des Feenhügels blieb im Dunkeln verborgen.

»O Mann«, murmelte sie. Ihr Blick suchte den von Ben. In dem flackernden Mottenlicht wirkten seine Augen weit und seine Pupillen dunkel. Vor Angst oder vor Verwunderung? Spinnweb räusperte sich ungeduldig, und sie begannen den Abstieg.

Eine Wendeltreppe führte nach unten, immer an der Felswand entlang. Bemooste Säulen säumten den Treppenabgang wie den Kreuzgang in einem Kloster.

Portias Nerven waren bis zum Zerreißen gespannt. Bisher hatte sie nachts noch nie Angst gehabt, egal wie finster es wurde. Aber die Düsternis im Feenhügel war anders, war irgendwie aufgeladen, erfüllt von einem Wispern, so als würden die Felsen vor sich hin flüstern.

Mehrere Kurven später erreichten sie doch noch den Boden der Höhle. Als Bohnenblüte von der letzten Stufe hüpfte, glomm ein Labyrinthmuster aus schimmernden Quarzadern unter ihren Füßen auf.

Portia drehte den Kopf in alle Richtungen. Mehrere Tore durchbrachen die Felswände, und unter ihren Bögen bewegten sich schattenhafte Gestalten. Eine von ihnen löste sich aus ihrer Gruppe und trat in die Mitte.

Bei ihrem Anblick versteifte sich Portias ganzer Körper. Die Frau, wenn es denn eine war, bewegte sich fließend. Ihr seidenes Kleid bauschte sich um sie wie stoffgewordener Wind. Ihr langes Haar wehte und wand sich um ihren Kopf, als würde sie durch einen unsichtbaren See schwimmen. Und ihr Gesicht … ihr Gesicht war viel zu lang und schmal, um einem Menschen zu gehören. Sie zog an Portia und den anderen vorbei, ohne sie zu beachten. Ein Schauder lief über Portias Rücken.

Erst als Ben einen erschrockenen Laut von sich gab, riss sie sich vom Anblick der Frau los. Weitere Gestalten traten unter den Torbögen hervor, und glitzernde Augenpaare richteten sich auf die Neuankömmlinge.

Bohnenblüte wollte schon zu einer Gruppe hinüberlaufen, als Spinnweb sie am Kragen ihres Kleides packte. »Geh zu Titania und sag ihr, wen wir gefunden haben.«

»Aber …«

»Sofort!«

Bohnenblüte schob schmollend die Unterlippe vor, aber sie verwandelte sich mit einem leisen *Puff!* und flog in ihrer Miniaturgestalt davon. Portia stellte sich vor, wie sie mit ihrer Hand winzige Feen mit leuchtenden Augen fortgewedelt hatte, und ihr wurde übel.

»Bleibt hier«, befahl Spinnweb und marschierte zu einer Gruppe Feen.

Portia beobachtete sie mit wachsender Unruhe. »Ich glaube, sie haben den Schlüssel gesehen.«

»Was?« Ben fuhr erschrocken zu ihr herum. »Bist du dir sicher?«

»Nein.« Portia kaute an ihrer Unterlippe und traf eine Entscheidung. »Nimm du ihn.«

»Was?«

»Wenn sie ihn bei mir gesehen haben, werden sie mich danach fragen. Nimm du den Schlüssel.«

Ben sah aus wie ein Reh im Kegel eines Scheinwerfers, aber als Portia ihm hinter ihrem Rücken den Schlüssel in die Hand schob, nahm er ihn.

»Sie bringen euch zu Titania«, sagte Gwil mit hoher Stimme. »O weh.«

Portia wünschte sich, er würde nicht so viel Angst ausstrahlen. Ihr Magen fühlte sich mittlerweile so an, als hätte jemand eine Ladung frischen Zement hineingegossen.

»Was sollen wir tun?«, fragte Ben.

Aber bevor Gwil antworten konnte, kam Spinnweb zurück. Sofort knöpfte sie sich Gwil vor. »Habt ihr nichts zu tun, Meister Sorgenvoll?«

Gwil duckte den Kopf zwischen die Schultern. »Ich dachte …«, begann er und verstummte. Ben trat schnell zu ihm und drückte ihm die Hand.

»Danke, Gwil«, sagte er. Gwil zuckte zusammen und öffnete den Mund, als ob er etwas erwidern wollte.

»Heute noch!«, schnauzte Spinnweb ihn an.

Gwil warf einen letzten Blick auf Ben und Portia, dann drückte er seinen Korb mit den Färberpflanzen an sich und ging in Richtung eines der Tunnel davon.

Ben sah ihm mit angespannter Miene nach, und auch Portia spürte, wie ihr Herz schneller zu schlagen begann. Gwil hatte ihnen helfen wollen. Sie war sich ziemlich sicher, dass Spinnweb das Gegenteil im Sinn hatte.

Spinnweb hastete einen schummrigen Gang entlang bis zu einem weiteren Torbogen. Portia runzelte die Stirn. Die Luft roch eigenartig, süß und blumig und irgendwie … fremdartig. Bevor sie sich einen Reim darauf machen konnte, scheuchte Spinnweb sie durch das Tor.

Sie hatten den Bogen kaum passiert, als Bohnenblüte auf sie zulief. »Sie erwartet euch«, sagte sie atemlos.

Spinnweb nickte, und bevor Portia reagieren konnte, war sie mit Ben zwischen den Feen eingekesselt und marschierte in den Raum.

Kaum hatte Portia ihren Fuß über die Schwelle gesetzt, als über ihrem Kopf eine Lampe in Form einer Blüte aufleuchtete. Mondmotten stoben von den gläsernen Blütenblättern auf und erhellten Büsche aus Schwertlilien und die weißen Kelche von Callatrompeten.

Dieses Gewölbe war ein unterirdisches Gewächshaus! Riesige Pflanzenkübel säumten einen gewundenen Pfad aus hellen Steinplatten. Kletterpflanzen mit zarten Blüten rankten von der Decke herunter, und überall zwischen dem Blättergewirr leuchteten filigrane Blumenlampen.

Portia kannte sich nicht gut mit Gärten aus, aber sie war sich sicher, dass Pflanzen unter der Erde eigentlich nicht so üppig wachsen und blühen konnten. Wasser plätscherte irgendwo außer Sichtweite, und eine Libelle surrte dicht vor ihrer Nase über den Weg.

Nach wenigen Metern traten sie zwischen den Pflanzen hervor und fanden sich in der Mitte des Gewölbes wieder. Hier war ein runder Teich in den Boden eingelassen, und weitere Libellen schwirrten über den großen Lotusstauden, die an seinem Rand wuchsen. Unter sattgrünen Seerosenblättern schwammen Fische, die rosa, blau und violett leuchteten. Es sah aus, als hätten sich Sternschnuppen unter Wasser verirrt. Weiches Sternmoos wuchs am Rand des Teiches und wanderte an seinem hinteren Ufer eine Reihe breiter flacher Stufen hinauf. Dort lagen jede Menge Kissen, auf denen Feen saßen und miteinander flüsterten. Sie alle drehten sich um, als Portia und Ben in Sichtweite kamen. Ihre starren Puppengesichter zeigten weder Neugier noch Überraschung.

»Das ist überhaupt nicht unheimlich«, murmelte Portia.

Ben gab nur ein wortloses Wimmern von sich. Irgendwo oberhalb der Stufen ertönte ein Glöckchen, und die Feen wandten sich wieder ihrem Gespräch zu, als wäre nichts geschehen. Portia spürte, wie sich die Härchen in ihrem Nacken aufrichteten.

Spinnweb führte sie am Teich vorbei und die Stufen hinauf, bis sie eine Empore erreichten. Ein Diwan mit cremefarbenem Polster stand dort, und darauf lag eine ganz in Weiß gekleidete Fee.

»Titania«, flüsterte Ben.

Portia konnte nicht anders, sie starrte.

Titania – es konnte niemand anderes sein als die Feenkönigin – erhob sich von ihrer Liege. Sie war nur ein paar Zentimeter größer als Portia und hatte das glatte Gesicht eines Kindes. Lange kastanienbraune Haare ringelten sich in anmutigen Locken hinter ihren kleinen spitzen Ohren. Portia hatte eine Frau in königlichem Prunk erwartet, aber Titania trug lediglich ein gerade herabfallendes, weißes Kleid und darüber eine Robe in derselben Farbe. Erst beim Näherkommen fiel ihr auf, dass die Kleidung gar nicht so schlicht war: Hunderte winziger Perlen schmückten die Ärmel der Robe, während das Kleid darunter aus einem Spitzenstoff genäht war, der aus einem Gewebe von schimmernden Blüten bestand.

Spinnweb und Bohnenblüte machten einen Knicks vor ihrer Königin. Ben und Portia bemühten sich, die beiden zu imitieren. Portia kam sich dabei mehr als albern vor, aber Titania schenkte ihnen ein warmes Lächeln.

»Es ist also wahr«, sagte sie. »Wir haben Besuch aus

der Menschenwelt.« Ihr Blick wanderte von einem zum anderen. »Portia. Und Ben?«

»Ja, Eure Majestät«, sagte Ben mit dünner Stimme und senkte den Blick.

Titania lachte erfreut. »So gute Manieren! Bitte, nehmt Platz.«

Sie setzten sich auf zwei Kissen mit blauen Seidenbezügen. Titania ließ sich währenddessen auf dem Rand ihrer Liege nieder. Sie trug keine Schuhe, und ihre bloßen Füße baumelten ein paar Zentimeter über dem Boden. Der einzige Makel an ihr, soweit Portia sehen konnte, waren ihre Fingerspitzen. Die Kuppen ihrer Finger waren schwarz, so als hätte Titania sie in Tinte getaucht.

Bohnenblüte kam zu ihnen und setzte sich auf ein Kissen vor den Diwan. Titania hob eine Hand, und eine Dienerin trat zu ihnen. Das Mädchen schien ein Salamander zu sein: Sie hatte keine Augenbrauen, genau wie Gwil, und um ihren kahlen Kopf hatte sie ein Tuch aus himmelblauem Leinen gebunden. Sie trug ein silbernes Tablett mit Gläsern darauf. Titania nahm sich eines der Gläser, dann bot die Dienerin Ben und Portia ebenfalls davon an. Sie trug die gleiche Tätowierung an ihrem Handgelenk wie Gwil. Vielleicht war das ein Erkennungssymbol der Salamander?

Während ihre Gäste nach den Gläsern griffen, winkte Titania Spinnweb zu sich und raunte ihr etwas zu. Spinnweb beugte den Kopf, dann entfernte sie sich. Kurz darauf erklang eine Lautenmelodie.

Titania musterte Ben und Portia. Wahrscheinlich wartete sie darauf, dass sie tranken, aber Ben hielt das Glas nur in den Händen, und aus irgendeinem Grund zögerte auch Portia, von der roten Flüssigkeit zu probieren.

»Nun«, sagte Titania nach einer Weile. »Wollt ihr mir erzählen, wie ihr die Grenzen meines Reiches überschreiten konntet?«

Portia und Ben tauschten einen Blick, und dann erzählten sie ihre Geschichte zum dritten Mal. Diesmal allerdings erzählten sie nicht alles: Sie berichteten davon, dass sie aus Neugier ins Niemandsland gestolpert waren, dass Rose dafür gesorgt hatte, dass die Türen wieder verschlossen wurden, dass ihre Anwesenheit aber dennoch von den Spähern des Grauen Königs bemerkt worden war.

Titania hörte sich alles mit freundlicher und aufmerksamer Miene an. Als Ben von den Grauen Reitern berichtete, zuckte die Dienerin so heftig zusammen, dass die Gläser auf ihrem Tablett klirrten. Titania jedoch änderte weder ihre Haltung noch ihren Gesichtsausdruck. Ben erzählte, wie sie nach dem ersten Kampf zurück über das Moor geflohen waren, dann stockte er. Schnell hakte Portia ein.

»Wir kamen bis zur Feentür, aber die Reiter waren uns so dicht auf den Fersen, dass sie uns beinahe eingeholt hätten.« Sie zwang sich, Titanias Blick standzuhalten. »Rose wollte uns in Sicherheit bringen und hat uns auf die andere Seite der Tür geschickt. Sie selbst blieb zurück.« Während sie erzählte, kam Spinnweb zurück und stellte sich schräg hinter sie. Portia wäre am liebsten von ihr weggerückt. »Sie hat die Grauen Reiter abgewehrt. Stimmt doch, Ben?«

»Ja«, bestätigte Ben. »Sie … sie wollte sichergehen, dass der Nebel nicht ins Feenreich vordringt.«

Portia warf ihm einen Blick aus dem Augenwinkel zu. Er drehte es so, dass Rose im Sinne der Feen gehandelt hatte. Gute Idee. Aber würde Titania ihnen das abkaufen?

»Viola Rosendorn«, sagte Titania nachdenklich. »Ich hatte angenommen, dass sie längst ihre nächste Reise angetreten hat. Menschen leben nicht sehr lang, oder?«

»Nein«, antwortete Spinnweb. »Nicht besonders lang.« Täuschte sich Portia, oder klang da Genugtuung in ihrer Stimme?

Titania nippte an ihrem Glas. Ein sanfter silberner Glanz leuchtete in ihren Augen. »Und der Schlüssel? Wo ist er?«

Portia fühlte sich immer unwohler mit ihrer Lüge, aber Tataps Warnung hallte ihr in den Ohren. »Ich weiß es nicht«, sagte sie. »Wahrscheinlich hat Rose ihn eingesteckt, nachdem sie die Tür von ihrer Seite aus abgeschlossen hat.«

Titania wechselte einen Blick mit Spinnweb. Ein Schweißtropfen ran Portias Rücken hinunter. Nicht die Fäuste ballen, ermahnte sie sich. Ruhig bleiben.

»Würde es dir etwas ausmachen, uns deine Taschen zu zeigen?«, fragte Titania. Sofort machte Spinnweb einen Schritt auf Portia zu, aber Titania hob ihre Hand. »Ich bin sicher, die junge Portia braucht keine Hilfe.«

Portia, die in diesem Moment sehr froh war, dass sie Ben den Schlüssel gegeben hatte, stand auf und kehrte ihre Hosentaschen nach außen. Titania schien weder überrascht noch enttäuscht. Portia hoffte schon, dass das Thema damit erledigt war, als sich Titania an Ben wandte.

»Und wie steht's mit dir, junger Ben?«, fragte sie. »Würdest du uns auch deine Taschen zeigen?«

Der Schrecken fuhr heiß in Portias Glieder. Mit klopfendem Herzen sah sie zu, wie Ben ebenfalls aufstand und die Taschen seiner Jeans nach außen stülpte.

Der Schlüssel war nicht da.

Portia verbarg ihre Überraschung und schob ihre Taschen so gelassen wie möglich zurück in die Hose. Spinnwebs Miene verdüsterte sich, aber Titania rutschte von ihrer Liege und nahm Portias Hand. Portia zuckte vor Schreck zusammen, Titania jedoch lächelte strahlend. Anscheinend war sie auch froh, die Befragung hinter sich gebracht zu haben.

»Bitte entschuldigt die Unannehmlichkeiten«, sagte sie. »Aber wenn es um den Grauen König geht, können wir nicht vorsichtig genug sein.« Sie winkte die Dienerin zu sich und stellte ihr Glas auf dem Tablett ab. »Awel«, sagte sie, »sei ein gutes Mädchen und bring mir einen Tee. Nach der ganzen Aufregung brauche ich etwas für die Nerven.«

Die Dienerin neigte den Kopf und hastete davon. Titania wandte sich wieder an Ben und Portia. »Ihr habt die Reiter des Grauen gesehen. Ich bin sicher, ihr versteht, dass ich euch meine Fragen stellen musste.«

»Natürlich«, brachte Portia hervor. Titania war so anders, als sie erwartet hatte. Sie war sich nicht sicher, wie sie mit der Freundlichkeit der Feenkönigin umgehen sollte. Ihr Händedruck jedenfalls war warm und tröstend, und ihr Lächeln hielt nichts zurück. Zum ersten Mal seit sie den Feenhügel betreten hatten, löste sich Portias Anspannung.

»Nun.« Titania tätschelte Portias Hand und ließ sie dann los. »Und was wollt ihr nun tun? Kann ich euch irgendwie helfen?«

Portia war sprachlos. Bei all ihren hektischen Vorbereitungen war ihnen nie in den Sinn gekommen, dass Titania ihnen eine Bitte gewähren könnte. Hatten Tatap und die anderen sich in der Feenkönigin getäuscht?

Ben räusperte sich. »Wir möchten gerne nach Hause, Euer Majestät.«

»Natürlich, natürlich«, sagte Titania verständnisvoll. »Aber ich fürchte, ohne Schlüssel wird das schlecht möglich sein. Da müsst ihr wohl warten, bis Frau Rosendorn kommt, um euch zurückzubringen.«

Ein vernünftiger Vorschlag. Nur zu dumm, dass dies nie passieren würde. Portia zupfte nervös am Saum ihres T-Shirts. Tja, in diese Sackgasse hatten sie sich selbst manövriert.

»Ich werde zwei meiner Feen an der Tür postieren«, fuhr Titania fort. »Dann können sie die Herrin Rosendorn gleich in Empfang nehmen und zu euch bringen.« Sie klatschte in die Hände. »Aber bis dahin fühlt euch bitte wie zu Hause«, sagte sie. »Es ist lange her, dass wir Menschen in unserer Runde begrüßt haben. Bohnenblüte!« Die blauhaarige Fee sprang auf die Füße. »Bring die beiden zu Frau Emsig. Lass sie einkleiden. Zeig ihnen die Gästeräume. Und morgen feiern wir ein Fest!«

Bohnenblüte war eine weitaus freundlichere Begleiterin als Spinnweb. Und weitaus neugieriger. Auf ihrem Weg durch den Hügel fragte sie Portia und Ben fröhlich über die Menschenwelt aus.

Ben beantwortete ihre Fragen, aber Portia war in Gedanken immer noch in Titanias Seerosensalon. Wäre es nicht doch besser gewesen, wenn sie ihr alles erzählt hätten? Sie dachte an Titanias freundliche Worte und ihre besorgte Miene. Warum sollte sie ihnen etwas vorspielen?

»… wirklich gut, dass Frau Rosendorn die Tür abgeschlossen hat«, sagte Bohnenblüte gerade. Das ließ Portia aufhorchen. Wo *war* der Schlüssel? Ihr Blick traf Bens, aber der schüttelte nur leicht den Kopf.

»Und es ist so dramatisch«, fuhr Bohnenblüte fort. »Ich kann es mir vorstellen, wie sie den Grauen Reitern entgegentritt, eine einsame Figur in der Weite des gräulichen Moors!« Sie bog um eine Ecke und brachte sie zu einer Treppe, die noch weiter nach unten führte.

»Ich könnte euch zu unseren Balladenschreibern bringen, wisst ihr«, fuhr Bohnenblüte fort. »Sie würden Frau Rosendorns Opfer in Versen verewigen. Ganz episch. Was haltet ihr davon?«

Portia war kurz davor, ihr ganz genau zu sagen, was sie davon hielt, als Gwil am unteren Ende der Treppe auftauchte. Bens Gesicht hellte sich auf, und auch Portia spürte einen Anflug von Erleichterung.

Bohnenblüte runzelte die Stirn, aber dann sprang sie dem Salamander mit schnellen Schritten entgegen. »Gwil! Was machst du hier?«

Gwil, der nach Atem rang, tupfte sich schon wieder die Stirn mit seinem Taschentuch. »Die Gästeräume für die Menschlinge sind fertig«, japste er.

»Was?«, fragte Bohnenblüte verdutzt. »Wieso?«

»Das war doch die Anweisung Ihrer Majestät, oder nicht?«

Bohnenblütes Blick schweifte zu Portia und Ben. »Stimmt, aber ich dachte …«

»Kann ich die Menschlinge gleich dort hinbringen?« Gwil schaute Bohnenblüte erwartungsvoll an.

Die zwirbelte eine blaue Strähne um ihren Finger. »Also wirklich, das ist jetzt mehr als verwirrend. Titania wollte, dass ich die zwei zu Frau Emsig bringe.«

»Oh, das ist kein Problem«, sagte Gwil schnell. »Die Näherei liegt auf dem Weg.«

Bohnenblüte wippte auf ihren Fußballen und überlegte. Gwils Hand knüllte sein Taschentuch so fest zusammen, dass seine Knöchel weiß hervortraten. Aber die Fee schien nichts zu bemerken.

»Gut«, sagte sie schließlich. »Fein. Dann kann ich Sauerdorn und den anderen erzählen, warum wir Gäste aus der Menschenwelt haben. Die platzen sicher schon fast vor Neugier.« Sie strahlte über das ganze Gesicht. »Ihr werdet das Gesprächsthema Nummer eins auf dem Fest sein!«

Mit diesen Worten drehte sie sich im Kreis, verpuffte in einer Wolke aus veilchenblauem Rauch und surrte davon.

»Den Geistern sei Dank«, stöhnte Gwil. »Wenn Awel mir nicht Bescheid gesagt hätte, dass eure Audienz vorbei ist, hätte ich euch verpasst.« Ben, der noch ein paar Stufen über Gwil stand, klopfte ihm ermunternd auf die Schulter.

»Danke, Gwil«, sagte er. »Hast du …?«

»Oh. Ja.« Gwil sah sich rasch um, dann zog er den Schlüssel aus seiner Robe und drückte ihn in Bens Hand.

»Was«, setzte Portia an, dann starrte sie zu Ben. »Wann hast du ihm den Schlüssel gegeben?«

Ben lächelte verlegen. »Als Spinnweb Gwil weggeschickt hat. Ich dachte, keiner würde damit rechnen, dass er den Schlüssel haben könnte.«

Portia stieß einen anerkennenden Pfiff aus. »Gute Idee!«

Ben lächelte noch breiter.

»Ähm.« Gwil räusperte sich. »Wir sollten besser los. Bis zu Goodfellows Wohnung ist es noch ein ganzes Stück.«

Ben verstaute den Schlüssel in seiner Hosentasche, und sie machten sich auf den Weg.

Gestaltwandler

Portia

Robin Goodfellows Wohnung lag tief im Hügel, weitab von Titanias Seerosensalon. Portia ging neben Ben und nahm kaum etwas von ihrer Umgebung wahr. Sie bemühte sich, zuversichtlich zu bleiben, aber je tiefer sie in den Feenhügel vordrangen, umso fragwürdiger erschien ihr ihr Plan. Wenn man es überhaupt Plan nennen konnte.

»Alles okay?«, fragte Ben.

»Ich bin mir nicht sicher«, antwortete Portia. »Tun wir das Richtige?«

»Was meinst du?«

»Zu Robin Goodfellow zu gehen. Seinetwegen sind wir doch überhaupt erst hier.«

»Rose hat gesagt, er würde helfen.«

»Ich weiß nicht.« Portia dachte an das kalte Lächeln auf Robins Gesicht, als er Rose sagte, jetzt könne sie endlich mal nachempfinden, wie es war, die eigene Welt zu verlieren.

Ben schwieg einen Moment. »Was können wir sonst machen?«, fragte er schließlich.

Portia zuckte die Schulter. Wir könnten Titania um Hilfe bitten, dachte sie, aber sie sagte es nicht.

»Wir sind da!« Gwil ging auf einen Torbogen zu, schob dort einen Vorhang zur Seite und rief hallo. Als niemand antwortete, trat er ein.

Ben warf Portia noch einen Blick zu, aber sie zuckte nur mit den Schultern und folgte Gwil.

Robins Wohnung ähnelte eher einem Fuchsbau als einer menschlichen Behausung. Aber er war ja auch kein Mensch. *Blender. Unruhestifter.* So hatte Tatap ihn genannt. *Mistkerl.* Das war Brambles Einschätzung gewesen.

Die Höhle hinter dem Vorhang bestand aus nur einem Raum und maß vielleicht zwanzig Schritte in alle Richtungen. Zur Linken glommen ein paar abgebrannte Holzscheite in einem Kamin. Auf Regalen an den Wänden drängten sich Einmachgläser, Fläschchen aus buntem Glas und versiegelte Tontöpfe. Getrocknete Kräutersträuße baumelten von den Simsen. Gegen ihren Willen war Portia fasziniert. Hier sah es aus wie in einer Hexenküche!

»Sieht aus, als wäre er nie weg gewesen«, sagte Ben.

Gwil zuckte die Schulter. »Goodfellow war König Oberons rechte Hand. Als er verschwand, gab Oberon die Anweisung, seine Wohnung in Schuss zu halten.«

»Aber Oberon ist nicht hier?«, fragte Ben.

»Er ist auf Reisen«, antwortete Gwil. »Seit Jahren schon.«

Portia schritt durch den Raum, vorbei am Kamin und an einem schartigen Arbeitstisch. In einem Alkoven wartete ein schmales Bett. In einer Nische an der Wand stand eine Vase mit einem Strauß aus gelben Wildrosen, und davor lag eine silberne Kette mit einem Medaillon. Neugierig hob Portia die Kette hoch. Das Medaillon hatte ein Scharnier, aber bevor sie es öffnen konnte, sagte jemand: »Sieh an, sieh an. War die Versuchung wohl doch zu groß?«

Portia legte die Kette rasch zurück und drehte sich um.

Robin Goodfellow lehnte im Eingang zu seiner Wohnung und betrachtete sie mit kühlem Blick. Er trug ein frisches weißes Hemd, eine graue offene Weste und eine hellbraune Leinenhose. An den Füßen hatte er allerdings immer noch die staubigen Lederschuhe, die er auf der Menschenseite getragen hatte.

»Goodfellow!«, krächzte Gwil. »Wir … wir müssen mit dir reden.«

»Müsst ihr das?«, fragte Robin mit gespieltem Interesse. Er ging auf Gwil zu und stellte sich so dicht vor ihn, dass der Salamander zurückwich.

Robins Mundwinkel rutschte nach oben, dann wandte er sich an Portia und Ben. »Sagt Rose, dass sie sich ihr selbstgerechtes Gerede an den Hut stecken kann. Von wegen, das Risiko, die Türen zu öffnen, sei zu groß.«

Er schlenderte zu seinem Kamin und ging dort in die Hocke. Er nahm einen eisernen Teekessel und hängte ihn über die Flammen.

Er war so gleichgültig, als würde ihn das alles nichts angehen. »Das können wir ihr nicht sagen«, erwiderte Portia bissig. »Rose ist hinter der Schwelle zurückgeblieben.«

Robin hielt mitten in der Bewegung inne.

»Die Grauen Reiter haben uns angegriffen«, erklärte Ben schnell. »Rose ist zurückgeblieben, um sie in Schach zu halten.«

Dreh dich um, dachte Portia. *Dreh dich um und sag etwas.*

Aber stattdessen stand Robin nur auf und ging wortlos zu einem der Regale. Portia schmeckte ihre Abneigung gegen ihn wie einen bitteren Geschmack auf der Zunge, aber Ben redete hartnäckig weiter. »Sie hat gesagt, wir sollen nach dir suchen.«

»Großartiger Ratschlag.« Robin öffnete ein Tontöpfchen, nahm eine Tasse vom Regal und ließ eine Prise Kräuter hineinfallen. Ben wechselte einen Blick mit Portia, aber sie wusste, wenn sie jetzt etwas sagte, würde sie ihm ihre ganze Wut entgegenschleudern. Sie erinnerte sich an Preets Behauptung: *Es heißt, er hatte eine Schwäche für Viola Rosendorn.* Da mussten sich die Adar gewaltig getäuscht haben.

»Bitte«, sagte Ben. »Rose hat gesagt, dass du uns helfen würdest. Wir brauchen jemanden, der uns zurück durch die Tür bringt.«

Robin schnaubte. »Das wäre eine selten dumme Idee. Es sei denn, ihr habt Lust darauf, das Freiwild für die Graue Jagd zu spielen.« Er wollte zurück zum Kamin, aber Portia versperrte ihm den Weg.

»Dann nehmen wir eben eine andere Tür.«

Robins Miene verfinsterte sich. »Du verstehst es nicht, oder?«, fragte er mit gefährlich ruhiger Stimme. »Es gibt nichts, wobei ich euch helfen könnte. Und für Rose gibt es keine Rettung.«

»Doch«, widersprach Ben. Er trat so dicht neben Portia, dass seine Schulter ihre streifte. »Wenn die Grauen Reiter sie noch nicht erwischt haben, dann wartet sie vielleicht direkt hinter der Tür.«

»Und wenn sie Rose besiegt haben«, fügte Portia hinzu, »dann braucht sie erst recht jemanden, der sie rettet! Wir müssen doch etwas tun!«

Robin machte ein Geräusch irgendwo zwischen spöttisch

und Mitleid. »Es ist egal, wie schnell oder langsam ihr seid. Rose ist längst Geschichte. Jeder, der in den Nebel gerät, verschwindet oder fristet den Rest seines Daseins als Nebelgänger. Hat Gwil euch erklärt, was das bedeutet?«

Portia presste die Lippen aufeinander. *Er lügt,* dachte sie.

Robins Augen funkelten vor Wut. »Der Nebel frisst alle Erinnerungen und alle Gedanken, die dich zu dem machen, was du bist. Was bleibt, sieht aus wie die Person, die du einmal gewesen bist – aber Nebelgänger sind nur noch eine Hülle, ein Schemen. Sie atmen und bewegen sich, aber niemand, der zu einem Nebelgänger geworden ist, wird dich je wiedererkennen. Ihr könnt Rose nicht helfen. Rose ist tot. So oder so.«

»Nein!«, rief Ben.

Robin maß ihn mit einem Ausdruck irgendwo zwischen Mitleid und Abscheu, dann drehte er sich um und ging vor dem Kamin in die Hocke. »Die Rechnung zwischen ihr und dem Grauen war lange offen«, sagte er. »Jetzt hat Rose sie bezahlt.«

Ben atmete jetzt so abgehackt, dass sein Körper zitterte. Aber in Portia kochte endlich die Wut über. »Es ist deine Schuld«, rief sie. »Du hast es darauf angelegt, dass dieser graue Wer-auch-immer wieder aufwacht!«

»Portia«, warnte Gwil, aber sie hatte genug.

Sie stieß Robin mit der flachen Hand gegen die Schulter. »Ohne dich wäre das alles nie passiert!«

Robin lachte bitter. »Oh, hast du da nicht etwas vergessen? Ohne *dich* hätte ich den Schlüssel gar nicht bekommen.«

Portia zuckte zusammen und ballte die Fäuste. »Ich hab nicht gewusst, was passieren würde«, wehrte sie sich.

»Das stimmt«, sagte Robin. »Und du bist trotzdem heiter wie ein Lämmchen durch die Gegend gehüpft und hast Türen geöffnet, ohne über die Konsequenzen nachzudenken. An wen erinnert mich das nur?«

Portias Frust ballte sich zu einem heißen Knoten in ihrer Brust. Nicht weinen! Sie würde vor diesem Mistkerl nicht weinen. »Wir müssen nach Hause!«, rief sie.

»Das hier ist jetzt euer Zuhause«, fuhr Robin sie an. »Macht es euch bequem. Ich bin sicher, Titania versorgt euch mit Arbeit in der Spülküche.«

Damit war die Sache für ihn erledigt. Er kehrte ihnen den Rücken zu und kauerte sich wieder vor den Kamin. Tränen brannten in Portias Augen. Sie musste zugeben, dass er recht hatte: Sie hatte ebenso große Schuld wie er an ihrer Lage. Trotzdem war sie kurz davor, Robin gegen den Kaminsims zu stoßen. Gwil fasste sie an der Schulter und trat zwischen sie und Goodfellow. »Beruhigen wir uns doch erst einmal alle«, sagte er. »Ich bin sicher, wir finden eine Lösung.«

»An deiner Stelle würde ich den Mund halten«, knurrte Robin.

Gwil versteifte sich, ließ sich aber nicht abwimmeln. Er machte noch einen Schritt auf den Kamin zu und beugte sich hinunter, während Robin dampfendes Wasser in seine Teetasse goss.

»Keiner von uns will, dass der Graue hier wieder sein Unwesen treibt«, sagte er beschwichtigend. »Aber ich bin mir sicher, dass wir der Herrin Rosendorn noch helfen können, wenn du nur …«

In einer einzigen blitzschnellen Bewegung fuhr Robin herum und schüttete Gwil eine Tasse voll kochend heißer Flüssigkeit ins Gesicht. Portia und Ben schrien auf. Es zischte, und eine Wolke aus Wasserdampf explodierte in der Luft. Der Dampf verpuffte, und dort, wo Gwil gestanden hatte, hockte ein kleiner Salamander auf dem Boden.

Die Salamander von Bryngolau

Portia

Ben trug Gwil auf der Handfläche durch die verschlungenen Gänge des Feenhügels. Als Salamander hatte Gwil eine schwarze Haut mit gelben Flecken, einen langen Schwanz und winzige Füßchen.

»Wieso verwandelt er sich denn nicht zurück?«, fragte Portia.

»Vielleicht mag er nicht?«, mutmaßte Ben »Oder kann nicht?«

Letzteres schien zuzutreffen, denn der Salamander ließ betrübt den Kopf hängen. Aber er führte sie trotzdem wie ein lebendiger kleiner Kompass durch das Gewirr aus Tunneln, Hallen und Dienstbotenquartieren. An jeder Kreuzung drehte er den Kopf in eine bestimmte Richtung, und schließlich erreichten sie eine hell erleuchtete Höhle, über deren Eingang eine Schere aus Messing hing.

»Ist das die Näherei?«, fragte Ben. Gwil nickte. Weiße Lider zuckten über seine Augen.

Sie traten durch den Eingang und fanden sich in einer Höhle wieder, in der es aussah wie in einem Basar. Gleich neben dem Eingang lehnten Stoffballen in allen Farben des Regenbogens. In Regalen an den Wänden stapelten sich gefaltete Tücher, und auf zwei Schneiderpuppen hingen halbfertige Kleider. Von der Decke hingen Dutzende Laternen.

Zwei Frauen standen neben einer Schneiderpuppe. Die kleinere der beiden, ein rundliches Mädchen mit einem Zopf aus buschigem roten Haar, hielt einen Korb voller Stoffblüten. Die zweite, etwas ältere Frau befestigte gerade eine an der Schulter des Kleides. Als Portia und Ben näher kamen, sog das rothaarige Mädchen scharf die Luft ein, und die Frau fuhr zu ihnen herum.

»Gnädige Geister!«, rief sie aus. »Es ist wahr! Menschen!«

Portia vermutete, dass dies die Nähmeisterin Frau Emsig war. Sie schien ebenfalls ein Salamander zu sein, jedenfalls hatte sie wie Gwil keine Augenbrauen. Sie trug einen elegant geknoteten Turban aus violettem Stoff, hatte die Ärmel ihres Kleides hochgekrempelt und ein Nadelkissen an ihren Unterarm geschnallt.

»Hallo«, sagte Portia. Die Näherinnen starrten sie an, als wären ihr spontan zwei Hörner gewachsen.

Ben räusperte sich. »Frau Emsig?«, fragte er. »Ich … ich glaube, Gwil Sorgenvoll wollte, dass wir zu euch kommen?«

»Gwil?«, wiederholte die Schneiderin mit dem Nähkissen. Dann bemerkte sie den Salamander auf Bens Hand. »Oh, nicht schon wieder!« Sie warf die Blüten zurück in den Korb. »Sian, holst du mir bitte einen Krug Quellwasser?«

»Ja, Frau Emsig«, sagte die Näherin. Sie stellte ihren Korb ab und lief zu einem der Tische.

Frau Emsig pflückte indes Gwil von Bens Hand.

»Warum verwandelt er sich nicht zurück?«, fragte Portia.

»Weil er ein Salamander ist«, sagte Frau Emsig. »Wir brauchen Hilfsmittel, um unsere Gestalt zu wechseln. Ah. Danke, Sian.«

Das Mädchen war zurück und reichte Frau Emsig einen Krug. Die setzte Gwil auf den Boden. »Hitze verwandelt uns in unsere Tiergestalt«, erklärte sie. »Um uns zurückzuverwandeln, brauchen wir etwas Kaltes.« Mit diesen Worten schüttete sie den Inhalt des Krugs über dem Salamander aus. Wieder gab es einen Knall und eine Wolke aus Dampf, dann saß Gwil in seiner hageren Menschengestalt auf dem Boden.

»Gwil Sorgenvoll.« Frau Emsig stemmte die Hände in die Hüfte und seufzte. »Wo bist du denn jetzt wieder hineingestolpert?«

Kurze Zeit später saßen Portia und Ben in Meralyn Emsigs Wohnzimmer und erzählten, was geschehen war. Meralyn und Gwil hatten auf zwei geblümten Sesseln Platz genommen, während Portia und Ben sich ein Sofa teilten. Auf dem runden Tisch zwischen ihnen stand eine Teekanne aus Porzellan mit einem Pfingstrosenmuster. Die Teetassen waren ebenfalls aus Porzellan, hatten aber alle unterschiedliche Muster. Es gab Haferkekse mit süßem Rahm und Brombeermarmelade und dicke getoastete Brotscheiben. Als Belag gab es Butter, Salz und in Essig eingelegte Petersilie, die erstaunlich gut schmeckte.

Nach der ganzen Aufregung hatte Portia großen Appetit. Während sie sich die letzten Krümel eines Haferkekses von den Fingern leckte, fiel ihr Blick auf Meralyn Emsig. Die Schneiderin trank gerade einen Schluck Tee, und Portia bemerkte den Stempel einer berühmten Porzellanmanufaktur auf dem Boden ihrer Tasse. Sie stutzte.

»Stimmt etwas nicht?«, fragte Meralyn.

»Nein, nein, alles in Ordnung«, sagte Portia rasch. »Ich hab mich nur gefragt … das Geschirr kommt aus der Menschenwelt, oder?«

Meralyn lächelte. »In der Tat! Man sollte es heute nicht denken, aber früher gab es einen regen Austausch zwischen eurer Welt und unserer. Auch wenn die meisten auf eurer Seite nichts davon wussten.«

Sie stellte ihre Teetasse ab, und das Licht der Tischlampe glänzte auf ihrem perlenbestickten Armband.

»Einiges von dem, was wir von den Menschen gezeigt bekommen haben, wird jetzt auch auf unserer Seite hergestellt«, fuhr sie fort. »Natürlich nicht von den Feen. Aber viele Familien der Formwandler machen ein gutes Geschäft mit den Erfindungen der Menschen. Besonders seit die Türen geschlossen wurden.«

Gwil rührte in seiner Tasse, obwohl sich der Zucker längst aufgelöst haben musste. »Es ist sicherer so«, sagte er.

»Wegen des Grauen Königs, ja«, sagte Meralyn. »Aber irgendwie scheint das mit dem Grenzendichtmachen ja doch nicht zu funktionieren. Und jetzt ist der Graue wieder wach, und die arme Frau Rosendorn steckt mittendrin im Chaos.« Sie schüttelte den Kopf. »Was für eine Tragödie.«

Portia legte den Keks, den sie gerade essen wollte, zurück auf ihren Teller. »Hat Robin die Wahrheit gesagt?«, fragte sie. »Ist Rose verloren?«

»Na, so schnell würde ich die Hoffnung nicht aufgeben«, sagte Meralyn. »Uns fällt schon etwas ein.«

»Du würdest uns helfen?«, fragte Ben überrascht.

»Natürlich«, sagte Meralyn sofort.

»Wird Titania das nicht ärgern?«

»Salamander helfen, wenn andere zögern«, erwiderte Meralyn stolz. »Und egal, was Titania denkt, wir müssen nicht immer nach ihrer Pfeife tanzen.«

Gwil räusperte sich, und Meralyn legte eine Hand über seine. »Wenn wir vorsichtig sind«, beruhigte sie ihn. Sie ließ seine Hand los und griff wieder nach ihrer Teetasse. »Es wird allerdings eine Herausforderung. Wir wissen sehr wenig über den Grauen, seinen Nebel und was er bewirkt.« Sie sah zu Gwil, und der nickte.

»Beim letzten Angriff des Grauen Königs war eine Handelskolonne der Hasen auf dem Weg zum Nachtmarkt«, erzählte Gwil. »Der Nebel muss sie auf dem Weg überrascht haben, sie kamen nie an. Ihre Familien suchten nach ihnen, aber sie fanden lange keine Spur ihrer Vermissten. Und dann tauchte schließlich doch noch einer der Männer aus der Kolonne wieder auf. Branys hieß er. Zwei seiner Vettern fanden ihn, wie er in den Wäldern umherirrte. Sie nahmen ihn mit nach Hause.« Gwil suchte Portias Blick, und sie zwang sich, ihn fest anzusehen.

»Er erinnerte sich nicht an seine Familie«, sagte er. »Er sprach nicht und reagierte nicht auf ihre Fragen. Wenn sie nicht aufpassten, verließ er das Haus und driftete in Richtung Westen davon.«

»Wie ein Nebelschwaden«, sagte Meralyn düster.

»Was ist mit ihm passiert?«, fragte Ben.

Die Salamander zögerten. »Eines Morgens war er verschwunden«, sagte Gwil schließlich. »Sein Enkel saß die ganze Nacht auf einem Stuhl vor der Tür. Er schwor, er habe die Tür nicht geöffnet. Aber sein Großvater war fort, und auf seinem Bett lag nichts als kalter Tau.«

»Dann hat Robin doch recht«, sagte Portia mit tonloser Stimme.

Bens Hand zuckte, als wollte er sie nach ihr ausstrecken, aber dann ließ er es doch bleiben.

»Vielleicht«, gab Meralyn zu. »Aber vielleicht gibt es doch noch Hoffnung. Branys war einen Mond lang verschollen, bevor sie ihn fanden. Rose ist erst seit kurzem fort. Und sie ist schlau. Es ist gut möglich, dass der Nebel sie noch nicht überwältigt hat.«

»Und wenn doch?«, fragte Portia.

Gwil hob die Schultern. »Es gibt Geschichten von Nebelgängern, die gerettet wurden, selbst nachdem sie seinem Einfluss anheimgefallen sind.«

»Jedes Kind kennt die Geschichte von Ifor und Nerys«, bestätigte Meralyn. »Sie spielt in der Zeit, in der der Nebelkönig das erste Mal über unsere Welt hergefallen ist. Ein junger Krieger, sein Name war Ifor, geriet damals in die Wogen des Nebels und verschwand. Seine Liebste, Nerys, ging ihm nach und hat ihn zurückgeholt. Sie blieben über einen Mond lang im Nebel verschollen, aber als sie zurückkamen, waren beide unversehrt.«

»Wie haben sie das geschafft?«

»In der Geschichte legt Nerys Ifor das eigene Herz in die Hand, und das bringt seine Erinnerung an sie zurück.«

Portia schnaubte. »Na, wenn es so einfach ist!«

Meralyn lächelte. »Wahrscheinlich ist das mit dem Herzen

nur eine Metapher. Eine blumige Umschreibung von dem, was tatsächlich vorgefallen ist. Barden lieben so was. Was Nerys wirklich getan hat, nun … Das müsste man genauer erforschen.«

Gwils Augen weiteten sich. »Oh, natürlich!«, rief er aus. »Weltende!«

»Weltende?«, wiederholte Portia ungläubig.

Gwil nickte. »Als die Menschlinge noch unsere Welt bereisten, schufen sie mit den Ältesten der Salamander einen Ort, an dem das Wissen aus beiden Welten gesammelt wurde«, erklärte er. »Eine Bibliothek. Ihr Name ist Weltende. Wenn es eine Lösung für eure Probleme gibt, dann findet ihr sie dort.«

Meralyn nickte eifrig vor sich hin. »Ja, das ist eine gute Idee«, sagte sie. »Ich weiß, wer euch vielleicht helfen kann: Tegid, er ist der Bibliothekar dort. Gwil, du bringst die Kinder dorthin, nicht wahr?«

»Ich?« Gwil erbleichte.

»Das ist ja alles gut und schön«, mischte Portia sich ein. »Aber selbst wenn wir ein Wundermittel gegen Vernebelung in dieser Bibliothek finden, wie kommen wir durch die Feentür? Titania lässt sie bewachen.«

Das zuversichtliche Strahlen verschwand von Meralyns Gesicht. »Es widerstrebt mir, das zu sagen, aber Titania hat recht. Die Feentür muss verschlossen bleiben. Wenn die Grauen Reiter im Zwischenreich umgehen, lauern ihre Bluthunde mit Sicherheit in der Nähe der Schwelle.«

Portia setzte zum Widerspruch an, aber diesmal kam Meralyn ihr zuvor. »Es gibt eine weitere Tür«, sagte sie. »Frau

Rosendorn und ihre Freunde haben sie damals benutzt. Es kann doch sein, dass sie sich wieder dorthin durchgeschlagen hat.«

Ben setzte sich kerzengerade auf. »Wo ist diese Tür?«

»In der Fahlen Festung«, antwortete Meralyn.

»Klingt einladend«, sagte Portia.

»Die Fahle Festung ist der Ort, an dem der Graue König schläft.« Gwil räusperte sich nervös. »Also, jetzt nicht mehr schläft.«

»Ihr habt gesagt, Frau Rosendorn wollte alles wieder in Ordnung bringen, oder nicht?«, fragte Meralyn.

Ben nickte.

»Das könnte bedeuten, dass sie versuchen wird, den Grauen König wieder in Schlaf zu versetzen. Und wo könnte sie das besser tun als an dem Ort, wo ihr das schon einmal gelungen ist?« Meralyn trommelte mit den Fingerspitzen auf den Tisch. »Die Fahle Festung wäre von Weltende aus gut zu erreichen.«

Portia starrte die Salamander an. »Nur damit ich das richtig verstehe«, sagte sie. »Ihr schlagt vor, dass wir durch eine Tür gehen, die uns direkt ins Wohnzimmer des Grauen Königs bringt?«

»Damit rechnet er nicht«, sagte Meralyn.

Portia ballte die Fäuste. »Ein Löwe rechnet auch nicht damit, dass ich freiwillig in seine Höhle spaziere«, sagte sie gepresst. »Auffressen würde er mich deshalb trotzdem.«

Ben gab einen Laut von sich, der wie eine Mischung aus einem Husten und einem nervösen Lachen klang.

Gwil fuhr sich mit der Hand über den kahlen Kopf. »Du

hast recht«, sagte er. »Natürlich. Aber ...« Er sah zu Meralyn, und sie lächelte ihm aufmunternd zu. »Es ist der beste Weg, den ihr jetzt gehen könnt. Es sei denn, ihr wisst eine andere Lösung?«

»Titania!«, sagte Portia sofort. »Wir sagen ihr die Wahrheit und bitten sie um Hilfe.«

Die Salamander schwiegen, aber der Zweifel stand ihnen ins Gesicht geschrieben.

»Sie wirkte doch ganz vernünftig vorhin«, fuhr Portia hartnäckig fort. »Als ob man mit ihr reden könnte.«

Meralyn seufzte. »Solange sie sich etwas von dir erhofft, ja. So lange kann man mit ihr reden.«

Gwil wandte sich an Ben. »Was ist deine Meinung?«

Ben runzelte die Stirn. »Ich weiß nicht ...«

»Ihr habt es alle gesagt«, sagte Portia. »Wenn wir Rose retten wollen, dann müssen wir schnell sein. Sonst verspielen wir unsere beste Chance, sie wiederzufinden.«

»Aber müssten wir dazu nicht erst wissen, wie wir sie finden?«, gab Ben zu Bedenken. »Oder was wir tun können, wenn der Nebel ihr schon die Erinnerung gestohlen hat?«

»Das ist doch vielleicht noch gar nicht passiert! Was, wenn sie wirklich auf uns wartet? Wenn jede Sekunde zählt?« Portia war an den Rand des Sofas gerutscht und hielt sich an der Tischkante fest. Büchereien, entfernte Festungen, das würde alles viel zu lange dauern. Sie wollte jetzt etwas tun, sie wollte zurück zur Tür und das, was passiert war, ungeschehen machen. Robin hatte recht gehabt: Ohne sie wäre Rose in Sicherheit. Sie hatte den Schlüssel gestohlen. Sie hatte die Tür ins Zwischenreich geöffnet. Nur weil sie so verdammt neugierig war. Und wenn Rose nie wieder nach Hause kam, dann war es ihre Schuld.

Es fühlte sich an, als ob eine Faust sich um Portias Magen zusammenzog. Sie würde alles wieder in Ordnung bringen. Sie *musste*.

Ben starrte hinunter auf die Tischplatte.

»Ben?«, fragte Portia verzweifelt.

»Ich finde Gwils Vorschlag gut.«

Gwil schenkte ihm ein zittriges Lächeln. Portia konnte nicht fassen, was sie da hörte.

»Portia?«, fragte Meralyn.

Portia sah von einem zum anderen. Sie dachte an Roses Abschied, spürte noch einmal die Wärme ihrer Umarmung und dann die Kälte, als Rose sich abwandte und allein auf die Nebelwand zumarschierte. Sie spürte, wie ihnen die Zeit davonlief. Hörte förmlich das Ticken einer Uhr in ihrem Kopf. »Nein«, sagte sie. »Das ist mir alles zu viel *vielleicht*.« Sie wich den enttäuschten Blicken der Salamander aus, räusperte sich und versuchte, überzeugt zu klingen. »Es tut mir leid. Ich glaube einfach, dass wir mit Titania bessere Chancen haben.«

Eine unbequeme Stille senkte sich über den Tisch.

»Wenn wir in Weltende ein Heilmittel für Nebelgänger finden, können wir dann eine Nachricht in den Feenhügel schicken?«, fragte Ben plötzlich.

»Ja, sicher«, sagte Gwil. »Tegid hält ein paar Brieftauben, die könnten schnell hier sein.«

»Dann könnten wir doch auf zwei Wegen versuchen, Rose zu helfen«, schlug Ben vor. Er wandte sich an Portia.

»Du bittest Titania um Hilfe. Wenn ihr Rose findet und es ihr gutgeht, dann ist ja alles in Ordnung. Und wenn nicht, dann können wir euch die Anleitung für das Heilmittel nachschicken.« Portia biss sich auf die Unterlippe. Sich von Ben zu trennen gefiel ihr mindestens genauso wenig wie die Idee, sich noch weiter von der Feentür und von Rose zu entfernen. Aber wenn das der einzige Kompromiss war, auf den Ben sich einlassen wollte …

»Ich weiß nicht«, schaltete Meralyn sich ein. »Ich möchte noch einmal betonen, dass ich Titania an eurer Stelle nicht vertrauen würde. Portia, bist du dir wirklich sicher, dass du es mit ihr versuchen willst?«

Das war sie sich nicht. Aber die Panik zerrte an ihr, und die Vorstellung von Feenkriegern, die sich den Grauen Reitern entgegenstellten, war sehr viel beruhigender als eine Wanderung ins Ungewisse. »Ja«, antwortete sie.

Meralyn seufzte. »Gut. Dann helfe ich dir, dich auf die Audienz vorzubereiten, und Gwil geht mit Ben.«

»Dabei gibt es nur ein Problem«, sagte er. »Wenn Portia hier durch die Weltentür gehen will und wir in der Fahlen Festung …«

»… dann brauchen wir zwei Schlüssel«, vollendete Meralyn.

»Oh«, sagte Ben. »Daran habe ich nicht gedacht.«

Er sah zu Portia, und sie legte schnell ihre Hand über ihre Hosentasche.

Meralyn lächelte. »Macht euch keine Sorgen. Das zumindest ist ein Problem, das wir gleich lösen können.«

Merron Wegbereiter

Portia

Meralyn verschwand für ein paar Minuten in einem anderen Raum. Als sie zurückkam, hatte sie eine Flasche, zwei Gläser und ein kleines in Leder gebundenes Buch dabei. Sie hielt das Buch schützend gegen ihre Brust, bis sie Flasche und Gläser abgestellt und sich gesetzt hatte. Sie strich die Krümel vom Tisch, dann legte sie das Buch vorsichtig ab und schlug die erste Seite auf.

»Das hier ist das Tagebuch meines Urgroßvaters.« Sie strich mit den Fingerspitzen über die dicht beschriebene Seite und lächelte bitter. »Merron Wegbereiter hieß er. Aber die Feen haben natürlich einen anderen Namen für ihn.«

»Merron Bodenlos«, sagte Gwil mit gedrückter Stimme.

»Den Namen hat er bekommen, nachdem er sich mit den Feen angelegt und spektakulär verloren hat.« Meralyn entkorkte die Flasche, und der samtig süße Geruch von Brombeerwein stieg in Portias Nase.

»Was genau ist denn passiert?«, fragte sie. Neben ihr lehnte sich Ben nach vorne, um einen besseren Blick auf das Buch zu erhaschen.

Meralyn hob eine Schulter. »Es gibt viele Geschichten darüber, aber in einem stimmen alle überein: Merron hat ohne Erlaubnis die Grenzen zwischen den Welten überschritten.«

Sie schenkte Wein in die beiden Gläser und schob Gwil eines davon hin. Er nahm einen großzügigen Schluck.

»Die Feen bestimmen, wer von uns über die Grenzen reisen darf, schon seit die ersten Türen geschaffen wurden«, erklärte er.

»Merron war mit der Herrschaft der Feen unzufrieden«, sagte Meralyn. »Er wollte selbst bestimmen, mit wem er Geschäfte macht und wohin er reist. Er träumte davon, dass die Salamdrau zu Weltenwanderern werden und überall jenseits der Grenzen Wissen ansammeln konnten.«

»Natürlich stieß er mit diesem Anliegen bei den Feen auf taube Ohren«, sagte Gwil.

Meralyn lächelte traurig. »Also beschloss er, seinen eigenen Schlüssel herzustellen.«

»Und, hatte er Erfolg?«, fragte Ben.

»Ja, und die Anleitung dazu befindet sich hier drin.« Meralyn klappte das Buch zu und gab es an Gwil weiter. »Wir haben Glück im Unglück. Merron zufolge lässt sich ein Schlüssel nur herstellen, wenn zwei Bewohner unterschiedlicher Welten zusammenarbeiten.«

Gwil wimmerte unglücklich. »Entschuldigt«, sagte er, und nahm noch einen Schluck Wein.

Meralyn lächelte, aber ihre Gesichtszüge waren eigenartig hart, so als wären sie aus Marmor gemeißelt. »Wenn Titania wüsste, dass dieses Tagebuch existiert, würde sie uns alle in die tiefsten Kerker unter dem Feenhügel sperren.«

Ob Titania wirklich die Person war, die sie um Hilfe bitten sollte? Portia war immer noch mulmig zumute, aber sie unterdrückte den Zweifel, der sich in ihr regte.

»Ist das der Grund, warum ihr keine Schlüssel mehr herstellt?«, fragte sie.

Meralyn schnaubte. »Wenn die Feen das Volk der Salamander nicht so sehr unter ihrer Kontrolle hätten, hätte irgendjemand von uns sicher wieder einen neuen Schlüssel hergestellt.« Sie klang so, als wäre sie selbst gern dieser aufmüpfige Salamander. »Aber uns sind die Hände gebunden. Im wahrsten Sinne des Wortes.«

»Nachdem Merron … nachdem er …«, begann Gwil, aber er brachte den Satz nicht zu Ende.

»Die Feen haben ihn erwischt und bestraft«, sagte Meralyn knapp. »Und mit ihm das ganze Volk der Salamander.«

Sie löste ihr Armband. Darunter kam dieselbe Tätowierung zum Vorschein, die Portia schon bei Gwil und Titanias Dienerin bemerkt hatte: ein schwarzer Reif, der sich um das Handgelenk schlang.

»Das ist das Zeichen unserer Leibeigenschaft«, erklärte sie. »Es bedeutet, dass wir Titania dienen und gehorchen müssen. Und dass wir uns ohne ihre Erlaubnis nicht von Bryngolau entfernen dürfen.«

Portia runzelte die Stirn. »Ihr dürft hier nicht weg?«

»Nein«, bestätigte Meralyn. »Wenn wir es versuchen, sorgt diese Markierung dafür, dass wir aufgehalten werden.«

Handschellen, dachte Portia entsetzt. *Die Tattoos sind Handschellen!*

»Was uns zu einem anderen Problem bringt.« Meralyn nickte Gwil zu.

Der legte eine Hand über seine Tätowierung. »Wenn ich Ben nach Weltende bringen soll, brauche ich einen Zauber, der den Bann für eine Weile aufhebt.«

»Sauerdorn kann so einen Zauber aussprechen«, sagte Meralyn, und zu Ben und Portia gewandt: »Er ist Titanias Hofmarschall.«

»Er könnte den Bann aufheben«, bestätigte Gwil. »Aber er wird es nicht tun. Nicht ohne einen guten Grund.«

»Oder eine gute Bestechung.« Meralyn lächelte wieder, stand auf und öffnete eine Truhe, die neben dem Sofa stand. Sie schlug zwei Lagen dünnes Seidenpapier auseinander und hob vorsichtig ein Bündel Stoff in die Höhe. Was sie ihnen nun zeigte, sah aus wie ein gewebter Sternenhimmel. Eine Bahn aus dunkelblauer Seide floss über Meralyns Arme. Winzige Strasssteine schimmerten darauf, oder waren es sogar Diamanten? Bei diesem Anblick hielt nicht nur Portia den Atem an.

»Sauerdorn wünscht sich schon lange ein Gewand, das der Garderobe unserer Königin Konkurrenz macht. Ich würde sagen, hiermit erfülle ich ihm seinen Wunsch.« Meralyn lächelte so verschmitzt, dass ihre Augen funkelten. »Vorausgesetzt, er hilft uns.«

Als der Abend hereinbrach, lag Portia in einem Bett und starrte an die Decke. Das Gästezimmer, in das Meralyn sie gebracht hatte, lag in der Nähe der Schneiderei. Portia hörte die gedämpften Stimmen von Meralyns Näherinnen, die immer noch an ihrer Arbeit saßen. Ein Glas mit Mondmotten stand neben der Tür des Gästezimmers und verbreitete ein schummriges Licht.

Im Kopf ging Portia das Gespräch mit den Salamandern durch. Drehte ihren Entschluss von links nach rechts.

Ich habe mich richtig entschieden. Das sagte sie sich immer wieder. Aber warum nagten dann all diese Zweifel an ihr?

Portia drehte sich auf die Seite. Bens Bett stand nur einen Meter entfernt, aber zwischen ihnen hatte sich Stille ausgebreitet wie ein Ozean. Seit sie sich von den Salamandern für die Nacht verabschiedet hatten, hatte Ben nicht mehr mit ihr gesprochen. Weil er auch müde war, oder weil er Portia übelnahm, dass sie ihn alleine ließ?

Sie hätte es ihm gerne erklärt, hätte ihm gesagt, wie sehr das schlechte Gewissen an ihr nagte. Sie wollte sich nicht noch weiter von Rose entfernen. Gleichzeitig fühlte es sich so an, als würde sie jetzt auch noch Ben im Stich lassen.

Schließlich hielt sie es nicht mehr aus. »Ich wünschte wirklich, wir könnten das hier gemeinsam durchziehen.«

Ihre Stimme verklang in dem Raum, bevor Ben leise antwortete. »Ich auch.«

Portia drehte sich zu ihm um. »Dann bleib hier! Hilf mir, Titania zu überzeugen!«

Ben schwieg, dann fragte er: »Bist du dir hundertprozentig sicher, dass Titania uns helfen wird?«

Sie hätte lügen können. Vielleicht würde Ben dann bei ihr bleiben, und sie musste sich Titania nicht alleine stellen. Aber das brachte sie nicht übers Herz. Mit einem Seufzen legte sie sich wieder auf den Rücken. »Nein«, gab sie zu.

Erneutes Schweigen breitete sich zwischen ihnen aus, dann sagte Ben: »Wenn du vor mir nach Hause kommst, kannst du meiner Mutter sagen, dass es mir gutgeht?«

Die Frage versetzte ihr einen Stich. »Klar«, sagte sie. »Und wenn du vor mir zurück bist, machst du dasselbe für mich?«

»Versprochen.«

Ben starrte an die Decke, und Portia kaute unschlüssig an ihrer Unterlippe. Sie wünschte, sie könnte ihm anvertrauen, wie unsicher sie sich fühlte. Aber sie hatte Angst, dass er sie doch noch überreden würde, mit ihm zu gehen. Und das wäre ein Fehler. Oder nicht?

»Portia?«, sagte Ben. »Sei vorsichtig mit Titania.«

»Bin ich.«

»Wirklich.« Er drehte sich zu ihr um und runzelte die Stirn. »In den Geschichten ziehen Menschen in der Verhandlung mit Feen immer den Kürzeren.«

»Ich werde aufpassen«, versprach sie. »Und du sei auch vorsichtig. Geh diesen grauen Gruselreitern aus dem Weg. Am besten wär's, du machst dich unsichtbar.«

Ben lachte leise. »Darin hab ich Übung. Ich mach mir nur Sorgen, dass ich morgen wieder so weit laufen muss. Ich hab Muskelkater an Stellen, wo ich nicht mal wusste, dass es Muskeln gibt.«

Trotz allem musste Portia schmunzeln. Ben lächelte, und sie fand, dass ihm das sehr gut stand.

»Du schaffst das«, sagte sie.

Sie drehte sich wieder auf den Rücken und hörte, wie Ben sein Kissen zurechtrückte. Sie mochte ihn. Er war vorsichtig, aber gleichzeitig schien ihn nichts so schnell aus der Fassung zu bringen. Sie war froh, dass er mit ihr hier war.

Nicht mehr lange.

Ihr Lächeln verblasste. Manchmal wünschte sich Portia, sie könnte ihrer inneren Stimme den Mund mit einem Stück Paketband zukleben.

Aufbruch

Ben

Als Ben am nächsten Morgen aufwachte, blieb er eine Weile mit geschlossen Augen liegen. Sein Kissen war wunderbar weich und duftete nach getrockneten Gräsern. *Ich bin im Feenreich*, dachte er. *Am Hof von Königin Titania.*

Als er die Augen schließlich öffnete, torkelte eine Mondmotte wie ein Irrlicht durch den dunklen Raum. Er streckte die Hand aus, und die Motte ließ sich federleicht darauf nieder. Ihre Füßchen kitzelten seine Haut, und ihr Licht wurde stärker. Wie eine Glühbirne, die man mit einem Dimmschalter hochregelte. Nur viel wunderbarer.

Ben pustete sacht gegen ihre Flügel, und die Motte flatterte davon. Er setzte sich auf und schlug seine Decke zurück. Als er sich bewegte, erwachten in einem Glas an der Höhlenwand die anderen Mondmotten. Ihr milchiges Licht breitete sich schnell über Wände und Decke des Zimmers aus. Besorgt drehte sich Ben zu Portia. Wenn sie noch schlief, würde das Licht sie bestimmt wecken. Überrascht stellte er jedoch fest, dass ihr Bett leer war. Ben runzelte die Stirn und stand auf. Er hatte keine Ahnung, wie spät es war, aber er fühlte sich ausgeschlafen.

Mehr und mehr Mondmotten flatterten durch den Raum. Ben hatte das Gefühl, dass er sich durch einen Taumel aus leuchtenden Blütenpollen bewegte. Auf dem Schemel, der an seinem Bett stand, lag Portias Rucksack. Sie hatte die Anstecknadel mit Ridiks Feder benutzt, um einen Zettel an den Rucksack zu heften. Ben zog den Zettel ab und las Portias Nachricht.

Für unterwegs. Du kannst dir die Thermoskanne von Meralyn füllen lassen. Blasenpflaster sind in der Netztasche, innen. Viel Glück!

Ben brauchte einen Moment, um die Bedeutung der Nachricht zu verstehen. Dann begriff er: Das war Portias Abschied. Und sie überließ ihm ihren Rucksack. Wärme breitete sich in seiner Brust aus wie Sonnenlicht.

Neugierig öffnete er den Rucksack. Er fand die Thermoskanne, Portias Landkarte, ein Taschenmesser, die versprochenen Blasenpflaster und ein schmales Heft mit rotem Einband. Neugierig schlug Ben das Heft auf. Es war leer, mit Ausnahme der ersten Seite. Dort hatte Portia mit schwarzem Filzstift die Überschrift *Sommerferien in Wales* geschrieben. Darunter klebten ein Kartenabschnitt von Nordwales und eine walisische Flagge. Eine Eintrittskarte zur Burg in Conwy war mit Tesafilm in der unteren Ecke angebracht, und daneben stand *Conwy, 10. August*. Das war ein Reisetagebuch!

Ben blätterte durch die übrigen, leeren Seiten und dachte, dass er gerne gewusst hätte, was Portia sonst noch in ihr Tagebuch kleben wollte. Er hätte ihr helfen können, hätte ihr spannende Orte zeigen oder mit ihr Bilder ausschneiden können. Vielleicht hätte er sogar ein paar kleine Zeichnungen beigesteuert.

Mit einem Mal wünschte er sich, er hätte sich richtig

von Portia verabschiedet. Oder besser: dass der Abschied nicht nötig gewesen wäre. Schon komisch. Er hatte sich nie gewünscht, Zeit mit den Kindern aus seiner Klasse zu verbringen. Aber Portia hätte er gerne besser kennengelernt.

Die Färberei befand sich in einer großen Höhle im Ostflügel des Palastes. Tageslicht fiel durch die Ritzen, die in der Höhlendecke klafften. Die natürliche Belüftung war nötig, denn es roch absolut widerlich. Große Zuber mit farbigem Wasser säumten die Höhlenwände, und der Gestank von Essig und Urin tränkte die Luft. Nichtsdestotrotz herrschte hier emsiges Treiben: Die Färber zogen Stoffe durch die Bottiche oder rührten Pflanzen und andere Zutaten in dampfendes Wasser. Hier scherte sich niemand um Gwil oder um seinen Begleiter.

Meralyn hatte dafür gesorgt, dass Ben sich wie ein Bewohner der Feenwelt kleiden konnte. Er trug ein Paar weicher Stiefel, Hosen aus brauner Wolle, ein schlichtes Hemd und darüber eine Lederjacke, die ihm ein bisschen zu groß und ganz schön abgewetzt war. Dazu fingerlose Handschuhe wie die von Gwil. Das einzige Detail, das aus dem Rahmen fiel, war Portias grüner Rucksack.

Gwils Gesichtsausdruck war entschlossen, nur seine Hände verrieten seine Anspannung: Ständig verschränkte er die Finger ineinander und löste sie wieder. Es war komisch, aber irgendwie sorgte Gwils Nervosität dafür, dass Ben sich mutiger fühlte. Er stand an der Schwelle eines Abenteuers. Und er war gut dafür ausgerüstet.

»Ah!«, seufzte Gwil plötzlich. »Da ist sie.«

Ben folgte seinem Blick und sah, wie Meralyn sich einen Weg durch die Färber bahnte. Ihr strammer Schritt sorgte dafür, dass die Färber ihr freiwillig Platz machten. In ihrer Hand hielt sie ein zusammengefaltetes Stück Pergament.

»Hat er …?«, fragte Gwil, als Meralyn bei ihnen ankam.

»Er hat.« Meralyn grinste und übergab Gwil das Pergament. »Ein Blick auf den Stoff, und er hat sofort eingewilligt, dir den Freigang zu erlauben.«

»Gut, gut.« Die Hand, mit der Gwil das Pergament entgegennahm, zitterte. Meralyns Gesicht wurde wieder ernst. Sie nahm Gwils Hand und drückte sie sanft.

»Gut«, wiederholte Gwil. Er öffnete den Zettel und las die drei fremd klingenden Worte vor, die darauf standen. Ein Schauder durchlief ihn, dann seufzte er erleichtert.

»Alles in Ordnung?«, fragte Ben.

»Ja.« Gwil lächelte matt und hob sein Handgelenk in die Höhe. Sein Tattoo war zu einem grauen Streifen verblasst. »Es fühlt sich an, als hätte jemand ein eisernes Band von meinem Arm gelöst.«

»Fünf Tage«, sagte Meralyn. »So viel konnte ich für dich herausschlagen.«

»Sauerdorn hat die Geschichte geglaubt?«, fragte Gwil.

Meralyn nickte. »Ich habe ihm gesagt, du willst in der Bibliothek nach einem Rezept für himmelblaue Tinte suchen. Fünf Tage«, wiederholte sie, und nun klang ein wenig Zweifel in ihrer Stimme mit. »Für eine Reise nach Weltende ist das lange genug.«

»Und für alles andere auch. Nun denn.« Gwil schaute zu Ben. »Wollen wir uns auf den Weg machen?«

Ben starrte immer noch auf Gwils Handgelenk. »Was passiert, wenn Titania erfährt, dass du mich mitgenommen hast?«, fragte er besorgt. »Wird sie deinen Bann dann nicht sofort wieder aktivieren?«

»Das kann sie nicht«, sagte Meralyn. »Die Aufhebung kann nur rückgängig gemacht werden, wenn Titania die Worte spricht und der Bannträger sie hört.«

»Wenn sie erfährt, dass du mit mir gekommen bist, sind wir schon meilenweit weg«, fügte Gwil hinzu.

»Okay«, sagte Ben. »Danke, Meralyn.«

»Nicht der Rede wert.« Sie lächelte, dann wandte sie sich wieder an Gwil. »Wenn das Wetter mitspielt, schafft ihr es bis morgen Abend nach Weltende. Hier.« Sie zog einen kleinen Beutel aus der Tasche ihres Gehrocks und hielt ihn Gwil entgegen. »Nimm die mit.«

Gwil nahm den Beutel und öffnete ihn. Seine Augen weiteten sich. »Oh. Oh, nein. Das ist keine gute Idee, Meralyn.«

Neugierig spähte Ben in den Beutel. Er sah nur ein paar glatte graue Kiesel. »Was ist das?«

»Glühkiesel«, erklärte Meralyn. »Wenn man sie berührt, werden sie so heiß, als lägen sie in der Glut eines Herdfeuers.«

»Nein, nein«, wiederholte Gwil. Er gab Meralyn den Beutel zurück und schloss ihre Hände darum. »Die kann ich nicht bei mir haben. Ich … ich könnte mich nicht beherrschen.«

»Aber du wirst sie brauchen«, sagte Meralyn. »Vielleicht. Wenn die Zeit knapp wird.«

»Was ist denn so schlimm an den Kieseln?«, fragte Ben.

»Wenn ein Salamander sie in die Hand nimmt, verwandelt er sich sofort«, sagte Gwil. »Und in meiner Tiergestalt bin ich dir keine Hilfe.«

»Du sollst sie ja auch nicht sofort verwenden«, sagte Meralyn. »Aber fünf Tage sind nicht lang. Und wenn der Bann wieder greift …«

»Meralyn!«, protestierte Gwil.

»… dann werden die Schmerzen einsetzen«, beendete sie ihren Satz.

»Schmerzen?«, wiederholte Ben entsetzt.

Meralyn nickte ernst. »Der Bannzauber verursacht uns Schmerzen, wenn wir Titania nicht gehorchen und sie es bemerkt. Und wenn wir uns ohne Erlaubnis aus dem Hügel entfernen. Nur wenn wir uns verwandeln, spüren wir den Schmerz des Bannzaubers nicht mehr. Das ist die Wahl, die Titania uns lässt. Entweder wir fügen uns ihrer Herrschaft, oder wir verbringen unser Leben als Tiere.« Ihr Gesichtsausdruck wurde sanft. »Gwil. Nimm die Kiesel.«

Gwil errötete. »Also gut«, sagte er. »Aber Ben soll sie für mich aufbewahren.« Zu Ben sagte er: »Bitte gib sie mir nicht, bevor es nicht unbedingt notwendig ist.«

Ben nahm den Beutel und verstaute ihn in seiner Jackentasche. »Warum solltest du sie denn vorher haben wollen?«

Gwil lächelte beschämt. »Weil wir Salamander das Feuer lieben und alles, was glüht. Es ist unsere Natur. Und manchmal ist das sehr ungünstig.«

Meralyn betrachtete ihn mit einem amüsierten Blick. »Gwil mag die Hitze ein wenig zu gerne.« Gwils Gesicht glühte immer noch, aber er lächelte.

»Nun«, sagte Meralyn. »Damit wäre wohl alles erledigt.« Sie sah von Gwil zu Ben und wieder zurück. »Seid vorsichtig.«

Ein Prickeln rieselte über Bens Haut. Jetzt würden sie aufbrechen. Hinaus in die Anderswelt, die bestimmt noch viele wunderbare Orte und Wesen zu bieten hatte. Ein Hügel voller Feen und Gestaltwandler war nur der Anfang.

Zwischenspiel

Eine dichte Wolkendecke verdunkelte den Himmel über Bryngolau, als der Junge und der Salamander aufbrachen. Sie verließen den Feenhügel durch einen der Nebenausgänge und stapften im Gänsemarsch Richtung Westen davon.

Die Jagdherrin des Grauen Königs stand im Schatten einer Eberesche und sah zu, wie sich die beiden entfernten. Der Nebel, der ihr auf Schritt und Tritt folgte, schmiegte sich an den Saum ihrer Robe. Einige Meter hinter ihr, dort wo die Schatten dunkler und das Unterholz wilder wurde, ballten sich dichtere Nebelwolken, und geisterhafte Schemen drehten unruhige Kreise.

Sie zögerte. Zwei Menschenkinder waren aus dem Niemandsland in die Feenwelt gekommen, aber nur eines davon ging in Richtung der Berge davon. Was sollte sie tun? Sie sog einen tiefen Atemzug ein, und der schwarze Schleier presste sich eng an ihr Gesicht. Sie hob den Kopf ruckartig und schnupperte an der Luft. Da war er. Der feine silberne Duft des Weltenschlüssels. Er klebte an dem Jungen und hinterließ eine Spur wie schwebende Blütenpollen. Ihre Hand glitt zu ihrem Jagdhorn, aber nein, noch war es zu früh, um ihren Herrn zu rufen.

Sie wartete, bis der Junge und der Salamander beinahe

außer Sicht waren, dann winkte sie ihre Hunde mit der Hand herbei. Zwei von ihnen traten aus dem Schatten. Sie streiften an ihr vorbei, lautlos, mit gesenkten Köpfen und trüb glimmenden Augen. Die Herrin wartete, bis die Hunde die Spur des Jungen aufgenommen hatten, dann nahm sie die Verfolgung auf.

Titania

Portia

Den ganzen Tag lang hatten neugierige Gestaltwandler Portia in Beschlag genommen, hatten sie über ihre Welt ausgefragt, hatten ihre Haare für das Fest frisiert und verschiedene Kleider an ihr ausprobiert, als wäre sie eine von Meralyns Schneiderpuppen. Jetzt saß sie auf einer Bank in einer Ecke der Näherei und wartete darauf, dass man sie zu Titanias Fest brachte. Niemand leistete ihr mehr Gesellschaft, und sie war froh darüber. Sie war so aufgeregt, dass sie über nichts hätte reden können. Als schließlich Bohnenblüte hereinbrauste, war sie erleichtert. Wenigstens würde sie nicht schon wieder von Spinnweb durch die Gegend geschubst werden.

»Schau dich an«, rief Bohnenblüte vergnügt. »Ganz fein rausgeputzt. Mit, hm, Hosen. Interessante Wahl.«

Portia hob eine Augenbraue. Besser Hosen als dieses flatterige Paillettennachthemd, das Bohnenblüte trug. Die Frisur der Fee war noch verrückter als gestern, hoch aufgetürmt und verflochten mit einer wilden Mischung aus Federn, Ästen, Samtbändern und Borretschblüten. Es sah aus, als würde sie ein Vogelnest auf dem Kopf tragen.

Im Vergleich dazu war Portias Aufmachung schlicht: Die braunen Leggings, die Meralyn ihr herausgesucht hatte, reichten ihr bis knapp unters Knie. Dazu hatte sie Portia eine weiße Bluse verpasst und eine kobaltblaue Weste mit Kornblumenmuster. Die Bluse war etwas länger als die Weste, und ihr Saum schmiegte sich um Portias Hüfte.

Portia widerstand dem Drang, ihre Kleider glatt zu streichen. Sie trug den Schlüssel in einer Innentasche der Weste und hoffte, dass sich seine Form nicht unter dem Stoff abzeichnete. Sie würde ihren Trumpf nicht ausspielen, bevor sie ihren Handel mit der Feenkönigin abgeschlossen hatte.

Portia rieb ihre feuchten Handflächen an ihren Leggings ab und hoffte, dass niemand bemerkte, wie nervös sie wirklich war.

Bohnenblüte wirbelte einmal um die eigene Achse, dann hielt sie Portia die Hand hin. »Wollen wir?«

Außerhalb des Feenhügels war es bereits dunkel, aber ein Dreiviertelmond tauchte die Lichtung in bläuliches Licht. Bohnenblüte und Portia durchquerten die Fingerhutwiese, bis sie zu einer Gruppe Eichen gelangten. Dort führte eine Wurzeltreppe hinunter in eine hell erleuchtete Senke. Ein See wartete dort, glatt und klar wie ein Spiegel. Eichen säumten das Ufer, und Laternen hingen in den Ästen der Bäume. Weitere Lichter standen auf moosüberzogenen Felsen, und ein paar Glasschalen voller wirbelnder Mondmotten schwammen auf der Oberfläche des Sees.

Titanias Hofstaat hatte sich am Ufer zusammengefunden. Portia sah Feen in schimmernden Gewändern, mit hochgeknoteten Haaren und Blumenschmuck. Dazwischen drängten sich immer wieder Gestaltwandler in kleinen Gruppen. Eichhörner mit tuffigen Ohren und kleine stämmige Männer und Frauen mit schwarzen Streifen im Gesicht. Auf dem Weg in die Senke kam Portia an einem jungen Mann vorbei, dem ein Hirschgeweih aus dem Kopf wuchs. Von irgendwoher drang der zarte Klang von Glöckchen und Harfen, aber das Raunen der Menge übertönte die Musik fast vollständig.

Bohnenblüte führte sie direkt zum See. Dicht am Ufer trieben Plattformen aus Holz wie große Seerosenblätter. Auf diesen Flößen standen weitere Feen, und im Wasser schwammen blasse Mädchen mit elfenbeinweißen Haaren.

Alle Augen waren auf Portia gerichtet. Sie fühlte sich wie auf dem Präsentierteller. Gleichzeitig konnte sie nicht aufhören zurückzustarren, so schön und seltsam war die Versammlung der Anderswesen. Sie erreichte den See, und eine dicke Kröte mit schillernden Libellenflügeln surrte direkt vor ihrem Gesicht vorbei.

Das wird mir nie jemand glauben, dachte sie.

Ein schmaler Steg führte kerzengerade über das Wasser und endete an einer halbmondförmigen Plattform. Dort, vor dem dunklen Buckel einer Insel, hielt Titania hof.

Portia wurde langsamer, aber Bohnenblüte winkte sie eifrig weiter. »Husch«, drängte sie. »Lass Ihre Majestät nicht warten.«

Ihre Majestät, dachte Portia, und ein Schauer lief ihr über den Rücken.

Titania saß auf einem Thron, der ganz aus Ästen gemacht war. Blätter sprossen aus dem gewundenen Holz, ebenso wie Pilze und fransiger Farn. Auf der Insel hinter der Plattform stand eine Eiche und breitete ihre Äste wie einen Baldachin über die Königin der Feen.

Titania selbst hatte nichts mehr von einem harmlosen jungen Mädchen an sich. Sie saß kerzengerade auf ihrem Thron und schaute Portia mit ihren silbernen Augen entgegen. Das Mieder ihres Kleides schmiegte sich an ihren Oberkörper, und eine Kaskade aus schimmernden Blüten floss von ihrer Schulter bis hinunter zum Saum des Rocks. Ein Streifen kobaltblauer Farbe zog sich von Schläfe zu Schläfe quer über Titanias Gesicht und hob das unnatürliche Leuchten ihrer Augen hervor. Sie trug eine Krone aus geschälten Weidenästen, und ihr langes Haar fiel über ihre Schulter. Anstatt mit Blumen schienen ihr Haar und ihre Krone mit glitzernden Tautropfen geschmückt zu sein.

Portia trat mit zittrigen Knien an den Rand der Plattform. Worauf hatte sie sich hier nur eingelassen?

Spinnweb wartete links neben Titania, und auf der anderen Seite stand ein rundlicher Feenmann in einer langen, in Blautönen gefärbten Robe. Das war vermutlich Sauerdorn, der Hofmarschall.

»Verbeugen«, zischte Bohnenblüte leise.

»Was?«

»Verbeug dich!« Bohnenblüte selbst machte einen Knicks, und Portia tat ihr Bestes, um sie zu imitieren.

»Portia Menschenkind.« Titanias Stimme hallte über den See. Sie hob die Hand und winkte Portia näher. Ihre Fingerspitzen waren mit silberblauer Farbe eingefärbt.

Portia trat vor den Thron und bemühte sich, Spinnwebs

steinerne Miene zu ignorieren. Wenigstens lächelte Titania, auch wenn ihr Lächeln ein wenig kühl und offiziell wirkte. »Willkommen, Mensch, zum Reigen des Feenvolks. Gefällt es dir?«

Portia brachte zuerst keinen Ton heraus. Sie schluckte und presste ein paar Worte hervor. »Ja, sehr. Majestät.«

»Wenn ich mich richtig erinnere, wart ihr zu zweit. Wo ist dein Gefährte?«, fragte Titania.

Jetzt gab es kein Zurück mehr. Portia hoffte nur, dass Ben und Gwil mittlerweile ein gutes Stück Entfernung zwischen sich und den Feenhügel gebracht hatten.

»Ben hat sich auf den Weg nach Weltende gemacht«, sagte sie. »Er will Rose helfen und herausfinden, ob man jemanden aus den Nebeln zurückholen kann.« Sie stand stocksteif da und spürte, wie ihr Herzschlag bis zur Kehle hinaufhämmerte. Sie wartete darauf, dass Titania vor Zorn explodierte oder sie sofort in einen Kerker werfen ließ. Aber stattdessen hob die Feenkönigin eine Hand und ließ eine Mondmotte auf ihren Fingerspitzen landen.

»Sicher ist der Junge nicht alleine unterwegs«, sagte sie. »Wer zeigt ihm den Weg?«

»Gwil Sorgenvoll«, mischte Spinnweb sich ein. »Der Schreiber hat die Menschen auch an Euren Hof geführt.«

»Stimmt das?«, fragte Titania.

Portia nickte. Es hatte keinen Sinn, es zu leugnen. Aber sie fühlte, wie die Hitze in ihre Wangen stieg. Viel zu spät wurde ihr klar, dass sie das Ausmaß der Gefahr, die Meralyn und Gwil drohte, nicht begriffen hatte. Selbst wenn Titania nichts von Merrons Buch erfuhr: Die Salamander hatten ohne ihre Erlaubnis gehandelt. Was würde sie tun? Meralyn und Gwil als Verräter bestrafen?

»Das heißt, Sorgenvoll hat den Hügel verlassen.« Titania wandte sich an ihren Hofmarschall. »Sauerdorn. Hast du das erlaubt?«

Sauerdorn beugte den Kopf. Er war knallrot im Gesicht. »Ja, meine Königin.«

»Interessant.« Titania schnippte die Mondmotte von ihrem Finger. Sie betrachtete Portia mit einem nachdenklichen Blick. »Du und der Junge hängt offenkundig sehr an Viola Rosendorn.«

Ihr Ton war freundlich, aber Portia rann trotzdem ein Schweißtropfen den Rücken hinunter. »Sie ist meine Tante«, sagte sie. »Und sie hat mir und Ben das Leben gerettet. Bitte, Eure Majestät. Ich weiß, alle sagen, man kann ihr nicht helfen. Aber wir müssen es versuchen.«

Titania legte beide Arme auf die Lehnen ihres Thrones. »Ich verstehe dich, Kind«, sagte sie. »Jeder, der sich an den letzten Überfall des Grauen erinnert, weiß, wie es ist, jemanden im Nebel zu verlieren. Und wenn es irgendwo eine Antwort auf eure Fragen gibt, dann in Weltende. Ich verstehe nur eines nicht: Wie wollt ihr zu Rose gelangen, wenn der Schlüssel doch mit ihr im Niemandsland geblieben ist?«

Der Schlüssel schien ein Loch in Portias Westentasche zu brennen. Sie wollte die Wahrheit sagen, aber jetzt, wo sie die Gelegenheit hatte, fehlte ihr der Mut.

»Hoffst du, dass Rose noch so viel sie selbst ist, dass sie die Tür in unsere Welt öffnen kann?«

»Nein, Majestät.«

»Kann es dann sein, dass du mir nicht die ganze Wahrheit erzählt hast?«, fragte Titania. »Vielleicht hat meine Spinnweb doch recht, und sie hat den Schlüssel in deiner Hand gesehen?«

Mit glühendem Gesicht sah Portia hoch, aber Titania lächelte, und diesmal wirkte ihr Lächeln wärmer. »Ich dachte es mir«, sagte sie. »Ich verstehe, dass ihr vorsichtig sein wolltet. Ihr kanntet mich nicht und konntet nicht einschätzen, wie ich euch behandeln würde. Wenn ich mich richtig erinnere, erzählen die Menschen sich viele Geschichten über die Listigkeit von Feen.«

Portia beugte den Kopf, und endlich, endlich löste sich der Knoten in ihrer Brust. »Wir hätten nicht lügen sollen, Eure Majestät. Es tut mir leid.«

Titania nickte. »Ich hoffe, du verstehst auch mich«, sagte sie. »Mein Volk hat durch das Heer des Grauen großes Leid erfahren. Der Weltenschlüssel birgt ein großes Risiko. Besonders, wenn man ihn in kurzer Zeit mehrmals benutzt. Aber ich verstehe auch, dass ihr Rose helfen wollt. Und sicher wollt ihr nach Hause.«

Es schien tatsächlich, als hätte sich Portia umsonst gesorgt. »Ja«, sagte sie und hätte Titania vor Dankbarkeit am liebsten umarmt.

»Was hältst du von einem Handel?«, fragte Titania. »Ich erkläre mich bereit, dir zu helfen. Und wenn du den Schlüssel haben solltest, gibst du ihn mir, und ich verwahre ihn sicher.«

Dachte Titania, Portia hätte den Schlüssel immer noch irgendwo versteckt? Das wäre vermutlich eine gute Idee gewesen. Bens Warnung hallte in Portias Kopf. *In den Geschichten ziehen Menschen in der Verhandlung mit Feen immer den Kürzeren.* Titanias Vorschlag klang unkompliziert, aber es war sicher besser, wenn sie auf Nummer sicher ging. Sie versuchte, so selbstsicher wie möglich zu sprechen. »Wenn ich mich dazu bereit erkläre, werdet Ihr Ben und Gwil ihre Mission beenden lassen? Und sie nicht bestrafen?«

Titania hob eine Augenbraue. »Bestrafen«, wiederholte sie. Sie tauschte einen Blick mit Sauerdorn, der mittlerweile sehr blass geworden war. »Einverstanden«, sagte sie. »Ich lasse sie gewähren. Du hast mein Wort.«

Portia zögerte, dann trat sie noch einen Schritt vor und straffte die Schultern. »Dann nehme ich den Handel an.«

Titania klatschte in die Hände. »Wunderbar«, sagte sie. »Dann wollen wir unsere Abmachung besiegeln. Sauerdorn?«

Der Hofmarschall griff in seine Robe und reichte Titania einen silbernen Reif. »Dieser Reif soll mein Pfand sein«, sagte Titania feierlich. »Mit ihm lege ich das Versprechen ab, dich sicher nach Hause zu geleiten.« Sie beugte sich vor und hielt Portia den Reif entgegen. Portia nahm ihn, und auf ein Zeichen von Sauerdorn hin streifte sie ihn über ihr Handgelenk.

Titania lächelte. »Und jetzt du. Verrätst du mir, wo du den Schlüssel versteckt hast?«

Portia griff in die Innenseite ihrer Weste und zog den Schlüssel hervor. Sauerdorn sog scharf die Luft ein, aber Titania blieb ruhig sitzen.

»Wie versprochen.« Portia hielt den Schlüssel in die Höhe, und Titania nahm ihn gelassen entgegen. Mit einem dünnen Lächeln lehnte sie sich zurück und drehte ihn zwischen ihren blau glitzernden Fingerspitzen. »So ein kleiner Gegenstand«, sagte sie. »Und doch richtet er so großen Schaden an. Spinnweb!«

»Majestät.«

»Sorge dafür, dass das Menschenkind nach Hause gebracht wird.«

Portia runzelte die Stirn. »Jetzt gleich?«, fragte sie verblüfft.

»Natürlich«, antwortete Titania freundlich.

»Brauchen wir keine Vorbereitung?«, fragte Portia. »Ich weiß nicht … Proviant? Einen Trupp Krieger oder so.«

»Proviant brauchst du wohl kaum«, sagte Titania. »So weit ist der Weg in die Dienstbotenquartiere nun wirklich nicht.«

»Was?« Portia starrte Titania verständnislos an. »Ich dachte, Ihr wolltet mich nach Hause bringen.«

»Genau das habe ich vor.« Titania lächelte, aber nun hatte ihr Lächeln nichts Warmes mehr an sich. »Bryngolau ist jetzt dein Zuhause, Menschenkind.«

Kälte stieg in Portia hoch. »Ihr habt versprochen, mir zu helfen!«

»O ja«, bestätigte Titania. »Ich werde dir helfen, deinen Platz in meiner Welt zu finden. Ich werde dir helfen, hier zu überleben. Anstatt dich in eine gespaltene Eiche zu sperren, wie es sich für eine Bedrohung meines Volkes gehört.« Sie lehnte sich nach vorne. »Hast du wirklich geglaubt, ich würde dir erlauben, die Türen zu öffnen?«, zischte sie. »Nie mehr werde ich zulassen, dass Menschen mein Volk in Gefahr bringen.«

»Aber … ich wollte nicht …«, stotterte Portia.

»Nicht was?«, fragte Titania. »Den Grauen zurück an meine Schwelle führen? Mich belügen?« Sie richtete sich auf und schaute höhnisch auf Portia herunter. »Du hast gut daran getan, um Vergebung für deinen Menschenfreund und den Salamander zu bitten. Damit habe ich nicht gerechnet. Zu dumm, dass du für dich selbst keinen Freispruch erbeten hast.«

Portia wich zurück und stieß mit der Schulter gegen Spinnweb. Die Fee packte ihren Arm und drückte unerbittlich zu. Portia sah sich hilfesuchend um und traf Bohnenblütes Blick. Mit weit aufgerissenen Augen und beiden Händen vor den Mund gepresst sah die Fee sie an.

»Du hast versucht, mich zu betrügen, und damit hast du meine Gesetze gebrochen«, fuhr Titania laut fort. »Von jetzt an wirst du deine Schuld als Dienerin in meinem Dienst abarbeiten. *Caethiwa!*« Das letzte Wort klang wie ein Vogelschrei.

Die letzte Silbe hatte Titanias Lippen kaum verlassen, als sich ein glühender Schmerz in Portias Handgelenk bohrte. Sie schrie erschrocken auf und riss ihren Arm in die Höhe. Der Armreif, den Titania ihr gegeben hatte, rauchte und verflüssigte sich auf ihrer Haut wie Quecksilber. Es *brannte*, Himmel, wie es brannte! Entsetzt sah sie zu, wie das Silber in ihre gerötete Haut sank und einen rauchenden Streifen hinterließ. Tränen schossen in Portias Augen, und sie brach auf die Knie. Sie schlang ihre rechte Hand um ihr Handgelenk, aber das Mal, das der Reif in ihre Haut fräste, ließ sich nicht abwischen.

Titania glitt von ihrem Thron und schritt an Portia vorbei zum Rand der Plattform. Verschwommen sah Portia, wie sie den Schlüssel zwischen ihren Fingerspitzen hielt.

»Nein«, krächzte sie.

»Gewöhn dich daran, vor deiner Königin zu knien«, sagte Titania. Und warf den Schlüssel in den See.

Die Bibliothek

Ben

Ben war sehr dankbar für Portias Blasenpflaster. Seit gestern Nachmittag wanderte er mit Gwil durch die Berge hinter dem Feenhügel. Sie hatten unterwegs nur ein paar Stunden geschlafen, bevor sie im ersten Licht der Morgensonne zu einem Bergpass aufgestiegen waren. Die Pfade, denen sie folgten, waren schmal. Sie frästen sich durch Schiefergeröll, führten vorbei an kargen Bergwiesen und folgten Gebirgsbächen hinunter in verlassene Eichenwälder.

Mittlerweile hatten sie die Berge hinter sich gelassen und stapften querfeldein durch wilde Wiesen, immer in Richtung Küste. Als der Abend dämmerte, zog ein Nieselregen von Westen über das Land, und bald tropfte das Wasser von ihrer Kleidung.

Am Anfang hatte Ben Gwil Fragen über die Feenwelt gestellt, aber jetzt war ihm das Reden zu anstrengend. Er war so schmutzig wie ein Schaf, und er roch auch so. Er sehnte sich nach Ridiks Pfeilflug und verfluchte sich für seine großartige Idee, mit Gwil nach Weltende zu laufen. Zu Fuß zum Ende der Welt. Genauso fühlte es sich an.

»Wir sind bald da«, tröstete ihn Gwil. »Schau.«

Er zeigte nach vorne. Im schwindenden Licht sah Ben einen matt schimmernden Streifen Meer und einen Hügel, der sich wie der Panzer einer Schildkröte über einer Bucht erhob.

»Weltende«, sagte Gwil.

Ben konnte nur müde nicken. Das letzte Wegstück zog sich schmerzhaft in die Länge. Als sie die Küste endlich erreichten, verschwand das letzte Sonnenlicht bereits am Horizont, und der Schildkrötenhügel verschmolz mit dem Grau der Dämmerung.

Gwil steuerte auf eine Gruppe dunkler Bäume am Fuße des Hügels zu. Dort stand ein niedriges rundes Haus mit einem kegelförmigen Dach aus Reet. Als sie näher kamen, erkannte Ben die Mauer eines Gemüsegartens und daneben einen Unterstand aus Steinplatten. Das helle Fell zweier Ziegen blitzte zwischen den Steinen auf.

»Beinahe da«, murmelte Gwil.

Noch während sie auf das Haus zusteuerten, öffnete sich die Tür, und eine Gestalt mit einer Laterne trat ins Freie. »Wer ist da?«, rief eine Stimme.

»Ho, Tegid!«, rief Gwil zur Antwort. »Ich bin es, Gwil!« Er und Ben gingen weiter auf das Haus zu. Tegid kam ihnen entgegen, bis sie sich am Rand des Gemüsegartens trafen.

»Gwil Sorgenvoll!« Der Bibliothekar von Weltende ergriff Gwils Hand und strahlte. »Schön, dich zu sehen, mein Freund!«

»Gleichfalls«, erwiderte Gwil. »Ich war viel zu lange nicht hier.«

»Wohl wahr«, sagte Tegid, dann wandte er sich seinem Haus zu und winkte sie mit sich. »Kommt herein, kommt herein«, sagte er. »Ich habe gerade mein Abendessen aufgesetzt. Sieht aus, als ob ich noch ein paar mehr Möhren in den Eintopf werfen sollte!«

Noch nie in seinem Leben hatte sich Ben so darüber gefreut, ein Haus zu betreten. Ein Haus mit einem Dach, das den Regen abhielt, und einem prasselnden Kaminfeuer.

Tegid hatte es sich in Weltende offensichtlich gemütlich gemacht. Der Steinboden seines Hauses war mit dicken Teppichen ausgelegt. Die Zimmerdecke war niedrig, da ein Dachboden eingezogen worden war. Eine Leiter führte hinauf auf den Boden, und dort befand sich sowohl Tegids Bett als auch Platz für Besucher.

Tegid versorgte sie mit trockener Kleidung, und als Ben sich in einen Sessel vor den Kamin setzte, war für ihn die Welt in Ordnung. Als Tegid ihm dann auch noch eine Schale Eintopf in die Hände drückte, seufzte er zufrieden.

Tegid grinste. »Langer Weg, hm?«

Ben, der schon den ersten Löffel Eintopf im Mund hatte, nickte. Tegid kicherte vor sich hin, brachte Gwil ebenfalls eine Portion Eintopf und machte es sich dann mit seiner eigenen Suppenschale im letzten freien Sessel vor dem Kamin gemütlich.

Der Bibliothekar war einen guten Kopf kleiner als Gwil, und seine Statur war rundlicher. Die Fülle an Kleidern, die er trug, verstärkte den Eindruck eines sehr kugeligen Salamanders: Tegid trug lederne Schlappen und Leggings aus Leinen, darüber eine geschlitzte Robe aus dunkelbraunem

Stoff und darüber einen grauen Wollpullover. Abgerundet wurde das Ganze von einer gehäkelten Kappe aus grüner Wolle.

Ben nahm noch einen Löffel Eintopf und spürte, wie sich die Wärme in ihm ausbreitete. Tegid kochte gut: Der Eintopf war voll mit Rüben, Zwiebeln, Kartoffeln, Petersilie und Knoblauch. Die Brühe hatte einen leicht süßlichen Geschmack, der sich durch eine Handvoll mitgekochter Trockenpflaumen erklärte. Außerdem war der Eintopf mit so viel Pfeffer gewürzt, dass Ben die Tränen in die Augen stiegen.

Während sie aßen, versorgten Gwil und Ben Tegid mit den nötigen Informationen. Als sie alles erzählt hatten, nickte er.

»Dann ist der Graue König also wieder wach. Ich habe mir immer gedacht, dass es nur eine Frage der Zeit ist.«

»Im Moment ist die Tür verschlossen«, sagte Gwil.

Tegid schnalzte mit der Zunge. »Ja, und die arme Frau Rosendorn befindet sich auf der falschen Seite.«

»Kennst du Rose?«, fragte Ben.

»Ein wenig«, antwortete Tegid. »Ich hatte mehr mit ihren Freunden zu tun. Drei von ihnen entschieden sich damals, Weltende aufzusuchen.«

Ben schluckte einen Mundvoll Kartoffeln und Rüben hinunter. »Ridik hat erzählt, dass Rose und Bramble gegen den Grauen König gekämpft haben.«

»O ja, das haben sie«, bestätigte Gwil. »Seite an Seite mit den Dachsen und Titanias Feenkriegern. Bis ein Bote der Adar ihnen die Nachricht brachte, dass ihre Freunde in

Weltende einen Weg gefunden hatten, um den Grauen König zu töten. Darauf sind sie zur Fahlen Festung geritten, um den Grauen im Herzen seiner Macht anzugreifen.«

»Das stimmt nicht ganz«, sagte Tegid. »Wir wussten auch damals nicht, wie man den Grauen König tötet. Wenn das überhaupt möglich ist. Aber wir fanden heraus, wie man ihn stoppen kann.«

»Wirklich?«, fragte Ben. »Und wie funktioniert das?«

»Indem man einen Runenzauber in ein Tuch webt und es ihm überwirft. Wenn man es richtig anstellt, fällt er in einen tiefen Schlaf. Allerdings braucht man für den Zauber eine wichtige Information: den richtigen Namen des Grauen Königs.«

»Und der lautet wie?«, fragte Ben.

Tegid lehnte sich zurück. »In den Geschichten, die wir unseren Kindern erzählen, tauchte der Graue König aus dem Nichts auf. Wir sagen, er ist ein Geschöpf der Schwelle. Gemacht aus Nebel und dunklen Gedanken.« Er machte eine Pause und grinste selbstzufrieden. »Aber das stimmt nicht. Der wahre Name des Grauen Königs lautet Arawn. Und Arawn ist der Herrscher von Annwn.«

Ben zuckte zusammen.

»Sprechen die Menschen noch von Annwn?«, fragte Tegid.

Ben schluckte. »Dort, wo ich wohne, schon.«

»Und was sagen sie?«

»Sie sagen, Annwn ist das Land der Geister. Die … die Unterwelt.« Ben erinnerte sich gut an den Tag, als er das erste Mal von Annwn gelesen hatte. Er war zehn gewesen und hatte in der Bücherei ein Buch mit walisischen Sagen gefunden.

Tegid nickte. »Es ist *eine* der Unterwelten, ja. Diejenige, die uns am nächsten liegt.«

Gwil stellte seine Schüssel ebenfalls ab und hob seinen Löffel vom Boden auf. »Arawn ist der Herrscher von Annwn, so wie Titania und Oberon die Herrscher unserer Welt sind. Aber er hat sein Reich schon vor langer Zeit verlassen.«

Tegid rieb sich über das Kinn. »Ich weiß nicht, warum er Annwn den Rücken gekehrt hat. Aber irgendetwas treibt ihn an, die Grenzen zu anderen Welten zu überschreiten.«

»Er überschreitet sie nicht nur«, fügte Gwil ein. »Er lässt die Welten, die er betritt, im Nebel verschwinden – wenn ihm niemand Einhalt gebietet.«

Alle drei schwiegen betreten. Ein letzter Rest Eintopf wartete auf dem Boden von Bens Schüssel, aber ihm war der Appetit vergangen.

»Darf ich Merrons Buch sehen?«, fragte Tegid schließlich.

»Natürlich.« Gwil zog das Buch aus seiner Kutte. Seine Hand zitterte, als er es weiterreichte.

Tegid blätterte neugierig durch die vergilbten Seiten. »Eine Anleitung zur Schlüsselherstellung«, sagte er. »Ja, das sollte euch helfen, in Arawns Festung zu kommen.« Er sah hoch. »Wollt ihr ihn mit einem neuen Bann belegen?«

»Nein«, sagte Gwil sofort. »Wir gehen davon aus, dass Rose eine Nebelgängerin geworden ist, und möchten sie zurückholen.«

»Keine leichte Aufgabe«, sagte Tegid, »aber ich bin sicher, dass meine Bibliothek auch dafür eine Antwort versteckt hält.«

Für ihn schien die Recherche eine willkommene Herausforderung zu sein. Ben dachte noch immer über Tegids Vorschlag nach, dass sie Arawn unschädlich machen könnten, indem sie einen neuen Bann aussprachen.

»Warum macht Titania Arawn eigentlich nicht unschädlich?«, fragte er. »Wenn es jemand kann, dann doch sicher sie?«

»Titania hat im Moment kein Interesse daran, Arawn zu konfrontieren«, sagte Tegid. »Solange die Türen zur Feenwelt verschlossen sind, ist ihr egal, was er treibt.«

Die Anderswesen schienen sich einig zu sein, dass von der Feenkönigin keine Hilfe zu erwarten war. Und Portia knüpfte ihre ganze Hoffnung ausgerechnet an sie. Ben machte sich Sorgen um sie. Wie war ihre Verhandlung mit Titania ausgegangen? Hatte sie die Hilfe bekommen, auf die sie hoffte?

»Euer Plan«, sagte Tegid. »Ich muss euch nicht sagen, wie gefährlich er ist, oder?«

»Wir wissen es«, sagte Ben leise.

»Und trotzdem wollt ihr es versuchen. Um Rose zu retten.« Das Grinsen kehrte auf Tegids rundes Gesicht zurück. »Das, meine Freunde, ist der Stoff, aus dem die Geschichten großer Helden gemacht sind.«

Gwil schnaubte. »Wir sind aber nicht in einer Geschichte.«

Tegid zwinkerte ihm zu. »Bist du dir da so sicher?« Er

stand auf, wieselte zu einem Regal und kehrte mit einer Tonflasche nebst drei kleinen Bechern zurück.

»Das brauchen wir jetzt.« Er schenkte ihnen ein, und der Duft von Honig stieg Ben in die Nase. »Ich werde euch helfen, so gut ich kann«, sagte Tegid. Er verteilte die Becher an Ben und Gwil und prostete ihnen zu. »Ich weiß genau, wo die Bücher stehen, die wir beim letzten Angriff des Grauen gelesen haben. Dort finden wir mit Sicherheit Antworten auf eure Fragen.«

Ben nippte an seinem Becher und hustete. Tegids Gebräu schmeckte süß, aber es brannte auf den Lippen. »Wann gehen wir in die Bibliothek?«, fragte er.

Tegid strahlte. »Du bist ein Bücherwurm, hm?«, fragte er. »Morgen. Meine Lady präsentiert sich am besten bei Tageslicht.«

Zwischenspiel

In den frühen Morgenstunden zog ein weicher, weißer Dunst vom Meer über die Küste. Dichte Schwaden legten sich um den Hügel von Weltende und verschluckten alle Geräusche.

In Tegids Haus regte sich noch niemand, aber draußen schlich ein weißer Hund an der Hauswand entlang. Mit seinen langen sehnigen Beinen bewegte er sich so geschmeidig und fließend wie ein Lufthauch. Vor der Tür blieb er stehen und lauschte. Seine Augen waren groß und rund und ganz ausgefüllt mit wirbelnden grauen Wolken. So, als hätte jemand zwei Glaskugeln mit einem Gewitter gefüllt.

Weit draußen, über dem Meer, ging die Sonne auf, und der Meeresdunst begann sich zu lichten. Ein Vogel zwitscherte in einem nahen Baum. Der Hund zuckte zusammen, drehte sich um und lief über die Wiese vor Tegids Haus. Dort, inmitten der hohen Gräser, stand die Jagdherrin des Grauen Königs. Der zweite Jagdhund wartete an ihrer Seite.

Als beide Tiere bei ihr waren, berührte die Herrin ihre Köpfe. Sie hob die Hände, und die Hunde lösten sich in Nebel auf. Sie sah hinüber zum Haus. Dort, hinter einem der Fenster, ließ jemand eine Laterne aufglimmen. Die Jagdherrin drehte sich um und verschmolz mit einer dichten Nebelbank.

Ihre Zeit war noch nicht gekommen.

Feenfluch

Portia

Draußen graute der Morgen, aber in die Tiefen des Feenhügels drang kein einzelner Sonnenstrahl. Portia drückte sich gegen eine Wand und spähte um die Ecke. Am Fuße einer breiten Treppe versammelte sich eine Gruppe junger Salamander, um ihren Dienst anzutreten. Sie banden sich Schürzen um, wenn sie in der Küche arbeiteten, oder glätteten die Falten ihrer Kopftücher und Turbane, wenn sie den Feen das Frühstück bringen sollten. Titania konnte es nicht leiden, wenn die Kleidung ihrer Dienstboten unordentlich war.

Soll sie doch an ihrem Frühstück ersticken, dachte Portia bitter.

Awel, das Salamandermädchen, das Portia zuerst im Seerosensalon gesehen hatte, sah sich suchend um. Schnell zog Portia den Kopf zurück und verbarg sich hinter der Wand. Awel hatte sie nach der *Feier* am Mondsee unter ihre Fittiche genommen, hatte ihr einen Schlafplatz in den Gesindequartieren besorgt und ihr erklärt, was von nun an ihre Aufgaben sein würden. Ihre Worte wie überhaupt alles, was nach der Feier passiert war, das lag für Portia wie hinter einem Schleier. Immer wieder tastete sie nach ihrem Handgelenk. Trotz des Bannmals war die Haut dort glatt. Sie spürte die schwarze Handschelle nicht, aber jedes Mal, wenn ihr Blick darauf fiel, zog sich ihr Magen krampfhaft zusammen.

Bryngolau ist jetzt dein Zuhause.

Die Erinnerung an das schadenfrohe Glitzern in Titanias Augen hinterließ einen sauren Geschmack in Portias Mund. Sie würde nicht aufgeben, und sie würde ganz sicher nicht hierbleiben.

Sie warf einen letzten Blick auf die Salamander, dann drehte sie sich um und begann ihre Flucht.

Da Portia den Weg aus dem Hügel nach draußen nicht kannte, wählte sie die Gänge mehr oder weniger wahllos. Wenn möglich, entschied sie sich für Treppen, die nach oben führten. Nur wenn sie Stimmen hörte, machte sie kehrt und wählte einen anderen, verlassenen Tunnel. Sie zwang sich, nicht zu rennen. Es musste einen Weg nach draußen geben. Mehrere Wege sogar, das hatte Gwil gesagt. Vergessene Pforten, Schleichwege für Dienstboten. Sie würde so lange suchen, bis sie einen unbewachten Ausgang gefunden hatte. Ein ganzer Chor aus Zweifeln murmelte in ihrem Innern, aber sie hörte nicht hin.

Abseits der Hauptwege ähnelte der Feenpalast mehr und mehr dem, was er eigentlich war: einem Stollen aus schwarzem Stein. Der Gang, in den Portia jetzt einbog, war düster und höhlenartig. Der Boden war holperig, und weißer Kalk überzog die rauen Wände. Ganze Kolonien von bläulich schimmernden Pilzen wucherten auf den Felskanten und tauchten den Gang in ein Unterwasserlicht. Auch die Luft fühlte sich feuchter und kühler an.

Je weiter sie ging, umso schmaler wurde der Gang, bis sie

die Arme an den Körper pressen musste, um die leuchtenden Pilze nicht zu berühren. Beinahe wäre sie umgekehrt, als sie in einiger Entfernung eine Treppe bemerkte, die nach oben führte.

Portia zuckte zusammen vor Aufregung. Dabei streifte ihr Ellbogen ein paar der Pilze, und zu ihrem Schrecken erschauderten die runden Köpfchen, und ein Zischen raunte durch den Gang. Angewidert schlang sie beide Arme um den Oberkörper und lief weiter, nur um über ihre eigenen Füße zu stolpern, als plötzlich ein Chor aus zarten Stimmen flüsterte:

»Geh nicht!«

Gänsehaut kroch über Portias Nacken. Die Stimmen schienen aus dem Nichts zu kommen! Oder kamen sie etwa aus den Wänden?

»Geh nicht!«, raunte der Chor.

Portia lief schneller, und wieder streifte sie die weichen, kühlen Pilze. Dieses Mal setzte sich das Zittern über die gesamte überwucherte Wand fort. Die Pilze vibrierten und wogten wie die Fühler einer Anemone, in die sich ein kleiner Fisch verirrt hatte.

»Kehr um!«

»Du bringst dich in Gefahr!«

Angst schlug ihre Krallen in Portias Bauch, aber sie lief weiter, die Augen starr auf die Treppe gerichtet. Die Stimmen vereinten sich zu einem kläglichen Stöhnen, aber da war sie auch schon am Ende des Ganges und rannte die Stufen hinauf.

Die Wände des Tunnels drängten sich so dicht zu beiden Seiten, dass feuchtes Moos an Portias Armen rieb. Die Treppe lag längst hinter ihr, aber der Schacht führte weiter aufwärts. Portia kämpfte sich auf Händen und Knien voran und schauderte, wenn sie mit dem Ellbogen an der Wand entlangscharrte. Was, wenn der Tunnel zu eng wurde? Wenn sie stecken blieb und nicht umkehren konnte? Die Angst saß wie ein zitterndes Kaninchen in ihrer Brust, aber sie richtete ihren Blick immer wieder nach vorne, dorthin, wo ein Lichtkreis langsam, aber sicher größer wurde.

Nicht mehr weit, sagte sie sich. *Nicht. Mehr. Weit.*

Als sie die ersten Farnblätter und ein Stück blauen Himmels am Ende des Tunnels sah, wollte ihr das Herz vor Erleichterung aus der Brust hüpfen. Sie schaffte es zum Ausgang, der kaum mehr als ein Loch im Felsen war, und zwängte sich hinaus ins Freie. Sie rutschte über nassen Stein, stolperte durch ein Gestrüpp aus Farn und Brombeerranken und hatte endlich wieder festen Boden unter den Füßen. Die Erleichterung, wieder an der Erdoberfläche zu sein, ließ sie beinahe auf die Knie sinken. Portia legte den Kopf in den Nacken und atmete tief ein. Sonnenlicht fiel auf ihr verschwitztes, schmutziges Gesicht.

Einige Sekunden lang atmete Portia einfach nur ein und aus. Sie hatte es geschafft. Sie hatte es tatsächlich geschafft. Als sie sich sicher war, dass ihre Beine sie weitertragen würden, sah sie sich um. Vor ihr lag eine schmale Lichtung, und dahinter begann der Wald. Wie weit würde sie kommen, bevor Titania bemerkte, dass sie sich aus dem Staub gemacht hatte? Weit genug, sagte sie sich.

Sie würde Gwil und Ben folgen, würde Weltende erreichen und mit ihnen nach Rose suchen. Die Bibliothek lag im Westen; sie musste sich nur zur Küste durchschlagen, dann würde sie den restlichen Weg schon finden.

Doch kaum hatte Portia einen Schritt auf die Lichtung gemacht, fuhr ein gleißend heißer Schmerz in ihr Handgelenk und von dort hinauf bis in ihre Schulter. Sie starrte auf Titanias Bannmal und sah voller Entsetzen, dass die Ränder der Tätowierung rotgold glühten. Es fühlte sich an, als ob Brennnesselgift durch ihre Adern strömte.

Portia ballte die Fäuste und setzte immer einen Fuß vor den anderen. Sie würde sich nicht aufhalten lassen. Sie würde weitergehen, sie würde Ben einholen, sie würde … die nächste Schmerzwelle entriss ihr einen lauten Schrei. Sie schleppte sich weiter, aber die Lichtung verschwamm vor ihren Augen. Weiter, sagte sie sich. Weiter! Schmerz schlug wie ein Blitz in ihrer Brust ein. Portias Beine knickten ein, sie stürzte vornüber in den Farn, und die Welt vor ihren Augen wurde schwarz.

Runenzauber

Ben

Nach einem Frühstück aus Haferbrei und Beerenkompott trat Tegid mit Ben und Gwil im Schlepptau hinaus ins Freie. Er führte sie durch das Wäldchen hinter seinem Haus und hinauf auf den Hügel. Das dumpfe Grollen der Brandung begleitete sie den ganzen Weg über.

Die Bibliothek von Weltende lag auf der Kuppe des Hügels, mindestens hundert Meter über dem Meer. Wie bei Tegids Haus handelte es sich bei der Bibliothek um einen runden, flachen Steinbau mit einer Reetdachhaube. Das Gebäude stand so dicht am Rand der Klippe, dass die hintere Außenwand direkt an den Abgrund grenzte. Wind wirbelte über den Hügel, und als Ben auf die Bibliothek zusteuerte, erhoben sich drei Dohlen vom Dach und flogen davon.

Vor der Eingangstür drehte sich Tegid mit funkelnden Augen zu ihnen um.

»Bereit?«, fragte er und öffnete die Tür nach Weltende.

Ben schloss seine Hände zu Fäusten, so aufgeregt war er. Er hatte jedoch kaum die Schwelle überquert, da machte sich Enttäuschung breit. Die Bibliothek bestand aus einem einzigen Raum. Zwei Regalreihen waren in Kreisen angeordnet, wie die Jahresringe eines Baumes. Doch obwohl jedes Regal eine ansehnliche Zahl an Büchern enthielt, war der Bestand doch überschaubar.

Das sollte die große Bibliothek der Druiden und Salamander sein? Nach allem, was Gwil und Meralyn erzählt hatten, hatte Ben einen Berg an Schriftrollen, Folianten und wertvollen Büchern erwartet.

Tegid beobachtete Bens Reaktion mit einem breiten Lächeln. »Immer noch nicht beeindruckt?«, fragte er. »Dann pass mal auf.«

Er ging auf die Mitte des Raumes zu. Genau im Zentrum der Regalringe befand sich eine kreisrunde freie Fläche. Tegid blieb am Rand des Kreises stehen und trat dabei auf eine Rune, die dort in den Holzboden gebrannt worden war. Sein Fuß hatte die Rune kaum berührt, da ging ein sandiges Schaben durch den Raum. Die große Holzscheibe in der Mitte des Raumes senkte sich ab, teilte sich in zwei Hälften und schob sich seitlich unter den Boden. Zurück blieb ein perfekt rundes Loch. Tegid machte eine einladende Geste mit der Hand, und Ben trat nach vorne. Vorsichtig spähte er über den Rand des Lochs und sah: Unter ihnen erstreckte sich Stockwerk um Stockwerk, Dutzende Ebenen mit Regalwänden voller Bücher. Sie befanden sich im Dachgeschoss eines Turms, der in die Erde wuchs! Mattes Licht fiel in horizontalen Streifen in den Schacht, als würde die Sonne von der Seite hineinleuchten.

»Willkommen in Weltende«, sagte Tegid gut gelaunt. »Wollen wir mal schauen, was wir hier finden.«

Die Salamander hatten nicht übertrieben. Weltende war ein Wunder. Die Außenwand des umgekehrten Bibliothekturms schien aus der Klippenfront hinauszuragen, und auf der zweiten Ebene prangte ein riesiges Panoramafenster, das jede Menge Licht spendete. Es gab jedoch keine Glasscheibe. Stattdessen erzeugten Runenbanner an den Wänden einen unsichtbaren Schutzschild, der Wind, Regen und Kälte abhielt. Es sah aus, als könnte man direkt durch den Turm in den Himmel treten.

Während Tegid bereits die Untiefen der Bibliothek nach passenden Nachschlagewerken durchforstete, stand Ben am steinernen Rahmen des Fensters und ließ bewundernd seine Finger über die Längs- und Querstriche der Runen gleiten.

»Die meisten von uns können Runen aktivieren.« Gwil trat neben Ben und verschränkte die Hände hinter dem Rücken. »Feen, Menschen, Gestaltwandler, die Spezies spielt keine Rolle. Aber um die Runen besonders machtvoll zu machen, muss man lange üben. Man muss nicht nur das Wort, das die Runen buchstabieren, sondern auch die Bedeutung und das Ziel hinter den Worten vor Augen haben.«

»Die Bedeutung?«, wiederholte Ben.

Gwil streckte die Hand aus und berührte selbst eines der Runenbänder. »Angenommen, man ritzt Runen in einen jungen Baum und spricht das Runenwort: Wachse. Wenn er es richtig macht, hat der Runensprecher das Bild des wachsenden Schösslings im Kopf. Er stellt sich nicht nur vor, wie der Baum wächst, er kann es spüren. Wenn er nicht konzentriert ist, sprießen dem Schössling nur Blätter, oder aber der ganze Wald schießt in die Höhe.« Gwil lächelte. »Jeder kann mit Runen zaubern, aber manche haben eine besondere Gabe dafür. Rose zum Beispiel. Sie hat ein Talent für Kampf- und Abwehrrunen.«

Ben sah hinauf zu dem ganz mit Runen bedeckten Fensterbogen. »Was ist mit dir? Kannst du Runen schreiben?«

»Ja«, antwortete Gwil. »Aber eine Gabe fürs Zaubern habe ich wirklich nicht.«

»Hurra!« Tegids Stimme erklang hinter den Regalen.

Ben und Gwil tauschten ein Lächeln und gingen zu dem Arbeitstisch, der vor dem Fenster stand.

Tegid tauchte mit einem Stapel Bücher zwischen den Regalreihen auf. »Hier«, sagte er und pflanzte die Wälzer mit Schwung auf den Tisch. »Das sollte uns für den Anfang beschäftigen. Und schaut, was ich noch mitgebracht habe.« Er griff in seine Strickjacke und zog ein schmales Notizbuch hervor. Es war rot und hatte einen abgewetzten Leineneinband.

»Rose und Bramble haben sich dieses Notizbuch geteilt«, erklärte Tegid. »Es war eins ihrer Runenbücher, mit denen sie Sprüche und Zauber geübt haben.«

Bens Finger zuckten förmlich nach dem Notizbuch. Tegid bemerkte es und schob es zu ihm hinüber.

Ben zog das Notizbuch zu sich heran. »Ist der Runenzauber, mit dem man den Grauen König bannen kann, auch da drin?«

»Nein«, sagte Tegid sofort. »Hermia hat den Zauber damals auf ein Tuch gestickt.«

»Ein Tuch?«, fragte Ben.

»Ein Banntuch. Sie und die anderen haben es zur Fahlen Festung gebracht. Ich nehme an, Rose hat die Runen dort aufgeweckt und den Grauen König unter ihnen gebannt.«

»Weißt du, welchen Runenzauber sie verwendet haben?«, fragte Gwil.

Tegid zog ein Buch aus dem Stapel und klopfte auf den Deckel. »Taliesins Abendsegen.«

»Könnte das mit dem Banntuch ein zweites Mal funktionieren?«, fragte Ben.

»Sicher«, sagte Tegid. »Aber wie wir gestern schon festgestellt haben, ihr beide solltet das auf keinen Fall versuchen.«

»Ich weiß«, sagte Ben. »Aber wenn wir Rose zurückholen, dann könnte sie es doch tun, oder nicht?«

Tegid stützte das Kinn auf seine gefalteten Hände. »Vielleicht«, sagte er. »Aber da beißt sich die Problemschlange in den Schwanz, nicht wahr? *Wenn* wir Rose zurückholen.«

Ben senkte den Blick und strich mit dem Daumen über den Rand des roten Notizbuchs. Ja. Wenn.

Tegid legte kurz seine Hand auf die von Ben. »Nicht den Kopf hängen lassen«, sagte er. »Wir finden schon einen Weg, um sie aus den Klauen des Nebels zu befreien. Die paar Bücher hier sind nur der Anfang, und wenn sie uns nicht helfen, suchen wir weiter. In den Tiefen dieses Turms gibt es auf alles eine Antwort.«

»In den Tiefen?«, fragte Gwil besorgt.

Tegid strahlte. »In den tiefsten Tiefen. Vielleicht müssen wir weiter hinabsteigen, als ich es bisher geschafft habe.«

Es klang nicht so, als würde er das bedauern.

Als es Nachmittag wurde, gingen die Salamander zurück zu Tegids Haus, um Tee und Nervennahrung zu holen. Ben saß währenddessen alleine vor dem Panoramafenster. Sie hatten sich mittlerweile durch drei Bücherstapel gewälzt. Ohne Erfolg.

Ben blätterte durch Roses und Brambles Notizbuch. Die beiden hatten Textstellen aus Büchern über Runen und Elementmagie abgeschrieben, sich Notizen gemacht und dann die Aufzeichnungen der jeweils anderen am Rand kommentiert oder erweitert. Es gab sogar eine Skizze von einem Ringstein mit Runen.

Ben blätterte weiter, bis er zu einer Seite kam, auf der Runenzeichen und ihre Übersetzung in drei sauberen Reihen aufgeführt waren. Am Morgen hatte er Portias Reisetagebuch eingesteckt, um sich darin Notizen zu machen. Jetzt zog er das Buch hervor und löste den Kugelschreiber, der in den Gummizug geklemmt war.

Er klickte auf den Knopf des Kugelschreibers und begann, die oberste Rune abzuzeichnen. Er mochte ihre Form: ein Längsstrich und zweimal zwei Querstriche, die sich wie Äste abspreizten. Aus irgendeinem Grund erinnerte Ben die Rune an seinen Wandwald, in dem sich die wilden Kerle versteckten. Er hatte sich so oft vorgestellt, wie er zwischen die gemalten Baumstämme treten und in eine andere Welt eintreten würde. Und dort war er jetzt, oder nicht? In einer anderen Welt.

Ben blätterte weiter und zeichnete Runenkombinationen ab, ohne groß darüber nachzudenken. Roses und Brambles Übersetzung der Runen war walisisch, und das meiste verstand er. Mit jeder Rune, die er abschrieb, wuchs Bens Wunsch, sie auch auszusprechen. Er kam sich albern vor, aber gleichzeitig war er aufgeregt. Er legte seinen Finger auf die letzte Runenzeile, die er geschrieben hatte. Er fuhr sich mit der Zungenspitze über die Lippen, bevor er den Runennamen aussprach.

»Darganfydda.« *Finde.*

Für einen angespannten Augenblick wartete Ben ab, aber nichts passierte. Enttäuscht stieß er den Atem aus und schüttelte den Kopf. Was hatte er denn erwartet? Ein Kitzeln in den Fingern? Dass die Runen auf dem Papier blau aufleuchteten wie Roses Kampfstab?

Ben seufzte und beugte sich über Portias Tagebuch. Er wollte gerade eine kleine Skizze von einem Bücherstapel zeichnen, als etwas von rechts in seinen Blickwinkel flatterte. Er hob den Kopf und sah eine Mondmotte, die direkt auf ihn zutaumelte. Sie landete auf dem aufgeschlagenen Tagebuch, direkt auf den Runen, die Ben vorgelesen hatte.

Ben traute sich nicht, die Hand von der Seite zu nehmen. Er traute sich nicht einmal, zu atmen. Noch während er hinsah, begann die Mondmotte tiefblau zu leuchten. Ihre Fühler zuckten, dann schwang sie sich wieder in die Luft und flog in die Mitte des Raumes. Direkt über dem Treppenabgang, der tiefer in den Turm führte, hielt sie an. Sie schlug mit den Flügeln auf der Stelle, als würde sie auf etwas warten. Oder jemanden.

Ben starrte sie ein paar Sekunden lang wie gelähmt an, dann sprang er auf die Füße und ging ihr nach.

Ben folgte der Motte hinunter in den Turmschacht der Bibliothek. Das Licht aus dem Panoramafenster schwand, während er ein Stockwerk nach dem anderen hinter sich ließ. Die Mondmotte flog ihm voraus wie ein besonders umtriebiger Leitstern. Oder ein Irrlicht? Im Moment war seine Neugier jedoch stärker als seine Furcht. Wo war die Motte hergekommen? Hatte er sie gerufen? Und was wollte sie ihm zeigen? Es war unmöglich, diesem Rätsel nicht auf den Grund gehen zu wollen. In diesem Moment konnte er wirklich gut nachvollziehen, warum Portia einem Fuchs in die Wildnis gefolgt war.

Stufe um Stufe stieg Ben nach unten. Je tiefer er kam, umso düsterer wurde es um ihn herum. Der Geruch von altem Leder wurde stärker, aber Ben fiel auf, dass er weder Staub in der Luft schmeckte noch Moder roch. Kein Staub, keine Feuchtigkeit: die besten Voraussetzungen für eine Bibliothek. Sein Dad hätte diesen Ort geliebt.

Ben stellte sich vor, wie er seinem Vater von der Bibliothek erzählen und wie er sofort nach Weltende aufbrechen würde. Wie immer versetzte es Ben einen Stich, dass er nie wieder mit ihm sprechen würde.

Er war noch ganz in Gedanken versunken, als die Motte schließlich auf einem Treppenabsatz haltmachte. Ben blieb stehen. Hier unten war es vollkommen still. Die vagen Umrisse von Regalen ragten links von ihm auf und verloren sich weiter hinten in völliger Dunkelheit.

Obwohl es nicht kalt war, überzog eine Gänsehaut Bens Unterarme. Die Motte hielt sich nicht lange auf, sondern bog in einen der Gänge, die die Regalringe wie die Speichen eines Rades durchteilten. Ben warf einen letzten Blick zurück zur Treppe und folgte ihr dann.

Als er eine Regalwand nach der anderen hinter sich ließ, fragte er sich unbehaglich, wie weit die Motte ihn noch führen würde. Und täuschte er sich, oder war der Raum hier unten um vieles größer als der Empfangssaal auf der Kuppe des Hügels? Oben standen gerade mal zwei Regalkreise, aber Ben war bereits an vier Regalen vorbeigekommen. Er dachte schon darüber nach, umzukehren, als die Motte ihr Ziel erreichte.

Mitten im Gang, ein paar Meter vor Ben, stand ein Arbeitstisch. Darauf lag ein einzelnes Buch. Die Motte hing darüber wie ein winziger Stern. Mit klopfendem Herzen trat Ben an den Tisch.

Der Einband des Buches war so alt, dass das Leder schwarz aussah. Seine Ecken und Ränder waren von der Berührung vieler Hände abgewetzt – oder vielleicht hatte auch nur eine Person dieses Buch sehr oft aus dem Regal gezogen. Ben legte seine eigene Hand auf den Buchdeckel und spürte einen Luftzug hinter seinem Rücken vorbeiwischen. Erschrocken fuhr er herum. Es hatte sich so angefühlt, als wäre jemand hinter ihm durch den Gang gerannt. Das Herz klopfte ihm bis zum Hals, aber da war niemand. Er war allein.

Zögernd drehte sich Ben wieder um und schlug das schwarze Buch auf. Ein loser Zettel rutschte aus den Buchseiten, und Ben hob ihn auf. Auf dem Papier standen zwei Worte: *Codex Reditus*. Das sagte ihm gar nichts.

Vorsichtig blätterte Ben durch die Seiten des Buchs. Der

abgenutzte Einband trog: Das Buch war alt, aber nicht uralt. Die Seiten waren aus dickem, cremefarbenem Papier, das von Hand beschrieben war. Es handelte sich offenbar um ein weiteres Notizbuch. Auf einer Seite schien ein Datum in die obere Ecke gekritzelt zu sein, aber die Tinte war so verschmiert, dass Ben die Zahlen nicht lesen konnte. Überhaupt war die Schrift schwer zu entziffern. Die Buchstaben drängten sich eng aneinander, als hätte der Verfasser jeden Platz nutzen wollen. An manchen Stellen unterbrachen Zeichnungen von seltsam verzogenen Gesichtern den Text.

Wahrscheinlich konnte der Verfasser einfach nicht zeichnen, aber die unheimlich langen Köpfe und schwarzen, unförmigen Augen jagten Ben trotzdem einen Schauder über den Rücken. Als er weiterblätterte, fand er ausgerissene Seiten aus Büchern, die der Verfasser gesammelt und zwischen seine Notizen geschoben hatte. Eine solche Seite zeigte einen Holzschnitt. Zu sehen war ein Mann, der auf einem Felsen saß und eine Laute in der Hand hielt. Tiere umringten ihn und schienen zu weinen. Eine andere Buchseite enthielt eine bunte Abbildung, die Ben an verzierte Bibeln aus dem Mittelalter erinnerte. Nur zeigte diese Abbildung weder Engel noch betende Mönche. Stattdessen ging ein schmaler Mann mit gesenktem Kopf und gebeugten Schultern in Richtung des linken Bildrands. Ben fröstelte. Das Bild zeigte noch eine zweite Gestalt, ein menschengleiches Wesen, das eine Robe trug und dem Mann folgte. Oder ihn verfolgte? Ben schluckte und blätterte weiter. Er blätterte eine letzte Seite um, und sein Atem stockte. Er erkannte die Zeichnung einer Tür. Sie war komplett schwarz. Das Papier war gewellt, als hätte der Zeichner fest und viele Male mit der Feder über die Seite gekratzt. Die Tür sah aus wie ein Schlund, wie ein Abgrund, der durch das Buch wer wusste wohin führte. Noch während Ben auf die aufgeschlagene Seite starrte, segelte die Motte aus der Luft zu ihm herunter und setzte sich auf den Rand des Buches. Bens Hände zitterten.

Unter der schwarzen Tür stand ein einziges Wort. *Annwn.*

Scherben

Portia

Die Königin der Feen stand auf einem Podest im Seerosensalon und probierte die neueste Kreation aus Frau Emsigs Nähstube an. Um sie herum lagen und saßen ein Dutzend Feen auf Kissen und Polstern. Ein Harfenspieler klimperte über die Saiten seines Instruments.

Portia stand neben dem Podest und hielt ein Tablett mit einem silbernen Teller voller Pralinen. Die Süßigkeiten waren mit weißer Schokolade überzogen und verziert mit kandierten blauen Veilchen. Portia presste die Lippen fest aufeinander und unterdrückte den Wunsch, das Tablett quer durch den Raum zu schleudern.

Mittlerweile hatte sie drei Fluchtversuche unternommen. Jedes Mal hatte der Schmerz des Bannmals ihr das Bewusstsein geraubt. Titania hatte Bohnenblüte und Spinnweb ausgeschickt, um Portia zurückzuholen, und sobald sie im Feenhügel aufwachte, war der Schmerz verschwunden. Aber je öfter sie die Augen unter der Erde aufschlug, umso enger schienen sich die Wände von Bryngolau um sie zusammenzuziehen.

Oben auf dem Podest huschten zwei von Meralyns Näherinnen um Titania herum und steckten eine himmelblaue, mit winzigen Perlen verzierte Robe an ihr fest. Meralyn Emsig stand ein wenig abseits und begutachtete ihre Arbeit.

Als die Mädchen fertig waren, durchsuchte Meralyn den Stapel aus Stoffen, den sie mitgebracht hatte, und wählte ein langes Band aus dunkelblauem Samt aus. Damit ging sie zu Titania und legte es über ihre Schulter, so dass das Band am Aufschlag der Robe herunterhing.

»Ich denke, diese Borte würde die Robe sehr hübsch ergänzen, Majestät«, sagte sie.

»Gut, gut«, sagte Titania ungeduldig. »Was immer du für richtig hältst.«

Meralyn senkte den Kopf in einer Verbeugung.

Portia wünschte sich, dass sie wenigstens in Meralyns Gästezimmer zurückkehren könnte. Aber selbst dieser sichere Hafen war ihr jetzt verwehrt: Titania hatte ihr den Umgang mit der Nähmeisterin verboten.

Als die Anprobe zu Ende war, sammelten die Näherinnen ihr Material ein, verbeugten sich und verließen den Salon. Portia zwang sich, nicht hinterherzusehen.

Titania stieg von ihrem Podest und ließ sich auf ihrer Liege nieder. Sie trug wieder das schlichte weiße Kleid, in dem sie Portia und Ben zuerst begrüßt hatte. Um ihnen etwas vorzugaukeln, das wusste Portia jetzt. Diese harmlose Erscheinung war nichts weiter als eine Maske. Wut brodelte in ihrem Bauch. Wut auf Titania und auf sich selber, weil sie so dumm gewesen war, ihr zu vertrauen. Titania hatte sie nach Strich und Faden ausgetrickst. Aber wenn sie glaubte, dass sie Portia damit in der Tasche hatte, dann hatte sie sich getäuscht.

Sie würde nicht aufgeben. Sie würde fliehen und Ben und Gwil suchen. Gemeinsam würden sie einen Weg aus diesem glitzerverseuchten Höllenloch finden. Und Titania konnte vor Wut platzen.

»Menschenkind«, rief Titania mit ihrer glockenhellsten Stimme. Sie nannte Portia längst nicht mehr bei ihrem Namen. »Bist du da drüben angewachsen?«

Portia zwang sich, ihre Gesichtsmuskeln zu entspannen, und ging hinüber zu ihr. Wortlos verbeugte sie sich und hielt ihr das Tablett entgegen. Titania sagte nichts, aber Portia sah sehr wohl das vergnügte Zucken ihres Mundwinkels.

Sie glaubt, sie hat gewonnen. Die Wut hinterließ einen sauren Geschmack auf Portias Zunge.

Titania nahm eine Praline und biss genüsslich von ihr ab. Sie schnippte mit den Fingern, und der Harfner wechselte von einer fröhlichen zu einer langsamen, lieblichen Melodie. Portia wollte sich schon zurückziehen, als Titania sie erneut ansprach.

»Menschenkind«, sagte sie. »Welches Instrument spielst du?«

Portia fluchte innerlich. »Keines«, sagte sie laut und schob dann widerwillig nach, »Majestät.«

»Keines?«, wiederholte Titania mit gespielter Überraschung. »Dann kannst du uns sicher anders unterhalten. Lass mich überlegen. Du kannst bestimmt singen oder tanzen? Nein? Ein Jammer.«

Sie wischte sich ein Krümelchen aus dem Mundwinkel, legte den Kopf schief und musterte Portia. »Bist du sicher, dass du ein Mädchen bist?«, fragte sie und wandte sich den versammelten Feen zu. »Menschen an sich sind nicht sehr begabt«, erklärte sie. »Sicher, es gibt ein paar Ausnahmen, aber die meisten sind plump und gewöhnlich.« Wieder musterte sie Portia von den Füßen bis zum Kopf. »Und ein bisschen einfältig, aber dafür können sie nichts.« Sie winkte Portia mit dem Finger heran. Sie kam zögernd näher, bis sie dicht neben der Feenkönigin stand.

Titania seufzte. »Seht ihr?«, fragte sie. »Dieses kantige Kinn, die Augenbrauen. Keine natürliche Schönheit, weder innen noch außen. Wir könnten dieses Wesen in Emsigs schönstes Kleid stecken, und es würde nichts verbessern.«

Portias Gesicht fühlte sich glühend heiß an. Sie wusste, dass Titania sie nur reizen wollte, und trotzdem gruben sich ihre Worte wie winzige Dornen unter ihre Haut.

Titania lächelte mitfühlend und legte eine Hand an Portias Wange. Portia zuckte zurück.

»Menschenkind«, sagte Titania. »Hat dir noch niemand gesagt, dass du nicht schön bist? Besser ich sage es dir jetzt, wenn es deine Verwandten schon nicht tun wollten. Wahrscheinlich wollten sie dich schonen, aber damit tun sie dir keinen Gefallen. Es ist immer besser, der Wahrheit ins Auge zu sehen.«

Weil du so wahnsinnig viel von der Wahrheit verstehst, dachte Portia bitter.

Titania wandte sich wieder an ihre Feen. »Auf Emsigs Auge ist Verlass. Sie hat dieses Geschöpf in Hosen gesteckt anstatt in Kleider. Für Kleider ist sie einfach nicht hübsch genug.«

Portia war wie gelähmt von Titanias Sticheleien, und sie wusste nicht einmal, wieso. Warum sollte sie auch nur einen Cent auf die Meinung dieser Gewitterziege geben?

Titania hob eine Braue und lächelte. »Ja, Portia?«, fragte sie. »Wollest du etwas sagen?«

Portia fuhr sich mit der Zungenspitze über die Lippen. »Nein, Majestät.« Sie hätte ihr die Worte und die Bitterkeit, die sie hinterließen, am liebsten ins Gesicht gespuckt.

Titanias Mundwinkel schoben sich hoch zu einem kleinen, triumphierenden Lächeln. »Dann halt hier nicht Maulaffen feil und räum unser Geschirr ab.«

Portia verließ den Seerosensalon auf zittrigen Beinen. Sie hatte all die Tassen der Teegesellschaft, sämtliche Teller und die silberne Teekanne auf ihr kleines Tablett gestapelt. Das Tablett war jetzt so schwer, dass sie es kaum tragen konnte. Die Feen hatten gekichert und darauf gewartet, dass sie ihre wackelige Last fallen ließ. Diesen Gefallen hatte sie ihnen nicht getan, aber sie war mit ihrer Selbstbeherrschung beinahe am Ende. Ihre Wut wurde immer schwächer unter dem tonnenschweren Gewicht ihrer Hilflosigkeit. Sie verstand nicht, wie jemand so gehässig sein konnte. Tränen brannten in ihren Augen, aber sie konnte sie nicht wegwischen.

Sie schaffte es, das Geschirr bis zum Korridor vor der Spülküche zu tragen, dann rutschte eine der Tassen ab und klirrte zu Boden. Portia versuchte noch, den Rest auszubalancieren, aber zu spät: Mit Getöse krachte alles auf die Mosaikfliesen. Portia stieß einen Fluch aus, kniete sich auf den Boden und sammelte die Scherben auf. Jetzt liefen ihr die Tränen wirklich übers Gesicht.

»So wird das nichts«, sagte jemand über ihr.

Portia sah hoch. Robin Goodfellow, die Hände lässig in den Hosentaschen vergraben. Das war zu viel. Sie wischte sich die Tränen aus dem Gesicht und blaffte ihn an: »Kümmere dich um deinen eigenen Mist. Au!« Sie hatte sich an einer Scherbe geschnitten, natürlich, wie konnte es anders sein. Sie steckte ihren blutenden Zeigefinger in den Mund und klaubte mit der freien Hand trotzig die übrigen Scherben auf.

Robin ging in die Hocke. »Ist das eine Eigenart von Menschen, dass sie immer genau das tun, was sie nicht tun sollten? Vorsicht!«

Portia war auf die Füße gesprungen und funkelte ihn an. »Ich wär überhaupt nicht in dieser bescheuerten Lage, wenn du nicht gewesen wärst!«

»Vorsicht, verdammt!« Robin schnellte hoch und kickte eine Scherbe zur Seite, weg von Portias nackten Füßen. Er wollte nach ihr greifen, aber sie schlug seine Hand beiseite.

»Fass mich bloß nicht an!« Sie schob sich wieder den Finger in den Mund und funkelte ihn wütend an. »Bramble hatte recht, aus deinem Pelz sollte man Handschuhe machen.«

»Bist du sicher, dass du nicht mit *ihr* verwandt bist?«, fragte Robin spitz. »Ihre große Klappe hast du jedenfalls.«

»Besser eine große Klappe als ein Herz aus Stein!«

Ein paar Sekunden lang starrten sie einander an wie Revolverhelden in einem Western, dann seufzte Robin und hob beschwichtigend die Hände. »Komm mit«, sagte er. »Ich habe Verbandszeug.«

»Als ob ich dir noch mal irgendwohin folgen würde.«

»Oh, zum …« Robin machte einen Schritt auf sie zu. Portia wich zurück, und er packte sie am Arm.

»Willst du Rose retten oder nicht?«, zischte er. Portia erstarrte. »Meralyn hat mir von eurem genialen Plan erzählt«, sagte er leise. »Die Weltentür in der Fahlen Festung benutzen? Ich habe selten so eine dämliche Idee gehört. Wenn ihr das wirklich durchziehen wollt, dann braucht ihr jede Hilfe, die ihr kriegen könnt.« Er ließ sie los und fuhr sich mit der Hand durch die Haare. »Und ich fasse es nicht, dass ich das wirklich sage, aber ich werde euch helfen.«

Portia versuchte, in seinem Gesicht zu lesen. *Sie* konnte nicht fassen, dass sie ihm überhaupt zuhörte. »Warum sollte ich dir auch nur ein Wort glauben?«

Robin stöhnte. »Geister gebt mir Kraft. Ich frage dich noch einmal, willst du Rose retten oder nicht?«

Portia zögerte. Dann nickte sie.

»Gut.« Robin richtete sich auf und wandte sich zur Seite. »Dann komm mit.«

Das Buch der Wiederkehr

Ben

»*Codex Reditus*«, las Tegid. »Das Buch der Wiederkehr.«

Gwil beugte sich nach vorne. »Klingt vielversprechend.«

Ben saß am Tisch vor dem Panoramafenster und sah zu, wie die Salamander das schwarze Notizbuch begutachteten. Tee und Ingwerkekse standen unberührt auf dem Tisch.

»Und die Motte hat dich direkt zu diesem einen Buch geführt?«, fragte Gwil zum zweiten Mal.

Ben nickte.

»Nachdem du die Rune gesprochen hast?«

Ben nickte noch einmal.

Gwil musterte ihn mit einem nachdenklichen Blick. Dann lächelte er. »Es war eine Finderune. Wer weiß, vielleicht hast du auch ein Talent zum Runensprechen?«

Ben spürte, wie ihm die Hitze in die Wangen stieg, aber er freute sich. Runensprecher. Das wäre doch was.

Tegid murmelte indes über einer besonders chaotisch beschriebenen Seite. »Interessant. Höchst interessant.«

»Hast du etwas gefunden?«, fragte Gwil. »Etwas, das uns hilft?«

»Ich fürchte nein.« Tegid tippte auf den Buchtitel. »Es geht hier nicht um die Wiederkehr von Nebelgängern. Dieses Buch beschäftigt sich mit der Frage, ob Verstorbene ins Reich der Lebenden zurückkehren können. Schaut her.«

Er zog eine der losen Bildseiten hervor. »Diese Illustration hier gehört zur Geschichte von Orpheus. Dem Mythos nach stieg er in die Unterwelt, um seine Frau zurückzuholen.«

»Also sind wir immer noch nicht weiter«, sagte Gwil entmutigt.

Tegid lächelte. »Nicht aufgeben, alter Freund. Wir kratzen ja erst an der Oberfläche.«

Gwil nickte, aber sein Gesicht behielt seinen bekümmerten Ausdruck. Abwesend rieb er sich das Handgelenk, dort, wo Titanias Bannmal zwar verblasst, aber immer noch gut sichtbar war.

Ben dagegen starrte auf das Bild, das Tegid auf den Tisch gelegt hatte. Es zeigte einen Mann, der mit gesenktem Kopf voranschritt und hinter ihm eine weiß gekleidete Frau. Ein heißer, fester Knoten hatte sich in seiner Brust festgesetzt. Tegids Worte hallten in seinem Kopf. Gab es einen Weg, Verstorbene ins Reich der Lebenden zurückzuholen?

»Warum die Motte Ben gerade zu diesem Buch geführt hat, ist mir ein Rätsel«, sagte Tegid.

Ben fuhr sich mit der Zungenspitze über die trockenen Lippen. »Die Tür, die auf der einen Zeichnung zu sehen ist. Ist das auch eine Weltentür?«

Tegid hob die kahlen Brauen und blätterte nach hinten, bis er bei der schwarzen Tür angelangt war. »Ja«, bestätigte er. »Ja, vermutlich.«

Gwil lehnte sich nach vorn. »Annwn«, las er. »Tegid … Meinst du, das ist Arawns Tür?«

Tegid tippte mit dem Finger auf die Seite. »Das kann sein.« Sein Gesicht erhellte sich. »Vielleicht hat die Motte dich deshalb zu diesem Buch geführt! Wahrscheinlich hast du an das Ziel eures Weges gedacht. Es geht das Gerücht, dass es in der Fahlen Festung zwei Türen gibt. Eine führt in die Feenwelt und die andere nach Annwn.«

»Du hast gesagt, Annwn ist eine der Unterwelten«, sagte Ben. »Gibt es denn mehrere?«

»O ja«, sagte Tegid sofort. »Dutzende. Orpheus hier, wenn es ihn gegeben hat, hätte seine Frau zum Beispiel nicht in Annwn gesucht. Er wäre in den Hades hinabgestiegen. Warte!«

Tegid sprang auf und eilte zwischen die Regalreihen. Er war ganz in seinem Element. Ben hingegen hatte das Gefühl, als würde er auf einer dünnen Eisschicht stehen, die unter seinen Füßen knackte.

»Alles in Ordnung, Ben?«, fragte Gwil.

Aber bevor Ben antworten konnte, war Tegid auch schon zurück. »Macht euch auf was gefasst«, keuchte er. Er schleppte ein riesiges Buch. »Das«, sagte er und wuchtete es mit einem dumpfen Schlag auf den Tisch, »ist ein Weltenatlas. Einer der guten.«

Im nächsten Moment vergaß Ben seine Anspannung. Tegid schlug den Atlas auf und breitete sein wundervolles Innenleben vor ihnen aus. Die Landkarte, die Tegid ihnen zeigte, war überaus detailreich mit schwarzer und blauer Tinte gezeichnet. Der Kartograph hatte Flussläufe gemalt, Bergketten und Wellen, die sich an den Rändern der Küsten kräuselten. Es war eine Landkarte von dieser Gegend der Feenwelt. Ben stellte fest, dass zumindest die Umrisse des Landstrichs denen von Nordwales glichen. Aber anstelle der Ortsnamen aus der Menschenwelt waren hier phantastische Namen verzeichnet. Bryngolau. Llywernog. Gwaunynog. Außerdem war die Karte mit einem Aderwerk aus gestrichelten Linien durchzogen, die Ben nicht zuordnen konnte.

»Hier sind wir«, erklärte Tegid und tippte mit der Fingerspitze auf eine Halbinsel mit dem Schriftzug Weltende. Tegid hob die Landkarte an einer Kante an, und Ben stellte fest, dass sie auf Transparentpapier gezeichnet war. Eine Trennseite aus dickerem Karton lag unter der Karte, deshalb war es ihm erst nicht aufgefallen. Tatsächlich schien der ganze Atlas abwechselnd aus Karton- und Transparentpapierseiten zu bestehen.

»Und jetzt passt auf.« Tegid legte die Karte der Feenwelt zurück auf ihre Unterlage und zog sehr vorsichtig eine zweite Landkarte zwischen den Lamellen des Atlasses hervor. Er legte diese Karte auf die erste und strich sie glatt.

Die Umrisse der beiden Karten überlagerten sich perfekt. Sie zeigten den gleichen nördlichen Abschnitt der Halbinsel. Auch die gestrichelten Linien waren deckungsgleich, aber hier auf der oberen Karte waren nun Namen, die Ben kannte. Harlech. Caernarfon. Das waren die Burgen, die die Engländer im dreizehnten Jahrhundert in Nordwales gebaut hatten.

Ben beugte sich näher über die Landkarte. Das musste eine Karte von Wales im Mittelalter sein!

»Wow«, murmelte er.

Tegid strahlte. »Beeindruckend, oder? Und schau dir das an.« Er hob die Seiten und Papptrenner des Atlasses an.

Wenn Ben das richtig einschätzte, befanden sich in dieser Sammlung weit mehr als ein paar Dutzend Landkarten. Waren das alles Anderswelten?

»Sind das alle Welten, die es gibt?«, fragte er fasziniert.

»Gute Geister, nein«, sagte Tegid. »Das ist nur eine Auswahl von unserem Zipfel im Makrokosmos! Menschenwelt …«, sagte er, zuerst auf die obere, dann auf die darunterliegende Karte tippend, »… und die Feenwelt.«

»Und Annwn?«, fragte Ben.

Tegid neigte den Kopf. »Ja, ich nehme an, man könnte hier auch eine Karte von Annwn einfügen. Immerhin ist Arawns Reich eine der Unterwelten in unserer Region.«

»Aber?«, fragte Gwil.

»Aber es gibt keine Karten von Annwn«, erklärte Tegid. »Oder irgendeiner anderen Unterwelt.«

»Eigenartig«, sagte Gwil.

Tegid zuckte mit den Schultern. »Nicht wirklich. Manche Welten lassen sich nicht in Landkarten festhalten. Wahrscheinlich finden viele sie gerade deshalb faszinierend. Der Verfasser des Codex war jedenfalls besessen von den Regeln, denen die Übergänge zwischen den mittleren und den jenseitigen Welten unterliegen.«

»Was für Regeln?«, fragte Ben.

»Alle Welten unterliegen ihren eigenen Naturgesetzen«, erklärte Tegid. »Sie haben ihre eigene Zeit, ihre eigenen Mondphasen, Quellen an magischer Energie und so weiter. Aber es gibt trotzdem ein paar Gemeinsamkeiten. Zum Beispiel: Es gibt überall Schwellenorte, an denen die Grenzen zwischen den Welten dünn sind. Manche nennen den Verlauf dieser Übergänge Leylinien. Geisterwege. Oder Weltensäume.«

Er wies auf eine der gestrichelten Linien und fuhr sie mit der Fingerspitze entlang bis zu einem Punkt oberhalb eines Sees. Hier war ein fünfzackiger Stern eingezeichnet. Ben runzelte die Stirn, dann begriff er. Er kannte den See! Er lag oberhalb von Trefriw.

»Die Menschentür!«, rief er. »Der Stern markiert die Menschentür.«

Tegid lächelte zufrieden und nickte. »Richtig. Was du hier siehst, ist ein Weltensaum und ein Tor, durch das man ihn überqueren kann.«

Bens Blick glitt zurück zum Buch der Wiederkehr. »Die Tür nach Annwn steht auch auf so einem Saum, oder?«

»Ja«, antwortete Tegid. »Und auch für diese Tür braucht man einen Schlüssel.«

Ben schluckte. »Aber wenn man einen hätte …«

»Könnte man nach Annwn gehen«, sagte Tegid. »Aber ich würde es keinem raten.«

»Warum nicht?« Bens Stimme klang heiser, aber Tegid schien nichts zu bemerken.

»Der Übergang zwischen den Welten der Lebenden und denen der Toten unterliegt eigenen Gesetzen.« Tegid wies auf die lose Bildseite. »Man nehme unseren guten Orpheus hier. Der Legende nach fand er einen Weg in seine Unterwelt, und er überredete den Herrscher Hades, ihm seine Frau zurückzugeben. Aber es gab eine Auflage: Orpheus durfte sich nicht nach ihr umdrehen, bevor sie zurück in der Oberwelt waren. Was, meint ihr, ist passiert?«

»Er drehte sich um«, sagte Gwil.

»Er drehte sich um«, bestätigte Tegid. »Er hörte ihre Schritte, er drehte sich um, und sie verschwand zurück in die Unterwelt.«

Ben sah auf die Abbildung. Er stellte sich vor, wie Bewegung in das Bild kam, wie Orpheus voranging und die weiße Frau ihm mit sehnsüchtigem Blick folgte. *Dreh dich nicht um*, dachte Ben. *Schau einfach weiter nach vorne.*

Er zuckte zusammen, als Tegid den Atlas mit einem Rums schloss. »Ich hole uns ein paar neue Bücher.«

»Wunderbar«, sagte Gwil, und Tegid nickte entschlossen. Er wuchtete den Atlas zurück auf seine Arme und wuselte davon. Gwil räumte währenddessen die Einzelteile des Codex zusammen, um Platz für das nächste Buch zu machen. Ben hätte ihm zur Hand gehen sollen, aber er hatte Schwierigkeiten, sich zu konzentrieren.

Er dachte an seinen Vater, er konnte nicht anders. Er erinnerte sich an einen Ausflug ans Meer. Seine Eltern hatten nie Geld für große Urlaube gehabt, aber wann immer es ging, hatte Tom seine Familie ins Auto gepackt und war mit ihnen für einen Tag an die Küste gefahren.

An jenem Tag war der Himmel ganz klar und hellblau gewesen, wie eine Scheibe aus getöntem Glas. Der Wind hatte über den Strand gepfiffen und Sandkörnchen gegen Bens Waden gepustet. Seine Eltern hatten die Schuhe ausgezogen und die Hosenbeine hochgekrempelt. Sie waren in den seichten Wellen spazieren gegangen und wollten auch Ben ins Wasser locken. Als er sich zierte, gackerte sein Vater wie ein Huhn, und das brachte Ben zum Lachen. Er streckte ihm die Zunge heraus, und im nächsten Moment rannte Tom auf ihn zu.

Ben lief lachend davon, aber sein Vater holte ihn ein und schwang ihn auf seine Schultern.

»So, mein Freund, jetzt wollen wir doch mal sehen, wie schnell du im Wasser landest.«

»Neiiiin! Neiiiin!«

Ben lachte und quietschte, als sein Vater mit ihm zum Wasser stapfte. Tom tat, als würde er Ben in die Wellen werfen wollen, aber Ben wusste, dass er das nicht wirklich tun würde. Toms Arme hielten ihn fest und sicher.

Die Erinnerung verblasste, aber Ben hörte immer noch das Schlagen der Wellen und das Lachen seines Vaters.

Er war nicht mehr da. Das hatte sich Ben nach der Beerdigung immer wieder gesagt. Die Erwachsenen hatten ihm versichert, dass Tom nun an einem besseren Ort war. Aber Ben hatte nie daran glauben können. Etwas in ihm war überzeugt davon, dass Menschen nach dem Tod einfach … aufhörten. Die Lücke, die sie hinterließen, war zu groß, zu bodenlos, als dass sie einfach nur in einem anderen Raum sein könnten.

Aber jetzt erfuhr er, dass alles, was er geglaubt hatte, nicht stimmte. Es *gab* andere Orte. Und Schwellen, über die man dorthin gelangen konnte.

Bens Blick rutschte zu dem Codex, den Gwil an den Rand des Tisches geschoben hatte. Keine Ablenkung, sagte er sich. Aber vor seinem inneren Auge sah er die schwarze Tür nach Annwn.

Ein schicksalhaftes Sandwich

Portia

Zurück in seiner Wohnung, säuberte Robin Portias Wunde. Er strich eine rote, fies brennende Salbe auf den Schnitt und wickelte eine Binde um ihren Finger. Portias Blick glitt über die Unzahl an Töpfen, Flaschen und Holzschachteln, die in Robins Regalen standen. Sie ahnte, dass in diesen Gefäßen mehr war als Tee.

»Was ist das alles?«, fragte sie.

Robin räumte den Rest des Verbandzeugs zurück in den Schrank. »Medizin«, antwortete er. »Verwandlungstränke, Schlafpulver, Traumsamen.« Als er ihren skeptischen Blick bemerkte, zuckte er mit der Schulter. »Feen haben ihre Elementmagie, Druiden ihre Runen. Aber wir Gestaltwandler wissen, dass es noch viel mehr Zauberkünste gibt.«

Er zog einen anderen Tontopf aus dem Regal und ging zu einem kleinen Tisch. Dort standen zwei Teetassen und eine bauchige Kanne. Über dem Feuer im Kamin brodelte der Teekessel, der Gwil bei ihrem ersten Besuch zum Verhängnis geworden war.

Portia folgte Robin und setzte sich langsam an den Tisch. Sie durfte nicht vergessen, wie unberechenbar er war. Jetzt gab er sich freundlich, aber wer wusste schon, was seine Hintergedanken waren.

»Du hast doch gesagt, man kann Rose nicht helfen.«

Robin füllte drei Löffel voll Teeblätter in die Kanne. »Das entsprach vielleicht nicht ganz der Wahrheit«, gab er zu.

»Was für eine Überraschung.«

Robin schnaubte, aber sein Mundwinkel zuckte zu einem Lächeln nach oben. Er öffnete eine Keksdose und hielt sie Portia wortlos hin. Als Portia nichts nahm, seufzte er, setzte die Keksdose auf dem Tisch ab und ging zum Kamin, um den Wasserkessel zu holen.

Portia wartete, bis er zurück war. »Du hast gesagt, dass du dir wünschst, Rose würde genauso leiden, wie du gelitten hast.«

»Wäre nicht der erste Wunsch, den ich bereue.« Robin goss dampfendes Wasser in die Kanne. Er hatte dunkle Ringe unter den Augen, als hätte er zu wenig geschlafen.

»Du denkst, wir können Rose retten?«, fragte sie.

»Vielleicht haben wir eine Chance. Eine kleine.« Er stellte den Kessel auf den Boden und setzte sich auf den Stuhl gegenüber von Portia. Als er ihr diesmal die Dose anbot, nahm sie einen der Kekse. Er schmeckte ein bisschen scharf, wie ein Ingwerkeks, mit einem Hauch von Orange.

»Es gibt eine Geschichte«, erzählte Robin. »Eigentlich ist es nur ein Gerücht. Anscheinend hat es einmal ein Liebespaar gegeben, das sich im Nebel wiederfinden konnte.«

»Ifor und Nerys«, sagte Portia. »Meralyn hat uns davon erzählt. In der Geschichte gibt Nerys Ifor ihr Herz.«

»Eine romantische Geschichte, nichts weiter«, sagte Robin. »Ich habe allerdings auch aus anderer Quelle gehört, dass eine Erinnerung einen Nebelgänger zurückholen kann.

Aber nicht irgendeine Erinnerung. Man muss dem Nebelgänger etwas ins Gedächtnis rufen, wofür es sich lohnt, am Leben zu bleiben.«

Portia legte ihren angebissenen Keks auf ihrer Untertasse ab. »Das hast du die ganze Zeit gewusst? Und hast dich trotzdem geweigert, uns zu helfen?«

Robin schüttelte den Kopf. »Und wenn ich euch davon erzählt hätte, welche Erinnerung hättest du parat, um Rose zurückzuholen? Kennst du sie so gut?«

Die Frage erstickte jedes Fünkchen Zuversicht. »Dann gibt es also doch keine Hilfe.«

»Wahrscheinlich nicht«, gab Robin zu. »Aber das heißt nicht, dass wir nicht versuchen sollten, sie zu retten.«

Portia spürte wieder einen Kloß im Hals. »Warum hast du uns das alles nicht gleich gesagt?«, wiederholte sie ihre Frage. »Warum hast du uns weggeschickt?« *Wenn du uns geholfen hättest, hätte ich mich nicht auf Titania eingelassen.* Sie sprach den Satz nicht aus, aber er schwang mit.

Zum ersten Mal meinte sie so etwas wie Reue auf Robins Gesicht zu erkennen. »Wenn man eine Wut lange genug mit sich herumschleppt, erdrückt sie alles«, sagte er. »Rose … Rose war eine sehr gute Freundin, bevor sie mich in ihrer Welt einsperrte. Ein Teil von mir kann ihr das nicht verzeihen. Aber der Gedanke, dass sie im Nebel verloren bleibt? Das hat sie nicht verdient, egal, was zwischen uns passiert ist.«

Portia hatte den Eindruck, dass diese Worte ihn viel gekostet hatten. Aber konnte sie sich auf ihr Gefühl verlassen?

»Zeig mir mal dein Handgelenk.«

Sie presste die Lippen aufeinander und streckte ihm den rechten Arm entgegen. Robin beäugte das Bannmal.

»Das macht die Sache kompliziert«, sagte er.

»Ach, ehrlich?« Täuschte sie sich, oder blitzte da ein amüsiertes Funkeln in Robins Augen auf?

»Ja«, sagte er. »Aber zufällig bin ich sehr gut darin, komplizierte Angelegenheiten zu lösen.«

»Mh-hm«, machte sie. »Und wie stellst du dir so eine Lösung vor? Solange ich diesen Zauberstempel hier trage, kann ich den Hügel nicht verlassen. Und Titania wird sich kaum überreden lassen, mir einen Passierschein zu geben.«

Jetzt breitete sich ein Grinsen auf Robins Gesicht aus, das seiner Fuchsgestalt alle Ehre machte. Er zog ein leeres Marmeladenglas aus dem Regal. »Oh, das ist einfach«, sagte er. »Wir verwenden Titanias eigene Methode: Tricks.«

Es war beinahe Mitternacht, als Titania das nächste Mal nach Portia rufen ließ. Gehorsam machte sie sich auf den Weg in die Küche und danach weiter zum Seerosensalon. Diesmal trug sie ein Tablett mit Sandwiches und einem Glas Holunderblütensirup. Robins Marmeladenglas diente als Vase für einen Strauß Butterblumen. Robin selbst trabte in seiner Fuchsgestalt an Portias Seite.

»Ich hoffe wirklich, dein Plan funktioniert«, sagte sie. »Sonst sind wir beide geliefert.« Der Fuchs warf ihr einen Blick zu, lief in den Seerosensalon und verschwand in den Schatten zwischen den Pflanzenkübeln.

Diesmal hielten sich keine anderen Feen im Salon auf,

und Portia war froh darüber. Die Laternen waren ausgelöscht, und es war fast dunkel. Lediglich die bunten Fische zogen ihre leuchtenden Bahnen durch den Teich, und über der Empore tanzten ein paar Mondmotten.

Titania lag auf ihrer Liege und las in einem Buch. Sie nahm Portias Ankunft gelangweilt zur Kenntnis. »Stell das Tablett ab. Nein, nicht da. Hier auf dem Tisch.«

Portia tat wie ihr geheißen und trat einen Schritt zurück. Titania legte ein Lesebändchen zwischen die Seiten, dann warf sie Portia einen irritierten Blick zu. »Was stehst du hier rum und glotzt wie eine Kuh vor dem Trog?«, fragte sie. »Sieh zu, dass du Land gewinnst.«

Portia biss sich auf die Lippe. »Majestät.« Sie wandte sich schon zum Gehen, als Titania sie zurückrief.

»Nein, warte.«

Titania fixierte sie mit einem berechnenden Ausdruck auf dem Gesicht. Portia zwang sich, gelassen dreinzuschauen. *Sie weiß nicht, was wir vorhaben*, dachte sie. *Sie kann es nicht wissen*. Beim Nachmittagstee in seiner Wohnung hatte Robin eine kleine Glasphiole aus seinem Wunderregal geholt. *Eine besondere Würze*, hatte er gesagt. *Für das nächste Mal, wenn du Ihrer Majestät einen Imbiss bringst*. Jeweils drei Tröpfchen klarer Flüssigkeit aus der Phiole waren auf jedem Sandwich gelandet, das sie Titania gerade gebracht hatte.

Sie hat keine Ahnung, redete sich Portia gut zu. Und hoffte inständig, dass Gedankenlesen nicht zu den besonderen Fähigkeiten der Feen gehörte.

Titania sah sie immer noch mit diesem beunruhigend

prüfenden Blick an. Schließlich sagte sie: »Ich hätte damit gerechnet, dass du mehr jammern würdest.«

Das würde dir so passen, dachte Portia grimmig. Laut sagte sie: »Würde es etwas bringen?«

Titania hob eine Braue. »Eigentlich sollte dir deine neue Position ein wenig Demut und Respekt beibringen. Aber scheinbar hast du deine Lektion noch nicht gelernt.«

Portia verschränkte die Hände hinter dem Rücken, um ihre geballten Fäuste zu verstecken. »Wie Ihr meint, Majestät.« Täuschte sie sich, oder bewegte sich ein Schatten zwischen den Lilienbüschen am Rand der Empore?

»Sturköpfig«, sagte Titania abschätzig. »Das wird dir dein Leben hier nicht einfacher machen.« Sie schlug ihr Buch wieder auf und griff nach einem Sandwich. Portia konnte nicht anders. Gebannt schaute sie zu, wie Titania das Brot zu ihrem Mund führte.

»Wahrscheinlich malst du dir aus, wie du es mir am besten heimzahlen kannst«, sagte Titania und traf damit erschreckend genau ins Schwarze. »Versuch es ruhig. Ich könnte ein wenig Unterhaltung gebrauchen.«

Mit diesen Worten biss sie in das Sandwich.

Portia hielt den Atem an. Titania kaute, schluckte und nahm einen zweiten Bissen. »Bist du immer noch hier?«, fragte sie, ohne aufzublicken. »Wirklich, wenn du mir noch mehr auf die Nerven gehst, dann habe ich schon eine ganze Auswahl an … an ….« Mitten in ihrer Tirade brach sie ab. Das Buch rutschte aus ihrer Hand und polterte zu Boden.

»Was …?«

Ein Schauder durchlief Titanias Körper, dicht gefolgt von

einer Welle aus schimmerndem Licht, die unter ihrer Haut bis zu ihrem Gesicht hinaufschoss. Schockiert sog Portia Luft ein, und Titania fuhr zu ihr herum. Ihre Augen weiteten sich, dann starrte sie hinunter auf das Sandwich in ihrer Hand. Ihr Blick schnappte zurück zu Portia.

»Du!«, rief sie. Sie sprang auf, wurde von einem weiteren Lichtschauer durchgerüttelt und fiel zurück auf die Liege. Es gab ein knisterndes Geräusch, als würden zwei elektrische Drähte aneinanderreiben. Titania packte die Lehne ihrer Liege und starrte zu Portia hinauf. Ihre Augen leuchteten jetzt so hell und silbern, dass es Portia bei ihrem Anblick eiskalt den Rücken hinunterlief.

Titania grub ihre Finger in die Lehne. »Ich werde dich …« Aber weiter kam sie nicht. Silberner Rauch stieg von ihrer Haut auf, wirbelte um ihre schmale Gestalt, schneller und schneller, hüllte sie ein und zog sich unmöglich eng zusammen. Es gab einen lauten Knall und an der Stelle, wo Titania gesessen hatte, taumelte eine winzige Frauengestalt mit Libellenflügeln in der Luft.

Portia riss den Blumenstrauß aus dem Marmeladenglas und stolperte zurück. Zur gleichen Zeit sprang Robin in Menschengestalt auf die Empore. Er schnappte sich das leere Glas, fing die Miniaturkönigin darin ein, und verschloss es mit einem Deckel. Er flüsterte etwas, und rund um das Glas glommen Bänder aus blauen Runen auf. Innerhalb von wenigen Sekunden war alles erledigt.

»O Mann«, krächzte Portia mit trockener Kehle.

»Nicht schlecht, oder?«, fragte Robin und hielt das Glas in die Höhe. Rauch erfüllte das Glas, silberne, glitzernde

Strudel, die versuchten, das Gefängnis zu sprengen. Aber das Glas, verstärkt durch Robins Runenzauber, hielt Titanias Bemühungen stand.

»Was macht sie?«, fragte Portia und trat näher.

»Sie versucht, sich zurückzuverwandeln.« Robin hielt das Glas auf Augenhöhe. »Das wird nicht funktionieren, Majestät!«

Der Rauch zwirbelte sich zusammen, verpuffte, und die winzige Titania stampfte mit dem Fuß auf den Boden des Glases.

»Lass mich raus! Lass mich sofort raus!«, drang ihre Stimme aus den Löchern, die Robin in den Deckel gestochen hatte, damit Titania Luft bekam.

»Ich denke, eher nicht«, sagte Robin gelassen.

Sie flatterte wie eine aufgebrachte Hornisse gegen die Wand des Glases. »LASS. MICH. RAUS.«

Robin wechselte einen Blick mit Portia.

»Nicht, dass sie noch jemand hört«, sagte sie nervös. Daraufhin kreischte Titania noch lauter und trommelte gegen das Glas. Robin seufzte. Er stieg die Treppen der Empore hinunter und ging zum Ufer des Teiches. Dort ging er in die Hocke und hielt das Glas über das Wasser. Sofort verstummte Titania.

»Was meint Ihr, Majestät?«, fragte er freundlich. »Bei einem Dutzend Löchern im Deckel, wie schnell füllt sich so ein Marmeladenglas mit Wasser?«

Titania blieb stumm, aber Portia konnte sehen, dass sie vor Zorn bebte. Robin hielt sie noch eine Sekunde lang im Ungewissen, dann stellte er das Glas am Rand des Beckens ab. Er setzte sich daneben, und Portia setzte sich auf die andere Seite.

Als sie wieder sprach, war Titanias Ton ruhiger, aber nicht weniger zornig. »Was wollt ihr?«, fragte sie. »Ich nehme an, dieser Verrat hat einen bestimmten Zweck?«

»Nun, Ihr könnt es Euch sehr einfach machen«, sagte Robin.

Portia hob ihr gebrandmarktes Handgelenk vor das Glas. »Der Bann. Brecht ihn.«

Titania verschränkte die Arme vor der Brust. »Kommt nicht in Frage.«

Robin legte einen Finger auf das Glas und kippte es in Richtung Becken. Titania schrie auf. Robin ließ das Glas zurückwippen. »Bleibt Ihr bei Eurer Antwort?«

Aber wenn er glaubte, dass er Titania schon vollends eingeschüchtert hatte, dann irrte er sich. »Oh, bitte«, sagte sie abfällig. »Du weißt so gut wie ich, dass der Bann bestehen bleibt, egal ob du mich ertränkst oder nicht.«

Portia warf Robin einen Blick zu. Er nickte bedauernd.

»Gepokert und verloren«, sagte Titania in überheblichem Ton. »Also. Wenn ihr mich jetzt freilasst, dann werde ich euch nicht allzu schwer bestrafen. Das Menschenkind kann mir weiter dienen. Und du, Robin, kannst für ein paar Mondzyklen in die Verbannung gehen.«

Robin lächelte in feinster Fuchsmanier. Er stand auf und hob das Glas auf. »Sehr großzügig, Majestät«, sagte er. »Aber wir passen. Ihr hättet es einfach haben können. Aber so begleitet Ihr uns eben.«

Abschied von Weltende

Ben

Als der Abend hereinbrach, färbte sich der Himmel vor dem Panoramafenster dunkellila. Eine Möwe flog vorbei; so dicht, dass Ben das Gefühl hatte, er könnte die Hand ausstrecken und sie berühren. Er unterdrückte ein Gähnen und griff nach einer Tasse mit kaltem Tee, als Tegid mit geraffter Robe die Treppe hinaufgesprungen kam. »Endlich!«, rief er. »Ich wusste, dass uns die Bücher nicht im Stich lassen würden!«

Ben und Gwil wandten sich erstaunt zu ihm um, aber da war er auch schon bei ihnen und tippte aufgeregt auf das aufgeschlagene Buch, das er in den Händen hielt.

»Olwen Siebengescheit«, sagte er atemlos.

Ben rieb sich über seine müden Augen. »Olwen wer?«

»Eine Legendenforscherin der Salamander«, erklärte Tegid. »Sie hat herausgefunden, was es mit der Legende um Nerys und Ifor wirklich auf sich hatte. Schaut her!« Er hielt ihnen das Buch hin. »Sie schreibt über den Nebel, der Arawn überallhin begleitet. Sie geht aber davon aus, dass der Nebel ein Teil von Arawn ist: der Teil seiner ursprünglichen Welt, den er nicht abschütteln kann. Dort, in Annwn, nimmt der Nebel die Erinnerungen und Gefühle der verstorbenen Seelen in sich auf. Sehnsüchte, Ängste, Trauer, Wut und so weiter – das alles bleibt im Nebel haften, er befreit die Seelen von ihrer Last.« Er hob Olwens Buch an und las vor: »Außerhalb von Annwn jedoch entleert die Berührung mit dem Nebel die Lebenden von all ihren Erinnerungen, und zurück bleiben hohle Körper. Irgendwann lösen sie sich gänzlich in Nebel auf.«

»Aber …«, begann Ben.

Tegid hob die Hand und las weiter. »Ist der Nebelgänger noch nicht der Auflösung anheimgefallen, kann man ihn mit der Hilfe eines Mementos zurückrufen. Es muss ein Erinnerungsstück von großem emotionalen Wert sein.« Tegid sah hoch. »Daher kommt die Mär mit Neryns Herzen. Sie muss Ifor etwas gegeben haben, was ihn daran erinnert hat, wer er war.«

»Ihre Liebe«, vermutete Gwil. »Sie hat ihn daran erinnert, dass er sie liebt.«

Tegid zwinkerte. »Du alter Romantiker. Ja, vielleicht war es so.« Er sah von Gwil zu Ben. »Ihr habt nicht zufällig etwas, das ein solches Erinnerungsstück für Rose wäre?«

Gwil stützte den Kopf in die Hände. »Warum sollte es einfach sein?«, stöhnte er.

Ben jedoch wurde nachdenklich. Ein Erinnerungsstück … Er beugte sich nach unten und hob Portias Rucksack vom Boden auf. An der Deckelklappe steckte noch immer Ridiks Feder, befestigt mit dem Dorn der Adar.

»Ben?«, fragte Tegid.

Ben zog die Feder vorsichtig vom Rucksack. »Die hat Ridik gehört«, erklärte er. »Er und Rose waren Freunde. Sie haben zusammen gekämpft, glaube ich.« Er gab die Feder an Tegid weiter. »Ist das ein Memento?«

Tegid drehte die Feder zwischen den Fingerspitzen. »Schwer zu sagen. Aber warum nicht? Vielleicht reicht das Band ihrer Freundschaft aus, um Rose den Weg zu sich selbst zu zeigen?«

»Sie liebte die Feenwelt«, sagte Gwil. »Wenn Ridik für sie eine Erinnerung an ihre Zeit hier ist, dann könnte es funktionieren.«

Wirklich überzeugt klangen sie nicht, und auch Ben hatte seine Zweifel.

»Nun.« Tegid stemmte die Hände in die Hüften und streckte sich. »Es ist besser als nichts.«

Ben und Gwil verbrachten eine weitere Nacht bei Tegid. Oben auf dem Dachboden lag Ben noch lange wach, während die Salamander im Erdgeschoss Abwehr- und Angriffsrunen in ein abgebrochenes Stuhlbein und einen Besenstiel schnitzten.

Ben hatte sich schnell an Weltende gewöhnt: Er mochte Tegids Haus und das Geräusch der Wellen, die gegen die Klippen schlugen. Er wäre gerne länger geblieben, aber die Zeit drängte: Nicht nur dass Rose auf ihre Hilfe wartete, Gwils Freilauf würde bald enden.

Trotzdem. Als Ben am nächsten Morgen vor Tegids Haus stand, hoffte er, dass er einmal wiederkommen würde.

»Hier«, sagte Tegid und reichte Ben sein frisch bestücktes Reisebündel. »Die Karte mit dem Weg zur Fahlen Festung steckt in der Seitentasche. Und hier!« Mit einem Schmunzeln überreichte er Ben ein Stuhlbein, das über und über mit Runen verziert war. Es war nicht gerade eine beeindruckende Waffe.

»Versucht nicht, die Helden zu spielen«, sagte Tegid. »Sucht Rose, weckt ihre Erinnerungen und seht zu, dass ihr das Niemandsland so schnell wie möglich wieder verlasst.«

»Das ist der Plan«, sagte Gwil mit einem schiefen Lächeln.

Tegid lächelte zurück und legte dann eine Hand auf Bens Schulter. »Pass auf dich auf, Menschling.«

»Ich versuch's«, sagte Ben.

»Und wenn ihr auf dem Rückweg hier vorbeikommt«, sagte Tegid beherzt, »dann geht ja nicht weiter, ohne bei mir anzuklopfen.«

»Versprochen.«

Tegid presste die Lippen aufeinander und nickte. »Dann geht!«, rief er. »Hinfort! Setzt unsere kühnen Theorien in die Tat um!«

Er stellte sich in seinen Türrahmen, und dort stand er immer noch, als Ben sich ein letztes Mal umdrehte, bevor der Pfad eine Kurve machte und das Haus außer Sichtweite verschwand.

Zwischenspiel

Der Morgen schritt voran, aber in den Tiefen von Weltende blieb es unverändert dunkel. Tegid hatte seine Laterne mit Mondmotten auf einen Tisch gestellt und räumte die Spuren ihrer Arbeit auf. Er summte zufrieden vor sich hin, während er das letzte Buch an seinen Platz stellte. Ben und Gwil waren gut ausgerüstet. Und wieder einmal hatte sich gezeigt, dass ein Blick in die richtigen Bücher fast alle Probleme lösen konnte.

Tegid strich mit den Fingerspitzen über den ledernen Buchrücken, lächelte und ging zurück zum Arbeitstisch. Dort hob er seine Laterne hoch und hielt inne. Das Schimmerlicht der Mondmotten fiel auf grauen Rauch, der zwischen den Bodendielen emporquoll.

Tegid starrte verständnislos auf die aufsteigenden Rauchschwaden. Wie war das möglich? In Weltende konnte kein Feuer ausbrechen. Die Runen verhinderten das. Dann begriff er. Das war kein Rauch. Das war Nebel.

»Nein«, flüsterte Tegid und spürte, wie jegliche Wärme in seinem Körper erlosch.

Er hielt seine Laterne in die Höhe. Der Gang vor ihm lag im Dunkeln, aber der Boden knarzte.

Wie in Trance öffnete Tegid die Laterne. Mondmotten tänzelten an ihm vorbei, hinein in den schwarzen Schlund zwischen den Regalen und beleuchteten die Gestalt, die dort auf ihn wartete.

Die Jagdherrin des Grauen Königs stand reglos zwischen den Bücherwänden. Nur ihr schwarzer Schleier zitterte mit jedem Atemzug.

Die Laterne entglitt Tegids Fingern und krachte zu Boden. Motten stoben in die Luft und strömten auf die verschleierte Frau zu. Sie rührte sich nicht, aber hinter ihr ballte und bäumte sich der Nebel zu einer gewaltigen Hand. Motten flogen in die Nebelwolke und verglommen wie erlöschende Kerzenflammen. In ihrem sterbenden Licht sah Tegid, dass der Nebel nun auch von den Regalen herunterströmte wie ein Wasserfall. Er bewegte sich nicht. Der Moment zur Flucht war längst vorüber.

Nebelspuren

Portia

Am zweiten Morgen nach ihrem Aufbruch ließen Portia und Robin die Berge hinter sich. Sie wanderten am Ufer eines Sees entlang, immer in Richtung Küste. Regen wehte vom Westen über das Land und verwandelte den Boden unter ihren Füßen in Morast. Portia zog sich die Kapuze ihrer Lederjacke über den Kopf.

Robin hatte Titania zunächst in seinen Rucksack gesteckt, aber sie hatte so lange gezetert, bis er das Glas außen an seinem Reisebündel befestigte. Seitdem beschränkte sich die Feenkönigin auf gezischte Beleidigungen und eisiges Schmollen.

Sie machten gerade eine Pause oberhalb eines Sturzbachs, als Titania sich das erste Mal seit Stunden wieder zu Wort meldete. »Was genau erhofft ihr euch eigentlich von dieser Dummheit?«, fragte sie. »Glaubt ihr wirklich, dass ihr euch irgendwo in meinem Reich verstecken könnt? Egal, wohin ihr geht, meine Untertanen werden euch finden.«

»Es gibt mehr als Euer Reich«, sagte Robin knapp. Er nahm einen Schluck aus seinem Wasserschlauch und reichte ihn an Portia weiter.

Zum Beispiel Totenreiche, dachte Portia. Robin hatte sie über die wahre Identität des Grauen Königs aufgeklärt. Arawn, der König der Unterwelt, der die Welt der Schatten und Geister verlassen hatte. Machte ihn das weniger unheimlich? Nicht wirklich.

»Keineswegs«, sagte Titania höhnisch. »Ohne den Schlüssel gibt es nur diese eine Welt, und hier reicht mein Einfluss in alle Winkel.«

Weder Robin noch Portia reagierten auf diese Aussage, und das machte Titania stutzig. Sie runzelte die Stirn und schaute von einem zum anderen. Portia gab sich alle Mühe, ein teilnahmsloses Gesicht zu machen, aber irgendetwas an ihrer Miene musste sie verraten.

»Ihr habt einen Schlüssel«, sagte Titania. »Ihr oder der Salamander und der Junge.« Sie trat dicht an die Wand des Glases. »Das ist es, nicht wahr? Deshalb sind sie fort aus Bryngolau. Sie haben einen verfluchten Schlüssel!«

Robin schwieg. Er nahm Portia den Wasserschlauch ab und packte die Reste ihres Proviants zurück in den Rucksack. Titania starrte sie ungläubig an. »Warum tut ihr das? Warum bringt ihr mein Volk in Gefahr?«

»Wir bringen überhaupt niemanden in Gefahr«, entgegnete Portia. Sie stand auf und schüttelte ihre müden Beine aus. »Wir wollen nur Rose retten.«

Gegen Nachmittag hörte der Regen auf, und Nebel stieg aus den Wiesen hoch. Portia wischte sich mit der Hand über das feuchte Gesicht. Als sie sich mit der Zunge über die Lippen fuhr, schmeckten die Wassertropfen ganz leicht salzig. Irgendwo, hinter dem Nebel, flog eine Möwe vorbei und stieß ein Kreischen aus. Sie hatten die Küste erreicht. Endlich.

Portia lief einen Schritt schneller. Gut möglich, dass Ben und Gwil schon weitergezogen waren. An sich wäre das ein gutes Zeichen, denn das hieße, dass sie einen Weg gefunden hatten, um Rose zu helfen. Dennoch hoffte Portia, dass sie Ben einholen würden, bevor er sich zur Fahlen Festung aufmachte. Bei dem Gedanken daran, dass er sich nur mit Gwils Hilfe in die Festung des Königs der Toten wagte, wurde ihr mulmig zumute.

Wobei sie selbst in einem Kampf wahrscheinlich genauso nutzlos wäre wie der ängstliche Salamander.

Immerhin haben wir jetzt Robin auf unserer Seite, dachte sie. Ihr neuer Verbündeter hatte schon vor einer Weile seine Fuchsgestalt angenommen und trabte voraus. Portia trug seinen Rucksack und folgte einem schmalen Pfad aus Sand und Kieselsteinen. Neben ihr stach ein Ginstergestrüpp aus dem Nebel, nur um im nächsten Moment wieder hinter den grauen Schleiern zu verschwinden.

Weltende konnte nicht mehr weit sein. Der Geruch von Seetang lag in der Luft, und bald hörte sie das Donnern von Wellen. Portia erklomm eine Anhöhe, bis der Weg auf dem grasbewachsenen Rücken einer Klippe endete. Von Robin fehlte jede Spur.

»Na toll«, murmelte sie. Sie überlegte sich, ob sie einen Pfiff wagen sollte, entschied sich dann jedoch dagegen. Hier oben wehte ein leichter Wind und lichtete den Nebel zumindest ein wenig. Portia folgte dem Geräusch der Wellen, bis sie den Rand der Wiese erreichte. Es sah so aus, als wäre hier vor langer Zeit ein Stück des Festlands abgebrochen. Zurückgeblieben war ein Abgrund, dessen schroffe Felsen steil bergab fielen. Die Abbruchkante war eigenartig sichelförmig. Als hätte ein riesiges Seemonster ein Stück aus den Klippen herausgebissen.

Portia schob sich die Locken aus dem Gesicht und trat vom Abgrund zurück. Nebelschwaden quollen an ihr vorbei, und als sie sich umdrehte, war der Pfad, dem sie gefolgt war, bereits hinter einer grauen Wand verschwunden.

Gänsehaut kitzelte ihre Arme hinauf. *Das ist nur normaler Nebel*, sagte sie sich. *Kein Grund zur Panik.*

Aber seltsam war es schon. Hatte nicht eben noch ein Wind geweht? Jetzt regte sich kein Lüftchen mehr, und auch das Geräusch der Wellen schien eigenartig gedämpft. Portia schluckte und ging zurück in die Richtung, in der sie den Pfad vermutete. Wo verflixt nochmal war Robin? Sie steckte schon die Finger zwischen die Lippen, um doch nach ihm zu pfeifen, als sie die Bewegung im Nebel wahrnahm.

»Oh, verdammt«, flüsterte sie. Ihr war plötzlich eiskalt. Wenige Meter vor ihr stülpten sich die stumpfen Spitzen von Nebelarmen aus den grauen Schlieren. Sie tasteten über den Boden wie Tentakel, zogen sich zurück und bauschten sich zu einer brodelnden, immer dichteren Masse auf. Einer Masse, die sich auf Portia zubewegte.

Arawns Nebel, dachte sie entsetzt. *O Gott, es ist der Nebel, der Erinnerungen auslöscht!*

Sie wich zurück, aber zu spät. Die wirbelnde Nebelwand raste auf sie zu. Sie schaffte es eben noch, auf ein Knie zu fallen und die Arme vor dem Gesicht zu verschränken, da strömte der Nebel auch schon über sie hinweg.

Ich will nicht vergessen. Bitte nicht. O bitte nicht. Portia kniff die Augen fest zusammen, wartete darauf, dass der Nebel in ihren Kopf eindrang, aber nichts passierte.

Als sie die Arme vorsichtig senkte, fand sie sich inmitten einer grauen Wolke wieder. Portia sog scharf den Atem ein. Sie war nicht allein: Kaum eine Armeslänge von ihr entfernt stand eine junge Frau. Eine Frau … oder ein Geist? Alles an ihr war blass: ihre Haut, ihre Haare, ihr Rock und ihre Bluse. Sie starrte nach links in den Nebel und schien Portia nicht einmal zu bemerken.

Vollends verwirrt durch diese Erscheinung, wagte Portia kaum zu atmen. Auf einmal ging ein Ruck durch die blasse Frau, und sie riss die Augen weit auf. Portia wandte den Kopf genau in dem Moment, als eine übermannshohe Gestalt in einem schwarzen Kapuzenmantel aus dem Nebel stürmte. Sie fegte so dicht an Portia vorbei, dass sie zu Boden stürzte. Die Kreatur rauschte mit wehendem Mantel auf die junge Frau zu. Die stolperte zurück, aber da hatte der andere sie schon gepackt.

»Nein«, platzte es aus Portia heraus. Schnell stand sie vom Boden auf. Was auch immer hier passierte, der schwarz vermummte Fremde führte nichts Gutes im Schilde. Mit beiden Händen hielt er das Gesicht der Frau fest, und plötzlich glommen gleißende Symbole auf ihren Wangen auf. Die Frau wand sich und packte die Handgelenke ihres Angreifers, aber der ließ sich nicht abschütteln.

Mitgefühl durchfuhr Portia wie ein Blitz. Ohne zu überlegen, sprang sie auf die beiden zu. Sie wollte den Ärmel des Angreifers packen, aber zu ihrer Überraschung griff sie ins Leere. Sie keuchte auf und riss ihre Hand zurück. Der

Arm der vermummten Gestalt verflüssigte sich in dunklen Rauch. Gleichzeitig stiegen mehr und mehr Nebelfäden von den Körpern der Kämpfer auf. Ihre Umrisse begannen bereits zu verschwimmen, als die Gestalt in der dunklen Kapuze die Frau doch noch losließ. Die spindeldürren Hände hatten die Frau kaum freigegeben, da fiel der Angreifer in sich zusammen wie eine Marionette, der man die Fäden durchgeschnitten hatte. Die Frau jedoch stand stocksteif da, ihre Augen nach oben verdreht und ihren Mund zu einem stummen Schrei verzerrt. Ihr Abbild wurde durchsichtig, aber die Symbole auf ihrem Gesicht brannten wie weißglühendes Eisen. Portia starrte sie wie vom Donner gerührt an. Jemand rief ihren Namen, und in diesem Moment verschwanden die Gestalten vor ihr vollständig. Ihre Körper zerstoben, und es blieb nichts übrig außer einer Wolke aus wirbelndem Nebel.

»Portia?« Robin fasste sie am Arm und musterte sie besorgt.

Portia schüttelte nur den Kopf. Sie starrte auf die Stelle, an der eben noch die blasse Frau gestanden hatte.

»Was war das?«, fragte sie heiser.

»Eine Erinnerung.« Er hielt noch immer ihren Arm, und Portia war dankbar dafür. Sein Griff war fest und würde sich nicht einfach auflösen.

»Erinnerung?«, wiederholte sie.

»Das hier müssen Spuren von Arawns magischem Nebel sein«, erklärte Robin. »So entstehen Nebelgänger. Arawns

Nebel rauben dir zwar deine Erinnerungen, aber weder die Erinnerungen noch die Gefühle, die sie auslösen, verschwinden. Sie verlassen die Person und verschmelzen mit dem Nebel.« Robin ließ sie los und sah sich beunruhigt um. »Der Nebel bewahrt alles auf, und manchmal erscheinen verlorene Erinnerungen als Chimären – als bewegte Bilder, die auch andere sehen können.«

Portia versuchte, sich auf seine Worte zu konzentrieren, aber ihre Gedanken krallten sich an seinem ersten Satz fest. »Das hier ist wirklich Arawns Nebel?«, fragte sie, und schlang die Arme um ihren Oberkörper.

»Nur eine schwache Spur davon«, sagte Robin. »Zu schwach, um uns etwas anhaben zu können.« Er verstummte besorgt und sah sich um.

Sie hätte erleichtert sein müssen. Aber stattdessen wirbelten Fragen über Fragen in Portias Kopf. »Wenn das eben eine Erinnerung war«, fragte sie, »wer hat sie dann verloren?«

»Sie gehörte der Frau.«

Portia ließ die Hände sinken. »Woher weißt du das?«

»Ich war dabei, als es passiert ist.«

»Du warst *dabei*?«

Robin nickte. »Die Frau, die du gesehen hast, hieß Hermia. Sie war eine von Roses Freundinnen.«

Das Gruppenfoto aus Brambles Schuhkarton blitzte vor Portias innerem Auge auf. Ein Mann und fünf Frauen. Welche davon war Hermia gewesen?

»Was du gesehen hast, war eine Erinnerung an das Ende unseres letzten Kampfes. Als Rose und die anderen versuchten, Arawn in den Schlaf zu versetzen«, fuhr Robin fort. »Die schwarze Gestalt war Arawns Jagdherr. Den Gerüchten nach ein Mensch, den Arawn vor langer Zeit in seinen Dienst gezwungen hat. Hermia war dabei, die Falle für den Grauen König vorzubereiten. Ich wollte ihr helfen, und als ich sie fand, stand sie Arawns Jagdherrn bereits gegenüber. Ich konnte nichts mehr tun. Er legte einen Bann auf sie. Sorgte dafür, dass sie an seiner Stelle zur Jagdherrin wurde und ihn so aus der Knechtschaft erlöste.« Robin stockte. »Das habe ich Rose nie erzählt. Sie dachte, Hermia wäre im Kampf gefallen.«

Portias Blick glitt zurück in den Nebel. Sie hatte immer noch ein flattriges Gefühl im Magen. »Ich verstehe das nicht«, sagte sie. »Als du mir von Arawn erzählt hast, hast du mir gesagt, dass der magische Nebel ihm folgt. Aber wie kann dann der Nebel hier sein? Wir haben Arawn im Zwischenreich eingesperrt!«

»Genau das frage ich mich auch.« Suchend sah Robin sich um. Der Nebel lichtete sich wieder, und langsam konnte man wieder den Rand der Klippe erkennen. Robin runzelte die Stirn, dann wurde er plötzlich blass.

»Geister, steht uns bei«, murmelte er. »Wenn wir Hermias Erinnerungen sehen, dann ist sie es, die den Nebel webt.«

»Was?«, fragte Portia verständnislos.

»Als Jagdherrin kann sie den magischen Nebel lenken, genauso wie Arawn. Deshalb schickt er sie seinem Heer voraus. Sie soll so viele Feinde und Hindernisse wie möglich im Nebel auflösen.« Robin fuhr zu ihr herum. »Portia, ist euch jemand in die Feenwelt gefolgt?«

Portia erschrak. »Nein. Nein, natürlich nicht. Wir haben die Tür geschlossen, wie Rose es gesagt hat.«

»Bevor der Nebel es über die Schwelle geschafft hat?«

Portia wollte seine Frage schon bejahen, aber da erinnerte sie sich an die dünnen Nebelfäden, die vor ihnen über die Schwelle geglitten waren. »Da war Nebel …«, gestand sie. »Nebel, der mit uns durch die Feentür gelangt ist.« Panik flatterte in ihrer Kehle. »Aber da war keine andere Person, ich bin mir sicher. Wir waren alleine, also …« Sie verstummte, als sie die Bestürzung auf Robins Gesicht sah.

»Als Jagdherrin kann Hermia die Gestalt des Nebels annehmen«, sagte er. »Sie kann sich auflösen und wieder aus ihm zusammensetzen, wie sie will.«

Er fuhr sich mit der Hand über den Mund und starrte in den Nebel, der sie umgab. »Wir haben Arawns Jagdherrin in die Feenwelt gelassen.«

»Sie will den Schlüssel.« Titanias Stimme war leise und bitter. Portia drehte den Kopf, um das Glas an der Seite des Rucksacks sehen zu können. »Deshalb hat sie sich in mein Reich geschlichen. Sie will Arawn die Türen öffnen.«

Portia fuhr zu Robin herum. »Heißt das, sie jagt nach Ben? Nach Gwil?«

Robin sagte nichts, und auch Titania schwieg. Warum war die Feenkönigin überhaupt so lange still gewesen?

»Robin!« Portia griff nach seinem Arm. »Wir müssen nach Weltende! Sofort!« Was, wenn sie bereits zu spät waren? Warum hatte sie Ben nur gehen lassen!

»Sag es ihr«, befahl Titania.

Portia runzelte die Stirn. *Was* sollte er ihr sagen? »Robin?«

Er sah sie an, und ihre Hand glitt von seinem Arm. Im schummrigen Licht, das durch den Nebel drang, wirkte sein Gesicht so grau wie das der verlorenen Hermia.

»Wir sind in Weltende.«

»Was …« Portia starrte ihn an, dann glitt ihr Blick zu den Nebelfetzen, die über die leere Klippe zogen. Zu der sichelförmigen Abbruchkante an ihrem Rand.

Einmal freigelassen, verschlingt der Nebel jede Spur von Leben, bis alle Länder leer und still sind.

Roses Worte hallten wie eine dumpfe Glocke in Portias Kopf. Endlich verstand sie. Weltende, die große Bibliothek der Salamander, war verschwunden.

Die Kälte kroch ihr bis ins Herz. Wo waren Ben und Gwil?

Verwandlungen

Portia

Portia kniete auf der verlassenen Klippe. Sie hatte ihre Hände so fest in ihrem Schoß verschlungen, dass ihre Knöchel weiß hervortraten. Robin war fort. Er hatte sich wieder in den Fuchs verwandelt und suchte im Nebel nach einer Spur. Irgendeiner Spur, die darauf hindeutete, dass Ben und Gwil noch lebten.

Portias Gedanken drehten sich in Kreisen. Wenn sie hier gewesen wäre, wenn sie Bens Plan von Anfang an unterstützt hätte, hätte sie dann helfen können? Wieder und wieder sah sie vor sich, wie sie ihren Rucksack vor Bens Bett abstellte. Wenn sie ihn doch nur überredet hätte, bei ihr zu bleiben.

»Wir verschwenden unsere Zeit«, sagte Titania plötzlich laut. Portia presste die Lippen aufeinander. Das Glas stand neben ihr auf dem Boden, aber sie weigerte sich hinzusehen. Das hielt Titania nicht davon ab, weiter zu zetern.

»Während wir hier rumsitzen, breitet sich der Nebel in meinem Reich aus«, sagte sie. »Und wenn diese verfluchten Verräter tatsächlich einen zweiten Schlüssel hatten, dann ist er jetzt in den Händen von Arawns Nebelhexe. Sie wird die Türen öffnen, verstehst du das?«

»Ben und Gwil sind am Leben«, sagte Portia. Ihre Selbstvorwürfe trommelten wie Fäuste gegen ihre Brust, aber sie durfte sich nicht anmerken lassen, wie verzweifelt sie war. Sie musste die Kontrolle behalten.

Titania stöhnte. »Wach auf, du dumme Gans! Dein Menschenfreund und der Salamander sind Geschichte!«

»Sind sie nicht!« Portia packte das Glas mit beiden Händen und sprang auf. So viel zum Thema Kontrolle. Titania stieß einen erschrockenen Schrei aus. Portia war drauf und dran, das Glas auf den Boden zu pfeffern, doch da tauchte der Fuchs aus dem Nebel auf. Noch im Trab verwandelte er sich in Robin.

Portia klemmte sich das Glas unter den Arm und lief ihm entgegen.

»Und?« Ihr war ganz schlecht vor Anspannung.

»Sie leben.«

Portia hätte ihn am liebsten umarmt. »Wo sind sie?«

Er warf einen Blick auf Titania. »Auf dem Weg zur Weltentür in der Fahlen Festung.«

Titania stieß einen Fluch aus und schlug mit der flachen Hand gegen die Glaswand.

Portia ignorierte sie. »Und Hermia?«

»Ist ihnen auf den Fersen.«

Das hieß, es gab doch noch eine Chance, Ben und Gwil zu retten. Eine Chance, die mit jeder Minute kleiner wurde. Kontrolle, sagte sie sich und straffte ihre Schultern.

»Dann müssen wir uns beeilen.«

Der Fuchs rannte voraus, durch nasses Gras und wild wuchernde Hecken. Meile um Meile lief Portia ihm hinterher, die Hände fest um die Träger des Rucksacks geklammert. Sie gab alles, um mit ihm Schritt zu halten. Aber egal, wie sehr sie sich antrieb, ihre Beine wollten nicht schneller laufen. Im Gegenteil. Sie wollten überhaupt nicht mehr laufen. Der Atem brannte in ihrer Brust, und sie hatte ein wirklich fieses Seitenstechen.

Denk an Ben. Denk an Gwil.

Portia quetschte sich durch eine Lücke in einer Weißdornhecke und rutschte auf der anderen Seite auf einem Absatz aus Geröll aus. Sie verlor das Gleichgewicht und krachte hart auf den Hosenboden. Das Glas in ihrem Rucksack schepperte, und ein Schwall gedämpfter Flüche entlud sich hinter ihrem Rücken. Portia stemmte sich hoch, aber ihr rechtes Bein knickte unter ihr weg, und sie sackte wieder zu Boden. Schwer atmend blieb sie sitzen und schloss für einen Moment die Augen.

Robin kehrte als Mensch an ihre Seite zurück. »Alles in Ordnung?«

Portia nickte. Sie rieb sich die lehmverkrusteten Hände an ihrer Hose ab und zuckte zusammen.

Robin nahm ihre Hand und drehte sie mit der Handfläche nach oben. Sie hatte sich die Haut am Handballen aufgeschürft.

Er schnalzte mit der Zunge. »Gib mir bitte mal den Rucksack.«

Portia gehorchte, und Robin schlug die Deckelklappe des Rucksacks zurück. Titania kniete in ihrem Glas und atmete so schwer, dass ihr ganzer Körper bebte. Ob das ein Zeichen von Wut oder von Panik war, konnte Portia nicht sagen. Es war ihr auch egal.

Robin zog indes eine Ledertasche hervor, öffnete sie und legte sie vor sich auf den Boden. Ein Dutzend Phiolen steckten in den Laschen, die an der Innenseite der Tasche festgenäht waren. Dazu kamen zwei kleine Tiegel aus Ton und mehrere Päckchen aus Wachspapier.

Während Portia zusah, nahm Robin einen der Tiegel hoch.

»Noch mehr Zaubertränke?«, fragte sie.

Robin deutete auf die Phiolen. »Das hier sind welche, ja. Das andere sind Hilfsmittel, die man auf jedem langen Fußmarsch brauchen kann.« Er öffnete den Tiegel. »Das hier ist Jodsalbe.«

Titania schnaubte abfällig. »Amateur.«

Robin ignorierte sie und strich die rote Salbe auf Portias Schürfwunde. Portia zuckte zusammen. Es brannte, aber die Erschöpfung, die den Rest ihres Körpers zu Boden drückte, war schlimmer.

»Du hast nicht zufällig einen Zaubertrank dabei, der mich superschnell und superstark macht, oder?« Die Frage sollte ein Scherz sein, aber Robin hob tatsächlich eine Augenbraue.

»Hast du?«, fragte Portia hoffnungsvoll.

Robin sah sie nachdenklich an, dann zog er eine der Phiolen aus dem Mäppchen und hielt sie in die Höhe. Eine klare, goldene Flüssigkeit schwappte in dem geschliffenen Glas.

»Das ist ein Verwandlungszauber«, erklärte er. »Ich könnte ihn dir geben.«

Portias Herz machte einen Satz, so als wäre sie gerade in ein Loch getreten. »Verwandeln«, sagte sie. »In … in was würde ich mich verwandeln?«

»In das Tier, das deiner Seele entspricht«, antwortete Robin. Portias Mund war schlagartig trocken.

»Fein«, schnarrte Titania. »Dann verwandelt sie sich in eine Schildkröte, und wie soll uns damit geholfen sein?«

»Wäre das für immer?«, fragte Portia.

Robin schüttelte den Kopf. »Der Trank verliert nach einer Weile seine Wirkung.« Er sah ihr in die Augen. »Du musst das nicht tun. Ich kann alleine weiterlaufen und versuchen, Hermia zu überholen.«

Eine, vielleicht zwei Sekunden lang dachte sie darüber nach. Sie konnte zurückbleiben, ja. Aber würde sie damit leben können, wenn sie jetzt aufgab? Die Antwort war eindeutig.

Portia presste die Lippen aufeinander und nahm die Phiole. »Hoffentlich kann mein Seelentier schneller laufen als ich. Wie viel muss ich davon nehmen?«

»Ein Tropfen genügt fürs Erste«, antwortete Robin.

Titania drückte beide Hände gegen das Glas. »Das ist eine dumme Idee. Sie wird in Panik geraten. Sie wird nicht damit umgehen können.«

Portia zog den Korken aus der Phiole und starrte auf den goldenen Verwandlungstrank. *Ich habe keine Angst*, wiederholte sie. Dann hob sie die Phiole an den Mund und tippte einen Tropfen der Flüssigkeit auf ihre Zunge.

Die Fahle Festung

Ben

Die Fahle Festung war eine Ruine aus schwarzem Stein, die wie ein abgebrochener Zahn in den Himmel emporragte. Sie stand in der Beuge einer Bucht, auf einer Insel, die aus nichts als schroffem Felsen zu bestehen schien. Etwa eine Meile Meer schwappte zwischen dem Strand und der Burg des Grauen Königs.

Ben stand oberhalb der Bucht und schaute hinunter auf die Wellen. »Ich bin kein guter Schwimmer«, gab er zu.

Gwil zog ein Stück Papier aus seiner Tasche und faltete es auseinander. »Laut Tegids Karte gibt es einen Dammweg«, sagte er. »Vielleicht sehen wir ihn nicht, weil gerade Flut herrscht. Lass uns warten, bis das Wasser zurückgeht. Dann können wir wahrscheinlich bequem nach drüben spazieren.«

Ben warf Gwil einen Blick zu. »Heute Abend endet doch dein Freilauf, oder nicht?«

Gwil seufzte und schob die Karte zurück in seine Tasche. »Ach, das ist nicht das erste Mal, dass ich mich nach der Ausgangssperre außerhalb des Hügels befinde. Es wird schon gehen.«

Zweifel gruben kalte Finger in Bens Magen, aber Gwil lächelte ihm zu.

»Was hältst du davon, wenn wir uns ein geschütztes Plätzchen suchen und eine Stärkung gönnen?«

Als der Abend dämmerte, saßen sie an einer windgeschützten Stelle am Strand, nahe der Böschung. Über ihren Köpfen wucherten Brombeergestrüpp und Geißblatt, und vor ihnen erstreckte sich ein Band aus grauen Kieseln. Das Meer schwappte in sanften Wellen über flache Steine.

Tegid hatte ihnen ordentlich Proviant eingepackt, und die Stärkung kam jetzt genau richtig. Ben kaute auf einem getrockneten Apfelring und schaute hinüber zur Fahlen Festung. Vor dem pinkfarbenen Abendhimmel hob sich die schwarze Festung noch deutlicher ab.

»Wenn da oben ein Wächter steht, kann er uns sehen, oder?«, fragte er. Der Besenstiel mit den eingeritzten Runen lag neben Gwil auf dem Boden, und in Bens Rucksack steckte das präparierte Stuhlbein. Er konnte sich immer noch nicht vorstellen, dass ihre *Waffen* irgendeine Wirkung haben sollten.

»In unserer Welt ist die Festung verlassen«, sagte Gwil. »Erst wenn wir die Weltentür öffnen, betreten wir das Niemandsland.«

»Und die Festung hinter der Schwelle ist nicht leer?«, fragte Ben.

»Solange Arawn dort schlief, war sie es nicht, nein. Aber jetzt ist er wach. Er hat die Festung sicher längst verlassen, um nach einer offenen Tür zu suchen.« Gwil steckte sein halb gegessenes Hefebrötchen zurück in den Proviantbeutel. »Bist du satt?«

Ben nickte, und Gwil verstaute ihre restliche Wegzehrung in seinem Rucksack. Er legte sich auf den Rücken, packte sich seine eigene Kappe als Kissen unter den Kopf und schloss die Augen. Nach ein paar Sekunden legte er seine linke Hand um das Bannmal an seinem rechten Handgelenk.

Leise steckte Ben seine Hand in Portias Rucksack. Nachdem er sich vergewissert hatte, dass die Glühkiesel noch griffbereit an ihrem Platz lagen, zog er Portias Reisetagebuch und einen Kugelschreiber aus dem Rucksack. Er lehnte sich mit dem Rücken gegen die Böschung, balancierte das Buch auf den Schenkeln und begann die Fahle Festung zu zeichnen. Das beruhigende Gewicht eines Stifts in der Hand half ihm immer, wenn er Angst hatte.

»Du zeichnest?«

Ben hob überrascht den Kopf. Gwil lag immer noch auf dem Rücken, aber er sah hinüber zu Ben.

Ben zuckte mit der Schulter. »Manchmal.«

Gwil richtete sich auf. »Darf ich mal sehen?«

Ben zögerte, dann gab er ihm das Buch. Gwil schaute sich die Zeichnung der Festung an und nickte anerkennend. »Das ist sehr gut«, sagte er und blätterte durch die Seiten. Ben wusste natürlich, was er finden würde, aber er traute sich nicht, das Notizbuch zurückzufordern. In Weltende hatte er auch ein paar Skizzen gemacht: von einer Möwe im Flug, von Tegid und der Leuchtmotte.

Bens Gesicht glühte. Er wartete darauf, dass Gwil ihn tadeln würde, weil er herumgekritzelt hatte, anstatt Bücher zu wälzen.

Gwil jedoch lächelte und sagte: »Du hast Talent.«

Bei diesen Worten glühten Bens Wangen nicht weniger, aber jetzt sank die Wärme wie ein unverhoffter Sonnenstrahl in seine Brust. Er sprang über seinen Schatten und sagte: »Eins weiter vorne ist ein Bild von dir.«

Gwil blätterte noch eine Seite zurück und lächelte. »Das ist wirklich gut. Vielleicht solltest du doch in unserer Welt bleiben und mein Lehrling werden.«

Ben musste lächeln. »Meine Mum wartet auf mich«, sagte er. Aber für einen Augenblick stellte er sich vor, wie es wäre, mit Gwil in dieser Welt zu bleiben. Der Lehrling eines Schreibers. Was würde er lernen? Wie man Tinte herstellte? Wie man Runen schrieb und zum Leben erweckte?

»Natürlich, dann musst du zurück«, sagte Gwil sofort. »Niemand sollte Eltern das Kind wegnehmen.«

»Es ist nur meine Mum. Mein Dad ist letztes Jahr gestorben.« Ben wusste nicht, warum er das sagte. Normalerweise vermied er es, die Aufmerksamkeit anderer Leute auf seinen Vater zu lenken. Oder die leere Stelle, an der sein Vater einmal gewesen war.

Gwil betrachtete ihn nachdenklich, dann nickte er ernst und gab ihm das Notizbuch zurück. »Das tut mir leid.«

Zu seiner Überraschung stellte er fest, dass Gwils Anteilnahme ihn nicht störte. Tatsächlich überraschte es ihn, wie gut es tat, sich Gwil mitzuteilen. Er erinnerte sich an die Beerdigung seines Dads, an all die Menschen in schwarzen Anzügen und Kleidern, die ihn besorgt gefragt hatten, wie es ihm ging. Als er es nicht mehr ausgehalten hatte, hatte er sich auf die Treppe gesetzt und von oben zugesehen, wie die Trauernden in seinem Zuhause ein und aus gingen. Und die ganze Zeit hatte er die geschlossene Tür seines Zimmers im Rücken gehabt. Er hatte Angst davor gehabt, hineinzugehen, denn er hatte gewusst, dass sein Dad nie wieder auf der Bettkante sitzen und ihm vorlesen würde. Er hatte es gewusst, und gleichzeitig hatte ein Teil von ihm es nicht glauben wollen.

In Wahrheit wollte er es immer noch nicht glauben.

Ben setzte den Kugelschreiber an und sah hinüber zu der Festung im Meer. Eine Festung, die in zwei Welten gleichzeitig stand. Nein, eigentlich sogar in drei Welten. In der Feenwelt, dem Niemandsland und – wenn Tegid recht hatte – der Totenwelt Annwn. Ben zeichnete den abgebrochenen Turm der Festung und füllte den Umriss mit dunkelblauen Schatten. Er dachte an das Buch der Wiederkehr und an Orpheus, der versucht hatte, seine Frau aus der Unterwelt zurückzuholen. Denk nicht darüber nach, sagte er sich. Aber während er zeichnete, sah er wieder die schwarze Tür zur Unterwelt vor sich.

Tegid hatte gesagt, dass er keine Geschichte kannte, in der eine Rettung aus der Unterwelt tatsächlich gelang. Aber bedeutete das, dass eine Rückkehr aus Annwn tatsächlich unmöglich war?

Die Flut zog sich in den frühen Morgenstunden zurück und legte den Dammweg frei. Der gemauerte Steg führte vom Strand hinüber zur Insel und endete am Fuße einer steilen Treppe. Von dort war es nur ein kurzer Aufstieg bis zur Ringmauer der Fahlen Festung.

Regenwolken ballten sich über ihren Köpfen, als Ben und Gwil den Innenhof der Ruine durchquerten. Die Ringmauer in ihrem Rücken war halb eingefallen, und überall lag Geröll von eingestürzten Wachtürmen. Nur der Burgfried in der Mitte der Festung ragte unversehrt in die Höhe.

Ben sah an der dunklen Wand des Burgfrieds hinauf und wieder herunter. Eine Tür verschloss den Eingang zum Turm, und Ben spürte sofort, dass es ein Weltentor war. Vielleicht waren seine Sinne geschärft, weil er schon zwei Weltengrenzen überschritten hatte. Jedenfalls fühlte es sich an, als ob die Tür eine magnetische Anziehungskraft auf ihn ausübte.

Gwil starrte auf die Tür, dann nahm er seinen Rucksack ab, um die Utensilien für den Schlüsselzauber auszupacken.

»Bereit?«, fragte er. Ben nickte.

Sie knieten sich auf den Boden, und Gwil stellte eine Holzschale zwischen sie. Die Schale war mit Runenformeln präpariert, genauso wie das kleine Messer, das Gwil Ben gab.

Ben, der sich Merrons Anleitung eingeprägt hatte, nahm das Messer, kratzte ein wenig Erde aus den Ritzen zwischen den Pflastersteinen unter seinen Knien und füllte sie in die Schale. Als Nächstes nahm Gwil das Messer, schabte ein paar Holzspäne von der Tür ab und gab sie ebenfalls in die Schale. Danach reinigte er die Klinge mit Tegids Honigschnaps und stach sich erst selbst und dann Ben in den Daumen. Beide ließen einen Tropfen Blut in die Schale fallen.

Gwil flüsterte die Runenformel, als ob er hoffte, dass so niemand in dieser Welt oder einer anderen bemerken würde, was sie hier taten. Die Runen in der Schale glommen auf, und ein Strudel bildete sich in dem Gemenge aus Sand, Erde, Holzspänen und Blut. Die kreiselnde Masse flüsterte wie die Meeresgischt unten am Strand, drehte sich schneller und schneller.

Ein leichtes Beben erschütterte die Tür, und das alte Holz knarzte und knirschte. Eine Windbö fegte um die Festung. Gwil schauderte, hörte aber nicht auf, die Runen zu sprechen. Ben kam es so vor, als hörte er das Rauschen der Elemente in der Runenschale. Ein Windstoß fuhr um die Mauern, danach kehrte Stille ein.

Ben beugte sich vor.

»Es hat funktioniert«, sagte Gwil staunend. Er hatte recht. Auf dem Boden der Schale lag ein Schlüssel, glitzernd und feucht, als hätte das Meer selbst ihn hierhergespült. Mit klopfendem Herzen hob Ben den Schlüssel auf, stand auf und steckte ihn zitternd in das Schloss der Weltentür. Er hielt den Atem an, drehte den Schlüssel herum und hörte das Klicken, als das Schloss sich öffnete.

Die Weltentür schwang auf, und ein Schwall modriger Luft schlug Ben entgegen. Er wollte schon über die Schwelle treten, da fasste ihn Gwil kurz an der Schulter.

»Ich gehe zuerst.« Gwil stand die Angst ins Gesicht geschrieben, aber er packte seinen Besenstiel fester und ging an Ben vorbei durch die Tür. Ben schloss eine Faust um den Schlüssel und die andere um das Stuhlbein, dann folgte er Gwil über den Weltensaum.

Hier im Niemandsland war die Festung genauso verfallen wie in der Feenwelt. Die Eingangshalle, die hinter der Tür lag, war leer. Nicht einmal Fackelhalter befanden sich an den Wänden. Dafür waren die steinernen Bodenplatten übersät mit Schlaglöchern und Rissen, in denen sich das Regenwasser sammelte.

Drei Wege führten aus der Halle hinaus: Ein Durchgang befand sich in der linken Ecke des Raums, und ein Torbogen gegenüber der Weltentür offenbarte eine Treppe, die nach oben in den Turm führte. Der dritte Ausgang war ein rechteckiges Loch, das im Boden klaffte. Der Ansatz einer Treppe war dort gerade noch zu erkennen, bevor die Stufen in der Dunkelheit verschwanden.

Gwil hielt seinen Stab erhoben und sah sich um, als ob er damit rechnete, dass jeden Moment eine Horde Grauer Reiter in den Raum stürmen würde. Ben rückte näher an seine Seite. Er hielt den Atem an, aber als die Sekunden verstrichen und nichts passierte, atmete er erleichtert aus.

Gwil senkte den Besenstiel. »Wir schließen besser die Tür.«

Ben nickte, drehte sich um und prallte entsetzt zurück.

In der offenen Tür stand eine Frau aus Nacht und Schatten. Ein schwarzer Schleier bedeckte sie von Kopf bis Fuß, und auf ihrem Haupt thronte eine Krone aus spindeldürren Ästen. Langsam, wie in Zeitlupe, neigte sie den Kopf zur Seite. Sie sog die Luft durch die Nase ein, als würde sie etwas wittern.

Ben stieß einen erstickten Schrei aus und stolperte rückwärts gegen Gwil. Der Schlüssel glitt ihm aus den Fingern, und die Frau *zischte*. Es war das hässlichste Geräusch, das Ben je gehört hatte.

Gwil packte ihn an der Schulter, zerrte ihn zurück und

stellte sich vor ihn. Er riss den Besenstiel hoch und hielt ihn mit beiden Händen quer vor seiner Brust. Ben hob seine eigene Waffe mit einer zitternden Hand hoch. Er wollte die Aktivierungsformel sprechen, aber die Worte blieben ihm im Hals stecken. Gwil schaffte es, aber die Runen auf seinem Stab glommen nur matt auf.

Die Frau in Schwarz starrte zu ihnen herüber. Nebel quoll am Saum ihres Kleides entlang, bäumte sich auf, und fiel wieder in sich zusammen. Sie streckte beide Hände aus, und der Nebel kräuselte sich hinauf zu ihren Fingern. Die Rauchwolken verdichteten sich und verwandelten sich in drei bleiche Hunde mit spitzen Ohren und langen Schnauzen. Kaum hatten sie Gestalt angenommen, traten sie nach vorn und fletschten stumm die Zähne.

Gwil bebte am ganzen Körper, aber er blieb stehen. Ben wischte sich mit der Hand über den Mund und flüsterte die Runenformel. *Bitte*, flehte er. Aber das Stuhlbein in seiner Hand blieb … ein Stuhlbein.

Die Hunde kamen näher.

Sie wollen uns einkreisen, dachte Ben entsetzt. Gwil wich einen Schritt zurück und drehte seinen Besenstiel, so dass er ihn wie einen Speer halten konnte. Die schwach leuchtenden Runen flackerten, aber zumindest schienen sie die Hunde davon abzuhalten, sie direkt anzugreifen.

Bens Blick fiel auf den Schlüssel, der jetzt einen guten Fußbreit von ihm entfernt lag. »Gwil – «

»Zur Treppe«, befahl Gwil.

Ben sah hinüber zu dem Treppenabgang im Boden. Dieser Ausweg war ihnen am nächsten und schien doch Meilen weit weg zu sein. »Gwil«, versuchte er noch einmal. »Der Schlüssel!«

»Treppe«, zischte Gwil.

Die Frau in Schwarz flüsterte etwas, und die Hunde duckten die Köpfe und legten ihre Ohren an. Ihre Augen leuchteten bedrohlich.

»Jetzt!«, rief Gwil, und wie auf Kommando sprangen die Hunde vorwärts. Gwil wich zurück, schwang aber gleichzeitig seinen Besenstiel. Die Runen leuchteten gleißend weiß auf, und zwei der Hunde sprangen zur Seite. Der dritte jedoch hielt den Kurs und hatte den Stab im nächsten Moment zwischen den Kiefern.

»Lauf!«, schrie Gwil. Er ließ den Stab fallen, wirbelte herum und schlug der Länge nach hin.

»Gwil!« Bens Blut verwandelte sich in Eiswasser. Eine Nebelschlinge hatte sich um Gwils Knöchel geschlungen und ihn zu Fall gebracht. Drei weitere Nebeltentakel erhoben sich aus dem Dunst, um nach ihm zu greifen. Ohne nachzudenken, packte Ben das Stuhlbein, sprang an Gwil vorbei, warf sich auf die Knie und stieß das Runenholz in den Nebelarm, der Gwil festhielt. Er rief den Runenzauber, und diesmal blitzten die Zeichen auf, und der Nebel zerstob.

Ben hielt das Stuhlbein so fest umklammert, dass er das Holz knacken spürte. Ein zweites Mal sprach er die Runen, diesmal jedoch in der Abfolge, die *Schutz* bedeutete. Ein weißer Blitz schoss vom Stuhlbein in den Boden, und für einen kurzen Augenblick leuchtete ein Ring aus blasser Glut rund um Ben und Gwil auf. Nebel schwappte vor dieser Barriere zurück wie vor einer unsichtbaren Wand.

»Ben!« Gwil richtete sich auf und legte den Arm um seine Schultern. Zusammen starrten sie hinüber zur Weltentür, und was sie sahen, ließ sie beide verstummen. Die Frau in Schwarz bückte sich und hob den Schlüssel auf. Die Hunde waren zu ihr zurückgekehrt: Zwei von ihnen hatten ihre Aufmerksamkeit auf sie gerichtet, der dritte schaute mit seinen Laternenaugen herüber zu Ben und Gwil.

Bens Mund war staubtrocken, und sein Puls hämmerte in seinen Ohren. »Warum greifen sie nicht an?«

»Wir sind nicht wichtig«, sagte Gwil dumpf.

Immer mehr Nebel quoll über die Schwelle in den Turm. Der Boden verschwand unter dem wabernden weißen Teppich, und immer wieder erhoben sich Formen daraus, halbfertige Tiere und flüchtige Bestien wie Dämonen aus einem dampfenden Hexenkessel.

Die Frau in Schwarz stand inmitten dieses Mahlstroms und zeichnete Runen auf die Rückseite der Weltentür. Dort, wo ihre Fingerspitze die Tür berührte, schwelte das Holz. Dann griff sie nach dem Jagdhorn, das an ihrer Hüfte hing. Gwils Finger gruben sich in Bens Schulter.

»Sie ruft den Grauen König!«

Ben starrte immer noch entsetzt zu der Frau in Schwarz, während Gwil sich ächzend auf die Füße kämpfte. Er griff nach Bens Arm und zog an ihm.

»Ben«, drängte er. »Ben, zur Treppe!«

Ben stemmte sich hoch. Sobald das Stuhlbein den Boden nicht mehr berührte, strömte der Nebel in den Schutzkreis. Panik sprudelte in ihm hoch, doch er ließ sich von Gwil zu der Öffnung im Boden ziehen. Er wandte sich gerade noch rechtzeitig um, um nicht die Stufen in den Kellergang hinunterzustürzen. Gwil stieg humpelnd voran, und Ben folgte ihm, hinein in die Dunkelheit. Sie schafften es bis zum ersten Treppenabsatz, dann ertönte über ihren Köpfen der Ruf des Horns, ein langer, hochgezogener Klagelaut.

»Gute Geister«, begann Gwil, aber weiter kam er nicht, bevor ein donnerndes Krachen die Festung erschütterte.

Die Hunde von Annwn

Portia

Robin behielt recht: Die Verwandlung tat nicht weh. Im Gegenteil. Der süße, harzige Geschmack des Verwandlungstranks lag schwer auf Portias Zunge, aber ihr Körper fühlte sich leicht an. Die Welt verschwamm zu sanften Farben, die auf sie zuströmten und sie einhüllten wie Wirbel aus kühlem, samtigem Wasser. Sie spürte, wie sich ihr Körper und ihre Kleidung veränderten, aber die Veränderung fühlte sich richtig an: wie ein Zurechtrücken oder ein Heimkommen.

Portia öffnete die Augen und atmete zum ersten Mal die Luft durch die Nase ihres Seelentiers. Sie sah zum ersten Mal die Welt mit neuen Augen, und sie sah sie in einer Schärfe, die sie bisher nicht gekannt hatte. Sie spürte die Erde unter vier Pfoten und schmeckte den herannahenden Abend auf ihrer Zunge.

Robin entfernte derweil alles, was sie nicht unbedingt brauchten, aus seinem Rucksack und befestigte ihn wie eine Satteltasche auf Portias Rücken. Er ging vor ihr in die Hocke, legte beide Hände an die Seite ihres Kopfes und fuhr mit den Daumen durch ihr Fell.

Er grinste. »Für eine Schildkröte hast du einen ziemlich dicken Pelz.« Portia stupste ihn mit ihrer Schnauze an: und sein Lächeln wurde breiter. Er stand auf, rieb sich die Hände und sagte: »Wollen wir?«

Portia setzte eine Pfote nach vorn und grub die Krallen in den weichen Boden. Sie hatte jeden Teil ihres neuen Körpers unter Kontrolle, es war unglaublich einfach. Sie spürte, wie sich ihre Beinmuskeln anspannten, wie sich ihr ganzes Wesen auf den Lauf freute. Sie schüttelte sich, und aus dem Rucksack auf ihrem Rücken klang ein empörter Schrei. Portia fletschte die Zähne zu einem Grinsen.

Robin stand auf, vollführte eine Verbeugung und verwandelte sich. Der Fuchs zwinkerte ihr zu, fuhr herum und preschte los, quer über die Wiesen. Der Wolf, der einmal Portia gewesen war, jagte ihm hinterher.

Sie liefen die Nacht hindurch, aber dem Wolf machte die Dunkelheit nichts aus. Im Gegenteil, die Nacht war sein Element. Als am Horizont ein zitronengelber Streifen Sonnenlicht aufflammte, änderte sich der Geschmack der Luft. Portia schmeckte Meeresdunst, Salz und die bittere Note von Algen. Sie leckte sich über die Lefzen und rannte weiter.

Sie folgte Robin im Sprint, querfeldein. Sie sprang über Felsen, die sie als Mensch hätte umrunden müssen. Sie rannte durch Wiesen voller Brennnesseln, ohne etwas zu spüren, und brach durch Hecken, ohne dass die Äste und Dornen sie kratzten. Ihr Wolfskörper fühlte sich großartig an: Er bewegte sich in federnden Schritten, er war ganz Muskel und Sehne, und alles arbeitete im Einklang. Der Wolf wurde nicht müde, er fegte durch die Landschaft wie ein eisgrauer Wind.

Auch die Sinne des Wolfs waren schärfer: Portia erlebte

die Welt voller und bunter. Sie hörte das Knistern des Grases unter ihren Pfoten, das Rascheln von Mäusen im Unterholz und das Hecheln des Fuchses, der ihr voranlief. Sie hätte Robin überholen können, und diese Gewissheit füllte sie mit Stolz und Begeisterung.

Der einzige Störfaktor war das Bündel, das eng an ihren Rücken geschnallt war. Ohne diesen Extraballast wäre dieser Lauf perfekt gewesen. Portia vergaß stellenweise sogar, warum sie so schnell rannten und welche Gefahren am Ende dieser wilden Jagd auf sie warteten.

Doch irgendwann waren sie am Ziel. Robin führte sie durch ein Dickicht aus Geißblatt und machte schließlich am Rand einer Böschung halt. Unter ihnen lag eine Bucht, und draußen im Meer saß eine schroffe Insel wie ein hässlicher Korken. Im ersten Moment sah Portia nichts außer schwarzem Fels, aber dann erkannte sie die Mauern einer verfallenen Festung.

Als Portia sich nach dem Fuchs umsah, war dieser verschwunden. Stattdessen stand Robin in Menschengestalt am Rand der Klippe. Portia sah hinaus aufs Meer. Der Wind wehte ihr um die Schnauze und strich durch ihr Fell. Sie roch den Fuchs an Robin: Das wilde Tier ging wohl nie ganz weg, auch nicht in seiner Menschengestalt.

Robin sah zu ihr herunter und schnallte ihr den Rucksack ab. »Und?«, fragte er. »Willst du dich nicht zurückverwandeln?«

Portia wusste nicht, ob die Wirkung des Tranks nachließ oder ob Robins Frage die Verwandlung auslöste. Der Wolf fiel von ihr ab wie ein Mantel: Im einen Moment stand sie noch auf vier Pfoten, dann hatte sie plötzlich nur noch zwei Beine und stand als Mädchen auf der Böschung. Im Gegensatz zu ihrer Verwandlung in den Wolf war die Rückverwandlung tatsächlich unangenehm: Ihr Magen verkrampfte sich, und bei ihrem ersten Atemzug als Mensch knickten beinahe ihre Beine unter ihr weg. Sie vermisste den Wolf sofort. Portia sog die Luft durch Mund und Nase ein, aber die Feinheiten, die der Wolf in der Welt wahrgenommen hatte, waren ihr nun wieder verschlossen.

Robin sah noch immer zu ihr hinunter. »Das erste Mal ist es schwer«, sagte er. »Aber man gewöhnt sich dran.«

Bevor Portia antworten konnte, unterbrach sie Titanias Wuttirade, die selbst durch den Rucksack noch zu hören war.

»Raus hier … Madenbrut!«

Portia seufzte und nahm das Glas mit Titania aus dem Rucksack. Die Feenkönigin sah aus, als hätte sie in eine Steckdose gegriffen. Ihr Haar stand in alle Richtungen ab, ihre Flügel zitterten, und ihr Gesicht war hochrot angelaufen.

Keuchend starrte sie zu Robin und Portia herauf. »Das verzeihe ich euch nie!«

»Freut Euch, Majestät«, sagte Robin gelassen. »Wir sind da.«

»Wenn ich hier rauskomme, dann …«

»… zieht Ihr mir das Fell ab, ich weiß, ich weiß.« Er hob den Rucksack auf und schlang einen Riemen über seine rechte Schulter. »Portia, würdest du bitte das Ego im Marmeladenglas tragen?«

»Klar.« Portia hob das Glas auf. Die Erinnerung daran, wie es war, ein Wolf zu sein, verblasste bereits. Nur das Bedauern blieb. *Ich war frei*, dachte sie. *Ich war der Wind.* Sie wünschte, sie hätte dieses Erlebnis irgendwie aufbewahren können. Wie einen besonders schönen Kieselstein in ihrer Jackentasche.

Konzentrier dich, sagte sie sich. *Um dich geht es jetzt nicht.*

Robin fand eine Stelle, an der sie nach unten in die Bucht steigen konnten, und sie machten sich an den Abstieg. Titania, die ihr Repertoire an Flüchen ausgeschöpft hatte, trat die ganze Zeit über gegen das Glas und warf sich gegen die Wände. Beinahe glitt das Glas aus Portias Händen. Sie hielt es gerade noch fest und klemmte es unter ihren Arm.

»Schluss damit, oder …«, begann Portia, aber weiter kam sie nicht, bevor der schrille Ruf eines Horns sie unterbrach. Sämtliche Härchen an ihrem Nacken stellten sich auf. Dieses Horn hatte sie schon einmal gehört: zwischen den Türen, als die Jagd auf sie und Ben in vollem Gange war.

Portia und Robin standen stocksteif da. Nur Titania fand ihre Stimme wieder.

»Zu spät«, sagte sie, und ihre Stimme brach auf dem letzten Wort. »Die Tür ist offen.«

Portia sprang von der Böschung hinunter auf den Kiesstrand. Sie wollte direkt zu dem gemauerten Weg laufen, der auf die Insel führte, aber Robin hielt sie am Arm fest.

»Warte.« Er zeigte hinaus in die Bucht. Der Weg zur Fahlen Festung war zwar leer, aber grauer Dunst quoll aus den

Mauern der Ruine und legte sich wie ein unheilvoller Kranz um die Insel. Furcht schlich sich in Portias Herz.

Titania fluchte und taxierte Portia und Robin mit einem giftigen Blick. »So«, sagte sie. »Und was ist jetzt der großartige Plan?«

Portia sah zu Robin, aber der zuckte nur mit der Schulter.

»Der Dammweg«, sagte er. »Es hilft nichts.«

Titania schnaubte. »Ja, gute Idee. Lauft mitten in den magischen Nebel hinein. Dann habt ihr es wenigstens schnell hinter euch!«

»Niemand hat gesagt, dass es leicht wird.« Robins Stimme klang gelassen, aber die Anspannung stand ihm ins Gesicht geschrieben. Portias Magen verkrampfte sich.

»Das ist Wahnsinn«, zeterte Titania. »Was denkt ihr denn, wie das hier ausgeht? Mit viel Glück könnt ihr einen von Arawns Jägern unschädlich machen. Vielleicht zwei. Und dann? Es gibt Hunderte Reiter in Arawns Jagd. Tausende, wenn er es wünscht. Und da sind seine Hunde noch nicht mitgezählt. Ihr seid für sie so bedrohlich wie ein Floh für ein Wolfsrudel!«

Robin fuhr zu ihr herum. »Das stimmt, *Majestät*«, zischte er. »Aber wir hätten eine sehr gute Chance, wenn Ihr Euch nicht so zickig anstellen würdet.«

Titania riss ihre Augen auf. »Wie bitte?!?«

»Kämpft mit uns«, sagte er. »Ihr wollt genauso wenig wie wir, dass der Graue alles überrennt. Also hört auf, Euch so aufzublasen. Kämpft mit uns!«

Aber wenn er dachte, damit an Titanias Ehrgefühl zu rütteln, dann irrte er sich. »Du erbärmlicher kleiner Wicht«, fauchte sie. »Ich habe meine Welt gegen Horden verteidigt, die dir nicht einmal in deinen Albträumen begegnen. Meinetwegen existiert meine Heimat noch! Ich werde kämpfen. Ich muss kämpfen, jetzt wo Arawn frei ist. Ich werde meine Welt verteidigen, mit allem, was mir zur Verfügung steht.« Ein unheimlicher Schimmer tanzte über ihre Haut. »Ich werde kämpfen«, wiederholte sie. »Aber ich werde meine Kraft nicht auf einen Kampf verschwenden, der bereits verloren ist.«

Ihre leidenschaftliche Rede machte Portia sprachlos. Hatte sie recht? Verschwendeten sie ihre Zeit? Was würde mit Meralyn Emsig und all den anderen Bewohnern des Feenhügels passieren, wenn das Graue Heer es bis zum Feenhügel schaffte?

»Hör mir zu, Goodfellow«, drängte Titania. »Ich muss zurück nach Bryngolau. Ich muss mein Volk warnen, koste es, was es wolle. Wir müssen bereit sein, wenn Arawn seinen ersten Angriff startet. Wenn es nicht schon zu spät ist!«

»Und wenn wir ihm noch hier zuvorkommen?«, fragte Portia.

Titania stöhnte auf. »Geister, gebt mir Kraft! Wie? Willst du ihn besiegen? Ihr redet blanken Unsinn, und mein Volk *stirbt*!« Sie stieß noch einen Fluch aus und lehnte sich mit der Stirn gegen die Glaswand.

Portia und Robin sahen sich an. Portia nickte, und Robin nahm ihr das Glas aus den Händen. »Eure Majestät«, sagte er. Titania rührte sich nicht, aber er fuhr trotzdem fort. »Ich schlage Euch einen neuen Handel vor. Ihr brecht den Bann, den Ihr auf Portia gelegt habt.« Jetzt schaute Titania doch hoch. Robin fuhr unbeirrt fort: »Ihr hebt Portias Bann auf, und im Gegenzug lasse ich Euch frei, damit Ihr nach Bryngolau zurückkehren könnt.«

Titania musterte ihn misstrauisch. »Du lässt mich frei?«

Er nickte. »Brecht den Bann, lasst uns unseren eigenen Weg gehen, und ...«

»Warte«, unterbrach Portia. Robin runzelte die Stirn, aber sie trat einen Schritt näher an das Glas heran. »Die Abmachung beinhaltet alles, was Robin gesagt hat«, sagte sie. »Aber zusätzlich müsst Ihr versprechen, dass Ihr weder Robin oder mich oder Gwil und Ben bestrafen werdet.«

»Ha«, machte Titania. »Als ob irgendwer von euch von diesem verfluchten Ort zurückkehren wird.«

Portia sprach weiter, als hätte sie Titania nicht gehört. »Und Ihr müsst die Salamander aus der Leibeigenschaft befreien.«

Darauf schwieg Titania. Robin starrte Portia ungläubig an, aber sie straffte nur die Schultern und presste die Lippen aufeinander.

Schließlich sagte Titania mit kühler, fester Stimme: »Nein.«

»Ihr sagt, Ihr wollt Euer Volk um jeden Preis beschützen.« Portia ballte die Fäuste. »Das ist der Preis.« Sie hatte so viel falsch gemacht, seit sie die Feenwelt betreten hatte. Dieses eine Mal wollte sie etwas richtig machen.

Robin schüttelte beinahe unmerklich den Kopf, aber Portia blieb stur. Natürlich konnte er den Handel ohne sie abschließen, immerhin hatte er Titania eingefangen. Aber er wartete ab.

»Also gut«, sagte sie. Portia hätte am liebsten laut losgejubelt. Dann sah sie das Lächeln auf Titanias Lippen. »Unter einer Bedingung«, fuhr die Feenkönigin fort. »Wenn ihr diesen ganzen Schlamassel durch irgendein Wunder überlebt, gehst du mit dem Jungen zurück in die Menschenwelt, aber ihr gebt mir euren Schlüssel.«

»Einverstanden«, sagte Portia. Aber Titania war noch nicht fertig.

»Weder ihr noch sonst ein Mensch wird je wieder in meinem Reich willkommen sein«, sagte sie. »Sollte doch ein Mensch meine Grenzen übertreten, werde ich ihn in einen gespaltenen Baum sperren und ihn dort zwei Leben lang gefangen halten.«

Portia spürte, wie ihr die Gänsehaut den Rücken hinaufkroch. Sie war sich schon jetzt nicht mehr sicher, ob ihre Forderungen eine gute Idee waren. Aber zurücknehmen konnte sie sie nicht. Nicht wenn Titania tatsächlich bereit war, die Salamander zu befreien. Sie dachte an die schwarzen Fesseln um Meralyns und Gwils Handgelenke. Sie dachte daran, wie sehr sie selbst gelitten hatte, an das Gefühl des Erstickens und die ohnmächtige Wut darüber, unter dem Hügel eingesperrt zu sein. Und da hatte sie die Fessel gerade mal zwei Tage getragen.

Portia nickte. »Einverstanden«, wiederholte sie, und erwartete halb, dass irgendwo ein Donnerschlag niedergehen würde.

Titania hob triumphierend den Kopf. Dann wandte sie sich an Robin: »Und dasselbe gilt für dich.« Portia fuhr herum, gerade rechtzeitig, um den Schrecken auf seinem Gesicht zu sehen.

»Wenn ihr überlebt«, sagte Titania, »bist du fortan aus unserer Welt verbannt. Du wirst mit den Menschen gehen, und diesmal wirst du nicht zurückkehren.«

»Die Abmachung war, dass Ihr Robin nicht bestraft«, fuhr Portia dazwischen, aber Titania schnitt ihr das Wort ab.

»Ihn frei laufen zu lassen ist das Mildeste, was ich ihm anbieten kann«, sagte sie. »Schlagt ein, oder lasst es bleiben.«

Portia sah hilfesuchend zu Robin, aber der starrte nur mit versteinerter Miene auf das Glas in seinen Händen. Niemals würde er sich darauf einlassen! Portia hätte sich ohrfeigen können. Warum hatte sie ihn nur in diese Lage gebracht?

»Einverstanden«, sagte Robin.

»Was?« Titania schaute genauso verblüfft drein, wie Portia sich fühlte. Ein Protest lag ihr auf der Zunge, aber Robins Blick ließ sie verstummen. Er hielt das Glas hoch, so dass er und Titania sich in die Augen schauen konnten. »Nun?«, forderte er sie heraus.

Titania ballte die Fäuste, dann nickte sie huldvoll. »Der Handel gilt.«

Robin zögerte nicht. Er stellte das Glas auf dem Boden ab und murmelte ein paar Worte. Die unsichtbaren Runen auf Titanias Gefängnis leuchteten auf, erloschen, und das Glas zerbarst mit einem lauten Knall. Es blitzte gleißend hell, dann stand Titania in voller Größe zwischen glitzernden Scherben: ein grollendes, Funken schlagendes Gewitter in Gestalt einer zierlichen Fee.

Portia wich zurück, das Herz schlug ihr bis zum Hals. Titania *knisterte*, als ob sie drauf und dran war, den ganzen Strand mit einem elektrischen Feuer zu überziehen. Ihre silbern gleißenden Augen hatten weder Iris noch Pupille. »Ich sollte euch auf der Stelle die Haut über die Ohren ziehen«, knurrte sie.

»Der Handel«, sagte Robin in ungerührtem Tonfall. Portia bewunderte ihn dafür. Sie hätte am liebsten die Beine in die Hand genommen. Niemals würde Titania sich an die Vereinbarung halten! Sie würde sie auseinandernehmen, sie in Wattwürmer verwandeln oder einfach mit einem Blitz erschlagen.

»So sei es«, sagte Titania. Sie machte eine wegwerfende Bewegung mit der rechten Hand, und die tätowierte Fessel um Portias Handgelenk glühte auf wie flüssiges Silber. Schmerz grub sich bis in Portias Knochen, aber das Silber sammelte sich auf der Oberfläche ihrer Haut, verhärtete sich, zersprang und trudelte in federleichten Ascheflocken davon. Nur eine blasse Linie blieb zurück.

Portia keuchte vor Überraschung und Erleichterung. Letztere verpuffte jedoch sofort wieder, als Titania einen pfeilschnellen Schritt auf sie zu machte und sie an den Haaren packte. »Ich hoffe, der Nebel erwischt dich«, zischte sie. »Ich hoffe, er verschlingt euch beide mit Haut und Haaren!«

Sie hatte die Worte kaum ausgespuckt, da nahm sie ihre Libellengestalt an und schoss wie ein Pfeil davon, fort von der Küste und dem Nebel, der sich wie eine Plage in der Bucht ausbreitete.

Die Nebelwand war bereits bis zur Hälfte des Dammwegs vorgerückt. Je weiter sie sich näherten, umso schneller und flacher atmete Portia. Sie zwang sich, nicht zurückzuschauen. Ein Blick auf die sichere Küste und sie wäre davongelaufen. Als die ersten Nebelfäden sich über ihre Füße kräuselten, schien sich alles in ihr zusammenzuziehen. Robin ging voraus. Er wurde nicht langsamer, aber sein Rücken versteifte sich, als der Nebel sich um ihn schloss. Portia hielt die Luft an und tauchte hinter ihm in die graue Barriere ein.

Es war, als hätte der Nebel die Welt jenseits des Dammwegs bereits aufgelöst. Ihre eigenen Schritte hallten laut auf dem Stein, aber jedes andere Geräusch um sie herum verstummte vollständig. Portia versuchte, sich nur auf ihre Füße zu konzentrieren, als Robin plötzlich stehen blieb. Beinahe wäre sie in seinen Rücken gestolpert.

»Wir sind nicht alleine.«

Mit hämmerndem Puls trat Portia dicht an seine Seite. Jetzt hörte sie es auch: Ein Scharren von Krallen auf Stein und Sand. Ein Knurren. Geduckte Schemen bewegten sich im Nebel.

»Lauf.«

Portia starrte so gebannt auf die Bewegung im Nebel, dass Robins Aufforderung erst nach ein paar Herzschlägen zu ihr durchdrang.

»Was?« Mit weit aufgerissenen Augen drehte sie sich nach ihm um.

Robin ließ den Rucksack von seiner Schulter auf den Dammweg gleiten. »Lauf zur Festung, so schnell du kannst.«

»Nein, ich …«, begann Portia und verstummte, als direkt hinter ihrem Rücken ein kehliges Grollen erklang. Sie fuhr herum und sah, wie der schädelweiße Kopf eines Jagdhundes aus dem Nebel auftauchte. Drei weitere Schemen schlichen hinter ihm über den Dammweg.

Portia wich zurück und stieß mit der Ferse gegen Robins Rucksack. Sie zuckte zusammen, und roter Rauch driftete in ihr Blickfeld. Als sie sich nach Robin umsah, begann der sich bereits zu verwandeln. Seine Augen leuchteten golden, und ein blutroter Schimmer kräuselte sich über seine Haut und seine Kleider. Sein Mund verzog sich zur raubtierhaften Fratze und entblößte scharfe Zähne.

»Lauf«, raunte er. »Jetzt!«

Ein Heulen erklang in den Tiefen des Nebels, Pfoten platschten durch nassen Sand, und ein wildes Knurren brach los, als die Meute auf sie zustürzte.

Portia packte den Rucksack und rannte los.

Nebelgänger

Ben

Tief in den Eingeweiden der Fahlen Festung blieb Gwil stehen. Er rang nach Atem, genauso wie Ben, und beide lehnten sich erschöpft an die Felswand neben der Treppe. Ein paar Mondmotten flatterten um sie herum, aber über und unter ihnen klaffte pechschwarze Dunkelheit. Die Kammern unter der Burg mussten direkt in das Felsfundament der Insel gefräst worden sein.

Ben starrte mit klopfendem Herzen die Stufen hinauf und rechnete jeden Moment damit, einen Hund aus den Schatten treten zu sehen. Aber nichts regte sich.

»Ich glaube, wir sind ihr entkommen«, krächzte Ben. »Was meinst du?«

Als Gwil nicht antwortete, sah Ben ihn das erste Mal richtig an. »Gwil?«

Gwil hatte sich vornübergebeugt und stützte die Hände auf die Schenkel. Sein ganzer Körper bebte.

Der Bann, dachte Ben erschrocken. In dem ganzen Chaos hatte er völlig vergessen, dass Gwils Freilauf vorüber war. Gwil sank auf die Stufen, und Ben kauerte sich neben ihn.

»Es ist schlimm, oder?«, fragte er besorgt.

Gwil legte kurz die Hand auf Bens Knie und ließ sie dann gleich wieder sinken. Rund um sein Bannmal war seine Haut rot und entzündet. »Ben, es tut mir leid …«

Aber Ben holte schon den Beutel mit dem Glühkiesel aus seinem Rucksack. Als Gwil sich wegdrehte, nahm Ben seine linke Hand. Er sah Gwil direkt in die Augen. »Bitte.«

Gwil erwiderte seinen Blick und nickte.

Was tat man, wenn alle Pläne gescheitert waren? Ben hatte keine Ahnung, aber er wusste, dass er so weit wie möglich weg von der Frau in Schwarz wollte. Also stieg er weiter hinab in die Untiefen der Fahlen Festung. Vielleicht führte irgendwo in den Kellergewölben eine zweite Treppe nach oben, hinaus auf den Burghof und hinaus … ja, wohin? Wenn er nicht zurück zur Weltentür ging, würde er im Niemandsland gefangen bleiben. Er und Gwil, der nun in Salamandergestalt auf seiner Schulter ritt.

Ein Dutzend Stufen später verlor Ben auch die letzte Hoffnung auf eine Fluchtmöglichkeit. Die Treppe endete in einem Gewölbe ohne Fenster und ohne Ausgang. Mondmotten sprenkelten die Felswände, aber ihr Licht war trübe und hatte einen Grünstich. Die feuchte Kälte des Raums legte sich über Bens Haut. Er fuhr sich mit der Hand übers Gesicht und blinzelte. Dann sah er die Tür.

Er wusste sofort, was er da vor sich hatte: Das schwarze aufgesprungene Holz und der Türring aus grün verfärbtem Metall sahen genauso aus wie die Tür im Buch der Wiederkehr. Ben hörte seinen eigenen Atem in der Stille, alles andere verlor augenblicklich seine Bedeutung. Er hatte die Tür nach Annwn gefunden.

Ein paar Mondmotten taumelten träge durch die Luft

und landeten auf dem Türring. Die Totentür stand in der Mitte des Raumes in einem gemeißelten Torbogen aus Stein. Zehn Schritte, und Ben stand direkt vor dem Übergang in die Welt der Verstorbenen.

Er starrte auf die Mondmotten, die auf dem Türring glitzerten, und für einen Moment vergaß er die brenzlige Lage, in der er steckte. Er hatte sie gefunden. Die Frage, was auf der anderen Seite der Tür lag, füllte seinen ganzen Kopf aus. Wie groß war Annwn? Wenn man dort jemanden suchte, würde man wahrscheinlich tage- oder wochenlang umherwandern. Oder nicht?

Gwil tappte unruhig auf seiner Schulter herum, aber Ben bemerkte es kaum. Er berührte das Türschloss mit den Fingerspitzen. Nur um zu wissen, wie es sich anfühlte. Ein eisiger Lufthauch drang durch das Schlüsselloch und strich über seine Fingerknöchel. Ben schloss seine Hand um den Türring, aber bevor er daran ziehen konnte, zwickte Gwil ihn ins Ohr.

»Au!« Ben zog seine Hand zurück, als hätte er sich verbrannt. Das Gewölbe, das bis eben ganz aus seinem Bewusstsein verschwunden war, rückte plötzlich wieder in sein Blickfeld. Er hob Gwil von seiner Schulter und setzte ihn auf seine Handfläche.

»Was ist denn?«

Der Salamander drehte sich um und nickte mit dem Kopf in Richtung Treppe. Mit einem flauen Gefühl im Magen drehte Ben sich um. Nebel quoll die Treppe herunter und schwappte vor seine Füße.

Ben wich zurück, bis er mit dem Rücken gegen die Totentür stieß. Jemand kam die Stufen herab, aber es war weder die Frau in Schwarz noch einer ihrer Hunde. Die Frau, die durch den Nebel schritt, war schlank, hatte kurze, gewellte Haare, trug einen Rock mit Mohnblumenmuster und eine Bluse, die einmal rot gewesen war. Doch jetzt war alles an dieser Person blass, grau, als hätte der Nebel jegliche Farbe aus ihrer Gestalt getilgt.

»Rose?«, fragte Ben ungläubig. Die Frau trat von der letzten Stufe auf den Boden.

Bens Herz machte einen Satz vor Freude. Es *war* Rose. Aber obwohl ihr Blick direkt auf Ben fiel, schien sie ihn nicht zu erkennen. Tatsächlich schien ihr überhaupt nicht bewusst zu sein, dass sich hier unten außer ihr noch jemand befand. Ihr Blick irrte suchend umher, als wäre sie irritiert von dem, was sie sah. Oder nicht sah. Ben setzte Gwil zurück auf seine Schulter und ging auf Rose zu. Sein Atem kam ihm schnell und abgehackt über die Lippen.

»Rose?«, fragte er. »Ich bin es, Ben.«

Aber Rose hörte ihn nicht. Eine Nebelwoge brach sich an ihren Beinen, und sie stieß ein Seufzen aus. Ihre Gestalt verblich noch mehr, und ihre Umrisse zitterten wie das Bild in einer alten Filmaufnahme.

Warum war sie hier unten? Nach was suchte sie? Ben streckte die Hand nach ihr aus, zog die Finger jedoch sofort wieder zurück. Ihr Arm fühlte sich kalt an und viel zu weich. Als würden seine Finger mit ein wenig Druck direkt durch sie hindurchgleiten.

Ben schluckte und presste seine Hand gegen die Brust. Siedend heiß fiel ihm ein, warum er eigentlich in dieser

Festung war. Die Feder! Gwil trippelte auf seiner Schulter herum, während Ben fieberhaft an der Innenseite seiner Jacke herumnestelte, um Ridiks Feder hervorzuholen. Seine Hände zitterten so sehr, dass ihm die Feder beinahe aus den Fingern glitt. Er sah hoch und stieß ein bestürztes Keuchen aus.

Der Schemen, der einmal Rose gewesen war, hatte sich umgedreht und glitt zurück zur Treppe, getragen auf einer Woge aus fahlem Nebel.

O nein. Ben wollte ihr folgen, sprang die ersten zwei Stufen hinauf – doch dann blieb er stehen. Er schaute zurück über die Schulter, und sein Blick fand die Tür nach Annwn. Dieses dunkle Tor auf einer unmöglichen Grenze. Ben zögerte, bis Gwil ihn ein weiteres Mal ins Ohr kniff.

»Ich weiß«, flüsterte Ben. Er fasste die Feder fester und folgte Rose.

Der Abstand zu Rose vergrößerte sich immer mehr, egal wie schnell Ben ihr hinterherrannte. Er hatte es aufgegeben, ihren Namen zu rufen. Stehen zu bleiben kam nicht in Frage, aber er zweifelte zunehmend daran, dass die Feder Rose zurückbringen würde.

Es muss funktionieren, sagte er sich trotzig. Es muss einfach.

Der Treppenschacht, den Rose hinaufwehte, war so eng, dass Ben sich zu beiden Seiten mit den Händen abstützen konnte. Die Mondmotten folgten Rose wie winzige Fackelträger. Als sie außer Sichtweite gerieten, verschwand auch das Licht, und der Treppenschacht fiel zurück in Dunkelheit.

Ben biss die Zähne zusammen und kletterte weiter. Gwil klammerte sich mit seinen Füßchen an seiner Schulter fest, und die Nähe des Salamanders machte ihm Mut. Er musste es versuchen. Er musste Rose vom Nebel befreien. Nicht nur, um sie zu retten. Es war auch die einzige Möglichkeit, wie er und Gwil lebend aus dieser Burg herauskommen konnten. Rose würde mit der Frau in Schwarz fertigwerden.

Endlich erreichte er das Ende der Treppe und fand sich in einem großen Saal wieder. Hier spendeten zwei Rundbogenfenster spärliches Licht. Irgendwie war er in eins der oberen Stockwerke des Burgfrieds gelangt. Ben betrat den Raum. Von Rose fehlte jede Spur, und, was noch entmutigender war, es gab nicht nur eine, sondern zwei Möglichkeiten, diesen Raum zu verlassen. Auf der linken Seite führte eine Treppe zurück nach unten, und auf der rechten klaffte ein Durchgang zu einem Treppenschacht, der nach oben führte.

Ben nahm Gwil von seiner Schulter und hielt ihn vor sich. »Irgendeine Idee?«, fragte er.

Der Salamander tippelte auf Bens Handflächen hin und her, aber er schien genauso ratlos zu sein.

Ben verfluchte sich selbst. Wäre er im Gewölbe nicht so abgelenkt gewesen, hätte er bestimmt besser auf Roses Auftauchen reagiert. Er würde zuerst die Treppe nach oben ausprobieren. Er setzte Gwil zurück auf seine Schulter und ging los.

Dieser Raum musste einmal ein Audienzsaal gewesen sein. In der Mitte befand sich ein Podest, und darauf stand ein Stuhl mit einer hohen Lehne aus wurmstichigem Holz. Es war das einzige Möbelstück, das Ben bisher in der Festung gesehen hatte. Der Anblick des verwaisten Stuhls – des *Throns*, verbesserte er sich – ließ ihn schaudern. Er hatte das Gefühl, mit besonders leisen Schritten an dem Podest vorbeigehen zu müssen.

Rings um den Thron waren Ringsteine angeordnet. Auch das war seltsam. Soweit Ben wusste, befanden sich Steinkreise für gewöhnlich im Freien. Auf dem Weg zur Treppe ging er dicht an einem der stehenden Steine vorbei und sah, dass seine Oberfläche mit Knoten- und Schlangenmustern versehen war.

Gwil kroch näher an Bens Hals, so dass Ben den warmen, kleinen Körper spürte. Er ging an einem der Hinkelsteine vorbei, setzte den Fuß auf die erste Treppenstufe und blieb stehen. Der Treppenaufgang vor ihm war so schwarz wie die Nacht, aber Ben hörte ein Rascheln, und kurz darauf geriet Bewegung in die Schatten.

»Rose?«, fragte Ben, obwohl er bereits ahnte, wer sich dort bewegte. Er stolperte rückwärts, aber es war zu spät. Die Frau in Schwarz löste sich aus der Dunkelheit und schritt die Stufen hinunter direkt auf ihn zu. Ridiks Feder glitt aus Bens Fingern, aber das bemerkte er nicht mehr.

Hoffnungsschimmer

Portia

Portia saß auf den Stufen, die zur Fahlen Festung hinaufführten, und starrte zurück auf die Bucht. Unter ihr ballte sich immer noch der Nebel, aber die Geräusche des Kampfes, der sich darin abspielte, waren verklungen. Sie hatte es gehört, alles, das Hecheln und Bellen der Hunde, das Fauchen des Fuchses. Sie hatte gesehen, wie rote Blitze den Nebel erhellten wie ein übernatürliches Gewitter. Der Anblick hatte ihre Füße auf den Stufen festgefroren.

Aber jetzt herrschte Schweigen. Der Nebel wogte wie ein unruhiges Meer, aber eine unheilvolle Stille hatte sich über den Dammweg und die Bucht gesenkt.

Das Gefühl, in einer Zeitschlaufe gefangen zu sein, machte Portia schwindelig. Genauso hatte sie Rose verloren. Rose, die alleine in den Nebel gegangen war, um ihnen Zeit zur Flucht zu verschaffen. Hatten der Nebel und die Kreaturen, die darin jagten, nun auch Robin verschlungen?

Sie schlang die Arme um ihre angewinkelten Beine. Es war zu viel. Es war einfach alles zu viel! Ein Schluchzen presste sich aus ihrer zusammengeschnürten Kehle hervor. Sie wollte sich zusammenreißen, wollte stark sein. Doch egal, wie sehr sie sich bemühte, die Dinge gerieten immer weiter außer Kontrolle. Sie war nutzlos. Schlimmer! Ihretwegen brachten sich andere in Gefahr. Und jetzt? Wollte sie sich nur noch irgendwo zusammenzurollen und nichts mehr hören. Nichts sehen.

Portia lehnte sich nach vorn und drückte ihre Stirn gegen ihre Knie. *Noch fünf Atemzüge*, sagte sie sich. *Komm schon. Noch fünf Atemzüge, dann …* aber weiter kam sie nicht.

Etwas näherte sich durch den Nebel und trat hinauf auf den Dammweg. Das rote Fell des Fuchses leuchtete nur matt, aber für Portia war es so, als wären alle Wolken aufgerissen, um den Blick auf einen blauen Himmel freizugeben. Erleichterung flutete ihr Herz, für genau eine Sekunde. Dann brach der Fuchs zusammen und rührte sich nicht mehr.

Nein! Portia rannte los. Sie sprang auf den Dammweg und fiel neben dem Fuchs auf die Knie. Arawns Hunde hatten ihn übel zugerichtet. Das Fell an seiner rechten Flanke war blutverklebt, und eine böse Wunde klaffte an einem Hinterlauf. Er atmete, aber er verwandelte sich nicht zurück.

»Robin?«, flüsterte Portia und strich ihm behutsam über den Kopf. Der Fuchs öffnete seine Augen einen Spaltweit, sah sie an und ließ seine Lider wieder nach unten sinken.

Portia sah auf den verletzten Fuchs hinunter und dann den Dammweg entlang bis zu den schroffen Stufen, an deren Ende die Burg des Nebelkönigs thronte. Noch nie in ihrem Leben hatte sie sich so hilflos gefühlt.

Weil es nichts gab, was sie sonst tun konnte, trug Portia den Fuchs hinauf zur Fahlen Festung. Dort oben, im Hof der Burgruine, blieb sie stehen und starrte auf die Überreste der Weltentür. Ein abgebrochenes Stück Holz hing gerade noch so an den verbogenen Türangeln. Verkohlte Splitter lagen verstreut vor dem Eingang. Der Türbogen selbst klaffte leer und unbewacht.

Sie brauchte keine Erklärung, um zu verstehen, was hier passiert war. Jemand hatte dafür gesorgt, dass diese Weltentür nie wieder geschlossen werden konnte. Freie Bahn für den Grauen König.

Der Fuchs regte sich, und Portia verlagerte sein Gewicht in ihren Armen. Sie wusste, dass sie hier nicht bleiben konnten, aber der Anblick der zerstörten Tür raubte ihr den letzten Rest Energie.

»Das ist der Eingang ins Niemandsland, richtig?«, fragte sie.

Der Fuchs sah zu dem Türbogen und zuckte mit dem Ohr. Portia konnte sich vorstellen, was er damit sagen wollte.

Wir sind geliefert.

Niemand hielt sie auf, als sie die Schwelle überquerten. Portia hätte erleichtert sein müssen, aber stattdessen kreiste die immergleiche Frage in ihrem Kopf. Wo waren Ben und Gwil?

Sie hatte Robin durch die Tür auf die Niemandslandseite getragen, als er sich schließlich doch noch aus ihren Armen wand und verwandelte. Portia stützte ihn, und gemeinsam humpelten sie zum Ende der Eingangshalle. Dort glitt Robin zu Boden und lehnte sich mit dem Rücken an die Wand.

In seiner Menschengestalt sah er nicht weniger gebeutelt

aus: Ein blauer Fleck prangte auf seinem linken Wangenknochen, Jacke und Hemd waren an der rechten Seite aufgerissen, und sein Hosenbein hing in Fetzen über seine linke Wade.

»Geister der mondlosen Nacht«, stöhnte er.

Portia zog den Rucksack von ihrem Rücken und reichte ihm wortlos die Ledertasche mit den Zauber- und Heiltränken.

»Danke.« Er zog einen Tontiegel aus der Mappe, nahm den Deckel ab und rieb eine Salbe auf die Wunde an seinem Bein. Als seine Finger die Verletzung berührten, verzog sich sein Gesicht vor Schmerz, und er stieß ein Zischen aus.

Portia setzte sich vor ihm auf den Boden und schlang die Arme fest um ihre Beine. Sie fühlte das Brennen in Robins Wunde fast so, als wäre es ihre eigene. Sie dachte daran, dass Robin für sie beide gekämpft hatte, und das schlechte Gewissen senkte sich wie eine schwere Decke über sie.

Robin stellte indes den Tontiegel beiseite, tastete seine Rippen ab und ließ dann die Hand sinken. Er atmete aus und lehnte sich zurück an die Wand. Schweißperlen standen auf seiner Stirn, aber er schloss die Augen, und seine Gesichtszüge entspannten sich.

»Was für ein Schlamassel.«

Portia sagte nichts und sah sich stattdessen in der leeren Eingangshalle um. Nichts verriet, was hier vorgefallen war. Da waren nur die zerstörte Tür und einige Holzstöcke.

»Meinst du, Ben und Gwil geht es gut?«, fragte sie schließlich.

Anstatt zu antworten, deutete Robin auf einen der Stöcke. »Hol mir doch bitte mal den Stab dort.«

Portia runzelte die Stirn, aber sie tat, worum er sie bat. Robin nahm den Stock entgegen und drehte ihn zwischen den Händen. Für Portia sah das Holz aus wie ein abgebrochener Besenstiel. Robin führte den Stock nah zum Gesicht und flüsterte etwas. Schwache blaue Runen glommen im Holz auf.

»Angriffs- und Abwehrrunen«, sagte er. »Eins muss man dem Salamander lassen. Er war auf alles vorbereitet.«

»War?«, wiederholte Portia mit einem Kloß im Hals.

»Nicht aufgeben«, sagte er und klopfte mit der Hand auf den Stock. »Das hier heißt gar nichts. Kann gut sein, dass sie in einen Kampf verwickelt wurden und entkommen sind. Wenn wir beide das schaffen, dann warum nicht die zwei?«

Schuldgefühle schwappten in Portia hoch wie brackiges Wasser. Ihr Blick rutschte zu der Wunde an Robins Bein, bevor sie den Kopf zur Seite drehte. Ihre Kehle war wie zugeschnürt. »Ich hätte dir helfen sollen«, sagte sie. »Tut mir leid.«

Tränen brannten in ihren Augen, als sie plötzlich seine Hand an ihrer Wange spürte. Erschrocken fuhr Portia zu ihm herum. Ein neuer, weicher Ausdruck war auf sein Gesicht getreten.

»Du bist zu streng mit dir«, sagte er. Als Portia ihn daraufhin nur anstarrte, hob sich sein Mundwinkel zu einem kleinen Lächeln. »Um mich jedenfalls brauchst du dir keine Sorgen machen«, behauptete er und senkte die Hand. »Ich bin nicht so leicht kaputtzukriegen.«

Du bist zu streng mit dir. Robins Worte hallten in ihrem Kopf und tropften wie Sonnenlicht auf die Schattenketten aus Anspannung und schlechtem Gewissen, die sich so eng um ihr Herz geschlungen hatten.

Du bist zu streng mit dir. Portia wollte ihn fragen, was er damit gemeint hatte, als eine Bewegung am Rand ihres Blickwinkels sie ablenkte. Nur wenige Meter entfernt von ihnen befand sich ein Torbogen in der Wand, und von der Stufe, die in diesem Durchgang sichtbar war, glitt … Portia erstarrte.

Robin richtete sich alarmiert auf. »Was ist?«

Der erste Nebelfinger tastete in die Eingangshalle, bevor Portia antworten konnte.

Robin fuhr zusammen und packte den Runenstab mit beiden Händen. Er stemmte sich auf die Füße, aber sein verletztes Bein knickte unter ihm weg. Portia saß immer noch wie versteinert da, während immer dickere Wolken aus dem Treppenschacht quollen. Eine Gestalt trat aus dem Nebel.

»Portia«, warnte Robin, aber sie hörte nicht hin. Gebannt starrte sie auf die Frau, die aus dem Torbogen trat. Ihr Herz machte einen Satz, als wollte es davonfliegen. Es war Rose! Sie trat aus dem Nebel, unverletzt und hochaufgerichtet. Portia rappelte sich schon hoch, um ihrer Tante entgegenzulaufen. Dann begriff sie, dass hier etwas ganz und gar nicht stimmte. Roses Schritte waren eigenartig schleppend, und ihr Blick huschte von einer Seite zur anderen. Sie schien etwas zu suchen, aber weder Portia noch Robin zu bemerken. Kälte sickerte in Portias Blut.

Robin versuchte noch einmal, aufzustehen, nur um mit einem Schmerzensschrei zurück auf den Boden zu sinken. Rose drehte sich um, aber ihr Blick glitt an Robin vorbei. Sie zögerte und ging dann zurück zur Treppe. Erst als Robin den Arm nach ihr ausstreckte und den Saum ihres Rockes streifte, blieb sie stehen. Sie sah ihn direkt an, aber ihr Blick blieb leer.

Robin sah flehend zu ihr hoch. »Rose?«

Für den Bruchteil einer Sekunde sah es so aus, als ob Rose den Schleier des Vergessens durchbrechen könnte. Ein Ausdruck des Bedauerns zeichnete sich auf ihrem Gesicht ab, aber dann wandte sie sich ab und schritt an ihnen vorbei die Treppe hinauf. Den Nebel zog sie hinter sich her wie eine Schleppe.

Robin stöhnte leise und zerrte an seinem Kragen. Portia nahm ihn kaum wahr, so erschüttert war sie von der Begegnung. »War das …«, Portia suchte nach den richtigen Worten. »… eine Chimäre? Eine Erinnerung, wie in Weltende?«

»Nein«, sagte Robin mit heiserer Stimme. »Das war Rose. Es ist noch nicht zu spät. Der Nebel hat sie noch nicht aufgelöst. Hier.« Er zog eine Kette unter seinem Hemd hervor und riss daran, so dass ein paar der Glieder brachen. »Nimm«, sagte er und hielt Portia die Kette hin. Ein silbernes Medaillon hing daran. Es kam ihr bekannt vor, ja, sie hatte es bei ihrem ersten Besuch in Robins Höhle gesehen. Direkt neben einer Vase mit gelben Rosen.

Sie hob die Brauen. »Was soll ich …?«

»Bring das zu Rose«, drängte Robin. »Wenn irgendwas

sie dazu bringt, sich aus der Macht des Nebels zu lösen, dann das hier.«

»Wieso sollte dein Medaillon ihr helfen?«

»Nicht mein Medaillon«, antwortete Robin. »Es gehört Rose. Ein Geschenk.« Er drückte die Kette in Portias Hand. »Zeig es ihr, und es wird sie daran erinnern, wer sie ist. Was ihr … wer ihr wichtig ist.«

Als sie immer noch zögerte, stieß Robin ihren Arm an. »Jetzt geh schon. Bring Rose zurück. Es ist unsere letzte Chance.« Er schloss die Augen und lehnte sich wieder an die Wand. »Wir werden sie brauchen, um aus diesem Schlamassel herauszukommen.«

Rosendorn und Brombeerblüte

Portia

Portia stieg die Treppe hinauf, immer höher in die oberen Stockwerke des Burgfrieds. In ihrer rechten Hand trug sie den Runenstab. Rose konnte ihn als Waffe benutzen, wenn Portia Erfolg hatte. *Wenn.*

Portia presste die Lippen aufeinander. Das Medaillon hatte sie in ihrer Hosentasche verstaut, aber wenn sie ganz ehrlich war, glaubte sie nicht an Robins Plan. War die Kette ein Geschenk an Robin oder eines von ihm? Ein Geschenk, das Rose zurückgegeben hatte? Die Adar hatten angedeutet, dass Robin einmal in Rose verliebt gewesen war, aber hatte sie seine Liebe erwidert? Würde dieses Gefühl noch stark genug sein, um sie zu sich selbst zurückzubringen?

Die Ausläufer des Nebels glitten vor ihr die Treppe hinauf, bis sie schließlich im Dachgeschoss endete. Eine Decke aus dunklen Holzbrettern versperrte die Sicht auf den Himmel, aber ein Rundbogenfenster spendete ein wenig Licht. Rose saß auf dem Fenstersims, und hinter ihr erstreckte sich eine Welt aus milchigen Schwaden. Immer mehr Nebel strömte an ihr vorbei, über den Sims und auf den Boden.

Portia lehnte den Runenstab an die Wand, schob ihre Hand in die Hosentasche und ging langsam auf Rose zu. Als sie den Saum des Nebels erreichte, sträubte sich alles in ihr, aber sie ging trotzdem weiter. Der Nebel fühlte sich eigenartig an, als ob ein Wesen mit einem Dutzend weicher Hände nach ihr greifen würde.

Mit jedem Schritt fühlte sie sich seltsamer. Was tat sie hier überhaupt? Wie hatte sie je glauben können, dass sie auch nur irgendetwas gegen einen König der Unterwelt ausrichten könnte? Sie würde im Nebel verlorengehen, sie war bereits verloren. Jede Erinnerung an die Menschen, die ihr wichtig waren, würde ihr zwischen den Fingern zerrinnen. Portia runzelte die Stirn. Schuldgefühle waren für sie nichts Neues, Angst auch nicht, aber das hier fühlte sich fremd an. So, als würde eine Antenne in ihrem Herzen die Radiowellen einer anderen Gefühlswelt empfangen. Sie spürte tiefe Trauer, Bedauern und den Wunsch, die Menschen, die sie liebte, noch einmal wiederzusehen. Portia schüttelte den Kopf, aber die fremden Gefühle ließen sich nicht verscheuchen. Stattdessen weckten sie ihre eigenen Ängste.

Selbstvorwürfe trieben an die Oberfläche ihres Bewusstseins wie unheilvolle Luftblasen. Ihr Leichtsinn hatte nicht nur Ben und Rose in Gefahr gebracht, sondern eine ganze Welt. Und ihre Mutter? Was war mit ihr? Portia stellte sich vor, wie Gwen hörte, dass ihre Tochter in den Bergen von Wales verschollen war. Sie sah, wie der Schatten der Verzweiflung sich über das Gesicht ihrer Mutter legte, und sie spürte Gwens Angst, als wäre es ihre eigene.

Du bist zu streng mit dir. Robins Worte waren noch frisch in ihrem Gedächtnis, genauso wie die Wärme seiner Hand an ihrer Wange. Portia holte tief Luft und ballte die Fäuste so fest, dass ihre Fingernägel in ihre Handflächen drückten. Weitergehen, ermahnte sie sich.

»Tante Rose«, sagte sie, als sie vor ihr stand. Ihre Kehle war wie zugeschnürt. Am liebsten wäre sie vor Roses ausdruckslosem Gesicht weggelaufen. Stattdessen griff sie nach Roses Hand. Sie hatte Angst, dass sich Rose unter ihrer Berührung auflösen würde, aber obwohl sich ihre Hand kalt und feucht anfühlte, war sie immer noch fest und wirklich.

»Rose, bitte, du musst dich erinnern!« Portia drehte Roses Handfläche nach oben und legte das Medaillon in ihre Hand. Nichts passierte, keine Regung zeigte sich auf Roses leerem Puppengesicht.

Die Enttäuschung trieb Portia Tränen in die Augen. »Bitte«, flehte sie. In einem letzten, verzweifelten Versuch nahm sie das Medaillon hoch und fuhr mit dem Finger über den Rand, bis sie den Verschluss fand. Sie öffnete den Deckel mit der Erwartung, ein Foto vorzufinden. Stattdessen schaute sie hinunter auf eine in Glas gefasste Blüte. Schlagartig erinnerte sie sich an den Karton mit Erinnerungsstücken in Brambles Zimmer. Das Medaillon, das sie darin aufbewahrte, sah beinahe genauso aus wie dieses hier. Nur dass in diesem Anhänger keine Heckenrose aufbewahrt wurde, sondern die weiße Blüte einer Brombeere.

Jetzt erinnerte sich Portia auch an die Nacht, in der Robin versucht hatte, den Schlüssel zu stehlen. Bramble hatte sich beschwert, dass der Fuchs immer wieder Dinge aus dem Haus stahl. Natürlich! Jetzt war ihr alles klar. Das Medaillon *war* ein Geschenk. Ein Geschenk von Bramble an Rose.

Der Nebel füllte mittlerweile den ganzen Raum aus, und die Wände des Turms verschwanden hinter den grauen

Schleiern. Portia schluckte und hielt Rose das offene Medaillon hin.

»Erinnerst du dich an Bramble?«, fragte sie. Roses leerer Blick schien direkt durch sie hindurchzufallen, aber sie gab nicht auf.

Rose verzog die Brauen zu einem Stirnrunzeln. Sie lehnte sich vor und nahm das Medaillon. Portias Herz klopfte wie wild. Es funktionierte! Es musste funktionieren!

Rose legte die Fingerspitze auf das Glas. Portia war so gebannt von ihrer Reaktion, dass sie die Stimmen im Raum zuerst nicht wahrnahm. Erst als jemand lachte, zuckte sie zusammen und schaute sich um. Außer dem Nebel war nichts zu sehen, und sie dachte schon, sie hätte sich die Geräusche nur eingebildet, als plötzlich Bewegung in die Nebelschleier geriet. Licht flackerte auf und tanzte über den Nebel wie über eine Leinwand. Wirbelnde Schwaden teilten sich wie ein Vorhang, und Portia schaute auf einen gepflasterten Hof. Zwei junge Frauen liefen lachend über die Pflastersteine. Sie trugen die langen schwarzen Roben von Absolventinnen und rafften die Säume hoch, um schneller rennen zu können. Portia wich erschrocken zurück, aber bevor die beiden Frauen sie erreichten, löste sich die Szene auf. Doch das Spektakel war nicht vorbei. Kaum waren die beiden Frauen verblasst, zeigte sich an einer anderen Stelle im Raum eine weitere Szene.

Erinnerungen, dachte Portia. Das mussten Roses Erinnerungen sein!

Diesmal offenbarte der Nebel ein Wohnzimmer mit Kamin, Sesseln und einem Sofa. Eine Gruppe junger Leute hatte es sich hier gemütlich gemacht: Eine Frau fläzte auf einem der Sessel und paffte eine Zigarre, eine andere lag auf dem dicken Teppich, zwei saßen auf der Couch. In den Sesseln links und rechts vom Kamin saßen ein Mann und eine Frau. Diesmal erkannte Portia die Gruppe: Das waren Roses Freunde aus Studienzeiten. Sie wusste nicht, wie die anderen hießen, aber die zwei Frauen auf der Couch waren eindeutig Rose und Bramble. Eine junge Frau aus der Gruppe in der Mitte des Raumes erzählte etwas, worüber die anderen herzlich lachten. Die Szene verblasste, aber nicht bevor Portia mitbekam, wie Rose nach Brambles Hand griff.

Hinter Portias Rücken flackerte eine weitere Szene auf. Sie drehte sich um und sah weiße Felsen, dunkelblaues Meer und eine kleine Insel, die sich wie der Panzer einer Schildkröte aus dem Wasser erhob. In dieser Erinnerung waren Rose und Bramble beide älter. Sie standen nebeneinander und schauten direkt in Portias Richtung. Beide hatten ein Lächeln aufgesetzt, aber dann blies eine Windbö durchs Bild und fegte Rose den Hut vom Kopf.

Portia war wie gebannt. Etwas Eigenartiges ging mit dem Nebel vor sich. Zuvor lauerten Enttäuschung und Verzweiflung darin wie kalte Stellen in einem tiefen See. Aber jetzt spürte Portia Erleichterung, Vorfreude und ein tiefes Vertrauen, dass alles gut werden würde. Sie wusste nicht, ob das ihre eigenen Gefühle oder Roses Erinnerungen waren, die wie Tautropfen im Nebel hingen und auf ihre Haut sanken. Aber sie lächelte trotzdem.

Und dann erschien ein schlichtes Bild: Es zeigte Bramble, so wie sie jetzt war, mit grauen Haaren und ihrer Halbmondbrille auf der Nase. Sie saß in ihrem Lesesessel in Afallon, mit einem Buch auf den Knien. Marlowe schlief zu ihren Füßen.

Der Nebel schlug Wellen, fiel in sich zusammen und strömte in rasantem Tempo an Portia vorbei. Noch einmal drehte sie sich um. Rose war aufgestanden. Sie war das Zentrum des Nebeltreibens; die Schwaden flossen nicht an ihr vorbei, sondern zu ihr zurück. Nein, nicht zu ihr zurück: in sie hinein. Sie wirbelten um Rose, schmiegten sich an sie und verschmolzen mit ihrer Haut. Flackernde Bilder wanderten über ihre Arme und über ihr Gesicht, wie ein Film, der auf eine Zimmerwand projiziert wurde. Der Nebel verdunstete vollständig, die Wände des Raums wurden wieder sichtbar, und Rose war zurück. Die richtige Rose, wach und lebendig, mit ihrem knallroten Mohnblumenrock und den breiten grauen Strähnen in ihren schwarzen Locken.

Rose holte tief Luft.

»Rose?« Portia fühlte sich, als wäre sie von einem schwankenden Deck zurück auf festen Boden getreten.

Wortlos kam Rose zu ihr herüber, sank in die Knie und nahm sie in die Arme.

Der Neue Jagdherr

Ben

Als Ben aufwachte, lag er auf einem Boden aus Steinfliesen. Er fasste sich an den Hinterkopf und zuckte zusammen, als seine Finger eine Beule streiften. War er gestürzt? Schwerfällig setzte er sich auf. Die verdrehten Träger von Portias Rucksack schnitten in seine Schultern. Er streifte den Ballast ab und hielt erschrocken inne. Gwil war fort!

Schlagartig war Ben hellwach. Hektisch suchte er den Boden ab. Wo war der Salamander? Was war passiert? Ein grollendes Schnauben unterbrach den panischen Strudel seiner Gedanken, und Ben erstarrte. Langsam, Stück für Stück, kehrte seine Erinnerung zurück. Der Thronsaal. Rose, die aus seinem Blickfeld verschwand, und stattdessen … Ben wurde kalt. Er hob den Kopf, sah die Ringsteine, den Thron und dahinter: die Frau in Schwarz.

Der Anblick traf Ben wie ein Schlag vor die Brust. Die Frau in Schwarz hatte ihr Gesicht den Fenstern zugewandt, aber der Nebelhund, der bei ihr saß, schaute direkt zu Ben.

Ohne die Augen von der Frau abzuwenden, stemmte er sich in die Hocke. Er wollte gerade aufstehen, da materialisierte sich ein zweiter Hund so dicht neben ihm, dass er vor Schreck zurück auf den Boden plumpste. Er kroch rückwärts auf Händen und Füßen, bis er mit dem Rücken gegen einen der gewaltigen Ringsteine stieß. Der Hund beobachtete ihn mit seinen eigenartigen Augen, aber er griff Ben nicht an.

Die Angst schnürte Ben die Kehle zu. Die Frau in Schwarz stand immer noch kerzengerade da, bis draußen, in noch weiter Ferne ein Jagdhorn erklang. Da senkte sie den Kopf, und die Spannung wich aus ihrem Körper. Ihre Stimme klang wie das Knistern von totem Laub.

»Er kommt.«

Arawn! Arawn war auf dem Weg! Der Schreck fuhr Ben wie Feuer in die Glieder. Er musste hier weg!

Er schob sich an dem Ringstein nach oben, aber er hatte sich noch nicht mal ganz aufgerichtet, da entblößte der Nebelhund seine scharfen Zähne, und Ben fiel wieder auf den Boden. Er presste die Lippen zusammen und drückte sich mit dem Rücken gegen den Stein. Der Hund kam näher, bis er ganz dicht vor Ben stand und er das tiefe Grollen in der Kehle des Hundes hören konnte. Der Hund fletschte die Zähne, dann löste er sich in einem Wirbel aus Nebel auf. Ben keuchte und sah, wie die Frau in Schwarz mit wehenden Schleiern auf ihn zukam. Im Nu war sie bei ihm und packte seine Schulter.

»Nein!« Ben stemmte sich gegen ihren Griff, aber sie zog ihn unerbittlich nach oben. Als er stand, packte sie auch seine zweite Schulter und drückte ihn gegen den Ringstein.

Ben wand sich und drehte den Kopf zur Seite, damit er sie nicht ansehen musste. Alles in ihm schrie *Nein, nicht*, aber er brachte keinen Ton mehr raus. Die Frau beugte sich noch näher an ihn heran, und jetzt spürte er ihren Atem, kalt und beißend, wie Winterluft an einem Morgen voller Raureif.

Als sie sprach, war ihre Stimme kaum mehr als ein Flüstern. »Ich bin müde.« Ein Seufzen, ein Rascheln des Schleiers. »So müde.«

Ben schluchzte auf. Er kniff die Augen zusammen, so fest er konnte. Knochige Finger gruben sich in seine Schultern. Ein Stück rauer Stoff streifte seine Wange, dann blies die Frau in Schwarz ihren Atem gegen den Ringstein hinter Bens Rücken. Der Stein bebte, dann knirschte es, und Steinstaub rieselte zu Boden. Als sich etwas Dünnes, Raues um seine Arme schlang, riss Ben die Augen auf. Der Schrei blieb ihm im Hals stecken.

Die Frau in Schwarz stand so unmittelbar vor ihm, dass ihre Stirn beinahe die seine berührte. Wo ihre Augen hinter dem Schleier sein mussten, war nichts als zwei schwarze Höhlen. Sie glitt vor ihm zurück wie eine Spinne, die ihre Beute in ihr Netz gewickelt hatte.

Ben sah nach unten und stellte voller Schrecken fest, dass sich dicke Schlangen aus grauem Stein um seine Oberarme gewickelt hatten. Sosehr er auch zerrte und zog, diese Fesseln gaben nicht nach. Ihm blieb nichts anderes übrig, als mitanzusehen, wie die Frau in Schwarz ihre Handschuhe abstreifte. Ihre Hände waren dürr, blass und überzogen mit einem Muster aus winzigen Runen.

Als sie ihre Hände in die Höhe hob, leuchteten die Schriftzüge. Blau schimmernde Runenbänder und Knoten wanden sich über ihre Haut wie ein Nest aus Ungeziefer.

Der Anblick versetzte Ben in blanke Panik. Er kämpfte gegen seine Fesseln, warf sich mit seinem gesamten Gewicht zur Seite, aber das brachte überhaupt nichts. Die Frau streckte die glühenden Hände nach ihm aus. Ben warf den Kopf hin und her, um ihr auszuweichen, aber sie packte sein Gesicht mit beiden Händen und hielt ihn fest.

»Bitte«, schluchzte Ben. »Bitte nicht!« Seine Atemzüge waren nur noch kurz und abgehackt, und als er die Runen an seiner Haut spürte, blieb ihm die Luft ganz weg. Es fühlte sich an, als ob winzige Würmer über seine Wangen krochen. Er schloss wieder die Augen und wünschte sich gegen jede Hoffnung, dass entweder er oder seine Fesseln sich auflösen würden. Aber es gab kein Entkommen, nicht vor dem Druck der Hände, und nicht vor den Runen, die von ihm Besitz ergriffen.

Die Jagdherrin des Grauen Königs

Portia

Portia umarmte Rose fest und atmete den Duft von Minze und Lavendel ein, der noch an ihren Kleidern haftete. Schließlich schob Rose sie jedoch sanft von sich, strich ihr die Locken aus dem Gesicht und lächelte.

»Tapferes Mädchen.« Ihr Blick fiel auf das Medaillon, das sie immer noch in der Hand hielt. Sie strich mit dem Daumen über die Brombeerblüte, dann klappte sie den Anhänger zu und steckte ihn in ihre Rocktasche. »Ist Robin hier?«

»Ja«, sagte Portia. »Ohne ihn wäre ich nie bis hierher gekommen.«

Rose nickte und stand auf. Portia tat es ihr gleich und spürte eine Welle der Zuversicht. Jetzt würde alles gut werden.

»Gehen wir zu ihm«, sagte Rose. »Du musst mir alles erzählen.«

»Das wird eine lange Geschichte.« Als sie den Ausgang des Raums erreichten, nahm Portia den Runenstab und reichte ihn an Rose weiter. Diese hob eine Augenbraue.

»Kampfrunen?«, fragte sie.

»Ben und Gwil haben den Stab benutzt«, erklärte Portia. »Glauben wir zumindest, aber …« Sie verstummte und starrte auf die Schwelle der Tür. Ein kleiner, schwarz-gelber

Salamander schob gerade seinen Kopf über den obersten Absatz der Treppe.

»O nein!« Portia lief los und nahm den Salamander auf die Hand.

Rose eilte ihr nach. »Was ist los?«

»Es ist Gwil!«, rief Portia. »Er hat sich verwandelt!« Sie hob den Salamander vor ihr Gesicht, aber natürlich konnte Gwil ihr in dieser Gestalt nicht sagen, was passiert war. Sie schaute über Gwil hinweg und erwartete, Ben die Treppe hinaufsteigen zu sehen. Aber da war niemand. Portias Magen krampfte sich zusammen.

Rose legte eine Hand auf ihre Schulter. »Portia«, sagte sie. »Wo ist Ben?«

Portia rannte die Stufen des Turms hinunter. Den Salamander hielt sie vor sich wie einen Kompass. Bens Name läutete in ihrem Kopf wie eine Alarmglocke.

»Portia!«, rief Rose, aber Portia hörte nicht auf ihre Warnung. Sie sprang von der letzten Stufe und stürmte in einen Saal. Was sie dort sah, brachte sie abrupt zum Stehen. Ben! Ben stand mit dem Rücken an einem Stein, und Arawns Jagdherrin beugte sich über ihn.

»Nein!« Portia hatte das Gefühl, als würde sich ihr ganzes Innenleben in Wasser verwandeln. Licht leuchtete zwischen den Fingern von Arawns Jagdherrin und kroch über Bens Gesicht. Die Szene spiegelte genau den Moment, den Portia in den Nebeln gesehen hatte. Den Moment, in dem der alte Jagdherr Hermia zwang, seine Stelle einzunehmen!

»STOP!« Der Ruf knallte wie eine Peitsche über Portias Kopf hinweg. Im nächsten Moment stieß Rose sie zur Seite und rannte an ihr vorbei.

Die Jagdherrin wirbelte herum, gerade rechtzeitig, um Roses Angriff auszuweichen. Ben sackte zusammen, und das Licht, das eben noch auf seinem Gesicht geglüht hatte, erlosch. Das rüttelte Portia aus ihrer Starre.

Sie setzte Gwil auf ihre Schulter und rannte los, quer durch den Saal und vorbei an den kämpfenden Frauen.

Die Frau in Schwarz wirbelte zur Mitte des Saals, und ihr dicht auf den Fersen war Rose, die ihre Gegnerin mit dem Runenstab vor sich hertrieb. Runen leuchteten auf, und blaues Licht fuhr bei jedem Schwung aus der Stabspitze wie eine Sichelklinge. Portia sprang zwischen zwei Ringsteinen hindurch und kam schlitternd vor Ben zum Stehen.

»Ben!« Ihr Blick fiel auf die Steinfesseln, die sich um seine Arme geschlungen hatten. »Verdammt, was ist das denn?«

Ben öffnete den Mund, brachte aber keinen Ton hervor. Angst schloss sich wie eine Faust um Portias Herz. Sie sah in seine Augen, die ganz dunkel waren vor Schmerz und Entsetzen, dann stellte sie sich zwischen ihn und die Kämpfenden. Sie ballte die Fäuste. Sie hatte keine Ahnung, wie, aber sie würde Ben verteidigen.

Der Kampf zwischen Rose und der Frau in Schwarz spielte sich über den ganzen Saal ab. Graue Hunde sprangen hinzu, aber Rose schlug die Nebelgestalten entzwei, so schnell, dass Portia ihren Bewegungen kaum folgen konnte.

Runenlicht blitzte bei jedem von Roses Hieben durch den Raum. Zu ihrer Verteidigung ließ Arawns Jagdherrin die schwarzen Stoffbahnen ihrer Schleier durch die Luft peitschen. Es sah aus, als wären ihr ein halbes Dutzend Tentakel gewachsen.

Rose wich einem Peitschenschlag aus und ging hinter einem Ringstein in Deckung. Die Jagdherrin zögerte keine Sekunde. Sie streckte ihre Arme aus, und die Fangarme ihres Gewandes rauschten um den Stein herum. Rose hechtete hinter dem Stein hervor, sprang auf die Füße und rannte auf die Jagdherrin zu. Sie schlug eine der Stoffbahnen zur Seite und rammte ihre Gegnerin mit der Schulter.

Beide Kämpferinnen gingen zu Boden, und Arawns Jagdherrin stieß einen schrillen Schrei aus. Ihre Schleier bäumten sich auf, und ihre Hände versuchten Roses Gesicht zu zerkratzen. Rose riss sich los, richtete sich auf und drückte die Jagdherrin mit den Knien gegen den Boden. Schwarze Stoffbahnen spreizten sich wie eine gewaltige Klaue, aber Rose packte den Runenstock mit beiden Händen, hob ihn in die Luft wie einen Dolch und ließ ihn auf die Brust der verschleierten Frau niederfahren. Ein ohrenbetäubendes Krachen schallte durch den Raum, als ob eine Wand aus Glas zerschellte. Blaues Licht gleißte auf und schoss in alle Richtungen davon.

Als Portia wieder hinsah, verharrten die Jagdherrin und Rose in der Mitte des Raumes wie ein Standbild. Die schwarzen Schleier hingen noch eine Sekunde lang in der Luft, dann fielen sie in sich zusammen. Einen Moment noch stand die Zeit still, dann holte Rose rasselnd Atem.

»Oh, Gott sei Dank«, ächzte Portia.

Ben stöhnte. Portia fuhr herum, gerade rechtzeitig, um mitanzusehen, wie die Fesseln um Bens Arme zu Staub zerfielen. Ben kippte nach vorn, und Portia sprang zu ihm, um ihn aufzufangen. Gemeinsam sanken sie zu Boden. Ben lehnte sich gegen sie, und Portia schlang den Arm um ihn. Gwil krabbelte sofort hinüber auf Bens Schulter und drückte die Schnauze an seine Wange. Ben lächelte matt, aber er *lächelte.*

»Alles gut«, sagte Portia. »Alles gut, wir sind okay.« Sie konnte es immer noch nicht ganz glauben.

Ben versuchte, sich aufzurichten, und Portia half ihm auf die Füße. Ihre Erleichterung war so groß, dass sie ihm am liebsten einen Kuss auf die Wange gedrückt hätte. Ben schien ihr eine Frage stellen zu wollen, aber er hatte noch nicht einmal den Mund geöffnet, da schnitt ein Schrei durch den Saal.

Portia fuhr herum. Auf der anderen Seite des Thronsaals kniete Rose neben der gefallenen Jagdherrin. In einer Hand hielt sie einen schwarzen Schleier, die andere Hand presste sie vor ihren Mund.

»O nein«, murmelte Portia. Rose hatte nicht gewusst, gegen wen sie kämpfte. Bis jetzt.

»Was …«, begann Ben, aber Portia lief bereits los.

»Erklär ich dir später«, rief sie. In wenigen Schritten war sie an Roses Seite. Rose hatte die Krone aus wilden Ästen von Hermias Kopf entfernt und den Schleier von ihrem Gesicht gezogen. Die Frau, die unter dem Stoff zum Vorschein kam, war alt. Sehr alt. Tiefe Ringe hatten sich unter ihre

Augen gegraben. Ihre Wangen waren eingesunken, und ihre Lippen waren blutlos und spröde, ihre Haut beinah vollständig von Runenbändern überdeckt.

Sie blinzelte und schaute mit trüben Augen zu Rose empor.

Rose starrte fassungslos zurück. »Hermia«, murmelte sie.

»Wer?«, fragte Ben mit dünner Stimme. Portia hatte gar nicht bemerkt, dass er ihr gefolgt war.

Sie berührte seine Hand. »Später«, versprach sie.

Tränen stiegen in Roses Augen, und sie presste die Hand vor den Mund. Sie schüttelte den Kopf, als wollte sie nicht wahrhaben, was hier passierte. Hermia seufzte schwer und hob eine Hand. Ben versteifte sich, aber Hermia berührte nur Roses Handgelenk, ganz sacht. Mit großer Mühe schüttelte Hermia den Kopf. Roses Gesicht verzerrte sich vor Trauer, und sie nahm die Hand ihrer Freundin. Hermia erwiderte ihren Händedruck, dann schloss sie ihre Augen.

»Müde.« Das Wort war kaum mehr als ein Hauch. Die Hand der einstigen Jagdherrin erschlaffte, dann war es vorbei. Rose schluchzte auf und legte ihre freie Hand an Hermias zerstörtes Gesicht.

Portia machte einen Schritt auf die beiden Frauen zu. Was konnte sie tun, um Rose zu trösten? Jedes Wort und jede Geste, die ihr einfiel, schien lächerlich und unzureichend.

Eine dünne, farblose Haarsträhne war über Hermias Gesicht gefallen. Rose wischte sie beiseite und küsste Hermias Stirn. *»Rhydd hynt i chi«*, sagte sie.

»Sie hat den Schlüssel«, sagte Ben in diesem Moment.

Rose drehte sich überrascht nach ihm um. »Gwil und ich haben einen zweiten Weltenschlüssel gemacht«, erklärte er. »Sie hat ihn uns abgenommen.«

Roses Blick glitt zurück zu ihrer Freundin, aber sie machte keine Anstalten, ihre Robe zu durchsuchen. Stattdessen krabbelte Gwil Bens Arm herunter und kroch zwischen die Falten der schwarzen Robe. Kurz darauf tauchte er auf und trug den Weltenschlüssel in seinem Maul. Ben nahm den Schlüssel entgegen und verstaute ihn in seiner Hosentasche.

Rose sah ihn an. »Ist alles in Ordnung mit dir, Ben?«, fragte sie mit belegter Stimme.

Ben nickte, aber sein Blick hing an Hermias Gesicht und den Runen, die sich darüberspannten wie Fesseln.

»Oh, was haben wir alles angerichtet«, seufzte Rose. Sie löste das Jagdhorn, das Hermia an einem Riemen über ihrer Hüfte getragen hatte. Sie berührte Hermias Wange und stand auf. Den schwarzen Schleier nahm sie mit sich.

Kampfgefährten

Ben

Ein schmales Tor führte von der Rückseite der Fahlen Festung hinaus auf die Insel. Hier hatten die Erbauer einen halbrunden Vorhof aus dem Felsen geschlagen, begrenzt von einer Brüstung aus schwarzem Stein. Eine steile Treppe führte von dort hinunter in die Bucht. Gemeinsam mit seinen Gefährten beobachtete Ben, wie vom Horizont eine Nebelbank auf sie zurollte.

»Ist er das?«, fragte Portia.

»O ja«, sagte Rose. »Das ist Arawn. Der Graue König.«

»Wie lange, bis er hier ist?«

»Nicht lange.« Robin warf Rose einen Blick zu. »Ich nehme an, du hast einen Plan?«

Anstelle einer Antwort hob Rose Hermias schwarzen Schleier, den sie immer noch in der Hand hielt. Sie flüsterte gegen das Tuch, und Runen entfalteten sich darauf wie blau leuchtende Blüten.

»Ein Banntuch?«, fragte Robin.

»Es erscheint mir passend«, sagte Rose knapp.

Robin seufzte. »Also willst du Arawn immer noch herausfordern. Dir ist schon klar, dass wir den ganzen Weg gekommen sind, um dich vor ihm zu retten?«

Rose sah ihn kühl an. »Ich wäre schon längst hergekommen, wenn ich gewusst hätte, dass wir hier eine Freundin zurückgelassen haben.«

Robin zuckte zusammen, dann neigte er den Kopf in einer Geste, die halb Verbeugung, halb Schuldeingeständnis war. »Ich weiß.«

Zwischen dem, was sie sagten, wartete eine Geschichte, die Ben nicht kannte. Die Frau in Schwarz spielte eine Rolle darin, aber ihr Überfall auf ihn war noch zu frisch, er wollte ihre Geschichte nicht hören. Bei dem Gedanken an die kriechenden Runen wurde ihm flau im Magen.

»Jemand muss Arawn aufhalten«, sagte Rose schließlich. »Besonders jetzt, da wir die Feentür nicht verschließen können. Titania wird ihr Heer nicht schnell genug mobilisieren können, um ihn auf der Schwelle zurückzudrängen.«

Noch einmal wandte sie sich an Robin. »Kannst du die Kinder zurück nach Bryngolau bringen?«

»Nein«, protestierte Ben, im selben Moment als Portia sagte: »Kommt nicht in Frage!«

Rose runzelte die Stirn, aber bevor sie widersprechen konnte, sagte Robin: »Besser wir bleiben alle zusammen.« Er zuckte die Schulter. »Wir könnten ohnehin nicht schnell genug laufen, um ihm zu entkommen.«

»Götter der Dämmerung«, murmelte Rose und presste die Finger gegen ihre Stirn.

Portia berührte tröstend ihren Arm. »Was ist der Plan?«

»Arawn weiß noch nicht, dass seine Jagdherrin tot ist.« Rose schloss kurz die Augen, dann legte sie die Hand an das Jagdhorn, das sie über der Schulter trug. »Wir locken ihn mit ihrem Horn diese Treppe hinauf. Wenn es uns gelingt, seine Meute abzulenken und Arawn alleine zu erwischen, kann ich ihn mit dem Schlafbann belegen.«

»Ich übernehme die Ablenkung. Ich kann mich zwischen den Felsen an der Treppe verstecken und sie dort abpassen«, sagte Robin sofort.

»Geht das denn, mit deinem Bein?«, fragte Portia.

Er hob den Mundwinkel zu einem Lächeln. »Du weißt doch …«

»… du bist nicht so schnell kaputtzukriegen«, vollendete Portia und lächelte zurück.

Die drei waren inzwischen ganz aufeinander konzentriert. Sie erinnerten Ben an eine Heldentruppe aus einem seiner Bücher. Er selbst fühlte sich wie ein Zuschauer, außerhalb des Rampenlichts, aber das war ihm ganz recht. Er hob die Hand zu Gwil, der noch immer auf seiner Schulter saß, und streichelte mit dem Finger über seinen Kopf.

Robin reichte indes den Runenstab mit einer übertriebenen Verbeugung an Rose weiter. Rose schüttelte den Kopf über ihn, aber ein müdes Lächeln spielte um ihre Lippen.

»Wir vier gegen den Grauen König und seine Horde«, sagte Robin grinsend. »Was kann da schiefgehen?«

»Oh, ich könnte euch eine ganze Liste geben«, sagte eine Stimme hinter ihnen, »aber wir haben ohnehin zu wenig Zeit, nicht wahr?«

Wie eine Person fuhren Ben und die anderen herum. Titania stand im Tor zur Fahlen Festung. Als Ben die Feenkönigin das letzte Mal gesehen hatte, war sie bis aufs i-Tüpfelchen herausgeputzt gewesen. Der Unterschied zu ihrem jetzigen Aussehen konnte nicht extremer sein: Das Nachthemd, das sie trug, war schmutzig und zerknittert. Ihre Haare standen in einer Wolke um ihren Kopf ab, als ob ein wildgewordener Storch sich dort beim Nestbau ausgetobt hätte.

Ben war nicht der Einzige, der bei ihrem Anblick sprachlos blieb.

»Ich dachte, ihr kämpft keine aussichtslosen Schlachten?«, fragte Robin schließlich.

»Oh, halt den Rand«, sagte Titania und trat hinaus auf den Hof.

Rose verbeugte sich. »Majestät.«

Titania musterte sie von oben bis unten. »Haben sie dich also zurückgeholt.«

»Ich hatte Glück«, sagte Rose.

»Glück, das du nicht verdient hast«, erwiderte Titania schnippisch. Mit einem Gesichtsausdruck, der so unterkühlt war wie ein gefrorenes Fischstäbchen, schritt sie an Rose vorbei und schaute auf den Horizont. Der Donner von Hufen drang zur Festung hinauf. Titania drehte sich zu ihnen um und verschränkte die Arme vor der Brust. Ihre rußschwarzen Fingerspitzen tappten gegen ihre Oberarme. »Ihr habt vor, Arawn zurück in den Schlaf zu zwingen?«, fragte sie.

Rose wirkte überrumpelt, fing sich aber schnell. »Ja.«

»Was braucht ihr, damit euer Plan gelingt?«

Robin öffnete den Mund zu einer Erwiderung, aber Rose stieß ihn mit den Ellenbogen an. »Wir hätten uns auf das Banntuch verlassen«, sagte sie. »Aber jetzt, da Ihr hier seid: Bannsteine würde die Macht des Tuchs verstärken.«

Titania schnaubte abfällig, aber dann ging sie zum Kopfende der Treppe, die hinunter zur Bucht führte. Sie ging in die Hocke und legte ihre Hände links und rechts auf die flachen Felsbuckel neben den Stufen. Ein Zittern schüttelte den Boden unter ihren Füßen und ließ Ben gegen die Brüstung stolpern. Felsen knirschten, und Steinstaub rieselte, dann ertönte ein Rumpeln.

»Ist nicht wahr«, hauchte Portia.

Unter grollendem Getöse wuchsen Felsenzähne zu beiden Seiten der Treppe empor. Steinsplitter prasselten auf die Stufen, und die Insel rumorte, als ob sich ein Drache in ihrem Innern regen würde. Nach wenigen Sekunden war es vorbei. Mannshohe Monolithe rahmten die Treppe ein wie ein Wehrgang. Ben starrte auf die neue Felsformation.

Titania richtete sich auf und sprach über ihre Schulter: »Runensprecher. Du bist dran.«

Rose trat an den Monolith, der ihr am nächsten stand. Mit beiden Händen lehnte sie sich gegen seine Oberfläche und flüsterte ihm die Bannworte zu. Bens Atem ging schneller. Er ahnte, was jetzt kam, und doch erfüllte ihn das Spektakel mit Staunen. Runen erblühten auf dem Felsen, sickerten nach unten ins steinerne Mark der Insel und erschienen dann am Fuße des gegenüberliegenden Monoliths. Runenbänder kletterten den Wehrgang hinunter wie Efeuranken. Ben spürte die Magie wie ein elektrisches Flimmern in der Luft. Das hier war anders als die schleichende, unheimliche Magie der Frau in Schwarz: Roses Runenzauber war hell und verheißungsvoll. Beinahe wäre er zu den Bannsteinen gegangen, um sie zu berühren.

Rose trat zurück, sprach noch ein Wort, und die Runen verblassten.

»Du tarnst die Macht deiner Runen.« Titania hob den Mundwinkel zu einem widerwilligen Lächeln. »Arawn wird erst bemerken, wie stark sie sind, wenn er und seine Meute bereits zwischen den Bannsteinen stehen.« Sie nickte Rose zu. »Nicht schlecht, Mensch. Vielleicht haben wir tatsächlich eine Chance.«

»Dürfen wir also doch an Eurer Seite kämpfen?«, fragte Robin. »Was für eine Ehre.«

»Als ob du wüsstest, was Ehre ist.« Titania schnippte mit dem Finger und zeigte auf den Schleier, den Rose unter den Arm geklemmt hatte. »Gib Goodfellow das Banntuch, er kann sich damit auf die Lauer legen. Du kämpfst besser als er.«

Robins Augen wurden schmal, aber Rose zuckte die Schulter und gab ihm das Tuch.

»Was ist mit uns?«, wollte Portia wissen.

Rose sah immer noch widerwillig aus, aber nach kurzem Zögern nahm sie das Jagdhorn von ihrer Schulter. »Jemand muss das Horn blasen, um Arawn auf diesen Weg zu locken. Könnt ihr das?«

Portia nahm das Jagdhorn. Sie war ganz blass, bis auf zwei hektische rote Flecken auf ihren Wangen. Aber ihre Stimme war fest.

»Ja«, sagte sie.

Ben bewunderte sie dafür.

»Was machen wir, wenn Arawn es bis hier herauf schafft?«, fragte sie.

Titania lachte höhnisch. »Sterben.«

Rose warf ihr einen irritierten Blick zu, dann wandte sie sich zurück an Portia. »Wenn es so aussieht, als würden wir versagen, dann versteckt euch in der Burg. Wartet, bis Arawn und seine Jagd ins Feenreich gegangen sind. Dann geht durchs Niemandsland zurück zur Menschentür.«

Portia öffnete schon den Mund zum Widerspruch, aber Titania war schneller. »Wie bitte?«

Rose ignorierte sie. »Arawn wird nur Augen für das offene Weltentor haben. Wenn ihr euch beeilt, seid ihr am Übergang in die Menschenwelt, bevor er die Feenwelt durchqueren kann.« Sie legte eine Hand auf Portias Schulter. »Denkt daran, die Tür hinter euch abzuschließen. Geht nach Afallon und sagt Bramble …«

»Nie im Leben werde ich das zulassen!«, fuhr Titania dazwischen. Sie ging auf Rose zu, aber Rose fuhr herum und hob ihren Runenstab.

Titania zischte wütend. »Du überlässt mein Volk dem Nebel?«

»Ich werde alles geben, damit er nicht einmal über die Schwelle kommt«, schoss Rose zurück. »Aber die Kinder gehören in ihre Welt. Das ist nicht verhandelbar.«

Ben bewunderte ihre Entschlossenheit, aber warum sollte Titania über irgendetwas verhandeln wollen? Als hätte sie seine Gedanken gehört, richtete Titania ihren Blick wie einen Scheinwerfer auf ihn.

»Du«, sagte sie. »Du und der Salamander, ihr habt einen Schlüssel.«

Bens Hand fuhr automatisch zu seiner Jackentasche, er

konnte es nicht verhindern. Titanias silberne Augen blitzten hungrig auf, aber Rose schwang den Runenstab zur Seite, so dass er eine Schranke zwischen der Feenkönigin und Ben bildete.

»Wir haben keine Zeit für einen Streit«, sagte sie. »Also plustert Euch nicht so auf und lasst uns die Sache in die Hand nehmen.«

Die Beleidigung erwischte Titania mit voller Breitseite. Ben blinzelte überrascht, und Robin drehte sich zur Seite weg, um sein Grinsen zu verbergen.

»Du strapazierst dein Glück, Rosendorn«, sagte Titania langsam. »Wir werden sehen, wie viel davon übrig bleibt. Nach dem Kampf.«

»Wenn die Kinder zurück zur Menschentür sollen, brauchen sie einen Führer«, meldete sich Robin zu Wort. Er sah Titania auffordernd an und nickte zu Gwil. »Wärt Ihr so freundlich, Eure Majestät?«

Titania starrte ihn an, und Ben war sich sehr sicher, dass sie ihn am liebsten zu Staub zermahlen hätte. Stattdessen trat ein dünnes und durchweg bösartiges Lächeln auf ihr Gesicht. »Dein Schuldenzettel wächst und wächst«, sagte sie. Dann rauschte sie zu Ben und schnappte Gwil von seiner Schulter.

»Nein!«, rief Ben erschrocken, aber Titania sprach bereits ihre Zauberworte. Eine Pfütze sammelte sich wie aus dem Nichts auf dem gepflasterten Boden. Titania ließ den Salamander ins Wasser fallen, es gab einen Knall und eine Explosion aus Wasserdampf, dann lag Gwil in seiner Menschengestalt auf dem Boden, zerknittert und blass.

Titania klopfte sich die Hände ab, als hätte sie etwas Schmutziges berührt. »Zufrieden?«

Der Ruf des Jagdhorns hallte über die Bucht wie ein langgezogener Schrei. Bens Nackenhaare richteten sich auf, und ein eiskalter Schauder lief seinen Rücken hinunter. Neben ihm setzte Portia das Horn ab und schaute auf die Nebelfront, die über das Watt heranrückte wie eine wasserlose Flut. Als die Antwort eines zweiten Horns aus der Tiefe des Graus ertönte, verkrampften sich ihre Hände.

Titania stand mit wehendem Haar an der Brüstung. »Es beginnt«, sagte sie.

Rose wandte sich an Portia. »Ihr wisst, was ihr zu tun habt?«, fragte sie zum wiederholten Mal.

»Den Grauen König weiter anlocken, abwarten und wenn nötig in der Burg verstecken«, listete Portia auf.

»Und?«, forderte Rose sie auf.

»Zur Menschentür laufen, wenn alle Stricke reißen.«

»Ja lauft nur«, sagte Titania gehässig. »Sobald Arawn den Schlüssel wittert, wird er euch ohne Gnade jagen. Wer weiß, vielleicht lässt er dafür sogar mein Reich in Ruhe.«

Ben legte wieder die Hand an den Schlüssel in seiner Tasche. Sein Blick glitt zu Gwil. Titania hatte seinen Bann erneut ausgesetzt, aber obwohl er behauptete, keine Schmerzen zu haben, wirkte Gwil wie gerädert.

»Bist du sicher, dass es dir gutgeht?«, fragte Ben leise.

Gwil schenkte ihm ein mattes Lächeln. »Besser als zuvor.«

Robin faltete derweil das Banntuch zu einem Quadrat und trat zu Portia.

»Hier«, sagte er und reichte ihr einen kleinen Glasflakon. »Für alle Fälle.«

»Sind wir jetzt so weit?«, forderte Titania.

»Aber natürlich, Hoheit.« Robin vollführte einen Kratzfuß, klemmte sich das Banntuch zwischen die Zähne und verwandelte sich in eine Wolke aus rotem Rauch. Kurz darauf sprang der Fuchs mit dem Banntuch im Maul die Stufen hinunter. Rose folgte ihm, aber Titania drehte sich ein letztes Mal zu Ben um und musterte ihn, so als wollte sie ihn in ihrem Gedächtnis fixieren wie einen Schmetterling mit einer Nadel. *Später*, formte sie stumm mit ihren Lippen, und trat hinunter in den Wehrgang.

»Gütige Geister«, murmelte Gwil.

»Sie wird sich den Schlüssel bei der ersten Gelegenheit schnappen«, prophezeite Portia.

»Wenn wir das hier überleben«, erwiderte Gwil kläglich. Als er Portias bestürztes Gesicht sah, korrigierte er sich jedoch schnell: »Was wir natürlich tun werden!«

Portia schüttelte den Kopf, aber sie lächelte. »Deine Zuversicht hat mir gefehlt.«

Ein Hund heulte im herannahenden Nebel, und Portia und Gwil liefen beide zur Brüstung. Da unten näherte sich ein unerbittlicher Feind. Alles spitzte sich zu auf einen Kampf, der Bens ganze Aufmerksamkeit beanspruchen sollte, und doch waren seine Gedanken woanders. Angenommen, der Kampf ging tatsächlich gut aus. Was dann? Sie würden nach Bryngolau zurückkehren oder gleich den

Weg zur Menschentür suchen und von dort zurück nach Hause gehen. Bens Hand glitt in seine Tasche und umschloss den Schlüssel. Wenn Titania tatsächlich den Schlüssel beanspruchte, dann würden in Zukunft alle Weltentüren verschlossen bleiben. Auch die Tür nach Annwn.

Ben sah zurück zur Festung. Er erinnerte sich an den Geruch der Totentür und den Lufthauch, der durch das Schlüsselloch zu ihm geweht war. Seine Hand krampfte sich um den Schüssel. Er sah zu Gwil und Portia, die voller Anspannung der alles entscheidenden Schlacht entgegenstarrten. Das schlechte Gewissen nagte an ihm, aber das hier war seine letzte Gelegenheit.

Ben war, wie immer, ein unsichtbarer Junge, der rasch aus dem Bewusstsein anderer Menschen verschwand und ohnehin für den Ausgang des Kampfes keine Bedeutung hatte. Er presste die Lippen zusammen, schluckte trocken und kehrte zurück in die Fahle Festung.

Die Totentür

Portia

Der Nebel lag wie eine meterhohe Decke aus Schnee um die Insel. Es war absolut still, man hörte keine Hufe und auch sonst kein Geräusch mehr. Unmöglich zu sagen, ob Arawn und seine Meute die Treppe bereits erreicht hatten oder diese tatsächlich hinaufstiegen.

Portia zwang sich, ein zweites Mal in Hermias Jagdhorn zu stoßen. Das kreischende Dröhnen ging ihr durch Mark und Bein. Es fühlte sich widerlich an, als würde sie mit den Fingernägeln über eine Tafel kratzen. Sie setzte das Horn ab und fuhr sich mit dem Handrücken über die Lippen, als sie bemerkte, dass Gwil die Narbe des Bannmals an ihrem Handgelenk anstarrte. Portia senkte ihren Arm, und Gwils Miene verfinsterte sich.

»Titania«, sagte er knapp.

Portia zuckte mit den Schultern. »Ihr hattet recht. Man kann ihr nicht trauen.«

Gwil ballte die Fäuste. »Verflucht sei sie?«

Portia zögerte. Sie dachte daran, Gwil von ihrem Handel mit Titania zu erzählen, tat es dann aber doch nicht. Was, wenn Titania starb, bevor sie die Salamander befreien konnte? Oder wenn sie sich irgendwie heraustrickste? Sie wollte keine falschen Hoffnungen in Gwil wecken.

Ihr Blick schweifte die Treppe hinunter. Der Nebel stieg

immer weiter die Insel hinauf und löschte Felsen, Grasbüschel und Stufen aus. Irgendwo da unten versteckten sich Rose, Titania und Robin. Portia wusste, dass sie ihnen im Kampf keine Hilfe sein würde, aber trotzdem hatte sie das Gefühl, dass sie mehr tun sollte. Sie wollte sich nie daran gewöhnen, zu warten, während andere ihr Leben aufs Spiel setzten.

»Da stimme ich dir zu«, sagte sie schließlich. »Ich bin jedenfalls froh, dass du und Ben okay seid. Euer Plan war doch vernünftiger als meiner.«

Gwil lachte hohl. »Da bin ich mir nicht so sicher«, sagte er. »Wir hätten wissen müssen, dass wir uns übernommen haben. Spätestens als wir ein verflixtes Stuhlbein zur Waffe machen wollten. Nicht wahr, Ben?«

Er wandte den Kopf, und mit einem Anflug von schlechtem Gewissen drehte sich Portia ebenfalls um. Ben war so still, dass man leicht vergaß, ihn ins Gespräch einzubinden. Sie erwartete, dass er irgendwo hinter ihr stand, doch da war niemand. Sie drehte sich einmal um ihre eigene Achse, aber der Hof war leer.

Gwil runzelte die Stirn. »Ben?«, fragte er laut.

»Ben!«, rief Portia. Keine Antwort.

Portia fuhr sich mit der Zungenspitze über die Lippen. Keine Angst, sagte sie sich, er ist bestimmt ganz in der Nähe. Aber ein Teil von ihr wusste es besser, und die Sorge, die sich in ihr zusammenbraute, ließ ihren Puls flattern. »Wo ist er?«, fragte sie.

»Ich weiß es nicht.« Gwil runzelte die Stirn.

Mit einem mulmigen Gefühl schaute Portia zur Treppe,

die zum Strand führte. War Ben etwa Rose hinterhergelaufen? Aber das ergab keinen Sinn! Sie trat an das Kopfende der Stufen, um besser sehen zu können, als ein wütender Aufschrei die Stille durchbrach. Das Knistern und Knacken eines elektrischen Feuers erklang im Nebel, dann gab es einen gewaltigen Knall. Eine Druckwelle verscheuchte den Nebel und trieb dicke Wolken vor sich her wie eine Herde fliehender Hirsche. Ein schrilles Kreischen schraubte sich in die Luft, und in der nächsten Sekunde zog sich der Nebel zurück und schlug dann wie eine gigantische Flutwelle von allen Seiten gegen die Insel. Der Fels krachte, und die Wucht des Aufpralls riss Portia von den Füßen. Sie knallte auf den Rücken, rappelte sich aber sofort wieder hoch. Nebelarme schlängelten sich die Treppe hinauf, aber im gleichen Moment gleißten die Bannrunen auf den Felszinnen des Wehrgangs auf.

Wieder ein wütendes Brüllen, das Portia bis unter die Haut fuhr. Sie wich zurück und prallte gegen Gwil. Der fasste sie an ihrer Schulter und drehte sie zu sich herum.

»Ben hat noch immer den Weltenschlüssel, oder?«, fragte Gwil.

»Ja, aber …«

Gwils Finger gruben sich in ihre Schulter. Das Entsetzen stand ihm ins Gesicht geschrieben. »Ich fürchte, ich weiß wo er ist!«

Als Ben die Totentür öffnete, knarzte das Holz wie Schiffsplanken im Wind. Einen Augenblick lang überlegte er, ob er den Schlüssel hierlassen sollte. Aber was, wenn einer von Arawns Schergen ihn fand? Nein, besser er verwahrte ihn sicher. Ben schob den Schlüssel noch tiefer in seine Tasche, dann trat er über den Weltensaum und zog die Tür hinter sich zu.

Der Nebel hinter der Schwelle war dichter als alles, was ihm bisher begegnet war. Er sah keinen Meter weit. Dicke, weiße Nebelschwaden hüllten ihn ein und strichen über seine Haut.

Die Luft, die er atmete, war kühl und frisch wie in der Nähe eines Flusses oder eines Sees. Ob es hier überhaupt so etwas wie eine Landschaft gab? Je weiter Ben ging, umso faszinierter war er von der formlosen, wehenden Welt, die ihn umgab. Natürlich wusste er, dass irgendwo hinter ihm Portia mit dem Horn auf dem Hof stand und seine Freunde gegen den Herrn der Unterwelt kämpften. Aber der Gedanke daran schwamm fort von ihm, wie ein Segelschiff, das sich im Morgendunst von der Küste entfernte. Je weiter die Erinnerung an die anderen von ihm wegrückte, umso leichter fiel es ihm, sich auf sein Ziel zu konzentrieren.

Ben hatte keine Ahnung, wohin er ging oder wo er anfangen sollte, nach seinem Vater zu suchen. Aber die Sehnsucht steckte wie ein Angelhaken in seiner Brust. Sie zog an ihm, und er folgte ihr immer tiefer in die Totenwelt.

Ben fuhr mit seinem Arm durch den Dunst, und hauchdünne Nebelfäden ringelten sich um seinen Unterarm. Einen Moment lang sah es so aus, als ob der Nebel von seiner eigenen Haut aufsteigen würde. Aber das musste eine Täuschung sein. Ben wischte sich über die Arme und ging weiter. Irgendwann teilte der Nebel sich, und vor ihm lag eine Ansammlung aus mit Schiefer gedeckten Häusern, die er sofort erkannte. Trefriw!

Ben stand mitten auf der Brücke, die über den Fluss führte. Es war Nacht, und über den Dächern spannte sich ein Sternenhimmel. Eine übernatürliche Ruhe lag über dem Ort.

Mit einem mulmigen Gefühl im Bauch setzte sich Ben in Bewegung und ging die Hauptstraße hinauf. Vereinzelt brannten Lichter hinter den Fenstern, aber niemand bewegte sich in den Häusern. Ben fragte sich, ob es schon nach Mitternacht war. Dann rief er sich ins Gedächtnis, dass das hier nicht das richtige Trefriw war. Er ging weiter, während irgendwo, ganz hinten in seinem Bewusstsein, eine letzte Alarmglocke läutete.

Er kannte diesen Weg so gut, jeder Schritt fühlte sich wie eine Heimkehr an. Er bog um eine Kurve, ging bergauf, am Friedhof vorbei, und stand schließlich vor seinem Haus. Die Wände leuchteten matt im Mondlicht, aber die Tür und die blauen Fensterläden wirkten schwarz. Ein Licht brannte, und zwar oben, hinter Bens Fenster.

Ben nahm seinen ganzen Mut zusammen und betrat das Haus. Er stieg über die Schwelle und hatte das Gefühl, dass sich etwas in ihm zurechtrückte. Wie ein Puzzleteilchen, das man an der richtigen Stelle einfügte.

Ich komme nach Hause, dachte er. Ich komme nach Hause, und Dad ist schon da. Er hat heute früher Feierabend, und er hat ein abgewetztes Taschenbuch dabei, das jemand im Bus liegengelassen hat. Tom konnte es nicht ertragen, vergessene Bücher ihrem Schicksal zu überlassen.

Die Haustür klickte, als Ben sie hinter sich ins Schloss zog. Hier drinnen war es warm, und es roch nach dem Waschmittel, das seine Mutter für die Vorhänge benutzte. Die Lampe auf dem Ablagetisch im Flur brannte und verbreitete ein rosiges Licht. Ben ging über den weichen Teppich zur Treppe und stieg nach oben. Hoffnung und Angst schnürten ihm die Kehle zu. Er wünschte sich so sehr, seinen Vater am Ende dieser Treppe zu finden. Er hoffte, er glaubte, dass es passieren würde, und gleichzeitig war die Furcht, in ein leeres Zimmer zu treten, bodenlos.

Mit jedem Schritt schmerzte Bens Kehle noch mehr. Er kam auf dem Treppenabsatz an und sah, dass die Tür zu seinem Zimmer nur angelehnt war. Ein dünner Streifen Licht fiel in den Flur.

Zwei Personen unterhielten sich hinter der Tür. Ben hörte erst die hohe, zögernde Stimme eines Kindes, dann die tiefe, warme Stimme eines Mannes.

»In einem Loch im Boden, da lebte ein Hobbit. Nicht in einem feuchten, schmutzigen Loch, wo es nach Moder riecht und Wurmzipfel von den Wänden herabhängen, und auch nicht in einer trockenen, kahlen Sandgrube ohne Tische und Stühle, wo man sich zum Essen hinsetzen könnte:

Nein, das Loch war eine Hobbithöhle, und das heißt, es war sehr komfortabel.«

Tränen brannten in Bens Augen. *Ich hab vergessen, wie er klang*, dachte er. *Ich hab's schon fast vergessen.*

Er hob die Hand und schob die Tür auf.

Welt aus Nebel

Portia

Portia rannte hinter Gwil die Treppen in die Eingeweide der Festung hinunter. »Warum bitte sollte Ben ins Totenreich wollen?«, fragte sie und sprang über eine der zerbröckelten Steinstufen.

»Ich glaube, er will seinen Vater suchen«, antwortete Gwil.

»Was?« Ein Stich fuhr durch Portias Brust.

»Er hat mir erzählt, dass sein Vater verstorben ist«, sagte Gwil. Ein trübes Licht glomm am Fuße der Treppe auf, und Gwil lief schneller. »Und er hat Tegid all diese Fragen über das Totenreich gestellt. Ich glaube, er wollte wissen, ob man jemanden von dort zurückholen kann. Und … o nein.«

Abrupt blieb Gwil auf der Schwelle eines Durchgangs stehen. Portia drängte sich an ihm vorbei ins Gewölbe und hoffte inständig, Ben vorzufinden. Stattdessen stand da nur eine schwarz verfärbte Tür.

Sie waren zu spät. Portias Rucksack lehnte am Türbogen und bestätigte Gwils schlimmste Befürchtungen.

»O Ben«, murmelte Portia.

»Er war so fasziniert von der Totentür«, sagte Gwil mit kläglicher Stimme. »Als wir zum ersten Mal hier herunterkamen, wollte er sie öffnen. Ich hab es da schon gespürt.« Er presste sich die Hand vor den Mund und schüttelte den

Kopf. »Ich hätte wissen müssen, dass er es versuchen wird«, klagte er. »Wenn man eine Tür zu einem verstorbenen, geliebten Menschen findet, wer würde sie nicht benutzen?«

»Kann er es denn schaffen?«, fragte Portia. »Seinen Dad zurückzuholen, meine ich?«

Ihr Herz zog sich vor Mitgefühl zusammen, als sie sich vorstellte, wie groß der Kummer war, der Ben hinter diese Tür getrieben hatte.

Gwil schüttelte den Kopf. »Nein. Wenn die Seele weiterwandert, dann geht sie nicht nur an einen anderen Ort, sondern nimmt auch eine andere Form an. Mancher Wandel lässt sich nicht rückgängig machen.«

»Und was passiert mit Ben?«, bohrte Portia weiter. »Wenn er seinen Vater nicht findet, was dann?«

»Ich weiß es nicht.« Gwil schlang die Hände ineinander. »Vielleicht kommt er zurück. Vielleicht verirrt er sich, oder er will nicht zurück. Die Nebel von Annwn bringen Trost, weil sie der Seele allen Kummer und jedes Bedauern entziehen. Aber sie lassen einen auch vergessen, dass es eine andere Welt gibt und warum man zu ihr zurückwollte.«

Eisige Kälte sickerte in Portias Adern. »Er würde zu einem Nebelgänger«, sagte sie mit einer Ruhe, die sie nicht spürte. »Wie Rose.«

Gwil nickte. Seine Fingerspitzen berührten das Türschloss. »Ich hätte ihn warnen sollen.«

Portia bezweifelte, dass das irgendeinen Unterschied gemacht hätte. Sie verstand sofort, warum Ben ins Totenreich gegangen war. Und sie nahm es ihm auch nicht übel. Gwil hatte recht. Wer würde so eine Gelegenheit nicht nutzen?

Aber sie konnte sich auch nicht damit abfinden, Bens Rückkehr dem Zufall zu überlassen. Sie konnte nicht schon wieder jemanden allein in die Nebel gehen lassen.

Portia zog vorsichtig an dem eisernen Türring. Die Tür war nur angelehnt. Unschlüssig zog sie ihre Finger zurück. Draußen auf der Insel kämpften Rose und die anderen gegen Arawn und seine Armee. Unmöglich zu sagen, wie sie sich schlugen. Hatten sie ihn bereits besiegt, oder war er durch ihre Linien gebrochen? Sie stellte sich vor, wie sie in die Menschenwelt zurückkehrte, allein und mit dem Wissen, dass Ben für immer im Totenreich umhergeisterte. Damit war ihre Entscheidung getroffen.

»Ich geh ihm nach.«

»Was?« Gwil starrte sie an.

Portia drückte ihm das Horn in die Hände. »Du musst nach oben gehen und Rose erklären, was passiert ist. Wenn … wenn der Kampf vorbei ist, ja?« Sie griff wieder nach dem Türring. »Ich hole Ben. Ich muss es.«

»Aber das wird nicht funktionieren«, widersprach Gwil. »Die Nebel …«

»Ich weiß, worauf ich mich einlasse«, unterbrach sie ihn. Wenn Gwil weitersprach, würde sie den Mut verlieren, das wusste sie. »Ich werd mich nicht ausleeren lassen. Und selbst wenn … eine andere Wahl haben wir nicht. Wir können Ben nicht im Stich lassen.«

Sie sah Gwil direkt in die Augen, und er erwiderte ihren Blick. Er hob die Hand, als ob er sie aufhalten wollte, aber dann ballte er die Finger zur Faust und senkte den Arm.

Portia presste die Lippen aufeinander und zog die Tür

auf. Die Angst brannte in ihrer Brust. Sie wusste nicht, was draußen passierte, ob der Nebel schon über den Hof in die Burg gebrandet war. Vielleicht war die Fahle Festung bereits im Nichts versunken, und vor ihr stand nur diese nachtfinstere Tür. Sie musste Ben helfen. Aber was, wenn am Ende nicht er, sondern sie selbst hinter der Schwelle verlorenging? Portia schloss die Augen.

»Viel Glück«, sagte Gwil, und mit diesen Worten im Ohr trat sie über die Schwelle.

Portia zog die Totentür hinter sich zu und wich im gleichen Moment wieder zurück, bis sie mit dem Rücken gegen die Tür stieß. Vor ihr lag dicker Nebel, der näher kam, weiß und monströs, eine blinde, tastende Masse. Alles in ihr sträubte sich dagegen, damit in Berührung zu kommen. Da war etwas Hungriges in den weißen Wogen, die sich ausdehnten und wieder zusammenzogen, wie greifende Hände.

Der Nebel wird dich ersticken. Du wirst ertrinken. Du wirst nie wieder nach Hause finden.

»Reiß dich zusammen«, murmelte Portia. Sie löste sich von der Tür, richtete sich kerzengerade auf und ging mitten hinein in den weißen Mahlstrom.

Sie atmete flach ein und aus. Je weniger Nebel in ihre Lungen drang, desto besser. Sie konnte ihre Füße nicht sehen, aber sie spürte, wie die Sohlen ihrer Stiefel in flaches Wasser traten, und sie hörte das Platschen ihrer Schritte. Der Nebel wirbelte um sie her und strich über ihre Haut wie feuchte Spinnweben.

Wie schon im Dachzimmer des Burgfrieds hatte Portia das Gefühl, als würde der Nebel sie abtasten. Jede Berührung sandte Schockwellen durch ihren Körper. Ihr Pulsschlag flatterte vor Angst, ihr Magen zog sich vor Kummer zusammen, ihre Glieder wurden schwer. Gwil hatte gesagt, dass der Nebel von Annwn das Elend von den Seelen hob, die durch ihn hindurchwanderten. Aber bei Portia war das anders: All die Gefühle, Sorgen und Nöte, die jemals im Nebel hängen geblieben waren, strömten auf sie ein, drangen unter ihre Haut und in ihren Kopf. Sie fühlte sich wie ein Schwamm, der sich immer mehr mit Ängsten und Kummer vollsaugt. Ein Schritt, noch einer, dann blieb sie stehen. Sie beugte sich vornüber und stützte sich mit den Händen auf ihre Schenkel. Sie versuchte, sich klein zu machen, sich abzuschirmen, aber sie spürte, wie sich ihr eigenes Bewusstsein in dem Ansturm fremder Gefühle verhedderte.

Ich will noch nicht gehen, bitte, ich will noch nicht gehen.

Ich wollte ihr noch sagen … ich wünschte, ich hätte noch einmal …

Als Portia für einen kurzen Moment zu sich zurückfand, kauerte sie auf dem Boden. Sie hatte die Arme um ihren Oberkörper geschlungen und krümmte sich über ihre Knie. Es war zu viel. Sehnsucht. Bedauern. Schuldgefühle. All das strömte auf sie ein. Sie wollte keinen Schritt mehr weitergehen, wollte verschwinden, sich auflösen. Sollte ihr Selbst davonfliegen wie die Samen eines Löwenzahns, dann würde sie wenigstens dem ganzen Schmerz entkommen.

Sie hatte die Augen fest zusammengekniffen. Blind tastete sie nach ihrer Hosentasche und zog Robins Glasfläschchen daraus hervor. Als es in ihrer Hand lag, öffnete Portia die Augen. Die Phiole war nur noch halb voll, und der Verwandlungstrank leuchtete wie flüssiger Bernstein in dem geschliffenen Glas.

Gefühle trommelten gegen die letzten ihrer Schutzmauern, während sie den Korken aus dem Fläschchen löste. Sie führte den Verwandlungstrank zum Mund und ließ einen Tropfen der weichen, sirupartigen Flüssigkeit auf ihre Zunge gleiten. Der Geschmack von Harz und Honig explodierte auf ihren Geschmacksnerven. Wärme flutete ihren ganzen Körper, so, als schiene die Sonne durch sie hindurch; füllte sie ganz aus, und löste jeden Schmerz – jede Unruhe, jeden ängstlichen Gedanken – in Licht auf. Ihr Bewusstsein bündelte sich in dieser einen Empfindung.

Als Portia die Augen wieder öffnete, sah sie den Nebel mit den Augen des Wolfs. Die fremden Gefühle waren von ihr abgefallen und bedrängten sie nicht mehr. Sie schüttelte sich, und Nebeltröpfchen flogen von ihrem Fell. Sie schnupperte an der Luft, sortierte die Gerüche von Nebel und Wasser auseinander, bis sie den Geruch entdeckte, dem sie schon von den Bergen zur Küste gefolgt war: Tinte, Mensch. Ben. Als Wolf konnte sie nicht lächeln, aber die Zufriedenheit über die gefundene Spur füllte ihr ganzes Wesen aus. Sie hob die Glasphiole mit den Zähnen vom Boden auf und trottete los. Der Nebel hatte keinerlei Macht mehr über sie.

Wo die wilden Kerle wohnen

Portia

Als sich der Nebel schließlich lichtete, fand sich Portia in einem Ort wieder, der Trefriw wie ein Ei dem anderen glich. Hier herrschte tiefe Nacht, und eine unheimliche, absolute Stille lag über der Stadt.

Portia trottete auf dem Mittelstreifen der Hauptstraße entlang. Bens Spur war so deutlich, sie hätte ein leuchtender Faden sein können. Sein Geruch führte sie einen Hügel hinauf, direkt vor ein schmales Haus an einer Kurve. Ein Licht brannte im rechten der oberen Fenster.

Der Wolf verließ Portia, als sie die Stufen zur Haustür hinaufstieg. Sie spürte, wie er sich zurückzog, und einen Herzschlag lang klammerte sie sich an ihre Tierseele wie ein kleines Kind an die Hand seiner Mutter. Im nächsten Augenblick stand sie als Mädchen vor der Haustür, und die Erinnerung an das Gefühlschaos des Nebels schäumte in ihr hoch wie eine Sturzflut. Sie kniff die Augen zusammen und lehnte ihre Stirn an die Tür, erwartete jede Sekunde, von Emotionen überrollt zu werden. Doch nichts passierte – sie hatte den Nebel wohl vorerst hinter sich gelassen.

Portia atmete vorsichtig ein und aus, dann sah sie über ihre Schulter zurück. Straße, Friedhof und Kirche lagen nachtverlassen hinter ihr. Kurz schien es so, als wäre hier gar nichts ungewöhnlich, aber dann sah sie den Saum des Nebels, der hinter der Friedhofsmauer lauerte. Knöchelhoch und langsam krochen die Wolken um die Mauerecke.

Automatisch hob Portia die Flasche mit dem Verwandlungstrank, aber auf dem Boden der Phiole glitzerten nur noch wenige Tropfen. Würde das reichen, um Ben zu finden und dann zur Tür zurückzukehren? Ihr Daumen glitt über den Korken, dann schob sie die Flasche in ihre Jackentasche. Sie würde sich den Schutz des Wolfs bis zur letzten Minute aufheben. Mit Mühe kehrte sie dem Nebel den Rücken zu und öffnete die Haustür.

Sie betrat einen schummrigen Flur, von dem aus eine Treppe in den ersten Stock führte. An der Wand hing eine Uhr, deren Zeiger stillstanden. Langsam stieg sie die Stufen hinauf. Das Haus jagte ihr eine Gänsehaut über den Rücken. Sie hatte das Gefühl, als würden sich die Wände in Rauch auflösen, wenn sie sie berührte. War dieses Haus hier auch nur eine Erinnerung? Wenn ja, dann fühlte sie sich verdammt echt an. Echt genug, um jemandem vorzugaukeln, dass das hier die Wirklichkeit war.

Sie kam auf dem oberen Treppenabsatz an und fand sich einer geschlossenen Tür gegenüber. Ein Streifen Licht drang aus dem Spalt zwischen Schwelle und Türkante. Portia hörte gedämpfte Stimmen: Ein Mann sprach etwas Unverständliches, und ein Kind kicherte. Sie wappnete sich, legte die Hand auf die Klinke, und schob die Tür ein Stückweit auf. Als Erstes sah sie Ben. Er saß auf dem Boden, mit dem Rücken an die Wand gelehnt. Portia blieb beinahe das Herz stehen. Bens Haut war papierblass, und die Farbe seiner Kleider wirkte verwaschen und abgestumpft. Sein Blick war starr nach vorn gerichtet.

Mit einer zitternden Hand schob Portia die Tür ganz auf. Sie überlegte schon, was um Himmels willen sie benutzen konnte, um Ben aus dem Vergessen herauszureißen, als sie die anderen Personen bemerkte.

An der linken Wand des Zimmers stand ein Bett, und darauf saßen ein Mann und ein kleiner Junge. Auch sie lehnten sich mit dem Rücken gegen die Wand, aber sie lehnten sich auch aneinander. Der Mann hatte den Arm um den Jungen gelegt und las aus einem Buch, das er in seinem Schoß hielt.

Portia brauchte keine Erklärung, um zu verstehen, wen sie hier vor sich sah. Der Mann musste Bens Vater sein. Der kleine Junge mit den verwuschelten Haaren? Das war Ben. Ein jüngerer Ben, ein Trugbild, eine lebendig gewordene Erinnerung. Nur, dass *lebendig* das falsche Wort war.

Mit einem bleischweren Herz betrat Portia das Zimmer und ging hinüber zu dem Ben, der auf dem Boden hockte. Ohne ein Wort setzte sie sich neben ihn, so dicht, dass ihre Schultern sich berührten.

Der Mann und der Junge auf dem Bett schenkten ihnen keine Beachtung. Für sie existierte nur der jeweils andere und die Geschichte, die sie gemeinsam lasen. Eine Leselampe, die an einem Regal über dem Bett angebracht war, erhellte ein Stück der Tapete. Nein, keine Tapete. Ein Wald erstreckte sich über die ganze Wand: Schlanke Baumstämme reihten sich hinter Bens Bett, und ihre Äste und Palmblätter erstreckten sich bis über die Zimmerdecke. Hier und da erkannte Portia eine schattenhafte Gestalt zwischen den Bäumen. Waren das Wölfe? Nein, die Wesen waren zu groß und zu breit. Aber auch sie hatten einen Pelz und spitze Ohren. Sie bewegten sich, spähten hinter den Baumstämmen hervor und blinzelten mit ihren lampionrunden Augen.

Der Mann hielt dem Jungen das Buch hin, und die jüngere Version von Ben las mit hoher, aber fester Stimme vor. »Alles, was der ahnungslose Bilbo an diesem Morgen sehen konnte, war ein alter Mann mit einem Stab.«

»*Der Hobbit*«, erkannte Portia und musste lächeln.

»Das war das Lieblingsbuch meines Dads«, sagte Ben neben ihr.

Seine Stimme war rauer und längst nicht mehr so unbeschwert wie die des Knirpses auf dem Bett. Er sah sie immer noch nicht an. Portia nahm seine Hand und schluckte. Durchscheinender Nebel drang aus Bens Haut und glitt an ihren Fingern vorbei. Er war dabei, zu verschwinden, und sie hatte nichts, kein Erinnerungsstück, das ihn zurückholen würde!

»Ben?« Ihre eigene Stimme kam ihr viel zu dünn vor. Für einen verrückten Augenblick sah sie ihre Mutter auf der Fensterbank sitzen, mit dem gleichen, leeren Blick, den Ben jetzt hatte. Sie spürte eine kalte, überwältigende Angst, spürte ihre eigene Hilflosigkeit, die sie lähmte und ganz klein werden ließ.

Einen Moment lang wäre sie gern davongelaufen. Alles

wäre einfacher, als sich Bens ausdruckslosem Gesicht zu stellen. Aber das konnte sie nicht. Sie konnte ihn nicht zurücklassen. Ihr eigenes Herz würde brechen und sich nie mehr zusammensetzen.

Sie schob sich auf die Füße und kniete sich vor Ben, direkt in sein Blickfeld. Diesmal nahm sie seine beiden Hände, und Ben zuckte zusammen. Schwach nur, aber das machte ihr Hoffnung. Er war noch nicht ganz fort.

»Ben?«, wiederholte sie.

»Er hört mich nicht«, sagte Ben. Dann blinzelte er, und die tiefe Trauer in seinen Augen stach Portia ins Herz. »Ist das wirklich mein Dad?«

Portia hätte alles gegeben, um ihm eine andere Antwort zu geben. Sie brachte kein einziges Wort hervor und schüttelte nur den Kopf.

Ben senkte den Blick, dann sank auch der Rest von ihm in sich zusammen. Eine Anspannung, die ihn wohl zu lange aufrecht gehalten hatte, fiel von ihm ab und ließ ihn kraftlos zurück. Portia öffnete den Mund, wollte ihn trösten und beugte sich schließlich schweigend nach vorn. Sanft lehnte sie ihre Stirn an die von Ben. Seine Hände hielt sie weiter fest. Sie spürte, wie Ben mit sich kämpfte, wie er sich einerseits auflösen und andererseits doch noch nicht gehen wollte.

Sie wagte einen Blick nach unten und sah, wie die Farbe in Bens Haut und Kleider zurückkehrte, langsam, wie ein Sonnenaufgang im Winter. Als sich der erste Schluchzer Bahn brach, drückte sie seine Hände, und endlich – endlich erwiderte Ben den Druck ihrer Finger.

Ben weinte lautlos, aber sein Körper bebte. »Er kommt nicht zurück«, schluchzte er mit brechender Stimme.

Portia nahm ihn in den Arm und hielt ihn fest.

Wolfsherz

Ben

Ben folgte Portia mit unsicheren Schritten die Treppe hinunter, weg von dem Zimmer mit dem Wandwald und dem Rascheln der Buchseiten. Alleine hätte er diesen Weg nicht gehen können, aber mit Portia fühlte er sich gerade stark genug. Unten angekommen, drehte er sich um, doch sein Vater war ihm nicht gefolgt. Ein Streifen Licht aus dem Zimmer im zweiten Stock fiel auf die Wand über der Treppe. Es war komisch, aber der Anblick tröstete Ben. Irgendwo würde immer sein Dad sein, irgendwo und mit ihm, ein Teil von Ben. Selbst wenn die beiden Menschen auf dem Bett nur ein Echo waren.

Er wischte sich die Tränenspuren aus dem Gesicht. Seltsam. Er fühlte sich erschöpft, als wäre er meilenweit gerannt. Aber gleichzeitig fühlte er sich leichter, befreit von einer schweren Last. Warum? Das, was er gewollt hatte, hatte er nicht erreicht. Er würde seinen Vater nicht zurückholen können, das wusste er jetzt. Aber vielleicht half ihm genau die Gewissheit, dass er alles versucht hatte, nun endlich loszulassen.

Ben holte tief Luft, dann drehte er der Treppe den Rücken zu und ging zum Ausgang. Portia öffnete die Tür. Ben hörte, wie sie scharf den Atem einsog, dann trat er neben sie.

Ganz Trefriw war im Nebel versunken. Nein, der Ort war verschwunden, als hätte er nie existiert. Ben starrte auf das weißgraue Nichts und tastete unwillkürlich nach dem Türrahmen. Unmöglich zu sagen, ob am Fuße der Treppe fester Boden wartete oder ein Abgrund.

»Weißt du, wie wir zurückkommen?«, fragte er kleinlaut.

Portia zog eine kleine Glasflasche aus ihrer Jackentasche und schloss fest die Finger darum. »Ich hoffe es.« Sie sah Ben an und lächelte, aber ihr Gesicht wirkte angespannt und müde. Erschöpft, vielleicht wegen allem, was sie für ihn getan hatte. Ben schluckte. Er wollte sich entschuldigen, wollte ihr sagen, dass er sie nie in Gefahr hatte bringen wollen, aber Portia löste bereits den Korken aus der Glasflasche. Etwas Goldenes glitzerte am Boden des Fläschchens.

»Bereit?«, fragte sie.

Ben konnte nur nicken.

Portia schluckte trocken, dann setzte sie die Glasflasche an ihre Lippen und trank sie leer. Das Gold, das eben noch in der Flasche geleuchtet hatte, blitzte in ihren Augen auf, und im nächsten Moment löste sich Portia vor Bens Augen in einer Wolke sonnengelben Rauchs auf. Der Rauch stob auseinander, und an Portias Stelle stand ein Wolf mit eisgrauem Fell und schwarz geränderten Ohren.

Ben starrte auf den Wolf, aber der verschwendete keine Zeit. Er stupste Ben mit der Schnauze an, stieg die Stufen hinunter und drehte sich erwartungsvoll nach ihm um. Ben schüttelte sich, hob die leere Glasflasche auf und folgte dem Wolf, der einmal Portia gewesen war, in den Nebel.

Ben ging den ganzen Weg zurück mit seiner Hand auf dem Rücken des Wolfs. Um sie her wirbelte der Nebel und tanzte in bizarren Formen, aber der Wolf trabte unbeirrt voran. Ben wünschte sich, er könnte seine Gelassenheit teilen. Auf dem Hinweg war er ganz darauf fixiert gewesen, seinen Vater zu finden. Aber jetzt lenkte ihn nichts mehr von seiner Umgebung ab.

Der Nebel blieb unverändert dicht und formlos, aber hinter den Schleiern bewegten sich Schatten, hohe, schlanke Formen, die erst näher rückten, um dann wieder zu verschwinden. Ben fühlte sich beobachtet, aber er hoffte, dass er sich das nur einbildete. Bis er das Gesicht entdeckte. Wenige Schritte links von ihm schwebte es im Nebel, wie eine Maske ohne Körper. Erschrocken stolperte Ben zur Seite und stieß mit dem Bein gegen den Wolf. Der senkte den Kopf und ging weiter. Ben grub seine Hand in das Fell des Wolfs und starrte in den Nebel. Das Gesicht blieb, wo es war, aber die dunklen, höhlengleichen Augen folgten ihm. Mit großer Mühe wandte Ben den Blick nach vorn und hätte beinahe aufgeschrien.

Vor ihm, wieder auf der linken Seite, drückte sich ein weiteres Gesicht aus dem Nebel und dahinter noch eines. Jetzt entdeckte er auch die Schemen, die sich rechts von ihm aus den Nebelwogen manifestierten. Es waren Menschen oder zumindest menschenähnliche Wesen, die zu beiden Seiten von Ben und dem Wolf Spalier standen. Ihre Umrisse waren hinter den Vorhängen aus Nebel kaum zu erkennen, aber ihre langgezogenen, fahlen Gesichter folgten Ben.

Ihm war jetzt eiskalt. Wer waren diese Gestalten? Worauf

warteten sie? Er rückte näher an den Wolf, und da spürte er, dass der Wolf zitterte. Erschrocken sah Ben zu seinem Begleiter. Der Wolf kam ins Stocken, er schleppte sich noch einen Schritt voran, dann blieb er stehen und senkte den Kopf bis zum Boden. Rasch ging Ben in die Hocke und legte seine Hand auf den Kopf des Wolfes. Ein Blick aus den goldenen Augen streifte ihn, dann krümmte sich der Wolf wie unter einem großen Schmerz, und goldene Blitze zuckten durch sein Fell. Erschrocken riss Ben die Hand zurück. Der Wolf *leuchtete*, dann zerstob er in gleißendem Rauch und verwandelte sich zurück in Portia.

Kaum hatte sie ihre Menschengestalt wiedererlangt, sank Portia auf die Knie. Ben konnte sie gerade noch auffangen, als die Nebelgeister wie ein Schwarm Furien auf sie stürzten. Portia stieß einen heiseren Schrei aus. Sie krümmte sich zu einer kleinen Kugel, und Ben schlang schützend beide Arme um sie. Die Albtraumgestalten glitten wie lebendige Schatten über sie hinweg.

Ben dachte, ihm würde vor Angst das Herz stehenbleiben. Er spürte Portia zittern wie Espenlaub, und sie wimmerte leise in seinen Armen. Verzweifelt sah er sich um. Da, zwischen den wogenden Nebelgeistern, entdeckte er einen schwarzen Schatten. Bitte, lass das die Tür sein!

Ben wollte Portia helfen, sich aufzurichten und auf seine Schulter zu stützen. Immer mehr Nebelgeister strömten auf sie ein, als könnten sie es nicht abwarten, sie zu berühren. Ben biss die Zähne zusammen, stand auf und zog Portia mit sich.

»Verschwindet!«, schrie er die Nebelgeister an. Sie stoben

auseinander, nur um im nächsten Moment wieder auf Portia einzustürmen. Ben zerrte Portia in die Richtung, in der er die Totentür vermutete, und sie kam schleppend mit ihm. Er zwang sich, weder nach links noch nach rechts zu sehen. Portia stöhnte leise, und das trieb ihn voran, bis er sah, was er sich so sehr erhoffte: Es *war* die Tür. Nur noch wenige Schritte trennten sie von ihrem Ausweg, und Ben dachte schon, dass sie es schaffen würden, als einer der Nebelgeister direkt vor ihm aus dem Nebel brach. Graue Schleier faserten um die Gestalt, als sie ihre Arme weit ausbreitete und auf Ben und Portia zuschoss. Jetzt war alles egal. Ben packte Portia und lief schneller, direkt auf Kollisionskurs. Als ihn kaum noch eine Haaresbreite von der Spukgestalt trennte, hob er seinen freien Arm schützend vor Portias Gesicht und sprang.

Sie brachen durch den Nebelgeist wie eine Faust durch eine Wand aus flüssiger Kälte, dann prallte Ben mit der Schulter gegen die Tür. Die Tür schwang auf, und er und Portia stürzten über die Schwelle.

Der Graue König

Portia

Portia und Ben landeten in einem Knäuel aus Armen und Beinen im Gewölbe der Fahlen Festung. Ein stechender Schmerz fuhr durch Portias Handgelenk, als Ben darauf landete, aber im nächsten Moment richtete er sich auf, schlug die Totentür zu und schloss ab.

Portia blieb kraftlos liegen. Ihre Kleider klebten an ihrer schweißnassen Haut, und wenn sie die Augen schloss, spürte sie immer noch die Berührung des Nebels, die Gefühle, die auf sie abfärbten, alles. Sie presste beide Hände vor ihr Gesicht.

»Portia?« Bens zaghafte Stimme erklang direkt neben ihr. »Alles in Ordnung?«

Sie konnte nur nicken. *Vorbei*, sagte sie sich. *Es ist vorbei.* Sie senkte die Hände und sah hinüber zu Ben. Sein Haar stand nach allen Seiten ab, und sein Gesicht war immer noch rot vor Anstrengung. Mühsam richtete Portia sich auf. »Nie wieder«, krächzte sie. »Nie wieder werde ich diesem Nebel auch nur nahe kommen.«

Ben schluckte, zögerte, dann berührte er ihren Arm. »Danke«, sagte er. »Danke, dass du mich geholt hast.«

Trotz allem musste Portia lächeln. »Keine Ursache.«

Weiter kam sie nicht, denn irgendwo stieß jemand einen erstickten Schrei aus. Im nächsten Moment stürmte Gwil durch den Raum und sank vor ihnen auf die Knie. Er tastete fieberhaft über ihre Köpfe und Gesichter, als wollte er sichergehen, dass noch alles am richtigen Platz war, dann nahm er sie beide in die Arme. Gleichzeitig.

»Ben!«, sagte er mit gepresster Stimme. Er löste seine Umarmung, hielt aber beide an ihren Schultern fest.

»Auftrag ausgeführt«, scherzte Portia mit matter Stimme.

Gwil strich ihr über die Locken. »Mutiges, mutiges Mädchen.« Er drückte ihre Schulter, dann sah er zurück zu der Treppe, die nach oben in den Burgfried führte.

Portia runzelte die Stirn. »Gwil? Was ist?« Eine kalte Hand schloss sich um ihr Herz. »Was passiert da oben?«

»Arawn, er …« Gwil fuhr sich mit der Hand über die Stirn. »Er hat es bis in den Turm geschafft. Die Runensteine haben ihn nicht aufgehalten, er war einfach zu stark.«

»Was ist mit Rose?«, fragte Ben schnell. »Robin und Titania?«

»Am Leben«, sagte Gwil. »Sie verteidigen die Feentür, zumindest haben sie das noch, als ich hierher zurückgelaufen bin. Es sieht nicht gut aus.«

Portias Mund war staubtrocken. Sie tauschte einen Blick mit Ben, der wieder fast genauso blass war wie in Annwn.

Gwil sah sie mit gequälter Miene an. »Rose hat gesagt, wir sollen hier unten bleiben. Uns verstecken. Aber wenn der Graue es ins Feenreich schafft, dann … dann …« Gwil schluckte und presste sich die Hand vor den Mund.

Ben packte Gwils Ärmel. »Wir müssen ihnen helfen!« Seine Finger gruben sich in den Stoff von Gwils Robe. »Wir können neue Runen schnitzen, du hast doch noch dein Messer!«

Aber in was willst du die Runen ritzen?, fragte sich Portia. Fieberhaft überlegte sie, was sie sonst tun konnten, als ihr Blick auf das Schlüsselloch in der Totentür fiel. Sie erinnerte sich an etwas, das Rose gesagt hatte: Arawn wollte Grenzen überschreiten, war besessen davon, sich eine Welt nach der anderen anzueignen. Aber was, wenn er die Feenwelt erobert hatte? Würde er dann nicht in die nächste Welt, die Menschenwelt weiterziehen wollen? Doch dafür brauchte er einen Schlüssel.

Portia fuhr sich mit der Zungenspitze über die Lippen. *Sobald Arawn den Schlüssel wittert, wird er euch ohne Gnade jagen.* Das hatte Titania gesagt. Was war Arawn wichtiger? Eine einzige offene Tür zu erobern? Oder einen Schlüssel, der ihm die Übergänge in alle Welten öffnen konnte?

»Wir sind nicht mächtig genug, Ben«, sagte Gwil. »Wenn nicht einmal Titania ihm Einhalt gebieten kann, dann wären unsere Runen so wirksam wie ein Haufen Blütenblätter.«

»Aber irgendwas müssen wir tun!«, rief Ben verzweifelt.

»Ich habe eine Idee.« Portia drehte sich zu den beiden um. »Ben, hast du noch das Fläschchen, in dem der Verwandlungstrank war?«

Mit einem Stirnrunzeln zog er die Phiole aus seiner Jackentasche. »Sie ist aber leer.«

»Ich weiß«, sagte Portia. Sie nahm die Phiole und erzählte ihnen ihren Plan.

Gwil stieg die Treppe so schnell hinauf, dass Portia Mühe hatte, Schritt zu halten. Mondmotten leuchteten an den Wänden wie Adern von Quarz in dunklem Granit.

»Wenn Meralyn erfährt, was ich euch hier riskieren lasse, wird sie mich vierteilen«, prophezeite Gwil. Portia dachte an das kampflustige Leuchten in Meralyns Augen und bezweifelte, dass sie Einwände gegen ihren Plan hätte. Ben hatte ihr den Schlüssel überlassen, und sie trug ihn in ihrer Faust. Robins Glasfläschchen wartete in ihrer Jackentasche. Ihr Plan war so einfach wie verrückt.

Sie hatten das Ende der Treppe noch nicht erreicht, als ein Beben die Festung erschütterte. Die Mauern ächzten, und Geröllstaub rieselte von der Decke. Portia und Gwil duckten sich, und Gwil riss die Arme über den Kopf.

»Gute Geister«, keuchte er.

Portias Herz hämmerte wie wild, aber sie trieb den Salamander an. »Weiter, Gwil.«

Gwil schüttelte den Kopf, stieg aber die Stufen hinauf. Je höher sie kamen, umso deutlicher hörten sie den Kampf. Waffen schlugen klirrend aufeinander, Runenzauber entluden sich krachend, das Knurren und Jaulen einer ganzen Hundemeute hallte wider. Einige Stufen weiter oben flackerte blaues Licht im Treppenschacht. Portia konnte vor lauter Anspannung kaum atmen. Der Bart des Schlüssels drückte gegen ihre schweißnasse Handfläche.

»Oh«, hauchte Gwil und nahm die letzten Stufen. Portia folgte ihm und trat hinaus in die Eingangshalle der Burg.

Chaos überall. Dicke Nebelschwaden füllten die Halle, die sich wogend gegen die Wände und bis hinauf zur Decke brachen. Rose stand inmitten dieses Nebelsturms, und Angreifer bedrängten sie von allen Seiten. Da waren Hunde, ja, aber auch andere, monströsere Fabelwesen: Nebelschlangen mit Drachenköpfen und Hörnern, Dämonenvögel mit krummen Flügeln und weitaufgerissenen Schnäbeln. Roses Runenstab schnitt durch sie hindurch wie eine Klinge durch weiche Butter, aber kaum hatte sie einen Angreifer zurückgeschlagen, stürzte ein weiterer auf sie. Portias Blick glitt suchend über das Schlachtfeld und fand Titania, die mit einer Hand steinerne Dornen aus dem Boden zauberte und mit der anderen ein Schwert aus Licht und elektrisch aufgeladener Luft schwang. Nebelkrieger in zerfetzten Umhängen versuchten an ihr vorbei durch die Dornen zum Weltentor zu gelangen, aber die Feenkönigin hielt sie in Schach – bis einer der Krieger unter ihrer Klinge hindurchtauchte und sein gekrümmtes Messer in Titanias Seite stieß.

Nein!

Gwil schrie auf, und Portia fuhr herum. Ein kleiner, roter Blitz sprang über den Boden durch die Nebelflut und stürzte sich mit gefletschten Zähnen auf Roses Angreifer.

Robin! Portia blieb beinahe das Herz stehen. Der Fuchs riss einen der Nebelhunde entzwei, aber da schoss eine Klaue aus dem Nebel und packte ihn an der Kehle.

»Nein!« Portia schrie entsetzt und prallte zurück.

Eine Albtraumgestalt trat aus dem Nebel. Arawn selbst in einem grauen Mantel, unter dessen Kapuze ein kahler Hirschschädel leuchtete. Geisterlicht tanzte auf den Zacken seines Geweihs. Er war groß, größer als ein normaler Mensch, und seine zwielichtgrauen Gewändern bildeten einen Hof aus Rauch und Schatten um seine Gestalt. Er hob den Fuchs in die Luft, als würde er nichts wiegen. Robin wand sich und strampelte mit den Pfoten, aber Arawns Finger schlossen sich nur fester um seinen Hals.

»HEY!« Der Klang ihrer eigenen Stimme jagte Portia einen Schock durch die Glieder. Die blanke Panik tobte in ihr, aber irgendwie schaffte sie es, nach vorn zu treten. Sie ließ den Schlüssel zwischen ihre Finger gleiten.

Nicht fallen lassen, redete sie sich zu. *Nicht fallen lassen.*

»ARAWN!«

Der Graue König drehte sich nach ihr um. In den dunklen, leeren Augenhöhlen des Hirschschädels glommen rote Glutlichter.

Portia hatte keine Ahnung, woher sie den Mut nahm, weiterzumachen. »Arawn!«, rief sie. Ihr war schlecht vor Angst, aber sie hob trotzdem ihren Arm und hielt den Schlüssel in die Höhe. »Suchst du das hier?«

»Portia …« Gwils Flüstern streifte ihr Ohr, aber sie drehte sich nicht um. Arawn starrte zu ihr herüber, und seine Glutaugen leuchteten auf. Er ließ den Fuchs los und Robin fiel zu Boden. Dann stürzte Arawn sich auf Portia.

Noch nie in ihrem Leben war Portia so schnell gerannt. Sie sprang die Stufen zum Gewölbe hinunter und war sich absolut sicher, dass sie eine Stufe verfehlen würde. »Nicht nachdenken, nicht nachdenken«, redete sie sich selbst zu. Wenn sie sich doch nur in den Wolf zurückverwandeln könnte!

Arawn war ihr auf den Fersen. Sie spürte ihn wie eine

Kältewelle im Rücken. Endlich – die letzten Stufen! Portia hechtete hinunter und kam federnd auf dem felsigen Boden des Kellergewölbes zu stehen. Etwas Weiches wickelte sich um ihre Wade, aber Portia riss sich los und sprintete quer durch den Raum. Sie prallte gegen die Totentür, steckte den Schlüssel ins Schloss und schaute zurück über ihre Schulter.

Nebel brandete die Treppe hinunter und flutete den Boden des Kellers. Arawn ließ nicht lange auf sich warten. Er kam durch den Treppenschacht, und für einen Moment schien sein weißer Schädel in der Dunkelheit zu schweben. Dann trat er in das Gewölbe, und sein Umhang bauschte sich um ihn auf wie stahlgraue Schwingen. Portia fuhr herum, riss die Totentür auf, zog den Schlüssel aus dem Schloss und trat unter den Türsturz. Panik raubte ihr den Atem, denn so nah hatte sie Annwn nie wieder kommen wollen. Aber sie musste das jetzt durchziehen.

Sie griff in ihre Jackentasche und ließ das Glasfläschchen in ihre Handfläche gleiten, direkt neben den Schlüssel. Dann schloss sie die Hand zur Faust und hielt den Schlüssel hoch, gerade so, dass die Kante seines Barts über ihren Daumen sichtbar war. Im unsteten Licht der Mondmotten schimmerte das silberne Metall wie Kristall.

Bitte lass mich jetzt keinen Fehler machen.

Sie holte aus, aber gerade in dem Moment schnalzte etwas schmerzhaft gegen ihr Bein. Eine Nebelranke wickelte sich wie das Ende einer Peitsche um ihre Wade. Ihr Bein wurde nach hinten gerissen, aber Portia biss die Zähne zusammen und schaffte es, auf den Füßen zu bleiben. Sie ließ den Schlüssel zurück in ihre Faust gleiten, packte ihn fest zwischen zwei Fingern und schleuderte das Glasfläschchen über die Türschwelle und so weit sie konnte in die dunkle Tiefe des Totenreichs. Licht brach sich im Glas des Fläschchens, blitzte silbern auf und verschwand im Nebel. Sie hatte den vermeintlichen Schlüssel kaum losgelassen, als eine zweite Schlinge ihren linken Knöchel erwischte und sie von den Füßen riss. Portia knallte der Länge nach auf den Boden und schlug schmerzhaft mit dem Kinn auf. Mühsam hob sie den Kopf und sah, wie der Nebel aus der Totentür sich nach ihr ausstreckte wie eine riesige Hand. Der Nebel würde sie packen und über die Schwelle zerren, zurück nach Annwn, zurück in den Morast aus Bedauern und Verzweiflung. Portia kreuzte abwehrend die Arme vor dem Gesicht, da schlossen sich die anderen Nebelschlingen noch fester um ihre Beine und schleiften sie über den Boden. Arawn schritt mit wallendem Umhang an ihr vorbei und über die Schwelle nach Annwn. Eine dritte und eine vierte Nebelfessel wickelten sich um Portias Handgelenke und drückten sie nieder. Weiße Wolken quollen über die Schwelle und strömten auf sie zu, aber Arawn war immer noch zu sehen. Sein dunkelgrauer Umhang zerschnitt die Nebel seiner Welt, als er dem Schlüssel hinterherjagte, den er so sehr begehrte. Jede Sekunde konnte er finden, was sie tatsächlich geworfen hatte. Portia öffnete den Mund, auch wenn das bedeutete, dass sie den Nebel einatmen musste.

»Jetzt!«, schrie sie. Mit einem Krachen donnerte die Totentür hinter Arawn ins Schloss. Ben, der hinter dem Steinbogen gewartet hatte, sprang der Tür hinterher und stemmte sich mit beiden Händen gegen das Holz.

»Schlüssel!«, schrie er, und Portia warf ihn in Bens Richtung. Der Schlüssel schlitterte über den Boden. Einen furchtbaren Moment lang sah es so aus, als würde er an Ben vorbeisausen, doch Ben sprang gerade noch rechtzeitig zur Seite und trat mit dem Fuß auf den Schlüssel. Blitzschnell hatte er ihn aufgesammelt, steckte ihn ins Schloss und drehte ihn herum. Der Nebel, der aus der Tür gequollen war, zuckte zurück, aber anstatt durch die geschlossene Tür zu weichen, glitt der Nebel am Holz hinunter und versickerte rasend schnell im Boden. Auch die Schlingen, die Portia fesselten, wanden und sträubten sich, aber als sie an ihnen zerrte, rissen sie auseinander und zerstoben wirkungslos in der Luft.

Portia rappelte sich auf die Beine und stürzte nach vorne zu Ben.

»Schließ noch mal ab!«, drängte sie. Ben drehte den Schlüssel um, als etwas mit der Wucht eines Rammbocks von der anderen Seite gegen die Tür donnerte. Erschrocken sprangen Ben und Portia zurück. Holz krachte, und Metall kreischte, und der Schlüssel … der Schlüssel steckte noch im Schloss!

Portia sog erschrocken die Luft ein, aber Ben stürzte nach vorn und zog den Schlüssel ab. Er hatte ihn kaum in der Hand, als ein zweiter Schlag die Tür erschütterte. Überall im Raum stoben die Mondmotten von den Wänden auf und wirbelten durch die Luft. Portia packte Bens Hand, und gemeinsam wichen sie nach hinten. Noch ein Schlag. Die Tür zitterte in ihren Angeln, aber sie hielt stand. Sie hielt stand! Portia atmete schon erleichtert aus, als ein markerschütternder Schrei durch die geschlossene Tür drang. Sämtliche Härchen auf ihren Armen richteten sich auf. Arawn war auf der anderen Seite der Tür, und er brüllte gegen die versperrte Grenze seiner Welt an.

»Weg hier«, krächzte Ben, aber sie blieben stehen, gebannt von Arawns wortlosen Schreien. Finger kratzten und schabten wild über das unnachgiebige Holz, dann schlugen zwei Fäuste mit ganzer Kraft gegen die Tür. Arawn schrie und schrie. Nicht vor Wut, sondern vor Verzweiflung. Portias Kehle war wie zugeschnürt, und sie hatte das plötzliche Gefühl, dass sie etwas Furchtbares getan hatten. Der Nebel in Annwn, der sie mit der Gewalt der Emotionen von Abertausend Seelen fast erdrückt hatte – Arawn würde diesem Ansturm nun nicht mehr entkommen können.

Er fühlt alles, dachte Portia entsetzt. *So wie ich*. War das der Grund, warum er seine Welt verlassen hatte?

Wieder donnerte ein Schlag gegen die Tür, so heftig, dass der Türbogen und der Boden selbst bebten. Mörtel und Geröll prasselte von den Wänden. Für einen wilden Moment hatte Portia das Bedürfnis, Arawn zu befreien. Diesmal jedoch packte Ben ihre Hand und zog sie zur Treppe. Sie drehten sich erst um, als sie die Stufen erreichten. Arawns Wehklagen folgte ihnen bis weit hinauf in den düsteren Treppenschacht.

Ben

»Verdammt. Verdammt, verdammt.« Portia fluchte den ganzen Weg die Treppe hinauf. Ben konnte das Bedürfnis nachvollziehen. Er hätte auch ein »Verdammt« mit eingestreut, wenn er noch den Atem übrig gehabt hätte. Arawns verzweifelte Schläge gegen die Totentür verfolgten sie, ließen die Wände beben und gingen Ben durch Mark und Bein. Beim nächsten, besonders lauten Schrei presste sich Portia die Hände auf die Ohren, aber sie lief weiter. Einen Treppenabsatz später kam ihnen Rose entgegen, umschwirrt von Leuchtmotten, den Runenstab in der Hand. Sie sprang zwei Stufen auf einmal herunter und packte Portia am Arm. »Wo zum Teufel seid ihr gewesen?«

»Später«, unterbrach Portia, genau in dem Moment, als ein weiterer Schrei zu ihnen hinaufgellte. Roses Augen weiteten sich. Sie presste die Lippen aufeinander und nickte. »Dann schnell.« Sie winkte Ben und Portia an sich vorbei und die Treppe hinauf.

Die Eingangshalle der Burg war ein einziges Schlachtfeld. Steine waren aus den Wänden gebrochen und lagen verstreut auf dem Boden, und der Boden selbst war an vielen Stellen aufgerissen. Vor dem offenen Weltentor bohrten sich scharfkantige Felssplitter in die Luft wie Palisaden.

Roses Kampfgefährten hatten sich im hinteren Teil der Halle versammelt. Gwil beugte sich über Robin, der in seiner Menschengestalt auf dem Boden hockte. Titania stand etwas abseits, stützte sich auf ein leuchtendes Schwert und sah nach oben. Ben folgte ihrem Blick und sah, wie sich der letzte Rest des Nebels an der Decke wand und allmählich in den Ritzen zwischen den maroden Holzbrettern verschwand. Arawns Magie war gebrochen.

Gwil, der sie endlich bemerkt hatte, stieß einen freudigen Laut aus und lief zu ihnen hinüber.

»Ihr habt ihn eingesperrt?«, fragte er. »Es hat funktioniert?«

»Es hat funktioniert«, bestätigte Ben, und beim Anblick der Freude, die sich auf Gwils Gesicht ausbreitete, fühlte er sich so stolz wie noch nie.

Rose starrte sie an, aber bevor sie Fragen stellen konnte, kam Robin zu ihnen herübergehumpelt. Er blickte Portia an, als wüsste er genau, dass die Falle für Arawn ihre Idee gewesen war. »Verrücktes Menschenmädchen«, sagte er, aber seine Stimme war warm und voller Zuneigung. »Alles in Ordnung?«

»Ja«, sagte Portia mit heiserer Stimme. »Aber jetzt lasst uns bitte von hier verschwinden.«

»Nur zu gerne«, erwiderte Robin. Er hatte eine Schramme im Gesicht, die sich quer über seine Stirn zog. »Rose?«

Gwil legte den Arm um Bens Schulter und nickte in Richtung des Weltensaums.

»Wollen wir?«

Sonnenlicht fiel durch die Felspalisaden, und hinter dem Bogen des Weltentors wartete der blaue Himmel der Feenwelt. Portia stellte sich neben Ben und stieß ihn sacht mit dem Ellenbogen an. Sie tauschten einen Blick aus, und Ben spürte, wie sich ihr gemeinsames Abenteuer wie ein Band zwischen ihnen verknüpfte.

»Nichts wie weg hier«, sagte er und lächelte.

Abschied aus der Feenwelt

Portia

Das Fest der Feen dauerte bis in die frühen Morgenstunden. Kein Wunder, denn es gab viel zu feiern. Titanias glorreichen Sieg über den Grauen König zum Beispiel. Die Beteiligung der Menschen an ihrem Erfolg verschwieg sie elegant. Die Feenkönigin trat als Heldin und mildtätige Herrscherin auf, im Kampf verletzt, aber ungeschlagen, und von dem Mut ihrer Salamander so ergriffen, dass sie – völlig aus eigenem Antrieb – beschlossen hatte, den Bann auf dem Volk der Salamander aufzuheben.

Titanias Fähigkeit, sich selbst ins beste Licht zu rücken, war beeindruckend.

Die letzten Feiergäste hatten sich eben erst zu ihrem Schlafplatz geschleppt, als der erste Streifen Sonnenlicht am Horizont sichtbar wurde. Eine weiche, blaue Dämmerung stahl sich über den Spiegelsee, der wieder als Festplatz gedient hatte. Portia saß auf dem Steg, der über den See führte, und ließ ihre Füße im Wasser baumeln. Neben ihr standen heruntergebrannte Windlichter, und weiße Blütenblätter trieben auf dem Wasser.

Oben im Wald torkelten wahrscheinlich noch immer ein paar selige und glückstrunkene Salamander herum. Hier unten in der Senke jedoch herrschte Ruhe. *Nicht mehr lange*, dachte Portia, *dann würde Bohnenblüte oder Spinn-*

web auftauchen, und sie auf Titanias Geheiß zurück zur Menschentür bringen. Den Schlüssel hatte Titania Ben längst abgenommen.

Als der Steg schwankte, drehte Portia sich um. Ben kam ihr über die Planken entgegen. Er trug einen dampfenden Becher in jeder Hand. Als er Portia erreichte, setzte er sich neben sie. Er hielt Portia einen der Becher hin. »Tee?«, fragte er.

»Danke.« Der Duft von sommerlichen Kräutern stieg ihr in die Nase, getragen vom Zitrusaroma der Melisse.

»Heute geht's nach Hause«, sagte Portia und war überrascht darüber, wie wenig Freude in ihrer Stimme war.

»Ja«, sagte Ben. »Hast du mit Robin gesprochen?«

»Nein.« Robin war gestern Abend verschwunden, kurz nachdem Titania die Salamander freigesprochen hatte. Wahrscheinlich wäre die Feier für ihn nur schwer zu ertragen gewesen. Immerhin besiegelte die Freude der Salamander seine eigene Verbannung. Portia hatte gehofft, dass der glückliche Ausgang ihres Kampfes Titania milde stimmen würde. Sie hätte es besser wissen müssen. Titania hatte bereits in den sauren Apfel gebissen und die Salamander aus ihrer Knechtschaft entlassen. Nun würde sie auf den anderen Teil ihrer Abmachung bestehen und Robin für immer aus der Feenwelt verstoßen. Ein kleiner, aber gehässiger Trost für den Kompromiss, den Portia ihr abgerungen hatte.

»Schau mal.« Ben hielt ein kleines Päckchen aus buntem Stoff in die Höhe. »Ein Geschenk von Meralyn.« Er schlug den Stoff auseinander und zeigte Portia die Pergamentseite, die darin eingeschlagen war.

Portia hob eine Braue. »Ist es das, was ich denke?«

»O ja.«

Portia lächelte. Jetzt, wo die gute Meralyn frei war, schien sie rein gar nichts mehr auf Titanias Anweisungen zu geben.

»Gwil macht sich heute auch auf den Weg«, sagte Ben unvermittelt.

»Wohin?«, fragte Portia überrascht.

»Nach Weltende. Er will nach Tegid suchen. Er sagt, jetzt, wo wir Rose zurückgeholt haben, gibt es für Tegid vielleicht auch noch eine Chance.«

Portia hatte Tegid nicht kennengelernt, aber Ben ging der Verlust des Bibliothekars offensichtlich sehr nahe. »Ich drücke ihm die Daumen«, sagte sie.

Ben nickte. »Ich auch.«

Der Himmel über ihren Köpfen wurde immer heller, während im Osten über den Tälern die Sonne aufging. Das Laub der Eichbäume rauschte in einer milden Brise. So still und friedlich wollte Portia den Spiegelsee im Gedächtnis behalten.

Wenn sie heute über die Grenze gingen, gab es kein Zurück mehr. Der Gedanke daran erfüllte Portia mit einer seltsamen Traurigkeit. Der vernünftige Teil von ihr beharrte immer noch darauf, dass sie so schnell wie möglich in ihre eigene Welt zurückkehren mussten. Sie machte sich Sorgen: um Bramble und um ihre Mutter. Aber ein kleiner Teil von ihr fragte sich, was es in der Feenwelt noch zu entdecken gab. Dieser Teil wollte einen anderen Weg einschlagen, wollte zurück in die Berge hinter Bryngolau oder tiefer in die Wälder hinter dem Vogelhort, wollte andere Regionen dieser Welt erforschen und neue Grenzen finden. Sie könnte so eine Reise auf zwei Beinen bewältigen. Oder auf vier Pfoten.

Portia blies auf den Tee in ihrem Becher und nahm einen vorsichtigen Schluck.

»Fühlt sich komisch an«, sagte Ben. »Zu gehen, meine ich.«

»Ja.« Portia nippte noch einmal an ihrem Tee. Ben hielt seinen Becher in der Hand, dann stellte er ihn neben sich, zog seine Stiefel aus und tauchte seine Füße ebenfalls in den See. Seite an Seite schauten sie über das Wasser, während die Blütenblätter gegen ihre Knöchel schwappten.

»Es ist eine gefährliche Sache, aus deiner Tür hinauszugehen«, sagte Ben, mehr zu sich selbst als zu Portia.

Sie musste schmunzeln. Vielleicht war sie nicht die Einzige, die sich beim Abschied aus der Feenwelt zwiegespalten fühlte.

»Du betrittst die Straße«, setzte sie den Satz aus *Der Herr der Ringe* fort. »Und wenn du nicht auf deine Füße aufpasst, kann man nicht wissen, wohin sie dich tragen.«

Ben lächelte. Sie stießen die Teetassen aneinander und warteten darauf, dass der Tag anbrach.

Ben

Es war bereits Nachmittag, als sie die Menschentür erreichten: Ben, Portia, Rose und Robin in Begleitung von Bohnenblüte und Spinnweb. Letztere trug den Schlüssel und blitzte jeden mit einem finsteren Blick an, der ihr zu lange auf die Finger schaute. Sie war es auch, die die Menschentür aufschloss. Bohnenblüte trat sofort an ihre Seite und spähte neugierig durch den Türrahmen. Spinnweb seufzte und zog sie an ihrem Kleid zurück. Dann machte sie eine ungeduldige Handbewegung, um Rose und die anderen durch die Tür zu scheuchen. »Marsch, Marsch«, sagte sie.

»Charmant«, erwiderte Robin.

»Genieß die Verbannung«, entgegnete sie.

Sie hatten die Schwelle kaum überquert, da fiel die Menschentür krachend hinter ihnen ins Schloss. Würde Endgültigkeit ein Geräusch machen, dann würde es so klingen.

Ben seufzte erleichtert. Hinter dem Wald, nur wenige Kilometer entfernt, lag das echte Trefriw. Kaum zu glauben.

»Das war's«, sagte Robin ruhig.

Rose, die neben ihm stand, bedachte ihn mit einem bekümmerten Blick. »Robin, es tut mir so leid.«

Er zuckte die Schultern, aber er konnte den Blick nicht von der Tür abwenden. Genauso wenig wie Portia, die noch einmal die Hand an den Türgriff legte.

»Was wirst du jetzt tun?«, fragte Rose.

»Ein Bier trinken. Ein leeres Haus zum Schlafen finden. Es ist ja nicht so, als wäre mir diese Welt fremd.«

Ben berührte Portias Ellenbogen, und sie sah sich zu ihm um. Er zog Meralyns Stoffpäckchen aus der Jackentasche und nickte ihr zu. Portias Mundwinkel hob sich zu einem Lächeln, und sie nickte ebenfalls.

»Titania schickt nicht jeden ins Exil«, sagte Robin währenddessen. »Ich sehe es einfach als Auszeichnung.«

»Jetzt sei mal nicht so dramatisch«, sagte Portia.

Robin drehte sich irritiert zu ihr um, und auch Rose wirkte überrascht. Ben zog die Pergamentseite hervor und zeigte sie Robin und Rose.

»Ist das …?«, fragte Rose.

»Die Anleitung zur Schlüsselherstellung«, sagte er. »Eine Kopie davon. Ein Geschenk von Meralyn.«

Roses Augen weiteten sich, aber Robins Miene blieb starr und unlesbar.

Ben hielt ihm die Anleitung hin. »Wenn du magst, können wir gleich einen Schlüssel herstellen, und du kannst zurück in deine Welt. Titania muss ja nichts davon mitbekommen.«

Robin starrte noch einen Moment auf die Anleitung, dann schüttelte er den Kopf. »Danke, aber ich denke, diese Tür hat sich tatsächlich geschlossen.«

»Robin«, sagte Rose, aber er zuckte nur mit der Schulter.

»Bryngolau hat sich ohnehin nicht mehr wie ein Zuhause angefühlt«, sagte er. »Selbst Oberon ist fortgegangen. Vielleicht wird es Zeit, dass ich auch weiterziehe.«

»Wohin willst du denn gehen?«, fragte Portia. »Dir gefällt es doch in der Menschenwelt nicht.«

Zum ersten Mal seit sie von der Fahlen Festung zurückgekehrt waren, spielte wieder ein echtes Lächeln um Robins Mund. »Es gibt andere Welten.«

»Dann brauchst du die Anleitung trotzdem«, sagte Rose. Sie sah eindringlich zu Ben. Er verstand, bevor Portia es tat, und gab Robin das Pergament.

Robin runzelte die Stirn. »Sollen wir noch eine Kopie davon machen?«

Rose schüttelte den Kopf. »Besser nicht.«

»Die Versuchung wäre zu groß für deine Herzallerliebste?«, fragte Robin.

»Für uns beide«, erwiderte Rose.

Er schmunzelte und faltete das Pergament zusammen. »Das denke ich mir. Du hast ohnehin nie in diese zauberlose Welt gepasst.«

Rose nahm seine Hand und drückte sie. Er beugte sich vor und küsste ihren Handrücken. Dann griff er in die Tasche seiner Weste und zog ein Glasfläschchen hervor. Portia richtete sich kerzengerade auf.

»Baldrian, Lavendel, Dämmerkraut und ein paar andere Zutaten«, zählte Robin auf.

»Ein Vergessenspulver?«, fragte Rose.

Robin nickte. »Er wird in dieser Welt nicht so gut anschlagen wie auf meiner … wie auf der Feenseite. Aber es sollte ausreichen, die Tage, in denen ihr verschwunden wart, im Gedächtnis anderer Menschen verblassen zu lassen.«

»Gute Idee«, sagte Portia. War sie enttäuscht? Hatte sie darauf gehofft, dass etwas anderes in diesem Fläschchen war?

Robin zuckte mit der Schulter. »Es macht das Leben einfacher.« Er wandte sich noch einmal an Rose, und diesmal wirkte sein Lächeln fast verschmitzt. »Du kannst dir überlegen, ob du Bramble auch davon geben willst.«

Rose schnaubte und steckte das Fläschchen ein. »Pass auf dich auf, alter Unruhestifter.«

»Gleichfalls.« Er drehte sich zu Portia. Sie schauten einander in die Augen, und eine kleine Falte erschien zwischen

Robins Brauen. Er trat an sie heran, legte nachdenklich den Kopf zur Seite und hob dann den Mundwinkel zu einem Lächeln. »Es war mir ein Vergnügen.«

»Das kann man so sagen.« Portia lachte, aber Ben hörte einen Funken Wehmut darin. Sie lächelten einander zu, dann verbeugte sich Robin kurz vor ihr. Portia, mit einem amüsierten Leuchten in den Augen, vollführte einen übertriebenen, aber sehr eleganten Kratzfuß.

Robin nickte Ben zu und salutierte zum Abschied mit zwei Fingern an der Stirn. Er klemmte sich das Pergament zwischen die Zähne, drehte sich um und ging ohne ein weiteres Wort davon. Ein Sonnenstrahl fiel durch die dichtstehenden Bäume, und für einen kurzen Augenblick war Ben vom Licht geblendet. Als er wieder hinsah, war Robin verschwunden, und an seiner Stelle trabte der Fuchs. Noch einen Moment lang leuchtete sein Fell wie eine unruhige Flamme unter dem Saum der Bäume, dann umrundete er einen Felsen und war fort.

Roses Auto wartete immer noch hinter den Büschen. Rose nahm sich kaum Zeit, das gefallene Laub von der Windschutzscheibe zu wischen, bevor sie mit Ben und Portia im Eiltempo zurück nach Afallon brauste. Sie hielten direkt vor der Gartenmauer, und Rose zog nicht mal den Schlüssel ab, bevor sie aus dem Auto sprang. Sie stieß das Gatter auf, und Ben und Portia liefen hinter ihr zum Haus. Die Haustür war unverschlossen, und als Ben in den Flur trat, stand Rose bereits am Fuße der Treppe.

»Bramble!«, rief sie. Niemand antwortete. Sie lief in die Küche, und Portia sah im Wohnzimmer nach.

»Bramble?«

Ben ging den Flur hinunter, und für den Bruchteil einer Sekunde hatte er einen schlimmen Verdacht. Was, wenn das hier nicht das richtige Afallon war? Wenn sie die falsche Grenze überquert hatten und sich in Annwn befanden? Auch dort war alles verlassen und still gewesen. Er stellte sich vor, wie er nach Hause kam und seine Mutter wie vom Erdboden verschluckt blieb. *Unsinn*, redete er sich ein, aber trotzdem prickelte eine Gänsehaut über seine Unterarme.

Rose kam zur gleichen Zeit zurück in den Flur wie Portia.

»Sie ist nicht da!«, sagte Portia aufgebracht. Ben ballte die Fäuste vor lauter Anspannung, aber Rose legte ihm beruhigend eine Hand auf die Schulter. Sie sah hinüber zum Wohnzimmer.

»Ich weiß, wo sie ist.«

Rose ging voran, quer durch den Garten, vorbei an den Hortensienbüschen und hinaus auf die Obstwiese. Hinter den Apfelbäumen blitzte die weiße Wand des Schreibhauses auf. Portia hoffte inständig, dass Rose mit ihrer Vermutung recht hatte.

Die Tür des Schreibhauses stand offen, und nach ein paar weiteren Schritten konnte man endlich ins Innere des Häuschens schauen. Bramble saß an Roses Schreibtisch, den Kopf in die Hände gestützt.

Rose hielt sich beide Hände wie einen Trichter vor den Mund, dann rief sie noch einmal: »Bramble!«

Bramble fuhr so schnell hoch, dass eine leere Vase vom Schreibtisch polterte und zerbrach. Rose eilte auf das Schreibhaus zu. Ben sah nicht mehr, wie sie die Stufen hinaufsprang, denn ein schwarz-weißer Kugelblitz prallte in seine Seite.

Marlowe bellte vor Freude, sprang an Portia hoch, und drehte aufgeregte Kreise um sie und Ben.

»Hey!«, rief Portia und fiel auf die Knie. Sofort war Marlowe bei ihr und leckte ihr über das Gesicht.

»Woah«, rief Ben, aber sie lachte und schlang beide Arme um den aufgeregten Hund.

»Guter Junge«, sagte sie und verstrubbelte sein Fell.

Wir haben es geschafft, dachte Ben, ganz betäubt vor Verwunderung. *Wir haben es wirklich geschafft!*

Er drehte sich um. Hinten, im Schreibhaus, hielt Bramble Rose fest in ihrer Umarmung, und Ben war sich ziemlich sicher, dass sie so bald nicht mehr loslassen würde.

London

Portia

Portias Herbstferien begannen mit einem Regenschauer, aber als sich die Nacht über London senkte, zogen die Wolken weiter. Nur der Duft von nassem Laub blieb in der Luft zurück. Ein schwarzer Sternenhimmel wölbte sich über dem kleinen Park vor ihrem Haus, und das schummrig gelbe Licht der Straßenlaternen zeichnete Kreise auf den Gehsteig.

In ihrem Zimmer leuchteten die Lichterketten, die sie an die Wand gehängt hatte. Sie rahmten eine Weltkarte ein und eine Landkarte von Mittelerde. Unter ihnen stapelten sich Bücher auf einem Sideboard, und ein kleiner Gummibaum ließ seine Blätter hängen.

Portia legte einen gestreiften Pulli in ihren Koffer. Seit dem Abendessen war sie dabei, ihren Koffer zu packen, und immer wieder fehlte etwas, oder war etwas zu viel. *Hauptsache, du denkst an dein Zugticket*, sagte sie sich zum x-ten Mal. Ihr Bauch kribbelte vor Aufregung.

Morgen. Morgen würde sie sich wieder in den Zug setzen, würde zurückfahren nach Afallon und mit Ben, Rose und Bramble Halloween feiern. Sie stellte sich vor, wie ihr bei der Ankunft Kürbislaternen auf der Gartenmauer entgegenleuchteten, und musste lächeln. Sie klappte den Deckel ihres Koffers zu und stellte ihn auf den Boden.

Ihr rotes Reisetagebuch lag aufgeschlagen auf ihrem Bett. Ben hatte es ihr kurz vor ihrer Abreise aus Wales gegeben, ohne zu verraten, was sich darin befand. Sie hatte es erst zu Hause geöffnet und die Bilder entdeckt, die Ben gezeichnet hatte. Mondmotten im Flug, Gwils Gesicht, die Bücherregale von Weltende, eine Kröte mit Libellenflügeln und so viel mehr. Die ganze Anderswelt verbarg sich zwischen den Seiten des abgegriffenen Notizbuchs.

Portia nahm das Buch hoch und trat damit vors Fenster. Im Licht der Straßenlaterne blätterte sie zur letzten Seite und zu dem Antlitz eines Wolfs, der mit goldenen Augen zu ihr hochschaute. Sie strich mit der Fingerspitze an der Zeichnung entlang.

Zwölf Tage hatte ihr Abenteuer in der Anderswelt gedauert. In der Menschenwelt waren zwar nur fünf verstrichen, aber das war lange genug, um sie als vermisst zu melden und alle Welt in Aufruhr zu versetzen. Zum Glück hatte Robins Vergessenspulver die Erinnerung an das Drama verdunsten lassen und den Alltag zurückgebracht. Zumindest für diejenigen, die nicht in der Feenwelt gewesen waren.

Portia schloss das Buch und strich eine Falte im Umschlag glatt. Warum war sie so aufgeregt? Sie würde nur nach Wales fahren, der Weg zurück in die Anderswelt war verschlossen. Aber das war eigentlich egal. Es war genug, wieder im Wintergarten von Afallon zu sitzen, Tee mit Milch zu trinken, und sich mit Ben Geschichten auszudenken, die er dann zeichnete. Das leere Skizzenbuch, das Portia für ihn gekauft hatte, wartete schon in ihrem Koffer.

Portia wollte sich schon umdrehen, um das Notizbuch

in ihren Rucksack zu packen, als eine Bewegung unten im Park ihre Aufmerksamkeit auf sich zog.

Da! Sie lehnte sich näher an die Fensterscheibe. Ein Busch raschelte, und kurz darauf schob sich ein Fuchs zwischen die Metallstangen des Zauns hindurch und trat auf den Gehweg hinaus. Portias Hände verkrampften sich um das Notizbuch. Der Fuchs lief mit geducktem Kopf am Rand des Parks entlang, bis er den Lichtkegel einer Laterne erreichte. Dort blieb er stehen und hob den Kopf. Portia hielt die Luft an. Es gab viele Füchse in London. Hunderte. Man begegnete ihnen ständig, wenn es dunkel war.

Das Licht der Laterne war zu hell, Portia konnte nicht erkennen, ob der Fuchs den Schatten eines Tieres oder den eines Mannes hatte. *Er kann es nicht sein*, sagte sie sich. *Das wünschst du dir nur.*

Unten auf der Straße zuckte der Fuchs mit den Ohren, warf einen Blick zu Portias Fenster hinauf und lief weiter.

fin

Personenverzeichnis

Menschen

Benjamin Rees	Junge aus Trefriw, Wales
Portia Beale	Mädchen aus London, Großnichte von Viola
Olivia Stephen, *Bramble*	Autorin, Partnerin von Viola
Viola Evans, *Rose*	Lektorin, Tante von Portias Mutter

Feen

Titania	Königin der Feen
Oberon	König der Feen
Bohnenblüte, Spinnweb	Feen in Titanias Hofstaat
Sauerdorn	Titanias Hofmarschall

Gestaltwandler

Robin Goodfellow	Oberons Unruhestifter

Vögel

Ridik ap Mwyalchod	Späher
Preet	Späherin
Tatap	Späher

Salamander

Gwil Sorgenvoll	Schreiber und Illuminator
Meralyn Emsig	Schneidermeisterin
Tegid Graufinger	Bibliothekar

Die Bewohner der Fahlen Festung

Arawn	Der Graue König
Hermia	Arawns Jagdherrin

Walisische Wörter und Redewendungen

adar	Vögel
croeso	willkommen
crwydriaidoch	elender roter Flohbeutel (in etwa)
cymru	Wales
mwyalchod	Amsel
rhydd hynt i chi	gute Reise
saesnes	Engländerin

Aus Verantwortung für die Umwelt hat sich der Fischer Kinder- und Jugendbuch Verlag zu einer nachhaltigen Buchproduktion verpflichtet. Der bewusste Umgang mit unseren Ressourcen, der Schutz unseres Klimas und der Natur gehören zu unseren obersten Unternehmenszielen.
Gemeinsam mit unseren Partnern und Lieferanten setzen wir uns für eine klimaneutrale Buchproduktion ein, die den Erwerb von Klimazertifikaten zur Kompensation des CO_2-Ausstoßes einschließt.
Weitere Informationen finden Sie unter: www.klimaneutralerverlag.de

MIX
Papier aus verantwortungsvollen Quellen
FSC® C083411

Quellenverweise:
J. R. R. Tolkien: Der Hobbit oder: Hin und Zurück.
Stuttgart: Klett-Cotta, 2004
J. R. R. Tolkien: Der Herr der Ringe. Sammelausgabe.
Stuttgart: Klett-Cotta, 2014

Originalausgabe
Erschienen bei FISCHER Sauerländer

Hedderichstr. 114, D-60596 Frankfurt am Main

Umschlaggestaltung & Umschlagabbildung:
Maximilian Meinzold
Satz: Dörlemann Satz, Lemförde
Druck und Bindung: CPI books GmbH, Leck
Printed in Germany
ISBN 978-3-7373-5693-0

Weitere Informationen zum Kinder- und Jugendbuchprogramm
der S. Fischer Verlage finden Sie unter www.fischerverlage.de